Alexandra Marinina
Tod und ein bißchen Liebe

Alexandra Marinina

Tod und ein bißchen Liebe

Roman

Aus dem Russischen von
Natascha Wodin

Argon

Die russische Originalausgabe erschien 1996 unter dem Titel
»Smert'i nemnogo ljubvi«
im Verlag ZAO izdatelstvo EKSMO, Moskau

Deutsche Ausgabe:

Gesetzt aus der Sabon
Satz: LVD GmbH, Berlin
Druck und Bindung: Clausen & Bosse, Leck
Printed in Germany
ISBN 3-87024-509-3

Tod und ein bisschen Liebe

ERSTES KAPITEL

Der Arbeitstag neigte sich unaufhaltsam seinem Ende zu, aber Anastasija Kamenskaja gelang es einfach nicht, ihren Schreibtisch in Ordnung zu bringen, den Wust ihrer Papiere und Unterlagen zu ordnen. Das war jedoch dringend notwendig, denn der heutige Freitag war ihr letzter Arbeitstag vor dem Urlaubsbeginn. Und überhaupt war es der letzte Tag ihres Lebens als ledige Frau. Morgen würde Nastja Kamenskaja heiraten.

Seitdem sie und Alexej Tschistjakow vor drei Monaten das Aufgebot bestellt hatten, nahmen die Witze und Anspielungen kein Ende. Alle wußten, daß Nastja schon fast fünfunddreißig war, daß sie Tschistjakow bereits seit der neunten Klasse kannte und seit Ewigkeiten mit ihm zusammen war. Aber sie hatte nie an eine Ehe gedacht, an die Gründung einer Familie. Ihr unerwarteter Entschluß löste bei Kollegen und Bekannten großes Erstaunen aus, und man stellte ihr ständig Fragen, eine anzüglicher und taktloser als die andere. Die einen musterten mißtrauisch Nastjas schmale, hagere Gestalt, um Anzeichen für eine Schwangerschaft zu entdecken, andere glaubten zu wissen, daß Tschistjakow einen Ruf an die Universität von Stanford erhalten und nur die Aussicht auf ein ruhiges, angenehmes Leben als Professorengattin im Ausland Anastasija zu diesem unerwarteten Schritt bewogen hatte. Dritte wiederum, die mit halbem Ohr etwas von den gefährlichen Situationen gehört hatten, in die Nastja als Kripobeamtin immer wieder geriet, neigten zu der originellen Annahme, daß sie einfach Angst bekommen hatte, allein zu leben, und deshalb Schutz im Hafen der Ehe suchte.

Aber welche Vermutungen Nastjas Bekannte im Zusammenhang mit ihrer bevorstehenden Heirat auch anstellten, nach außen hin verhielten sie sich alle gleich. Sie zogen Nastja zwar auf, verbargen aber keineswegs ihr Wohlwollen angesichts ihres Entschlusses. Es war schließlich längst an der Zeit, zur Vernunft zu kommen und zu werden wie alle.

Heute, am Vortag ihrer Hochzeit, ging es bei Nastja im Büro drunter und drüber. Es verging keine Viertelstunde, ohne daß jemand anrief oder bei Nastja im Büro auftauchte, um einen dummen Witz zu machen. Sogar der ernste, unzugängliche Igor Lesnikow, der sie zum Mittagessen eingeladen und eine höfliche Absage bekommen hatte, ließ sich zu einer spöttischen Bemerkung hinreißen:

»Klar, heute kannst du ruhig aufs Essen verzichten. Ab morgen hast du ja deinen Privatkoch zu Hause.«

Nastja war nicht gekränkt, denn sie wußte genau, worauf Igor anspielte. In allem, was jenseits ihrer Arbeit als Kriminalistin lag, war sie von geradezu pathologischer Faulheit. Sie konnte in der Tat nicht kochen, ging sehr ungern einkaufen und versuchte stets, sich so zu ernähren, daß nur ein Minimum an Abwasch anfiel. Ljoscha war dagegen nicht nur eine Koryphäe der Mathematik, sondern auch ein Meister in der Küche. Seit Nastjas Eltern ihre große Wohnung gegen zwei kleine getauscht und ihre Tochter ausquartiert hatten, kümmerte sich Ljoscha um die Gesundheit und das leibliche Wohl seiner Freundin. Wäre er nicht mindestens einmal die Woche bei ihr vorbeigekommen, um ein warmes Essen für sie zu kochen, hätte sie sich ausschließlich von belegten Broten und Unmengen an starkem Kaffee ernährt.

Mit großem Erstaunen hatte Nastja erfahren, daß die Kunde ihrer bevorstehenden Heirat nicht nur ihre Freunde erreicht hatte. Im Grunde war nichts Besonderes daran, daß die Sache sich herumgesprochen hatte, aber Nastja hätte nie geglaubt, daß das auch völlig fremde Leute interessieren könnte. Vor ein paar Wochen hatte sie in der Staatsanwaltschaft zu tun gehabt, und im Büro des Untersuchungsführers Olschanskij war sie mit einem Mann zusammengestoßen, den sie vor einigen Monaten eines Verbrechens überführt hatte und der seitdem in Untersuchungshaft saß.

»Ich habe Pech gehabt«, hatte er mit einem schiefen Lächeln gesagt. »Hätte ich es noch bis Mai geschafft, wäre ich Ihnen nicht ins Netz gegangen.«

»Wie kommen Sie darauf?« hatte sich Nastja erkundigt. »Wie hätten Sie das denn wohl machen wollen?«

»Ich hätte gar nichts gemacht. Sie wären verheiratet gewesen.«

»Na und? Was wäre dann anders gewesen?«

»Alles. Sie hätten Besseres zu tun gehabt, als mich ins Kittchen zu bringen. Nur alte Jungfern haben den Instinkt einer Bulldogge, weil sie alle Männer hassen. Aber verheiratete Frauen haben anderes im Kopf, sie sind keine vollwertigen Arbeitskräfte mehr, sondern sitzen nur noch ihre Zeit ab, um das Gehalt zu kassieren. Ich bin wirklich ein Pechvogel.«

Als Nastja zur Petrowka zurückgekommen war, hatte sie ihrem Chef, Oberst Gordejew, von ihrer soeben geführten Unterhaltung erzählt.

»Da haben wir's!« hatte Gordejew feierlich ausgerufen. »Was habe ich dir gesagt?«

»Was haben Sie mir denn gesagt?« hatte Nastja verwirrt gefragt, nicht begreifend, was Viktor Alexejewitsch an ihrer Erzählung so beseelt hatte.

»Ich habe dir gesagt, daß die stärkste Waffe eines Ermittlers sein Ruf ist. Nicht seine Schießkunst, nicht seine schnellen Beine, nicht der schwarze Karategürtel, sondern nur der Ruf. Du bist mein stilles kleines Mädchen, niemand sieht, niemand kennt dich, du sitzt in deinem Büro und machst Auswertungsarbeit für mich. Aber unsere Ganoven machen sich Gedanken über dich. Das heißt, daß du für sie interessant bist, daß sie dich für gefährlich halten. Und wenn du das in ihren Augen bist, dann bist du es auch wirklich. Merk dir,

Nastja, ein Ermittler, von dem die Verbrecherwelt nichts weiß, ist ein schlechter Ermittler. Denn wenn er von den Kriminellen nicht zur Kenntnis genommen wird, heißt das, daß sie ihn für uninteressant halten. Und wenn sie ihn für uninteressant halten, haben sie auch keine Angst vor ihm. Verstehst du jetzt?«

»Lassen wir das, Viktor Alexejewitsch«, hatte Nastja mit einer müden Handbewegung abgewunken. »Ich bin keine Ermittlerin, ich bin Auswerterin. Das ist lächerlich.«

»Lach nur, lach nur«, hatte der Oberst gutmütig erwidert. »Wir werden sehen, wie lange du noch etwas zum Lachen haben wirst.«

Diese Unterhaltung hatte vor vier Tagen stattgefunden, und zu diesem Zeitpunkt hatte Nastja noch nicht geahnt, wie recht ihr Chef behalten würde. Und auch heute, am Vortag ihrer Hochzeit, kam ihr keinen Augenblick lang der Gedanke in den Sinn, daß man in kriminellen Kreisen mehr von ihr wissen könnte als nur ihren Namen. Arglos saß sie in ihrem Büro in der Petrowka 38 und sortierte systematisch die Papierberge, sie sich in ihrem Safe und in den Schubladen ihres Schreibtisches angehäuft hatten.

Gegen halb acht rief ihr Stiefvater an.

»Was ist, Kind, kommst du nachher mit zum Flughafen, deine Mutter abholen?«

Nastja druckste herum. Sie hatte ihre Mutter schon einige Monate nicht mehr gesehen, aber morgen würden sie sich ja ohnehin treffen. Und im Moment hatte sie noch so viel zu tun ...

»Ich habe schon verstanden«, sagte der Stiefvater trocken. »Du bist, wie immer, schwer beschäftigt.«

»Bitte, Papa«, entgegnete sie mit flehentlicher Stimme. »Ich muß hier vor dem Urlaub noch alles in Ordnung bringen. Du weißt doch, wie es ist.«

»Natürlich weiß ich es«, sagte Leonid Petrowitsch begütigend. »Zum Glück hattest du wenigstens Verstand genug, Urlaub zu nehmen. Laß es gut sein, ich fahre allein.«

»Danke Papa«, erwiderte Nastja gerührt. »Wir sehen uns morgen.«

Mein Gott, wieviel Glück sie im Leben hatte! Ihr Stiefvater, den sie, seit sie sich erinnern konnte, Papa nannte, verstand sie immer aufs erste Wort, da er selbst viele Jahre als Kriminalist gearbeitet hatte. Mit ihrem Chef hatte sie in den vielen Jahren, seit sie in der Petrowka arbeitete, nie irgendwelche Probleme gehabt. Und Ljoscha, der sie nicht nur liebte, sondern auch in- und auswendig kannte, hatte in all den Jahren nie etwas getan, das sie verletzte. Allerdings hatte es einige Zeit gedauert, bis sie begriffen hatte, daß es genau das war, worauf es in Beziehungen zwischen Menschen ankam und nicht etwa auf wilde Leidenschaft und ähnlichen Unsinn. Als ihr diese Wahrheit endlich aufgegangen war, hatte sie sofort zugestimmt, ihn zu heiraten. Aber es hatte sich als unmöglich erwiesen, das jemandem zu erklären. Nach außen hin sah es so aus, als würde sie ihn nur deshalb heiraten, weil er ihr einen Computer geschenkt hatte. Sogar Jura Korotkow, der Arbeitskollege, der ihr am nächsten stand, konnte sie nicht verstehen.

»Ljoscha hat ein ansehnliches Honorar für ein Lehrbuch bekommen und mir, ohne ein einziges Wort zu sagen, einen Computer gekauft«, hatte Nastja zu erklären versucht. »Und dann hat er mich von der Bushaltestelle abgeholt und mich gefragt, ob ich nicht Lust hätte, irgendwo am Mittelmeer Urlaub zu machen. Verstehst du? Bei mir zu Hause steht bereits der ausgepackte Computer, aber er spaziert neben mir auf der Straße und fragt, ob wir das Geld, das er bekommen hat, nicht für eine Urlaubsreise ausgeben sollen.«

»Und wenn du nun zugestimmt hättest?« fragte Korotkow erstaunt. »Was wäre dann passiert? Er hatte das Geld ja bereits für den Computer ausgegeben.«

»Aber genau darum geht es doch«, ereiferte sich Nastja, »er kannte meine Antwort im voraus. Er wußte ganz genau, daß ich den Computer der Urlaubsreise vorziehen werde. Obwohl ich ihm gegenüber niemals auch nur mit einem Wort erwähnt habe, daß ich einen Computer für die Arbeit brauche. Ich habe mit Ljoscha nie darüber gesprochen, wofür ich dreitausend Dollar ausgeben würde. So viel Geld habe ich niemals besessen und er bis dahin auch nicht, so daß es in dieser Hinsicht nie etwas zu besprechen gab. Und als das Geld plötzlich da war, hat er mit absoluter Sicherheit gewußt, was ich damit machen würde. Das heißt, daß er mich nicht nur kennt, sondern meine Bedürfnisse spürt wie seine eigenen. In diesem Moment habe ich verstanden, daß es in meinem Leben nie wieder einen zweiten Ljoscha geben wird.«

»Mag ja sein«, sagte Korotkow mit einem skeptischen Lächeln, »aber kein anderer normaler Mann würde deine ständige Arbeitswut hinnehmen und deine maßlose Faulheit. Gib es zu, du sehnst dich nach einem gemütlichen Heim, um das du dich selbst nicht zu kümmern brauchst. Mir brauchst du nichts von großen Gefühlen zu erzählen, dazu kenne ich dich zu gut.«

»Immer dasselbe mit dir«, erwiderte Nastja mit einem Seufzer, »du mußt immer alles plattwalzen.«

Die Geschichte mit dem Computer überzeugte niemanden, aber in der Tat war es so, wie Nastja behauptete. Und als sie gegen neun Uhr abends die Tür zu ihrem Büro abschloß und sich innerlich für fast anderthalb Monate von diesem Ort verabschiedete, tat sie es mit dem Gedanken, daß es sicher kein Fehler war, morgen in den Stand der Ehe zu treten.

Auf dem Weg zur Metro fiel ihr ein, daß sie noch ein Geschenk für ihren Stiefbruder besorgen mußte. Alexander Kamenskij war der Sohn ihres Vaters aus zweiter Ehe, und auch er würde morgen heiraten. Er war acht Jahre jünger als Nastja und hatte lange Zeit das hektische Leben eines Geschäftsmannes geführt, der es nur mit dem großen Geld zu tun hatte. Seine Ehe war langweilig, und er hatte nie vom Glück geträumt, bis er einem außergewöhnlichen Mädchen begegnet war, das ihn aufrichtig und völlig selbstlos liebte. Es hatte eine ganze Weile gedauert, bis er an sein Glück glauben konnte, aber dann hatte er sich von einem Moment auf den anderen in einen

Zauberer verwandelt, dessen höchstes Vergnügen darin bestand, Geschenke zu machen und Wunder zu vollbringen. Nachdem er erfahren hatte, daß seine Stiefschwester, die einen großen Anteil an seinem Glück mit Dascha hatte, am 13. Mai heiratete, hatte er alle Hebel in Bewegung gesetzt und weder Mühe noch Kosten gescheut, um sich so schnell wie möglich scheiden zu lassen und seinen eigenen Hochzeitstermin auf denselben Tag zu legen. Er wollte unbedingt, daß beide Paare auf demselben Standesamt heirateten, doch da hatten ihm alle seine Beziehungen nichts genutzt. Es war unmöglich, sich auf einem anderen Standesamt trauen zu lassen als dem, das für den Wohnbezirk der Braut oder des Bräutigams zuständig war. Die einzige Ausnahme bildete der Hochzeitspalast, wo sich jeder, unabhängig von seinem Wohnort, trauen lassen konnte, aber da hatte sich Nastja auf die Hinterbeine gestellt. Keinerlei Paläste, keinerlei Pomp, alles sollte möglichst schnell, unauffällig und bescheiden über die Bühne gehen.

Saschas grandiose Idee von der Doppelhochzeit sah folgenden Ablauf vor: Beide Paare würden zuerst zu dem Standesamt fahren, in dem seine Trauung mit Dascha stattfand, dabei sollten Nastja und ihr Bräutigam als Trauzeugen fungieren, anschließend würde man sich ins Auto setzen und zu dem Standesamt fahren, in dem die Ehe zwischen Nastja und Ljoscha geschlossen werden sollte, wobei er und Dascha als Trauzeugen auftreten würden. Danach würden sie sich glücklich vereint zu dem Restaurant begeben, in dem bereits die vier Elternpaare und das bescheidene Hochzeitsmahl auf sie warten würden.

»Sollten wir nicht lieber darauf verzichten?« hatte Nastja unschlüssig gefragt. Sie hatte nicht vor, aus ihrer Hochzeit ein großes Fest zu machen. »Ich kann mir nicht vorstellen, daß unser gemeinsamer Vater sich sehr wohl fühlen würde in Gegenwart seiner beiden Ehefrauen, der früheren und der jetzigen.«

»Ach, Nastja, das ist doch Unsinn. Es sind schon so viele Jahre vergangen, das regt doch niemanden mehr auf. Ganz im Gegenteil, ich bin überzeugt davon, daß wir es genau richtig machen. Du hast so viel für mich und Dascha getan, daß ich weder deiner Hochzeit fernbleiben noch meine ohne dich feiern kann.«

»Aber deswegen hättest du deinen Hochzeitstermin ja nicht mit meinem zusammenlegen müssen«, hatte Nastja verärgert gesagt. »Du erzeugst Probleme, und die andern sind dann gezwungen, sich mit ihnen herumzuschlagen. Was hätte es ausgemacht, wenn wir im Abstand von einer Woche geheiratet hätten?«

»Und das Fest?« hatte Sascha empört entgegnet. »Der ganze Sinn der Sache ist doch die Doppelhochzeit. Das ist doch das Wunderbare daran. Später werden wir die Jahrestage unserer Hochzeit miteinander feiern. Nastja, du hast den Blick einer Eule auf das Leben, du hast überhaupt keine Ahnung, was für Feste man feiern kann. In diesem Jahr können wir natürlich keine Hochzeitsreise mehr machen, weil Dascha in zwei Monaten das Kind bekommt, aber im nächsten Jahr könnten wir unseren ersten Hochzeitstag zum Beispiel in Madrid feiern. Den zweiten feiern wir dann in Wien. Und den dritten in Paris.«

»Sascha, ich bitte dich, deine Pläne auf meine finanziellen Möglichkeiten abzustimmen«, hatte Nastja gereizt erwidert. »Ich werde weder nach Madrid fahren noch nach Wien, noch nach Paris, denn ich werde nie so viel Geld besitzen. Deine Millionärsallüren machen mich krank.«

»Geh doch zum Teufel!« hatte Alexander Kamenskij gelacht. Er war so geblendet von der Liebe, daß er niemandem erlaubte, seinen rosaroten Blick auf die Welt zu trüben. »Du bist meine Schwester, und ich werde dir die ganze Welt zeigen. Ich habe genug Geld.«

Es war ihm gelungen, sich durchzusetzen, und morgen würde die Doppelhochzeit stattfinden. Das Geschenk für Dascha hatte Nastja längst besorgt, aber für ihren Stiefbruder hatte sie immer noch nichts, und jetzt mußte sie sich dringend darum kümmern.

Auf dem Puschkinplatz stieg sie in den Trolleybus und fuhr zum Arbat. Sie glaubte sich erinnern zu können, daß sie dort in einem Geschäft ein luxuriöses Scheibtischset gesehen hatte, das genau zu einem Geschäftsmann wie Sascha paßte. Während sie langsam an den Geschäften vorbeiging, bemerkte sie plötzlich ein parkendes Auto, das ihr bekannt vorkam. Im nächsten Moment erinnerte sie sich daran, wessen Auto es war, und gleichzeitig stach ihr etwas unangenehm ins Auge. Angestrengt sah sie durch das Fenster in das Innere des Wagens. Dort lag auf dem Rücksitz ein grellroter Lackmantel mit schwarzen Godets. Sie erinnerte sich gut an den Mantel, Kleidungsstücke wie diese sah man in Moskau nicht oft.

Nastja ließ ihren Blick langsam über die Straße schweifen und entdeckte ein kleines geöffnetes Café. Der Mann, dem das Auto gehörte, und die Besitzerin des teuren, extravaganten Mantels saßen an einem kleinen Tisch und unterhielten sich angeregt. Im Grunde ging das Nastja überhaupt nichts an, aber dennoch, dennoch ...

Sie betrat das Café, ging langsam zur Theke, bestellte eine Tasse Kaffee und ein Stück Kuchen und setzte sich an den Tisch, der dem Paar am nächsten war. Sie versuchte, ihren Sitzplatz so zu wählen, daß sie den beiden nach Möglichkeit nicht auffiel und trotzdem gut mithören konnte, worüber sie sprachen.

»... sehr heiß. Meine Bekannten waren im Juli dort, sie sagen, daß man eingeht vor Hitze. Dort muß man später hinfahren, so im September«, hörte Nastja das Mädchen mit gezierter Stimme sagen.

»Aber wir sind ja auch im Juli gereist letztes Jahr«, widersprach ihr Begleiter. »Und ich finde, es war genau die richtige Jahreszeit. Du hast nicht einmal einen Sonnenbrand bekommen.«

»Das kannst du doch nicht vergleichen!« bemerkte das Mädchen abschätzig. »Wir waren an der Costa Brava, dort herrscht ein ganz anderes Klima. In der Türkei würden wir im Juli verrückt werden vor Hitze.«

»Ich habe gehört, daß es in der Türkei einen Badeort gibt, der auch im Juli sehr angenehm sein soll. In ökologischer Hinsicht angeblich der beste im ganzen Land«, widersprach der junge Mann erneut. »Sand, Kiefern, frische Luft.«

»Was ist das für ein Badeort?« fragte das Mädchen ungläubig.

»Das war ... ich glaube ... verdammt, es fällt mir im Moment nicht ein.«

»Kemer«, sagte Nastja laut und deutlich, ohne den Kopf zu wenden.

»Genau, Kemer!« bestätigte die männliche Stimme erfreut.

»Es zeugt nicht gerade von Anstand, Fremde zu belauschen und sich in ihre Unterhaltung einzumischen«, sagte das Mädchen herausfordernd.

Nastja stellte vorsichtig ihre Tasse auf dem Tisch ab und wandte sich zu den beiden um. Im ersten Moment erkannten sie sie nicht. Dann wurde der junge Mann plötzlich bleich, während auf den Wangen des Mädchens rote Flecken aufflammten.

»Ich würde an Ihrer Stelle lieber nicht von Anstand reden«, bemerkte Nastja mit ruhiger Stimme. »Das, was Sie getan haben, fällt nach dem Strafgesetzbuch eindeutig unter Falschaussage.«

»Das können Sie nicht beweisen!« brauste das Mädchen auf. »Und außerdem stimmt es nicht.«

»Was stimmt nicht? Daß Sie im letzten Jahr gemeinsam im Urlaub waren? Daß Sie sich schon lange und gut kennen?«

»Na und?« sagte das Mädchen trotzig. »Was ist schon dabei, daß wir uns kennen?«

»Nichts«, erwiderte Nastja mit einem Seufzer. »Nur bestand das Alibi Ihres Freundes darin, daß Sie, eine angeblich zufällige Passantin, ihn eindeutig als denjenigen wiedererkannt haben wollen, mit dem Sie genau zu dem Zeitpunkt auf der Straße zusammentrafen, als am anderen Ende der Stadt ein Verbrechen begangen wurde. Doch da nun klar ist, daß Sie sich zu dieser Zeit bereits gekannt haben, entsteht ein etwas anderes Bild.«

»Der Fall ist bereits abgeschlossen«, mischte sich der junge Mann ein.

»Und wenn schon. Er kann jederzeit wieder aufgerollt werden«, sagte Nastja mit einem Schulterzucken.

Eine solche Wendung im Geschehen hatte das Paar ganz offensichtlich nicht erwartet. Offenbar hatten beide geglaubt, daß ein abgeschlossener Fall für immer abgeschlossen blieb. Sie wußten nicht, daß ungelöste Fälle viele Jahre lang nicht ad acta gelegt wurden. Man ließ sie lediglich ruhen, aber das Verfahren konnte jederzeit wieder aufgenommen werden.

Nastja trank ihren Kaffee aus und erhob sich.

»Am Montag werde ich dem Untersuchungsführer von unserer reizenden Begegnung berichten, und der wird dann entscheiden. Es kann sein, daß Sie Glück haben und er das, was ich ihm mitzuteilen habe, nicht für wichtig hält. Aber auf jeden Fall sind Sie vorgewarnt.«

Die Blicke des Paares folgten Nastja auf dem Weg zur Tür. Sie verließ das Café mit einem mulmigen Gefühl. Sie erinnerte sich noch gut an das verprügelte, vergewaltigte Mädchen, das bei der Gegenüberstellung sehr unsicher war, weil sie sich an das Gesicht des Mannes, der sie schlug und vergewaltigte, kaum noch erinnerte. Diese aufgetakelte Schnepfe hingegen, die jedes Jahr Urlaub an modischen Badeorten machte, hatte ganz selbstgewiß zu Protokoll gegeben, daß sie dem jungen Mann zur Tatzeit an einem ganz anderen Ort begegnet war. Sie hatte sich so gut an ihn erinnern können, weil er, wie sie sagte, genau zu dem Typ Mann gehörte, der ihr am besten gefiel. Und was das betraf, hatte sie nicht gelogen, diese kleine Kanaille, er gefiel ihr wirklich, das war offensichtlich.

Nachdem Nastja endlich das Geschenk für ihren Stiefbruder besorgt hatte, betrat sie eine Telefonzelle und rief den Untersuchungsführer an.

»Entschuldigen Sie, Konstantin Michajlowitsch, daß ich Sie zu Hause anrufe, aber morgen habe ich einen hektischen Tag, und ab Montag bin ich im Urlaub.«

»Macht nichts, macht nichts, was hast du auf dem Herzen?«

»Ich habe soeben erfahren, daß Artjuchins Alibi gefälscht ist. Das Mädchen, das ihn als den erkannt haben will, der sie auf der Straße nach dem Weg gefragt hat, ist in Wirklichkeit eine alte Freundin von ihm.«

»Sieh einer an!«, sagte Konstantin Michajlowitsch mit einem leichten Pfeifen durch die Zähne. »Das heißt, die haben uns einen hübschen Bären aufgebunden.«

»Sieht so aus. Ich habe sie auf den Montag vertröstet.«

»Ist gut, Nastja, ich habe verstanden. Morgen werde ich der Sache nachgehen. Sag mir nur, welcher Spur ich folgen muß.«

»Die beiden waren im Juli letzten Jahres zusammen im Urlaub an der Costa Brava. Das heißt, daß sie sich seit mindestens einem Jahr kennen.«

»Dieses Gesindel. Aber wart mal«, besann sich der Untersuchungsführer plötzlich, »du heiratest doch morgen. Oder irre ich mich?«

»Nein, Sie irren sich nicht.«

»Und da hast du nichts Besseres zu tun als das, was du gerade tust?«

»Aber ich heirate ja erst morgen. Heute arbeite ich noch.«

»Kamenskaja, hat dir noch nie jemand gesagt, daß du übergeschnappt bist?«

»Das sagt man mir ständig. Sie sind der hundertneunzehnte, der das behauptet.«

»Zum Glück gibt es auf der Welt also außer mir noch hundertachtzehn normale Menschen. Gehört dein zukünftiger Mann auch dazu?«

»Nein«, sagte sie mit einem Lächeln, »er ist noch verrückter als ich. Wenn er am Wochenende zu mir kommt, bringt er seine Arbeit mit.«

»Nun ja, zwei gleiche Schuhe ergeben ein Paar. Ich wünsche dir Glück. Und Artjuchin werde ich schon heimleuchten. Genieße du deinen großen Tag, und mach dir keine Sorgen!«

* * *

Nastja kam erst gegen Mitternacht nach Hause. Tschistjakow saß in der Küche und legte Patiencen. Das Unterfangen des morgigen Tages beunruhigte ihn genausowenig wie Nastja. Vielleicht deshalb, weil er so viele Jahre auf diesen Tag gewartet und inzwischen einen Zustand von Abgeklärtheit erreicht hatte.

»Ljoscha, bist du mir böse?« fragte sie schuldbewußt, während sie über die Türschwelle trat. »Verzeih mir, Liebster, ich hatte noch so viel zu tun, ich bin nicht einmal zum Flughafen mitgefahren, um meine Mutter abzuholen. Und außerdem mußte ich noch ein Geschenk für Sascha besorgen ...«

»Warum hast du mir nicht wenigstens Bescheid gesagt?« erkundigte sich Tschistjakow ärgerlich. »Stockfinstere Nacht draußen, und du treibst dich in der Gegend herum. Hast du Hunger?«

»Hunger? Ja, hab ich.«

Während Ljoscha Nastja dabei zusah, wie sie den Salat in sich hineinschlang, legte sich sein Ärger. Sie war da, ihr war nichts passiert. Was wollte er mehr? Ummodeln konnte man sie sowieso nicht. Und eigentlich wollte er es auch gar nicht.

* * *

Elja Bartosch öffnete den Verschluß der Halskette in ihrem Nacken und nahm das Schmuckstück wieder ab.

»Das paßt auch nicht«, sagte sie mit einem tiefen Seufzer. »Die Farbe ist zu grell und paßt nicht zum Kleid. Was haben wir denn sonst noch?«

»Nun hör endlich auf«, erwiderte Tamila gereizt. »Du tust so, als würdest du dich auf das größte und letzte Ereignis deines Lebens vorbereiten. Weißt du, was dein Großvater, Professor Berekaschwili, immer gesagt hat? Im Leben gibt es nur ein einziges Ereignis, das sich niemals wiederholen läßt: Du kannst nur ein einziges Mal Kandidat der Wissenschaften werden. Aber heiraten kannst du beliebig oft, den Wiederholungen sind keine Grenzen gesetzt. Deshalb brauchst du dich nicht verrückt zu machen, der morgige Schritt ist kein besonders ernsthafter und wichtiger. Ihr geht zum Standesamt, danach lebt ihr ein paar Monate zusammen, treibt es miteinander, stillt euren jugendlichen Hunger, irgendwann wirst du anfangen, dich tödlich zu langweilen, und dann läßt du dich wieder scheiden. Das ist alles.«

Elja senkte den Kopf und ließ sich mit ihrem ganzen Gewicht auf einen Stuhl fallen, ungeachtet des Schadens, den sie damit ihrem pompösen Hochzeitskleid zufügte. Über ihre Wangen rannen Tränen, sie schniefte und wischte sich das Gesicht mit der Handfläche ab.

»Da haben wir es«, sagte Tamila trocken, während sie die auf dem Tisch herumliegenden teuren Schmuckstücke sorgfältig in den Etuis verstaute. »Du bist so nervös, meine Liebe, daß man sich jedes Wort überlegen muß, das man sagt. Nimm dich zusammen, sonst werden es die Hochzeitsgäste morgen schwer mit dir haben. Du legst jedes Wort auf die Goldwaage, bist sofort beleidigt und fängst zu heulen an. Was hast du nur für einen schrecklichen Charakter?«

Nach den letzten Worten der Mutter sprang Elja vom Stuhl auf und lief in ihr Zimmer. Die Mutter machte nie einen Hehl aus ihrer Abneigung gegen den Bräutigam, den ihre Tochter sich ausgesucht hatte. Tamila, die Tochter eines stolzen, souveränen georgischen Wissenschaftlers und einer bekannten Schriftstellerin aus dem Adelsgeschlecht der Bersjonows, hatte seinerzeit den Ungarn Istvan Bartosch geheiratet, den Sohn eines in Moskau akkreditierten Diplomaten. Die Auslandsbeziehungen ihres Mannes in Verbindung mit den Familienschätzen der Bersjonows hatten es Tamila Bartosch erlaubt, ein recht angenehmes und unbeschwertes Leben zu führen, sie durfte auf Empfängen und Geschäftsessen glänzen, wenn sie ihren Mann auf Auslandsreisen begleitete, zuerst zu angeblichen Verwandten, später in ganz legalen geschäftlichen Angelegenheiten. Tamila war eine imposante Frau mit rassigen Gesichtszügen, einer markanten Nase und dichten blauschwarzen Locken, sie hatte hohe, volle Brüste und üppige Hüften, sie stand stets im Mittelpunkt und konnte auch mit ihren fünfundvierzig nicht über einen Mangel an Verehrern klagen.

Darüber, daß die meisten von ihnen nicht sie meinten, sondern ausschließlich die Beziehungen und das Geld ihres Mannes, dachte sie nicht nach. Als ein Mensch, der im Milieu der elitären Intelligenzija aufgewachsen war, fließend deutsch und ungarisch sprach, von Kindheit an an Überfluß, Liebe und Aufmerksamkeit gewöhnt war, hielt sie ihre Anziehungskraft bis heute für etwas Selbstverständliches, das von jeher da war und nur mit ihr selbst verschwinden konnte.

Natürlich hatte sie eine ganz bestimmte Vorstellung von ihrem zukünftigen Schwiegersohn gehabt und ihn keinesfalls als bescheidenen, bebrillten Aspiranten gesehen, der bei seiner Mutter wohnte, weder Haus noch Hof besaß und keinerlei Zukunftsperspektiven hatte. Natürlich könnte Pista (Tamila betonte stets die Herkunft ihres Mannes und verwendete deshalb auch in der Öffentlichkeit seinen ungarischen Kosenamen) sich um die Karriere des Jungen kümmern, könnte ihn zu seinen Geschäften hinzuziehen und später vielleicht zu seinem Kompagnon machen, aber lohnte der Aufwand? Der Aspirant glich keinesfalls einem vielversprechenden rohen Goldklumpen, in dessen Schliff man Zeit und Energie investieren sollte. Ein ganz gewöhnlicher kleiner Dummkopf, der nicht wußte, wie man zupackte, weder Geschäftstüchtigkeit noch Gerissenheit besaß. Nachdem Tamila ihn eine Weile beobachtet hatte, war sie zu dem Schluß gekommen, daß alles an seiner ungewöhnlich starken männlichen Ausstrahlungskraft lag, der ihre dumme kleine Tochter natürlich nicht widerstehen konnte. Der Junge war derart erotisch, daß sogar der mit allen Wassern gewaschenen Tamila die Knie weich wurden. Und wenn so mächtige Triebkräfte im Spiel waren, verstärkte jedes Hindernis noch das Streben zueinander, sagte sich die Mutter weise; jeder Versuch, die Tochter von der Heirat abzuhalten, wäre sinnlos gewesen, damit hätte man nur Schaden anrichten können. Macht nichts, sagte sich Tamila zynisch, sollen sie ruhig heiraten und sich aneinander sättigen, sollen sie es treiben bis zur Ohnmacht, bis zum Ekel, danach kann man ganz unauffällig darangehen, sie wieder zu trennen und die Scheidung einzuleiten. Es mußte ihr nur gelingen, ihrer Tochter klarzumachen, daß sie sich den Unsinn von der großen Liebe aus dem Kopf schlagen mußte, von der ewigen Zusammengehörigkeit in Armut und Reichtum, in Freud und Leid, in Krankheit und Gesundheit. Elena sollte schon jetzt, am Vorabend ihrer Hochzeit, begreifen, daß das morgige Ereignis ein ganz gewöhnliches und alltägliches war und daß ihr, so Gott wollte, noch viele solche Ereignisse bevorstehen würden.

Elja kam mit roten Augen und geschwollenem Gesicht aus ihrem Zimmer. Sie trug jetzt nicht mehr das pompöse weiße Hochzeitskleid, sondern smaragdgrüne, schillernde Leggins und eine fast knielange, graugrün gemusterte Bluse. Das dichte schwarze Haar war am Hinterkopf aufgesteckt und von einer Spange zusammengehalten, den rührend zarten Nacken freigebend, der volle, schön geformte Mund war dunkel geschminkt.

»Ich gehe zu Katja«, verkündete sie herausfordernd, auf eine der üblichen Szenen und Streitereien mit der Mutter gefaßt. Es war bereits acht Uhr abends, eigentlich hätte sie früh zu Bett gehen sollen, um morgen gut auszusehen. Sie mußte sehr früh aufstehen, denn bereits gegen sieben würde Natascha erscheinen, um sie zu frisieren, und gegen acht wollte Galja kommen, um ihr Make-up zu machen. Um halb zehn mußten sie bereits im Auto sitzen, um zum Standesamt zu fahren. Das Amt öffnete um zehn, und Tamila hatte darauf bestanden, daß ihre Tochter als erste getraut wurde, denn sie sollte nicht mit den anderen in der Schlange anstehen.

»Geh nur«, sagte die Mutter, gleichgültig mit den Schultern zuckend. »Du wirst, wie immer, spät ins Bett kommen und morgen aussehen wie ein marinierter Hering. Aber was geht es mich an, es ist deine Hochzeit und nicht meine.«

Elja stürzte aus der Wohnung und schlug die Tür hinter sich zu, um nicht wieder in Tränen auszubrechen. Manchmal haßte sie ihre Mutter aus tiefster Seele. Und in letzter Zeit wiederholte sich dieses »manchmal« so oft, daß man es inzwischen getrost »fast immer« nennen konnte.

Eljas beste Freundin Katja wohnte im Nachbarhaus. Früher

waren die Mädchen zusammen zur Schule gegangen, später begannen sie gemeinsam zu studieren. Katja hatte die Aufnahmeprüfung der Universität mit Bravour bestanden, Elja mußte die Prüfung wiederholen und legte sie schließlich mit einem Viererdurchschnitt ab. Jetzt war Katja bereits im sechsten Semester, während Elja vor allem faulenzte und ihren Vergnügungen nachging. Sie fuhr ständig mit ihren Eltern oder mit Reisegruppen ins Ausland und tat nur so, als würde sie die Geschichte der Filmkunst studieren. Tamila, die in ihrem Leben keinen einzigen Tag gearbeitet hatte, hielt den Lebensstil ihrer Tochter für völlig angemessen, man mußte nur einen passenden Ehemann für sie finden, der so ein Dasein auch weiterhin ermöglichen konnte.

Katja war überrascht, als sie ihre Freundin erblickte.

»Elja! Ist irgend etwas passiert?«

»Nein, nichts. Ich möchte nur ein bißchen mit dir reden.«

»Am Vorabend deiner Hochzeit?« fragte Katja ungläubig. »Hast du nichts Besseres zu tun?«

»Wenn ich störe, dann gehe ich wieder«, brauste Elja auf. »Du brauchst es nur zu sagen.«

»Aber nicht doch, komm herein«, beruhigte sie Katja. »Ich wundere mich nur. Gewöhnlich haben Bräute an so einem Tag anderes im Kopf. Es gibt schließlich viel zu tun am Vorabend einer Hochzeit. Und wenn alles erledigt ist, sitzen sie gewöhnlich mit ihrem Bräutigam in einer stillen, dunklen Ecke und träumen davon, daß sie am nächsten Tag wieder genau dasselbe tun werden, nur endlich ganz legal.«

»Ich weiß nicht, wie Bräute sich normalerweise verhalten«, erwiderte Elja giftig. »Du bist meine einzige Freundin, und du hast bis jetzt noch nicht geheiratet.«

»Aber fast die Hälfte meiner Kommilitoninnen hat im Lauf der letzten drei Jahre geheiratet«, lachte die Freundin, »also habe ich schon viele Bräute gesehen. Willst du Tee?«

»Ich würde ganz gern etwas essen«, gestand Elja verlegen. Katja sah ihre Freundin aufmerksam an.

»Elena, hör auf, Theater zu spielen. Du kommst doch von

zu Hause, dein Make-up ist ganz frisch, und du trägst Hausschuhe.«

»Na und?«

»Warum bist du dann hungrig? Gibt dir deine Mutter nichts zu essen? Oder hast du dich wieder mit ihr gestritten und bist deshalb in Hausschuhen aus der Wohnung gelaufen?«

Eljas Lippen begannen zu beben, und eine Sekunde später schluchzte sie bereits wieder, diesmal an der Schulter ihrer Freundin.

»Warum kann meine Mutter ihn nicht leiden? Was hat er ihr getan?«

»Elja, Liebe, sag mir um Himmels willen, warum deine Mutter ihn leiden können muß. Du mußt deinen Valerij leiden können, und das tust du schließlich. Verlange nicht von deiner Mutter, daß sie deinen Geschmack teilt.«

Katja streichelte den Kopf ihrer Freundin und dachte betrübt daran, daß ihre Gedankengänge wahrscheinlich zu kompliziert waren für die liebenswerte, gutherzige, ziemlich beschränkte Elena. Immer wieder stellte sie sich die schmerzliche Frage, was der vielversprechende zukünftige Gelehrte Valerij Turbin an diesem dümmlichen Mädchen finden konnte. Er war Aspirant am Lehrstuhl für Philosophie und leitete ein Seminar, das Katja besuchte. Turbin war die begabte Katja sofort in der Masse der anderen Studenten aufgefallen, sie allein verstand die Sprache, die er von Professoren und Dozenten gewohnt war und die er selbst sprach. Das gegenseitige Interesse war schon bald durch gegenseitige Sympathie gefestigt worden, eine Sympathie, die nahtlos in Verliebtheit übergegangen war, und wer weiß, wie sich alles entwickelt hätte, wäre Elena nicht auf die Idee gekommen, ihre Freundin zur Uni zu begleiten, um sie moralisch zu unterstützen, während sie ihre Prüfung in Sozialpsychologie ablegte. Katja hatte im Auditorium mit den Prüfungsfragen gekämpft, derweil Elja draußen auf dem Korridor in Gesellschaft eines jungen Aspiranten, der zufällig vorbeigekommen war, auf ihre Freundin gewartet hatte. Als Katja nach der Prüfung auf den Korridor herausgetreten war, hatte ihr ein einziger Blick genügt, um zu verstehen, was geschehen war. Elja und Turbin hatten sich Katjas Blässe durch die Aufregung und Nervosität erklärt, die sie hinter sich hatte.

Katja hatte sich schnell mit dem Lauf der Dinge versöhnt, sie war keine Kämpfernatur und hatte ihren Platz neben Turbin widerstandslos der Freundin überlassen. Die Wunde war noch nicht verheilt, aber Katja studierte nicht zufällig Philosophie, Soziologie und Psychologie. Sie verfolgte zielstrebig ihre Interessen und hatte sich Studienfächer gewählt, die ihren Neigungen entsprachen. Es gelang ihr, die Liebe zu Valerij Turbin und ihre Freundschaft mit Elja Bartosch, ihrer Nachbarin und Freundin seit Kinderzeiten, innerlich voneinander zu trennen. Im Innersten bedauerte sie Elja sogar ein wenig: Sie hatte keine Freunde, keine Interessen, keine Aufgabe. In so einem Leben wurde die romantische Liebe zum Mittelpunkt aller Gedanken und Gefühle, und alles, was diese Liebe bedrohte, wurde zur Katastrophe. In meinem Leben, dachte Katja, wird es, so Gott will, noch viele Begegnungen mit interessanten und klugen Männern geben, aber wie soll Elja Bekanntschaften machen? Sie geht niemals aus, hat keine Kontakte, sie treibt sich nur immer irgendwo im Ausland herum, aber die Reisegruppen bestehen meistens nur aus Frauen, und wenn mal ein Mann darunter ist, dann reist er in der Regel mit Ehefrau und Kindern. Reiche ledige Männer machen keine Pauschalreisen. Auf der Straße kann Elja auch keine Bekanntschaften machen, man hat ihr von Kindheit an eingebleut, daß man das nicht tun darf. Natürlich könnte Elja auf die Verbote ihrer Eltern pfeifen, aber auch ihr ist klar, daß aufgrund der Position, die ihr Vater einnimmt, niemand in der Familie das Recht hat, ein Risiko einzugehen. Im Nu kann man sich einen Dieb oder Mörder ins Haus holen.

Elja hatte sich endlich beruhigt, und die beiden Mädchen plauderten noch bis fast elf Uhr. Auf dem Heimweg zog Elja aus dem Briefkastenschlitz die Zeitungen und ein kleines weißes Kuvert. Es stand kein Absender auf dem Umschlag. Sie drehte ihn eine Weile nachdenklich hin und her, unschlüssig, ob sie das Kuvert öffnen oder ihren Eltern geben sollte. Schließlich siegte die Neugier, sie riß den Umschlag auf und fand darin einen kleinen, doppelt gefalteten Zettel. Darauf stand in großen Druckbuchstaben: »Tu das nicht. Du wirst es bereuen.«

ZWEITES KAPITEL

Nastja war gerade unter die Dusche gegangen, als es an der Wohnungstür klingelte. Ljoscha öffnete, und Dascha kam mit leuchtenden Augen hereinstürzt. Sie war im achten Monat schwanger, deshalb trug sie statt eines weißen Hochzeitskleides einen leichten Hosenanzug aus cremefarbener Seide. Die Schwangerschaft hatte keinerlei nachteilige Auswirkungen auf ihr hübsches Gesicht, das umrahmt war von dichtem honigfarbenem Haar, der Blick der großen blauen Augen war hell und warm, und in dem kunstvoll geschneiderten Hosenanzug glich sie eher einem zauberhaften Pummelchen als einer werdenden Mutter.

»Ich hab es ja gewußt, ihr seid immer noch in den Federn. Anastasija ist bekannt als Langschläferin und Faulpelz, aber du, was ist mit dir, Ljoscha?«

»Was soll mit mir sein?«, fragte Ljoscha verwundert. »Unser Termin auf dem Standesamt ist um zehn, und jetzt ist es erst acht.«

»Aber ihr müßt euch schließlich noch anziehen, Nastja muß sich schminken, wir müssen noch Blumen besorgen. In einer Stunde kommt Alexander uns abholen, und ihr denkt nicht daran, in die Gänge zu kommen.«

»Keine Sorge«, beruhigte sie Ljoscha, »es ist noch genug Zeit. Reg dich nicht auf, das schadet dir.«

»Wo ist die Braut?« fragte Dascha mit strenger Stimme.

»Sie steht unter der Dusche und versucht, wach zu werden.«

»Liegt das Kostüm bereit?«

»Ich weiß es nicht«, sagte Tschistjakow verwirrt, »ich habe nicht gefragt.«

»Ich hab es ja gewußt! Wahrscheinlich hat sie nicht einmal nachgesehen, ob alle Knöpfe dran sind und ob man es vielleicht bügeln muß. Geh du Frühstück machen, und ich sehe mir das Kostüm an.«

Tschistjakow trottete ergeben in die Küche, um Kaffee zu kochen, von nebenan drangen ständig Daschas Seufzer und Wehklagen zu ihm.

»Meine Güte, wo hat sie nur die Bluse hingetan, die ich für sie ausgesucht habe? Sie war doch irgendwo hier ... Natürlich muß der Rock gebügelt werden .... Das ist keine Braut, das ist irgendein Mißverständnis ... Ob es in diesem Haus wenigstens ein Bügeleisen gibt?«

Als Nastja aus dem Bad trat, erstarrte sie zur Salzsäule angesichts dessen, was sie infolge von Daschas wilden Aktivitäten vor sich sah. Der gesamte Inhalt ihres Kleiderschranks lag im Zimmer herum, verteilt auf Sofa und Sessel, und inmitten dieses Chaos kniete Dascha auf dem Fußboden und bügelte auf einer dünnen Wolldecke Nastjas schwarzen Rock.

»Was stehst du da wie eine Statue?« fragte Dascha, ohne sich umzudrehen. »Beeil dich, geh Kaffee trinken, und fang an, dich zu schminken.«

»Muß ich das wirklich tun?« fragte Nastja unsicher. Sie haßte es, sich zu schminken, obwohl sie zugeben mußte, daß sie mit einem gekonnt aufgelegten Make-up tatsächlich besser aussah.

»Und ob du das mußt! Hör auf zu diskutieren, Anastasija, wir haben das alles längst miteinander besprochen. Ich war damit einverstanden, daß du dir für die Hochzeit kein neues Kleid kaufst, sondern etwas von den Sachen anziehst, die du im Kleiderschrank hast, aber sei bitte so nett und kümmere dich wenigstens um dein Gesicht.«

Sie wandte ihren Kopf um und betrachtete die Stiefschwester ihres Bräutigams, die barfuß, eingewickelt in ein großes Frotteetuch, vor ihr stand.

»Mein Gott, Nastja!« rief Dascha ungeduldig aus, während sie nicht aufhörte, den Rock beherzt mit dem Bügeleisen zu bearbeiten. »Du bringst mich zur Verzweiflung. Nun mach schon! Wir kommen zu spät.«

Als Alexander Kamenskij pünktlich um neun an der Wohnungstür klingelte, hatte Nastja bereits zwei Tassen Kaffee getrunken, jetzt stand sie in dem gebügelten Kostüm vor dem Spiegel im Badezimmer und schminkte sich.

»Nastja!« rief der Stiefbruder ihr aus dem Flur zu, »da ist ein Brief für dich.«

»Was für ein Brief?«

»Ich weiß es nicht. Das Kuvert steckte im Türspalt. Es steht kein Absender drauf.«

Nastja legte den Kosmetikpinsel aus der Hand und ging ihrem Stiefbruder entgegen. Sie küßten sich und betrachteten einander mit einem spottlustigen Lächeln.

»Was meinst du«, fragte Nastja, »gehe ich durch als Braut?«

»Durchaus. Und wie ist es mit mir?«

Der hochgewachsene, dünne, wenig attraktive Sascha sah heute aus wie ein Supermann aus einem Hollywood-Film. Entweder stammte sein Anzug von einem wirklich guten Schneider oder sein Gesichtsausdruck hatte sich verändert, aber alles an ihm schien nur eines auszudrücken: Ich bin glücklich, ich kann alles. Mir wird alles gelingen, und nichts kann sich mir in den Weg stellen.

»Du siehst verteufelt gut aus«, sagte Nastja lächelnd. »Wo ist der Brief?«

Sie nahm ihm das weiße Kuvert aus der Hand und öffnete es ohne Eile. Auf dem doppelt gefalteten kleinen Zettel stand in großen Druckbuchstaben: »Tu das nicht. Du wirst es bereuen.«

Ihre Hände begannen zu zittern, sie wurde bleich und rang um Fassung.

»Was ist denn?« fragte Alexander besorgt. »Schlechte Nachrichten?«

»Kümmere dich nicht darum. Das ist nur irgendein Unsinn«, erwiderte sie, bemüht, ihren Schrecken zu verbergen.

»Nastja!«

»Sascha, vergiß es! Alles ist in Ordnung. Es hat nichts mit unserer gemeinsamen Hochzeit zu tun. Geh doch bitte für fünf Minuten in die Küche, und lenke Dascha und Ljoscha ab, damit sie nicht ins Zimmer kommen. Ich muß telefonieren.«

Sie schloß die Tür hinter sich, riß den Hörer von der Gabel und wählte die Nummer des Untersuchungsführers Olschanskij.

»Konstantin Michajlowitsch«, sagte sie hastig, »Artjuchin hat offenbar einen ordentlichen Schrecken bekommen. Ich habe gerade einen Drohbrief erhalten. Sollte ich dem Untersuchungsführer, das heißt also Ihnen, von unserer Begegnung berichten, würde ich es bereuen.«

»Hast du den Brief angefaßt?«

»Nur mit den Fingernägeln und nur ganz am Rand. Ich bin wie der Pawlowsche Hund. Solche Briefe nehme ich nie in die Finger, das ist schon ein Reflex bei mir.«

»Wo bist du jetzt?«

»Noch zu Hause. Aber in zehn Minuten muß ich los.«

»In welche Richtung?«

»Um zehn muß ich in Sokolniki sein, dann, um zwölf, wieder in Ismajlowo, danach, gegen zwei, fahren wir ins Zentrum, zum Restaurant Metropol.«

»Ich komme gegen zehn in Sokolniki vorbeigefahren, dann kannst du mir den Brief geben. Reg dich nicht auf, Kamenskaja, hörst du! Wenn du ihn wirklich davon überzeugen konntest, daß du bis Montag nichts unternehmen wirst, dann wird er dir bis Montag auch nichts tun. Und in zwei Tagen kriege ich ihn, schneller als er sich umschauen kann. Dieses Schwein!«

Nach dem Gespräch mit Olschanskij stürzte Nastja zurück ins Bad, um sich fertig zu schminken. Aus der Küche hörte sie die Stimmen ihres Stiefbruders und seiner Braut, die lebhaft darüber diskutierten, welche Blumen zu Nastja als Trauzeugin paßten und welche zu ihr als Braut, welchen Blumenschmuck man für die Hochzeitstafel im Restaurant besorgen sollte und ob es angemessen sei, daß Sascha Nastjas Mutter, der ersten Frau seines Vaters, ein Geschenk überreichte. Ljoscha beteiligte sich nicht an der Diskussion, jedenfalls konnte Nastja seine Stimme nicht hören.

Sie war bereits dabei, mit einem breiten weichen Pinsel ein wenig Rouge aufzutragen, das das Oval ihres Gesichts betonen sollte, als ihr Stiefbruder aus der Küche zu ihr trat.

»Na, wie steht es? Alles in Ordnung?«

»Mehr oder weniger«, murmelte sie, ohne sich vom Spiegel abzuwenden. »In Sokolniki wird neben dem Standesamt ein hellblauer Moskwitsch stehen. Versuche bitte, dich vor ihn zu stellen, ja?«

»Was ist das denn für ein Auto?«

»Das Auto eines Untersuchungsführers der Moskauer Staatsanwaltschaft. Ich übergebe ihm den Brief, sollen sich die Gutachter ein bißchen damit herumschlagen, solange ich getraut werde.«

Sascha stellte sich hinter Nastja, um ihr Gesicht wenigstens im Spiegel zu sehen und einen Blick von ihr aufzufangen.

»Nastja, ich möchte dir eine Frage stellen, die vielleicht taktlos ist, aber versprich mir, daß du mich nicht anlügen wirst. Daß du entweder ehrlich antworten wirst oder gar nicht.«

»Ich verspreche es«, murmelte sie undeutlich, während sie ihre Lippen mit einem bräunlichen Lippenstift nachzog.

»Tut es dir leid, daß du heiratest? Tut es dir jetzt, in diesem Moment, leid, daß du zum Standesamt fahren mußt, anstatt diesen verdammten Brief selbst zum Gutachter zu bringen und ihm so lange auf der Pelle zu liegen, bis du endlich das Ergebnis hast? Nicht wahr, du würdest am liebsten losrennen und alles Mögliche unternehmen, um den zu finden, der dich bedroht. Habe ich recht?«

Nastja schraubte den Lippenstift langsam zurück in die goldfarbene Hülse, sie drehte sich nicht um, sondern begann, das Gesicht ihres Stiefbruders aufmerksam im Spiegel zu betrachten. Er hatte die gleichen Augen wie sie: sehr hell, durchsichtig, fast farblos. Weißblonde Augenbrauen und Wimpern, eine schmale gerade Nase, einen harten, fest umrissenen Mund. Die Stiefgeschwister sahen einander verblüffend ähnlich, beide groß und hager, aber wenn Nastja einfach nur unscheinbar war, so war Sascha von einem aufrichtig unschönen Äußeren.

»Wie kommst du darauf, daß ich bedroht werde?« fragte sie argwöhnisch.

»Weil der Brief mit sehr großen Buchstaben geschrieben ist, und während du gelesen hast, konnte ich auch lesen. Wirst du mir meine Frage beantworten?«

»Nein. Geh davon aus, daß ich die Frage überhört habe.«

»Danke.«

»Wofür?«

»Daß du mich nicht angelogen hast.«

Er drehte Nastja zu sich herum und drückte ihren Kopf sanft an seine Schulter. Obwohl Nastja acht Jahre älter war als er, gelang es Sascha, sich so zu verhalten, als wäre sie seine kleine Schwester, die er beschützen und umsorgen mußte.

»Ich liebe dich, Nastjenka«, sagte er leise, während er mit seinen Lippen ihr platinfarbenes Haar berührte. »Ich danke dir für alles. Ohne dich hätte ich nie das Glück gefunden, das mir jetzt widerfahren ist. Ich hätte nicht verstanden, daß Dascha mich liebt, und ich hätte nie den Mut gefunden, mich scheiden zu lassen. Und was noch schlimmer gewesen wäre – man hätte Dascha umbringen können. Du hast sie gerettet. Ich danke dir.«

Nastja löste sich vorsichtig von ihrem Stiefbruder und strich ihm sanft über die Wange.

»Sascha, jetzt ist nicht der richtige Moment für ernste Gespräche. Wir feiern heute schließlich ein Fest, verscheuche alles Tragische aus deinen Gedanken und deiner Stimme. Laß uns gehen, wir müssen los, Dascha ist bestimmt schon nervös.«

Doch Alexander bewegte sich nicht von der Stelle, er betrachtete nachdenklich Nastjas Spiegelbild.

»Was ist mit dir, Sascha? Was hast du für tiefschürfende Gedanken?«

»Nastja, du bist in Schwierigkeiten. Ich bestehe nicht darauf, daß du mir sofort alles erzählst, aber ich möchte, daß du eines weißt: Du kannst immer auf mich zählen, was auch passiert. Ich werde alles für dich tun, was ich nur kann.«

»Danke, Sascha. Ich bin gerührt. Ehrlich. Aber jetzt müssen wir wirklich gehen.«

Durch sonnenüberflutete Straßen fuhren sie nach Sokolniki, zum Standesamt, in dem Alexander Kamenskij und Dascha Sundijewa heiraten würden. Sascha und Nastja fuhren in dessen Auto voraus, Ljoscha folgte ihnen zusammen mit Dascha. Nastja hatte versucht, gegen dieses Arrangement zu protestierten, aber Dascha hatte darauf bestanden, daß Braut und Bräutigam nicht zusammen zum Standesamt fahren durften. Unterwegs hielten sie mehrmals vor Blumenständen an, und Dascha stellte sachkundig die Sträuße für sich und Nastja zusammen. Zehn vor zehn waren sie endlich vor dem Standesamt angekommen. Olschanskijs hellblauer Moskwitsch stand bereits vor dem Eingang und nahm sich höchst armselig aus neben zwei nagelneuen Saabs, einem Mercedes und einem Audi, die ebenfalls vor dem Eingang parkten.

Konstantin Michajlowitsch saß unbeweglich auf dem Fahrersitz, so, als würde er gar nicht bemerken, daß Nastja aus dem neu angekommenen Wagen ausgestiegen war und auf ihn zukam. Erst als sie bereits die Hand nach dem Türgriff ausstreckte und dabei war, in sein Auto einzusteigen, schreckte er zusammen und wandte sich ihr zu.

»Lieber Gott, Kamenskaja, ich habe dich nicht erkannt. Bist du das wirklich?«

»Nein, natürlich nicht«, sagte sie lachend. »Ich sitze in meinem Büro in der Petrowka und arbeite. Sie verwechseln mich.«

Sie reichte ihm eine Plastikhülle, in der sich das Kuvert mit dem akkurat gefalteten Zettel befand. Im Gegenzug dazu überreichte ihr der Untersuchungsführer eine dunkelrote Rose mit einem kräftigen, fast meterlangen Stiel.

»Die ist für dich. Aus Holland. Sie riecht nicht, aber dafür hält sie länger.«

»Ich danke Ihnen, Konstantin Michajlowitsch.«

»Und ich danke dir. Ich habe euren Oleg Subow erwischt und ihn überredet, den Brief zu untersuchen. Ich fahre jetzt gleich zu ihm. Wenn es dich interessiert, dann ruf gegen Abend an, damit ich dir das Ergebnis mitteilen kann. Gut, Kamenskaja, ich wünsche dir ... Nun ja, du weißt selbst, was ich dir wünsche. Ich bin kein Freund großer Worte, aber du weißt, daß ich dich achte, schätze und darüber hinaus sehr mag. Viel Glück.«

»Ihnen auch. Ich rufe Sie heute abend an«, sagte Nastja, während sie aus dem Auto ausstieg.

Offenbar hatte Alexander bei der Leiterin des Standesamtes mächtig Vorarbeit geleistet, denn sie mußten nicht warten. Die Angestellte, die sie mit einem liebenswürdigen Lächeln am Eingang empfing, bat um ihre Pässe und schlug der Braut und der Trauzeugin vor, sich im Brautzimmer frisch zu machen.

»In genau drei Minuten werden Sie zur Trauung gebeten. Wenn Sie danach ein Glas Sekt trinken möchten, können wir eine Flasche in den Kühlschrank stellen.«

»Gibt es bei Ihnen vielleicht auch Kaffee?« fragte Nastja unbescheiden.

Diese Worte hörte im Vorübergehen eine korpulente Dame mit einer eleganten, teuren Brille und gepflegter Frisur. Sie wandte sich an Nastja.

»Entschuldigen Sie, sind Sie die Trauzeugin von Alexander Pawlowitsch?«

»Nein, ich bin die Trauzeugin seiner Braut. Worum geht es denn?«

»Alexander Pawlowitsch hat darauf hingewiesen, daß er zusammen mit seiner Schwester erscheinen wird, die heute ebenfalls heiratet. Sind Sie das?«

»Ja.«

»Das habe ich mir gedacht«, sagte die Dame lächelnd. »Ich bitte Sie und die Braut, mir kurz in mein Büro zu folgen.«

Dascha sah erschrocken von Nastja zu der korpulenten Dame und trippelte auf ihren hohen Schuhen neben ihnen her.

Aus irgendeinem Grund waren weder Sascha noch Tschistjakow irgendwo zu sehen, und Nastja wurde plötzlich mulmig zumute.

Die Dame führt sie in ein riesiges Büro, in dem ein niedriger Tisch mit sechs Sesseln stand, auf dem Tisch eine Vase mit Rosen, eine geöffnete Schachtel Pralinen und eine Flasche Sekt in einem Eiskühler.

»Ich bitte Sie, Platz zu nehmen«, sagte die Dame mit einem gastfreundlichen Lächeln. »Ich bin Dina Borisowna, die Leiterin des Standesamtes. Alexander Pawlowitsch und Alexej Michajlowitsch werden auch gleich hier sein, und Sie werden sich von hier aus gemeinsam zum Trauungssaal begeben. Sie heißen Anastasija Pawlowna, wenn ich mich nicht irre?«

Nastja nickte wortlos und harrte mißtrauisch der Dinge, die da noch kommen sollten. Dina Borisowna betätigte indessen irgendeinen unsichtbaren Knopf, es ertönte ein leises Schnarren, und bereits einen Augenblick später stand vor Nastja eine Tasse mit dampfendem Kaffee.

»Alexander Pawlowitsch hat darauf hingewiesen, daß seine Schwester wahrscheinlich Kaffee haben möchte«, sagte die Dame lächelnd, »deshalb habe ich den Kaffeekocher in Kampfbereitschaft gehalten. Nach der Trauung werden Sie in dieses Büro zurückkehren und auf die geschlossene Ehe anstoßen. Pralinen, Sekt, Gläser – alles steht zu Ihrer Verfügung.«

Nastja war kaum dazu gekommen, den starken, aromatischen Kaffee auszutrinken, als auch schon Sascha und Alexej erschienen. Im selben Augenblick öffnete sich eine zweite Tür, die aus dem Büro der Leiterin in den Trauungssaal führte.

»Alexander Pawlowitsch, wir bitten Sie, Ihre Braut und die Trauzeugen zur Zeremonie.«

Unter den Klängen des von einem Streichquartett gespielten Hochzeitsmarsches schritten sie feierlich durch die geöffnete Tür. Nastja musterte angestrengt die Personen, die sich im Raum befanden, versuchte die Worte zu verstehen, die sie miteinander wechselten, und sah ständig auf die Uhr. Die Prozedur gefiel ihr nicht. Sie stellte sich vor, wie sie selbst in zwei Stunden mit dummem Gesicht vor einer Standesbeamtin stehen würde, mit einem großen, stacheligen Rosenstrauß in der Hand, und die Beamtin würde über Verantwortung, gegenseitige Liebe, Fürsorge und so weiter und so weiter dozieren. Dann würden sie sich gegenseitig die Ringe anstecken, entsprechend langsam, damit die Fotografen den Moment für die Ewigkeit festhalten konnten, anschließend würden sie sich küssen und ihre Unterschrift in das riesige Buch auf dem Tisch setzen. Nastja fröstelte. Hätte sie gewußt, daß die Trauungszeremonie so qualvoll war, hätte sie es sich vielleicht doch noch anders überlegt mit dem Heiraten. Schließlich hatten sie und Ljoscha all die Jahre auch ohne Trauung in bestem Einvernehmen gelebt.

»Ich erkläre Sie hiermit zu Mann und Frau ... Bitte stecken Sie sich jetzt die Ringe an ... Der Bräutigam darf die Braut jetzt küssen ... Bitte treten Sie näher und unterschreiben Sie hier ... Auch die Treuzeugen bitte ...«

Endlich war alles vorbei. Nastja küßte Dascha und übergab ihr den obligatorischen Rosenstrauß. Dem fügte Tschistjakow seinen Anteil an dem stacheligen Schatz hinzu. Die kleine Dascha verschwand völlig unter dem Blumenberg, und Ljoscha erbarmte sich und nahm ihr die aufgehäuften Sträuße aus den Armen. Sie kehrten zurück in das Büro von Dina Borisowna, und Nastja ließ sich erleichtert in einen Sessel fallen.

»War alles in Ordnung, Alexander Pawlowitsch?« fragte die Leiterin besorgt, »alles nach Ihren Wünschen?«

»Ich danke Ihnen, Dina Borisowna, alles war bestens. Setzen Sie sich zu uns, und stoßen Sie mit uns an.«

Sascha und Alexej nippten nur an ihren Gläsern, da sie noch Auto fahren mußten, und auch die schwangere Dascha führte das Glas mit der goldfarbenen, perlenden Flüssigkeit nur rein symbolisch an die Lippen. Nastja hingegen leerte ihr Glas zu ihrem eigenen Erstaunen mit großem Genuß, sie trank es mit einem Zug aus und bat um ein zweites. Der Sekt schmeckte köstlich. Aber vielleicht, sagte sie sich, trinke ich nur deshalb, weil ich nervös bin. Die Frage ist nur, warum ich es bin.

Wegen der Hochzeit oder wegen des kleinen gefalteten Zettels in dem weißen Kuvert?

* * *

Auf der Fahrt von Sokolniki nach Ismajlowo teilten sie sich wieder genauso auf wie auf dem Hinweg. Sascha fuhr zusammen mit Nastja im Auto, Tschistjakow mit Dascha.

»Sascha, was meinst du, könnten wir auf dem Standesamt mit der Beamtin reden, damit sie uns ohne dieses ganze Brimborium traut?«

»Ich weiß es nicht. Wieso, hat es dir nicht gefallen?«

»Ehrlich gesagt, nein. Ich mag das alles nicht. Man steht da wie angewachsen und hört sich diesen ganzen Schwachsinn an ... Mir sind die Schultern vor Schmerzen fast auseinandergebrochen, während man euch getraut hat. Ein zweites Mal, und auch noch in der Hauptrolle, halte ich das nicht durch.«

»Gut, ich werde mein möglichstes tun«, sagte Sascha.

Im Standesamt angekommen, nahmen Nastja und Dascha Platz in der großen, luxuriösen Vorhalle, und die Männer gingen los, um wegen einer vereinfachten Trauungszeremonie zu verhandeln. Ljoscha war voll und ganz einverstanden gewesen mit Nastjas Idee, die ganzen Feierlichkeiten wegzulassen, und so blieb Sascha nichts anderes übrig, als sich mit den Wunderlichkeiten seiner Stiefschwester abzufinden.

»Ich gehe hinaus auf die Straße«, sagte Nastja, die nach zehn Minuten keine Lust mehr hatte, vor aller Augen in der Halle herumzusitzen.

»Warum?«

»Ich möchte eine Zigarette rauchen.«

»Ich komme mit«, sagte Dascha und wollte sich erheben, aber Nastja drückte sie sanft in ihren Sitz zurück.

»Bleib du hier, sonst finden uns die Männer nicht mehr.«

Sie ging hinaus vor die Tür und blieb neben einem großen Ascher stehen. Nach den zwei Gläsern Sekt war das die erste Zigarette, die sie rauchte, und sie spürte, wie ihr ein wenig schwindelig wurde. Alles begann sich zu drehen, und ihre Beine waren plötzlich wie aus Watte. Doch nach ein paar Sekunden war es wieder vorbei, und sie begann, interessiert die Leute zu betrachten, die das Standesamt verließen oder gerade erst ankamen. Aus einem kanariengelben Shiguli stieg ein junger Mann aus, der von oben bis unten mit Fotozubehör vollgehängt war.

»Brauchen Sie einen Fotografen?« fragte er Nastja im Vorübergehen.

»Nein, danke«, sagte sie mit einem Lächeln.

Der junge Mann öffnete die Glastür und ging zielstrebig ins Innere der Halle. Nastja sah, wie er zu Dascha herantrat, und ihr fiel auf, daß er aus der Ferne betrachtet noch ein wenig jünger wirkte. Dascha schüttelte ebenfalls den Kopf, und der Fotograf ging schnell weiter.

Sie ging zurück in die Halle, wo Dascha schon verging vor Ungeduld.

»Wo bleiben sie nur?«

»Wieso, hast du es eilig?« fragte Nastja ruhig. »Wir sitzen hier in der Wärme, im Trockenen, niemand treibt uns an. Was gefällt dir denn nicht?«

»Möchtest du denn nicht so schnell wie möglich Ljoschas Frau werden?« fragte Dascha erstaunt.

»Mir ist es ziemlich egal«, gab Nastja zu. »Ich bin schon seit Jahren seine Frau. Was sollte sich nach der Trauung ändern?«

»Aber ihr werdet doch von jetzt an zusammenleben.«

»Wie kommst du denn darauf? Ljoscha wird weiterhin bei sich in Shukowskij wohnen, von dort aus hat er einen Fußweg von nur fünf Minuten bis zu seiner Arbeitsstelle. Er ist doch immer nur an den Wochenenden zu mir gekommen, gelegentlich vielleicht auch unter der Woche, aber eher selten. Und so wird es auch weiterhin bleiben.«

»Trotzdem ...« widersprach Dascha beharrlich. Sie wollte um keinen Preis nachgeben und zustimmen, daß eine gesetzliche Eheschließung bei weitem nicht das Wichtigste und Kostbarste im Leben war.

Endlich tauchten Alexander und Ljoscha wieder in der Halle auf.

»Alles in Ordnung, Mädchen, ich habe die Sache geregelt. Wir werden nur etwas warten müssen, ungefähr eine halbe Stunde. Vor uns sind noch zwei Paare dran, für jede Trauung eine Viertelstunde, dann kommen wir an die Reihe. Man wird uns die gestempelten Pässe samt Heiratsurkunde aushändigen, wir unterschreiben im Heiratsbuch, und fertig. Man hat uns versprochen, daß es nicht länger als drei Minuten dauern wird.«

»Und das Anstecken der Ringe?« fragte Dascha empört.

»Wir stecken sie uns im Restaurant an«, sagte Nastja besänftigend, »oder gleich hier, in der Halle.«

»Wie bitte? Also, Nastja, ich weiß nicht ...«

Dascha traten vor Enttäuschung Tränen in die Augen. Sie war erst zwanzig Jahre alt, Sascha Kamenskij war ihre erste große Liebe, sie trug sein Kind unter dem Herzen und hielt ihre Heirat mit ihm für das wichtigste Ereignis ihres ganzen Lebens. Sie konnte einfach nicht verstehen, wie Nastja und Alexej sich auf ihrer eigenen Hochzeit so gelassen und beinah gleichgültig verhalten konnten.

Sie saßen in der Halle und warteten geduldig, bis die feierliche Trauung der zwei Paare, die vor ihnen dran waren, vorüber sein würde. Nastja ging noch mal vor die Tür, um zu rauchen. Jetzt stand auch der Fotograf, der ihr vorhin seine Dienste angeboten hatte, rauchend vor der Tür.

»Haben Sie es sich vielleicht anders überlegt?« fragte er lächelnd. »Ich habe sehr günstige Preise, und ich garantiere Ihnen beste Qualität.«

»Nein, danke«, lehnte Nastja erneut ab.

»Aber warum denn? Einer Frau wie Ihnen muß es doch gefallen, fotografiert zu werden.«

»Wie kommen Sie denn darauf?«

»Sie sind sehr fotogen. Von welcher Seite und aus welchem Winkel man Sie auch aufnehmen würde, Sie würden immer blendend aussehen. Sind Sie Fotomodell?«

»Nein. Und Sie sollten mir nicht so dreist schmeicheln, das macht mich mißtrauisch und wütend.«

»Ich verstehe nicht ganz ...«

»Sie machen mir völlig unangemessene Komplimente, damit ich Ihre Dienste als Fotograf in Anspruch nehme. Sie wissen genau, daß ich keine Schönheit bin, aber Sie rechnen damit, daß ich auf Ihre Heuchelei hereinfalle und mich von jemandem fotografieren lasse, der mich vielleicht als schön sieht und entsprechend schön machen wird auf seinen Fotos.«

Der Fotograf sah Nastja nachdenklich an und schüttelte mitleidig den Kopf.

»Allerhand. Ihnen muß ja einiges zugestoßen sein im Leben. Eine so schöne Frau, und solche Komplexe. Haben Sie das schon von Kindheit an?«

Nastja fühlte, wie ihr das Blut in die Wangen schoß. Sie machte sich nichts aus ihrer Unscheinbarkeit und hatte deshalb keinerlei Komplexe, aber sie konnte es nicht ausstehen, wenn sich Fremde über ihre äußere Erscheinung ausließen.

»Wissen Sie, was?« sagte der Fotograf fröhlich, während er Nastja mit seinen grünen Augen musterte, »ich mache jetzt ein Polaroid-Foto von Ihnen, in zwei Minuten ist die Aufnahme fertig, und Sie werden sich selbst überzeugen. Keine Sorge, ich mache es kostenlos. Ich zeige Ihnen ein Meisterwerk.«

»Was zeigen Sie mir?« erkundigte sich Nastja, die sich inzwischen von ihrer Verwirrung erholt hatte.

»Ich zeige Ihnen, daß ich recht habe. Ich werde nicht versuchen, sie so vorteilhaft wie möglich aufzunehmen, ich mache einen Schnappschuß von Ihnen, und wenn er mißlingt – dann habe ich verloren.«

»Gut, machen Sie«, stimmte Nastja freudlos zu. Sie hatte ohnehin erst die Hälfte der Zigarette geraucht.

»Also, wir machen es so. Ich bereite die Kamera vor und drehe mich um. Sie nehmen eine beliebige Haltung ein und beginnen laut zu zählen. Bei »drei« drehe ich mich um und drücke auf den Auslöser. Einverstanden?«

»Einverstanden«, sagte Nastja gleichgültig.

Der junge Mann wandte sich um, Nastja zog nachdenklich an ihrer Zigarette und dachte an Artjuchin, dessen Alibi geplatzt war und der ihr heute, am Tag ihrer Hochzeit, diesen üblen Drohbrief geschickt hatte. Als die Zigarette schon fast bis zum Filter heruntergebrannt war, besann sie sich und begann zu zählen.

»Eins, zwei, drei.«

Der Fotograf drehte sich abrupt um, hielt eine Sekunde inne, und dann folgte ein Klicken, ein greller Blitz in Nastjas Augen.

»Sie haben sich lange auf die Aufnahme vorbereitet«, bemerkte er, während er mit seiner Kamera hantierte.

»Ehrlich gesagt, ich hatte Sie vergessen«, erwiderte Nastja kalt.

»Und was haben Sie dann so lange gemacht?«

»Ich habe nachgedacht.«

»Sind Sie als Trauzeugin hier?«

»Nein, als Braut.«

»Das kann nicht möglich sein.«

»Warum nicht?«

»In einem schwarzen Rock und einer schwarzen Bluse? Eine Braut, die rauchend vor dem Standesamt steht und sich mit einem fremden Mann unterhält, anstatt, bebend vor Glück und Aufregung, die Hand ihres Bräutigams zu halten? Ich glaube Ihnen kein Wort.«

»Dann lassen Sie es. Was ist nun mit dem Foto?«

»Noch eine Minute Geduld, gleich ist es fertig. Sie heiraten wahrscheinlich nicht zum ersten Mal. Nur so kann ich mir Ihre Gleichgültigkeit erklären. Sie kennen die Prozedur und vor allem ihre Folgen, stimmt's?« sagte der Fotograf und lachte ein ansteckendes Lachen.

Nastja hielt es nicht aus und lächelte.

»Hier, fertig. Wer von uns beiden hat also recht gehabt?«

Nastja betrachtete die Aufnahme und traute ihren Augen nicht. Sollte das wirklich sie sein? Eine höchst aparte junge Frau in einem kurzen Rock, der die langen, perfekt geformten Beine freigab, einer schwarzen Bluse, die das makellose Weiß der

Haut hervorhob, und einer eleganten weißen Jacke. War das wirklich sie? Von dem Foto blickte sie eine klassische, kalte Schönheit mit hohen Wangenknochen, einem schönen Mund und nachdenklichen Augen an. Das Foto erinnerte sie an die Tatsache, daß sie heute eine ganze halbe Stunde in ihr Make-up investiert hatte, deshalb sah sie so gut aus. Sie hatte sich so sehr an ihr unscheinbares Äußeres gewöhnt, daß sie sich selbst dann als graue Maus fühlte, wenn sie aussah wie ein Filmstar.

»Ich gebe es zu, ich habe verloren. Was verlangen Sie als Strafe von mir?«

»Rein gar nichts. Ich begnüge mich mit einer Entschuldigung für Ihr wenig liebenswürdiges Verhalten.«

»Verzeihen Sie mir«, sagte Nastja aufrichtig. »Sie haben recht gehabt, und ich war sehr unfreundlich zu Ihnen ...«

Sie wollte noch etwas hinzufügen, aber in diesem Moment sah sie, wie Dascha ihr aus dem Inneren der Halle Zeichen mit der Hand machte. Offenbar war es soweit.

»Entschuldigen Sie«, sagte sie mit einem Grinsen, »aber ich werde unter den Schleier gerufen.«

Sie hielt ihm das Foto wieder hin, aber er schüttelte den Kopf.

»Behalten Sie es zur Erinnerung.«

Sie kehrte in die Halle zurück, wo sie bereits ungeduldig erwartet wurde.

»Wir müssen da lang«, sagte Ljoscha und deutete nach rechts, auf eine Phalanx von Türen, die sich nur nach Nummern unterschieden und ansonsten völlig gleich aussahen. »Wir haben die Neun.«

In Zimmer neun saßen zwei junge Mädchen, die die Heiratsurkunden ausstellten und die Pässe stempelten. Eine von ihnen lief aus dem Zimmer und kehrte nach einer halben Minute mit einem riesigen Buch zurück.

»Unterschreiben Sie schnell«, sagte sie etwas atemlos, »ich muß das Buch wieder zurückbringen, weil es für die nächste Trauungszeremonie benötigt wird.«

Nastja, Ljoscha und die Trauzeugen setzten Ihre Unterschriften in das Buch, und das Mädchen eilte wieder davon.

»Wollen Sie Ihren Namen behalten, oder nehmen Sie den Ihres Ehemannes an?« fragte das zweite Mädchen, das die Heiratsurkunde ausstellte.

»Ich behalte meinen«, sagte Nastja.

»Ich trage also ein ... Name des Ehemannes: Tschistjakow. Name der Ehefrau: Kamenskaja ...«

In diesem Moment ertönten plötzlich durchdringende Schreie. Es waren die Schreie einer Frau, in die gleich darauf weitere Frauenstimmen einfielen.

»Dascha, warte hier«, sagte Nastja und stürzte durch die Tür hinaus in die Halle. Alexander und Ljoscha folgten ihr. Vor der Tür zur Damentoilette drängte sich eine schwarzweiße Menschenmenge aus Bräuten und ihren angehenden oder frischgebackenen Ehemännern. Mit dem Dienstausweis, den Nastja blitzschnell aus ihrer Handtasche geholt hatte und jetzt in ihrer hoch erhobenen Hand hielt, bahnte sie sich einen Weg durch die Menge.

»Lassen Sie mich bitte durch, Miliz, Miliz, machen Sie den Weg frei!«

Auf der Schwelle zur Damentoilette hielt sie inne. Auf dem gekachelten Fußboden lag ein junges Mädchen in einem eleganten Hochzeitskleid. Auf dem schneeweißen Grund des Kleides war in Brusthöhe ein zerlaufender roter Blutfleck zu sehen. Die Augen des Mädchens waren geöffnet, aber ihr Blick war starr. Sie war an einem Schuß gestorben, der sie mitten ins Herz getroffen hatte.

Neben dem Mädchen kniete ein junger Mann in einem schwarzen Anzug auf dem Fußboden. Sein Gesicht war völlig ausdruckslos, es glich einer Maske. Nastja sah, daß er unter Schock stand und nicht in der Lage war, das Geschehene zu begreifen.

Sie machte einen Schritt zurück, drehte sich mit dem Gesicht zur Menge und stützte die Arme zu beiden Seiten in den Türrahmen. Auf Zehenspitzen stehend, suchte sie mit ihrem Blick ihren Mann und ihren Stiefbruder.

»Sascha, Ljoscha, kontrolliert die Ausgänge. Niemand darf

das Gebäude verlassen. Und achtet darauf, daß Dascha nicht in die Nähe kommt.«

Das Blitzlicht eines Fotoapparates fuhr ihr in die Augen, und im nächsten Moment erkannte sie in einiger Entfernung den Fotografen von vorhin.

»He, junger Mann, bitte kommen Sie hierher!« rief sie.

Der Fotograf zwängte sich zu ihr hindurch.

»Sie sind von der Miliz, ja?« fragte er in aufgeregtem Flüsterton. »Bitte erlauben Sie mir, ein paar Aufnahmen zu machen, das ist mein Brot, mein Verdienst.«

»Was sagten Sie?«

»Nun ja, ich möchte nicht, daß die andern mich hören ... Wissen Sie, eigentlich bin ich Bildberichterstatter für den ›Kriminalboten‹, ich verdiene mir nur an den Samstagen etwas auf den Standesämtern dazu.« Er hielt Nastja seinen Dienstausweis hin. »Lassen Sie mich den Tatort fotografieren, ich bitte Sie.«

»Ist gut, nur machen Sie schnell«, sagte Nastja entschieden. »Sie haben fünf Sekunden Zeit für die Aufnahmen, danach müssen Sie mir helfen.«

Der Fotograf begann zu knipsen, ohne auf die empörten Ausrufe hinter seinem Rücken zu achten.

Die vor Entsetzen kreidebleich gewordene Standesamtsleiterin zwängte sich durch die Menge, sie war eine noch ganz junge Frau mit blond meliertem, vom Färben ausgelaugtem Haar, das ihr das Aussehen eines seit langem nicht mehr geschorenen Bolognesers verlieh.

»O mein Gott, o mein Gott ...«, rief sie ein ums andere Mal händeringend aus.

»Haben Sie die Miliz angerufen?« fragte Nastja.

»Die Miliz? ... nein ...«, stotterte sie.

»Dann rufen Sie sie an!« befahl Nastja ärgerlich. »Das heißt nein. Stellen Sie sich an die Stelle, wo ich jetzt stehe, und achten Sie darauf, daß niemand den Raum betritt. Und sprechen Sie den Bräutigam nicht an, er steht unter Schock. Haben Sie alles verstanden?«

»Ich ... ja ...«, stotterte die Bologneserdame erneut.

»Wo ist hier ein Telefon?«

»Bei mir ... im Büro ...«

»Und wo ist Ihr Büro?«

»Durch die Halle und dann rechts ... es steht an der Tür.«

Nastja stürmte durch die Halle, mit einem kurzen Seitenblick überzeugte sie sich davon, daß Tschistjakow gewissenhaft vor dem Eingang Wache stand und einem soeben eingetroffenen Brautpaar und den Begleitpersonen geduldig etwas erklärte. Sie stürzte in das Büro der Leiterin, riß den Hörer von der Gabel und wählte. Sie vernahm einen etwas dumpfen Baß in der Leitung.

»Rufbereitschaft, Oberstleutnant Kudin.«

»Ich grüße dich, Wassja«, sagte Nastja familiär. »Hier spricht die Kamenskaja.«

»Oh, was verschafft mir die Ehre an einem arbeitsfreien Tag?«

»Ein Mord, Wassja.«

»Wo? Adresse? Telefonnummer? Ich notiere. Welches Standesamt? Nicht schlecht. Gleich, warte eine Minute.«

Nastja hörte das Klicken des Kippschalters und dann Kudins Stimme irgendwo abseits im Raum: »Rufbereitschaft an Einsatztrupp ... Rufbereitschaft an Einsatztrupp ...« Dann war Kudins Stimme wieder an Nastjas Ohr.

»Sag mal, bist du heute nicht in eigener Sache auf dem Standesamt?«

»Doch, Wassja, doch. Eben wurde ich getraut, vor fünf Minuten.«

»Das ist ja ein starkes Stück. Was bist du eigentlich für ein Mensch, Kamenskaja? Kannst nicht einmal heiraten, ohne daß ein Mord begangen wird.«

»Offenbar ist das mein Schicksal. Wassja, tu mir bitte einen Gefallen. Ruf über das interne Telefon Jura Korotkow an, er hat die Angewohnheit, am Samstag im Büro zu sitzen.«

»Moment, ich wähle ... Korotkow? Hier spricht Kudin. Deine Freundin möchte dich sprechen. Was heißt, welche? Nastja natürlich. Oder hast du mehrere? Was sie will? Sie hängt hier bei mir in der Leitung, ich frage sie gleich. Hallo, Kamenskaja, er fragt, was du willst.«

»Er soll mit dem Einsatztrupp herkommen«, sagte Nastja.

»Hörst du, Jura, sie sagt, daß sie dich erwartet. Ein Mord im Standesamt. Ich schicke den Einsatztrupp, wenn du mitfahren willst, mußt du dich beeilen ... Er wird kommen«, teilte er Nastja mit. »Willst du noch etwas? Spuck's aus, geniere dich nicht, heute wird man dir jeden Gefallen tun.«

»Dann schick auch Oleg Subow her. Schaffst du das?«

»Nein, das schaffe ich nicht. Ich habe Kinder und möchte noch ein bißchen leben. Er hatte heute Vierundzwanzigstundendienst, und als er am Morgen gerade nach Hause fahren wollte, hat man ihn aus der Staatsanwaltschaft angerufen und ihm irgendeine Arbeit aufgebrummt. Wenn du erlebt hättest, wie der geflucht und getobt hat.«

»Ist gut, Wassja, schick deine Jungs! Wenn ich noch etwas brauche, rufe ich an.«

Nastja legte den Hörer auf und verließ das Büro. Direkt an der Tür wartete der Fotograf auf sie.

»Was machen Sie hier?« fragte sie ungehalten.

»Ich warte auf Sie. Sie haben gesagt, daß ich Ihnen helfen soll. Ich warte auf Ihre Anweisungen.«

»Fangen Sie zu fotografieren an.«

»Was oder wen genau?«

»Alles und alle der Reihe nach. Die Leute, das Mobiliar, die Räume, den Haupteingang, den Nebeneingang, aber vor allem die Leute. Es gibt nur zwei Möglichkeiten: Entweder hat der Mörder es geschafft, uns zu entwischen, oder nicht. Wenn er es geschafft hat, ist alles verlorene Liebesmüh. Aber wenn er es nicht geschafft hat, dann ist er jetzt hier.«

»Wissen Sie, ich habe mir das alles schon ungefähr so gedacht«, sagte der Fotograf etwas verschämt.

»Ja und?«

»Nun ja ... Ich habe sofort angefangen zu fotografieren, als es mit den Schreien losging. Sie wissen ja, ich arbeite beim ›Kriminalboten‹, bei sowas reagiere ich völlig automatisch.«

»Haben sie viel aufgenommen?«

»Drei Filme.«

»Drei Filme?« fragte Nastja erstaunt. »Sie arbeiten schnell.«

»Davon konnten Sie sich doch bereits überzeugen«, grinste der Fotograf. »Soll ich noch mehr fotografieren?«

»Unbedingt. Sie heißen Schewzow? Anton Schewzow?«

»Woher wissen Sie das?« fragte er überrascht.

»Sie haben mir doch Ihren Dienstausweis gezeigt.«

»Aber Sie haben ihn doch gar nicht angeschaut.«

»Das ist Ihnen nur so vorgekommen. Alles, was nötig ist, habe ich gesehen.«

»Und wie heißen Sie?«

»Anastasija. Anastasija Kamenskaja. Bitte, Anton, fangen Sie an. Und achten Sie außerdem darauf, was die Leute reden. Wissen Sie, ein zufälliges Wort, das jemand fallen läßt, kann sich später als außerordentlich wichtig erweisen.«

Nastja ging hinaus vor die Eingangstür, wo Ljoscha verlegen von einem Fuß auf den andern trat und den Eingang gegen die ständig eintreffenden Brautpaare verteidigte. Nastja begriff, daß die Situation sich zuspitzte. Wenn unerwartete Umstände eintreten, kann man fast jedes Ereignis verschieben und das Versäumte am nächsten Tag nachholen, aber eine Hochzeit zu verschieben ist unmöglich. Selbst die kältesten und zynischsten menschlichen Wesen ziehen in der Nacht vor ihrer Hochzeit irgendwie Bilanz, und am Tag der Hochzeit sind sie in einem besonderen, einmaligen Zustand, den man weder verschieben noch nachholen kann. Da sind die geladenen Gäste, das im Restaurant bestellte Hochzeitsessen oder der zu Hause gedeckte Tisch, die bereits gekauften Tickets für die Hochzeitsreise, zu der man schon am Abend desselben Tages aufbrechen will ... Nein, eine Hochzeit kann man unter keinen Umständen verschieben.

Nastja trat entschieden einen Schritt vor und hob die Hand.

»Einen Moment bitte, ich bitte um Aufmerksamkeit! Meine Damen und Herren, im Standesamt hat sich ein Unglücksfall ereignet, deshalb darf das Gebäude vorläufig, bis zum Eintreffen der Ärzte und der Miliz, nicht betreten werden. Aber regen Sie sich bitte nicht auf. Sie können zwischen zwei Möglichkeiten wählen: Entweder Sie entscheiden sich für die vereinfachte Zeremonie, andernfalls, wenn Sie auf der feierlichen Variante bestehen, müssen Sie mindestens zwei bis drei Stunden warten. Aber jedes Paar, das für heute einen Termin hat, wird getraut werden. In einer Viertelstunde werden die Mitarbeiter des Standesamtes Tische vor dem Haus aufstellen, die Papiere herausbringen und mit den Eheschließungen beginnen. Wir bitten Sie um Verständnis.«

Die Menge belebte sich ein wenig. Ein Mann und eine Frau traten zu Nastja heran.

»Wir sind Ärzte«, sagte der trotz seiner grauen Schläfen noch jugendlich wirkende Mann entschieden. »Wir können helfen, wenn es nötig ist.«

»Was ist Ihr Fachgebiet?« fragte Nastja.

»Ich bin Psychiater, das wird Ihnen kaum etwas nutzen, aber meine Frau ist Chirurgin. Falls also jemand verletzt sein sollte ...«

»Sehr gut«, erwiderte Nastja, »ein Psychiater ist genau das, was wir brauchen. Kommen Sie bitte mit.«

Sie durchschritt mit dem Arzt hinter sich die inzwischen deutlich aufgelockerte Menschenmenge vor der Damentoilette. Der Bräutigam des ermordeten Mädchens kniete immer noch vor der Leiche und wiegte sich, die Hände vor das Gesicht geschlagen, gleichmäßig hin und her. Der Psychiater begriff sofort, was los war.

»Er steht unter Schock. Darf ich zu ihm hineingehen?«

»Lieber nicht. Auf dem Fußboden können sich wichtige Spuren befinden. Solange er sich ruhig verhält, bleiben wir lieber draußen. Aber jeden Moment kann die Miliz eintreffen, und ich wäre Ihnen dankbar, wenn Sie mir sagen könnten, wie man ihn dann behandeln muß, ohne ihm noch größeren Schaden zuzufügen.«

»Gut. Ich werde hierbleiben und auf ihn achten. Für alle Fälle sollte man aber etwas aus der Apotheke besorgen, ich stelle ein Rezept aus. Notfalls mache ich ihm eine Injektion. Wird hier irgendwo eine Spritze aufzutreiben sein?«

»Wohl kaum. Aber der Gerichtsmediziner wird sicher eine dabeihaben.«

»Sehr gut.«

Der Arzt holte einen Rezeptblock hervor und bekritzelte schnell das oberste, mit Stempeln versehene Blatt. Nastja nahm das Rezept entgegen und begab sich wieder hinaus vor die Tür.

»Könnte jemand von den Anwesenden bis zur nächsten Apotheke fahren und ein Medikament besorgen?« fragte sie laut in die Menge.

Niemand meldete sich. Endlich trat ein junger Kaukasier an sie heran.

»Was sind das für Männer hier!«, sagte er mit leisem Zorn in der Stimme. »Wenn ich es nicht mit eigenen Augen gesehen hätte, würde ich es nicht glauben. Gib mir das Rezept, Schwester.«

»Heiraten Sie auch?« fragte Nastja, bereits drauf und dran, ihm für seine Hilfsbereitschaft eine Trauung ohne Wartezeit anzubieten.

»Nein, Schwester, ich bin nur zufällig hier vorbeigefahren und habe angehalten, um zu sehen, was für ein Menschenauflauf das ist vor dem Standesamt. Ist etwas passiert? Ist jemandem schlecht geworden?«

»Schlechter geht es nicht, mein Freund«, antwortete ihm Nastja mit trauriger Stimme. »Eine junge Braut wurde erschossen.«

»Wajme!« Die Augen des Kaukasiers weiteten sich. »Ich fahre sofort los, ich beeile mich!«

Er flog die Stufen der Außentreppe hinab, und in das Aufheulen seines Automotors fiel das Geräusch von Sirenen ein. Endlich war der Einsatztrupp da.

DRITTES KAPITEL

Jura Korotkow sah Nastja mitfühlend an. Sie wirkte angespannt und konzentriert, ihr Gesichtsausdruck glich keinesfalls dem einer jungen Braut am Tag ihrer Hochzeit.

»Du hast aber auch ein Pech«, wiederholte er immer wieder, während er ihrem Bericht zuhörte.

»Ach was, ich bin doch gesund und lebe, ich bin sogar noch dazu gekommen, mich trauen zu lassen, aber dieses Mädchen ...«, seufzte sie.

Draußen auf der Straße hatte man Tische aufgestellt, direkt vor dem Eingang, und führte improvisierte Trauungen durch. Zum Glück war der Tag frühlingshaft warm. Im Gebäude taten die Milizionäre und Gutachter ihre Arbeit, es fehlte hinten und vorn an Leuten, da man jeden befragen mußte, der im Moment des Mordes im Gebäude gewesen war, und das waren an die fünfzig Personen.

»Jura, ich muß fahren«, sagte Nastja zaghaft, mit einem Blick auf ihre Armbanduhr. »Wir haben einen Tisch im Restaurant bestellt, unsere Verwandten erwarten uns.«

»Meinst du etwa, wir kommen ohne dich nicht zurecht?« brummte Korotkow. »Laß dich nicht aufhalten, junge Braut, und mach dir keinen Kopf! Oder willst du mir noch etwas sagen?«

»Jura, ich will dir tatsächlich noch etwas sagen, aber versprich mir, daß du dich nicht aufregst.«

»Ein vielversprechender Anfang. Schieß los!«

»Erinnerst du dich an den Fall Petritschez?«

»Du meinst die Vergewaltigung in Petschatniki? Daran erinnere ich mich.«

»Erinnerst du dich auch an den Hauptverdächtigen Artjuchin?«

»Du meinst den, der dann plötzlich ein Alibi hatte?«

»Ja. Gestern hat sich völlig zufällig herausgestellt, daß sein Alibi falsch war. Die Zeugin, die ausgesagt hat, daß Sergej Artjuchin sich im Moment des Verbrechens am anderen Ende der Stadt befand, ist in Wirklichkeit schon seit langer Zeit seine Geliebte. Ich habe Artjuchin gesagt, daß ich am Montag dem Untersuchungsführer von unserer Begegnung berichten werde. Und heute morgen habe ich einen Drohbrief bekommen. ›Tu das nicht. Du wirst es bereuen.‹«

»Und du hast natürlich das Übliche getan. Habe ich recht?«

»Ja, du hast recht. Ich habe sofort bei Olschanskij angerufen. Artjuchin konnte das nicht wissen, er konnte nicht wissen, daß seine Drohung bereits zu spät kommt. Aber heute morgen um zehn habe ich mich mit Olschanskij vor dem Standesamt getroffen, und das konnte der gesehen haben, für den es von Interesse war.«

»Verzeih, aber was für ein Teufel hat dich denn geritten, daß du dich mit Olschanskij getroffen hast?«

»Ich habe ihm den Drohbrief übergeben, damit er ihn den Gutachtern vorlegt.«

»Du bist ein Dummkopf, Nastja. Verstehst du denn wenigstens, daß du dir selbst eine Falle gestellt hast?«

»Mittlerweile habe ich es verstanden.«

»Mittlerweile? Was willst du damit sagen?«

»Ich will damit sagen, Jura, daß Ljoscha und ich das zehnte Paar waren, das heute getraut werden sollte. Aber wir haben darum gebeten, daß man uns auf die Schnelle und ohne alle Feierlichkeiten traut, einfach in einem der Büros. Und zu der für uns bestimmten Uhrzeit, um 12.15 Uhr, haben nicht Ljoscha und ich den Trauungssaal betreten, sondern das Paar mit der Nummer elf. Genauer, das Paar sollte den Saal betreten. Aber dazu kam es nicht mehr, denn die Braut wurde erschossen.«

»Wunderbar.«

Korotkow erhob sich aus dem niedrigen Sessel und dehnte mit einem leisen Stöhnen seine schmerzenden Glieder. Dann trat er dicht an Nastja heran und blieb, groß und bedrohlich, vor ihr stehen.

»Nach einer so optimistischen Schlußfolgerung hast du also vor, einfach so wieder in der Gegend herumzufahren? Bist du noch ganz bei Trost, meine Liebe? Wenn der Mord an dem Mädchen ein Irrtum war, wenn in Wirklichkeit du gemeint warst, woher nimmst du dann die Gewißheit, daß es keinen zweiten Versuch geben wird?«

»Du brauchst mir keine Angst zu machen, die habe ich sowieso schon, aber mein Gehirn hat deshalb noch nicht ausgesetzt. Wenn der Mörder mich gemeint und sich geirrt hat, dann war es mit Sicherheit nicht Artjuchin. Denn der kennt mich von Angesicht zu Angesicht. Am ehesten handelt es sich um einen Auftragskiller. Wenn es ihm gelungen ist zu entkommen, dann kann er nicht wissen, daß ich noch am Leben bin. Und wenn es ihm nicht gelungen ist, dann ist er jetzt hier, in diesem Gebäude, weil etwa zehn Minuten nach dem Mord bereits alle Ein- und Ausgänge unter Kontrolle waren. Und wenn er hier ist, dann habe ich auf der kurzen Strecke bis zum Restaurant nichts zu befürchten. Jetzt, da der Name des Opfers an jeder Ecke laut ausgesprochen wird, weiß er natürlich längst, daß er sich geirrt hat, aber er kann nichts tun, weder das Gebäude verlassen noch Artjuchin anrufen.«

»Ich weiß nicht, Nastja«, sagte Korotkow, nachdenklich den Kopf schüttelnd. Ich würde es an deiner Stelle lieber nicht riskieren.«

»Ich würde es auch lieber nicht tun, aber man erwartet uns. Acht Personen, Jura, vier Elternpaare. Wie würde es denn aussehen, wenn Sascha mit Dascha käme und Ljoscha allein, ohne mich! Meine Mutter ist extra zur Hochzeit aus Stockholm gekommen, ich bin gestern nicht einmal zum Flughafen mitgefahren, um sie abzuholen, weil ich davon ausging, daß wir uns heute sehen.«

»Um wieviel Uhr erwartet man euch?«

»Um zwei. Und jetzt ist es bereits zwanzig vor.«

»Na gut, ich gebe es auf«, sagte Korotkow seufzend, »gegen dich kommt man nicht an. Aber nimm für alle Fälle meinen Revolver mit.«

»Bist du verrückt geworden? Es könnte ja tatsächlich etwas passieren. Und dann kommt heraus, daß du mir deine Waffe gegeben hast und ich sie genommen habe. Dafür reißt man uns die Köpfe ab.«

»Und was ist, wenn etwas passiert, und du ohne Waffe dastehst? Was wird dann mit deinem Kopf? Hier, nimm, sonst werde ich keine Ruhe haben.«

Nastja blickte um sich, um jemanden von den Ihren zu entdecken. Hinter einer offenstehenden Bürotür erblickte sie Tschistjakow, der sich mit dem Untersuchungsführer unterhielt. Sascha war nirgends zu sehen, aber nicht weit entfernt saß die von allen vergessene Dascha in einem Sessel neben einer künstlichen Palme. Nastja fühlte eine heiße Wallung von Mitleid für das Mädchen, das diesem Tag, dem wichtigsten ihres Lebens, so lange entgegengefiebert hatte und nun allein und unglücklich in einem Sessel saß, vor Augen die hektischen Aktivitäten der Miliz, die nach dem Mörder einer Braut suchte.

»Daschenka«, rief sie, »komm doch bitte mal her!«

Dascha erhob sich schwerfällig und ging auf Nastja und Korotkow zu. Nastja sah in ihr bleiches Gesicht mit den dunklen Augenringen und begriff plötzlich, daß sie mitgenommen und erschöpft war. Kein Wunder, wenn man in so ein Debakel geriet, noch dazu im achten Monat schwanger! Sie hätte jetzt ein bequemes Bett gebraucht, auf dem sie ein Stündchen hätte ausruhen können, bei weit geöffnetem Fenster und zugezogenen Vorhängen. Sie war bereits seit sechs Uhr morgens auf den Beinen, und das an einem mit so vielen Emotionen verbundenen Tag.

»Daschenka, gib uns doch bitte mal kurz Deckung, und dann fahren wir los. Wo ist Sascha?«

»Ich weiß es nicht, er ist mit irgendeinem Mann weggegangen.«

»Mit was für einem Mann?«

»So ein kleiner mit Schnurrbart, in einem karierten Hemd.«

»Das ist der Gutachter«, sagte Korotkow. »Ich werde mich gleich auf die Suche nach deinem Bruderherz machen, Nastja. Dascha, stellen Sie sich bitte für einen Moment so hin, daß die andern Nastja und mich nicht sehen können.«

Dascha ging gehorsam in Positur. Nastja sah sich verstohlen um und öffnete ihre Handtasche. Korotkow zog seinen Revolver aus dem Holster und schob ihn schnell ins Innere der Handtasche.

»Fertig.«

Korotkow ging rasch zu dem Büro, in dem Tschistjakow befragt wurde.

»Michail, laß den Mann endlich gehen, sein Hochzeitsessen wird kalt.«

Er sah den Unwillen im Gesicht des Untersuchungsführers.

»Du kannst ihn ruhig gehen lassen«, fügte er hinzu, »er entkommt uns sowieso nicht, denn er ist der frischgebackene Ehemann unserer Nastja. Wenn wir ihn brauchen, holen wir ihn sogar unter der Erde hervor.«

Der Untersuchungsführer brach das Gespräch widerstrebend ab. Ljoscha lächelte dankbar und verließ das Zimmer, während Korotkow durch die Halle zu laufen und nach dem Gutachter zu rufen begann.

Eine Minute später erschien Alexander, und in Begleitung von Korotkow traten sie alle gemeinsam auf die Straße hinaus.

»Wer fährt mit wem?« fragte Nastja, unentschieden von Saschas zu Ljoschas Auto blickend. Sie wäre sehr gern zu Ljoscha ins Auto gestiegen, aber sie hatte Angst, ihren Stiefbruder mit Dascha allein zu lassen. Sascha wußte von dem Drohbrief und konnte inzwischen durchaus zu denselben Schlüssen gekommen sein wie sie selbst. Sie durfte auf keinen Fall zulassen, daß er seiner Frau oder Tschistjakow davon erzählte.

»Jetzt können wir ...«, hob Dascha an, aber Nastja, der klar war, was sie sagen wollte, unterbrach sie.

»Wir sollten unsere Tradition beibehalten. Ich schlage vor, daß wir wieder genauso fahren wie die ersten beiden Male. Aller guten Dinge sind drei.«

Dascha stieg gehorsam zu Tschistjakow ins Auto, und Nastja nahm Platz neben ihrem Stiefbruder.

Eine Weile fuhren sie schweigend. Schließlich hielt Alexander es nicht mehr aus.

»Nastja, glaubst du nicht, daß ...«

»Doch, Sascha, ich glaube es. Aber ich möchte, daß das unter uns bleibt. Du hast mir heute morgen deine Unterstützung angeboten, du hast gesagt, daß ich immer auf dich zählen kann. Hast du das gesagt?«

»Ja, das habe ich gesagt. Was kann ich für dich tun?«

»Erstens schweigen. Ljoscha darf nichts von dieser Sache erfahren und Dascha erst recht nicht. Sie würden verrückt werden vor Angst. Zweitens bitte ich dich, in den Rückspiegel zu schauen, ob nicht jemand hinter uns herfährt. Drittens ... nein, kein drittens mehr.«

»Warum nicht? Sprich, Nastja, tu dir keinen Zwang an.«

»Denk drittens daran, daß ich einen Revolver in der Handtasche habe. Aber ich werde kaum in der Lage sein, ihn zu benutzen.«

»Warum nicht?«

»Ich weiß es nicht«, sagte sie mit einem Schulterzucken. »Ich würde wahrscheinlich Angst bekommen, die Nerven verlieren. Ich habe keine Routine im Schießen.«

»Möchtest du, daß ich den Revolver benutze?«

»Gott bewahre! Auf keinen Fall. Du sollst einfach nur wissen, daß ich ihn bei mir habe. Und wenn etwas passieren sollte, dann achte darauf, daß mir niemand die Handtasche entreißt oder ich sie selbst fallenlasse vor Schreck. Und außerdem, denk daran, daß man die Handtasche mit dem Revolver darin gut benutzen kann, um jemandem auf den Kopf zu schlagen. Ich werde das mit Sicherheit nicht können, aber du schaffst das.«

Sie erreichten das Restaurant und erblickten sofort ihre Eltern, die vor dem Eingang standen und sich angeregt unterhielten. Nastja sprang aus dem Auto und lief zu ihrer Mutter.

»Mama!«

»Töchterchen! Herzlichen Glückwunsch! Ljoscha, mein Lieber, komm her.«

Nadeshda Rostislawowna stellte sich auf die Zehenspitzen und ergriff Tschistjakow an seinem dichten Haarschopf.

»Gut gemacht, Ljoscha, du bist ein prachtvoller Junge. Endlich hast du meiner Tochter Verstand beigebracht. Ich habe immer gewußt, daß du das schaffst.«

Einige Minuten waren dem Austausch von Umarmungen, Küssen und Glückwünschen gewidmet. Mit Neugier beobachtete Nastja Pawel Iwanowitsch, ihren leiblichen Vater, der, wie es schien, in Gegenwart seiner einstigen Ehefrau keinerlei Unbehagen empfand. Ganz offensichtlich hatte Sascha recht gehabt, alles das lag schon so weit zurück, daß es niemanden mehr beunruhigte.

Auf dem Weg ins Restaurant holte Nastja Dascha ein, die neben ihrer Mutter ging, und berührte sie am Arm.

»Daschenka, komm, wir gehen uns frisch machen. Wir sollten unsere Eltern nicht aufregen mit dieser Geschichte. Abgemacht?«

Dascha hob ihre müden, gequälten Augen und nickte wortlos.

Am Tisch saß Nastja ihrem Stiefvater gegenüber, dem ihre Blässe und Angespanntheit nicht entgingen. Eine Weile blickte er seine Stieftochter schweigend an, dann holte er demonstrativ seine Zigaretten aus der Tasche und machte Nastja ein Zeichen.

Sie gingen zusammen hinaus in die Halle, setzten sich in einen der Sessel und steckten sich eine Zigarette an.

»Erzähl, Tochter!« sagte Leonid Petrowitsch streng. »Und komm nicht auf die Idee zu behaupten, daß nichts passiert ist.«

»Im Standesamt wurde ein Mord begangen«, sagte Nastja schlicht. »Eine junge Braut wurde erschossen. Wir mußten auf die Miliz warten und haben bis zu ihrem Eintreffen die Ein- und Ausgänge bewacht. Darum sind wir zu spät gekommen.«

»Das kannst du deinem Mann erzählen. Aber mir sag bitte die Wahrheit, sei so nett.«

»Aber Papa, Ehrenwort ...«

»Nastja, mein Kind, du enttäuschst mich«, seufzte der Stiefvater. »Wie oft habe ich dir schon gesagt, daß ich in deinem Gesicht lesen kann wie in einem offenen Buch. Wann wirst du mir das endlich glauben?«

»Versprich mir, daß du Mutter nichts sagen wirst«, verlangte Nastja.

»Ich verspreche überhaupt nichts«, erwiderte Leonid Petrowitsch ärgerlich. »Ich bin ein alter Hase, ein mit allen Wassern gewaschener Ermittler, auch wenn ich in den letzten Jahren nur noch unterrichte. Was ich wem sage, entscheide ich selbst. Du hast mir keine Bedingungen zu stellen, Kleines.«

»Ich bin nicht klein«, korrigierte ihn Nastja mit einem Lächeln, »ich habe soeben geheiratet, ich bin eine junge Ehefrau.«

»Eine junge Ehefrau bist du für deinen Ljoscha, aber für mich immer noch mein Kind. Raus mit der Sprache!«

»Nun ja ... so ein Typ bedroht mich. Aber auch das ist ja normal, nichts Außergewöhnliches in unserem Beruf. Deshalb bin ich etwas nervös. Das ist alles.«

»Das ist alles? Und der Mord im Standesamt? Hängt das eine irgendwie mit dem anderen zusammen?«

»Nein, Papa, keinesfalls. Mach dir darüber keine Gedanken!«

»Also hängt es zusammen. Sonst würdest du es weniger nachdrücklich sagen. Merk dir, Kind, je mehr Worte, desto größer der Verdacht, daß sich dahinter eine Lüge verbirgt. Wirst du allein damit zurechtkommen?«

»Ich werde es versuchen. Aber sag Mama bitte nichts, ja?«

»Über den Umgang mit deiner Mutter brauchst du mich nicht zu belehren«, sagte er schmunzelnd, drückte seine Zigarette im Ascher aus und erhob sich. »Laß uns feiern gehen. Oder mußt du noch einmal zurück zum Standesamt?«

»Nicht unbedingt. Die Neugier quält mich natürlich, aber

für die Sache an sich ist es nicht nötig. Und schließlich habe ich ab Montag Urlaub.«

»Du schwindelst schon wieder, Nastja«, sagte der Stiefvater mißmutig. »Während wir hier saßen, hast du mindestens zehnmal zum öffentlichen Telefon geschielt. Soll ich dir eine Münze geben?«

»Ich habe selbst eine.«

»Dann ruf an, mach schnell, damit wir wieder hineingehen können. Es ist unhöflich, für so lange Zeit zu verschwinden.«

Nastja küßte ihren Stiefvater dankbar auf die Wange und wählte die Nummer der Standesamtsleiterin.

»Wie sieht es aus?« frage sie ohne Umschweife, nachdem man Korotkow zum Telefon geholt hatte.

»Nichts Neues«, antwortete dieser verdrießlich. »Wir haben diesen Schewzow, den Fotografen, gehen lassen. Er will bis zum Abend die Aufnahmen entwickeln, die er gemacht hat. Vielleicht entdecken wir auf den Fotos etwas. Im Moment überprüfen wir alle anwesenden Personen auf mögliche Verbindungen zum Opfer und zu Artjuchin. Eine Waffe konnten wir bis jetzt nicht finden. Kein Zuckerlecken hier. Wir können die Leute nicht ewig festhalten, alle werden irgendwo erwartet. Wir müssen sie gehen lassen.«

»Keine einzige verdächtige Person?«

»Nein. Nur Brautpaare, ihre Verwandten, Freunde und Trauzeugen.«

»Das heißt, daß er entkommen ist.«

»Ja, das heißt es wohl«, bestätigte Korotkow mit trauriger Stimme. »Und wie ist deine Feier?«

»Ich bekomme keinen Bissen hinunter. Aber genug jetzt, mach es gut!«

Sie kehrten ins Restaurant zurück, Dascha und Alexander tauschten gerade einen der obligatorischen Küsse, die auf Trinksprüche folgen, und Nastja fing sofort einen fragenden Blick von Tschistjakow auf.

»Wie sieht es aus?« fragte er leise, mit denselben Worten, mit denen Nastja sich eben bei Korotkow nach dem Stand der Dinge erkundigt hatte.

»Wo?«

»Du hast doch eben telefoniert.«

»Wie hast du das erraten?«

»Ich kenne dich doch«, sagte Tschistjakow in neckendem Tonfall, »mir kannst du nichts vormachen. Ich bin ein Mensch mit einer normalen Psyche, mich regt es nicht auf, wenn jemand seine Arbeit ernst nimmt. Vielleicht liebe ich dich sogar genau dafür.«

»Ja? Und ich liebe dich für etwas anderes.«

»Tatsächlich? Wofür denn?«

»Dafür, daß du mich kennst und dich nicht aufregst. Laß uns anstoßen!«

»Ich muß noch Auto fahren.«

»Heb einfach nur dein Glas. Ich möchte etwas sagen.«

Nastja erhob sich entschieden von ihrem Platz und nahm ihr Glas in die Hand.

»Darf ich ein paar Worte sagen? Diejenigen, die mich kennen, wundern sich wahrscheinlich darüber, daß Ljoscha und ich uns zur Heirat entschlossen haben. Dazu möchte ich etwas sagen, um Mißverständnissen und falschen Vermutungen vorzubeugen. Ich habe lange Zeit nicht gewußt, daß ich Ljoscha liebe. Ich habe einfach gedacht, daß er ein sehr guter Mensch ist und daß ich an ihm hänge. Aber eines Tages habe ich plötzlich verstanden, daß er für mich der einzige Mann auf der Welt ist und daß ich ihn liebe. Daraufhin sind wir sofort zum Standesamt gelaufen und haben das Aufgebot bestellt. Das war's.«

»Das war es noch nicht«, ließ Pawel Iwanowitsch vom anderen Ende des Tisches verlauten. »Jetzt müßt ihr euch küssen. Auf das Brautpaar!«

»Auf das Brautpaar!« stimmten die anderen ein.

* * *

Schwarz und weiß, weiß und schwarz. Braut und Bräutigam, Bräutigam und Braut ... O mein Gott, wie ich sie alle hasse!

Ich hasse alles Schwarze, weil das Schwarze das Böse ist.

Ich hasse alles Weiße, weil das Weiße mich verschmäht hat.

Ich werde Schwarz tragen und euch anschauen in euren weißen Festgewändern, wenn ihr euch vergnügt, weit entfernt von mir. Ihr werdet mir niemals nahekommen.

Denn ihr habt mich verschmäht ...

* * *

Sie kamen zeitig nach Hause zurück, es war noch nicht einmal sieben Uhr abends. Als erstes zog Nastja das Kostüm aus und schlüpfte in ihren bequemen Morgenmantel. Es war ihr immer ein Greuel, wenn sie »anständige« Kleider und Schuhe mit hohen Absätzen tragen mußte. Nur in Jeans, Pullovern und Turnschuhen fühlte sie sich wohl.

Ihre innere Unruhe ließ nicht nach, es gelang ihr nicht, sich auf die einfachsten praktischen Dinge zu konzentrieren. Sollte sie ein Abendessen zubereiten, oder genügte das, was sie im Restaurant gegessen hatten, bis zum nächsten Morgen? Sollte sie für den nächsten Tag Gäste einladen oder sich über diesen Brauch hinwegsetzen? Wo war die Zeitung mit dem Fernsehprogramm?

Im Restaurant, in Anwesenheit der Eltern und Gäste, war es ihr gelungen, ihre nervliche Anspannung im Zaum zu halten, aber jetzt holte die Angst sie ein. Sie fühlte sich verpflichtet, mit Ljoscha zu sprechen, denn wenn Artjuchin es wirklich auf sie abgesehen hatte, dann war auch ihr Mann in Gefahr. Aber wenn Artjuchin nun gar nichts mit dem heute begangenen Mord an Galina Kartaschowa zu tun hatte? Wenn das ein völlig verrückter Zufall war?

Endlich fiel ihr ein, daß sie Olschanskij hatte anrufen wollen.

»Ich muß dich enttäuschen, Kamenskaja«, sagte Konstantin Michajlowitsch. »Ich habe Artjuchin verhaften lassen, aber die Fingerabdrücke auf dem Brief sind nicht vom ihm.«

»Von wem sind sie dann?« fragte Nastja dümmlich.

»Das wissen wir noch nicht. Vorhin hat Korotkow mich angerufen, ich weiß also Bescheid über das, was im Standesamt passiert ist. Wir werden natürlich von allen, die dort waren, Fingerabdrücke abnehmen lassen, aber das ist eine langwierige Angelegenheit.«

»Und was sagt Artjuchin?«

»Was soll er schon sagen! Er leugnet natürlich alles. Aber den werde ich schon packen, darauf kannst du dich verlassen. Ich war immer schon davon überzeugt, daß er es war, der das Mädchen vergewaltigt hat, aber gegen sein eisernes Alibi hatte ich keine Chance. Jetzt habe ich freie Bahn. Und außerdem habe ich heute erfahren, daß er auch noch in Drogengeschäfte verwickelt ist.«

»Um welche Uhrzeit haben Sie ihn verhaften lassen?«

»Gegen zwei Uhr.«

Das Telefonat mit Olschanskij hatte Nastja nicht beruhigt. Das Gefühl der Bedrohung ließ nicht nach, und sie beschloß, sich irgendwie abzulenken. Sie ging hinüber in die Küche, wo Tschistjakow bereits seine Bücher auf dem Tisch ausgebreitet und zu arbeiten begonnen hatte.

»Ljoscha, laß uns unser eigenes Fest feiern. Zu zweit. Ich möchte mich mit dir betrinken.«

Alexej sah sie verwundert an.

»Nastjenka, was ist los? Du bist völlig geschafft vom heutigen Tag, du solltest dich ausruhen, anstatt zu feiern.«

»Blödsinn. Heute ist unsere Hochzeit. Schließlich hat es Ewigkeiten gedauert, bis wir soweit waren. Räum deine Bücher weg, und hol den Sekt raus!«

»Du magst doch keinen Sekt«, bemerkte Tschistjakow mit einem Lächeln, begann aber doch, seine Bücher vom Tisch zu räumen.

»Aber wir haben nichts anderes.«

»Woher willst du das wissen? Wir haben Martini, dein Lieblingsgetränk.«

»Woher denn?«

»Woher schon! Aus einem Geschäft natürlich. Ich mache ihn schließlich nicht selbst.«

»Ljoscha, ich bete dich an.«

Sie umarmte ihn und schmiegte sich fest an ihn.

Nachdem sie den ersten Martini mit kleinen Schlucken getrunken hatte, wurde ihr besser. Ihre eisigen Finger erwärmten sich, ihr blasses Gesicht bekam wieder etwas Farbe, der Klumpen in ihrem Magen hatte sich aufgelöst, und sie konnte endlich tief Luft holen.

»Ljoscha, was machen wir morgen?« fragte sie, während sie sich entspannt im Stuhl zurücklehnte und die Beine ausstreckte.

»Schlafen, schlafen und noch mal schlafen. Und dann werden wir weitersehen.«

»Herrlich«, erwiderte Nastja begeistert. »Wir schlafen uns aus, und dann gehen wir spazieren. So lange, bis mir die Beine weh tun. Danach essen wir zu Mittag und setzen uns an die Arbeit. Ich trete dir den Computer ab.«

»Und du? Willst du wieder auf der Schreibmaschine herumhämmern?«

»Die werde ich in den nächsten zwei Tagen nicht brauchen. Ich lese zuerst immer das ganze Buch, um mich mit dem Stil vertraut zu machen und den Autor zu verstehen. Erst danach fange ich zu übersetzen an. Wenn ich ein Buch nicht vorher lese, kann ich vor Neugier nicht arbeiten. Ich möchte doch wissen, wie es endet, und wenn ich es nicht weiß, bin ich ständig in Versuchung, die Arbeit zu unterbrechen und mich mit dem Buch aufs Sofa zu legen.«

»Alles klar. Übrigens, Nastjenka, ich wollte dich daran erinnern, daß wir von nun an ein gemeinsames Budget haben. Das weißt du doch, oder?«

»Ich habe darüber noch nicht nachgedacht«, gestand Nastja.

»Das solltest du aber tun. Ich verdiene ja ganz gutes Geld, und deshalb brauchst du dich eigentlich nicht mehr mit Übersetzungen abzuplagen. Wollen wir ausmachen, daß es das letzte Mal ist?«

»Nein, Ljoscha, sei nicht böse. Erstens habe ich mich daran gewöhnt, meinen Urlaub auf diese Weise zu verbringen. Zweitens mache ich diese Arbeit gern und kann so meine Sprachkenntnisse immer wieder auffrischen. Und drittens kann ich es nicht ausstehen, jemanden um Geld zu bitten. Ich ziehe es vor, mein eigenes zu haben.«

»Dein Unabhängigkeitsdrang nimmt beleidigende Formen an«, sagte Tschistjakow lachend, aber sein Gesicht verdüsterte sich, und Nastja sah, daß er gekränkt war.

Sie wollte ihm etwas Liebevolles sagen, um die Wogen zu glätten, aber in diesem Moment läutete das Telefon.

Jura Korotkow war am Telefon, und seine Stimme klang seltsam.

»Nastja, bist du nüchtern?« fragte er.

»Du beleidigst mich«, sagte sie scherzhaft, »hast du schon einmal erlebt, daß ich nicht nüchtern war?«

»Du hast bis heute auch noch nie geheiratet. Kannst du mir zuhören, oder soll ich dich heute nicht belästigen?«

»Belästige mich. Gibt es Neuigkeiten?«

»Und was für welche. Sitzt du oder stehst du?«

»Ich stehe.«

»Dann setz dich hin.«

Nastja zog die Telefonschnur bis zum nächsten Sessel und machte es sich bequem.«

»Ich sitze.«

»Heute um zehn Uhr wurde auch im Standesamt von Kunzewo eine junge Braut erschossen. Ich habe es eben erst erfahren. Die Kollegen vom Bezirk sind zum Tatort gefahren, einen Einsatztrupp von der Petrowka hat man nicht angefordert.«

»Wie bitte?«

»Wart ab, Nastja, das ist noch nicht alles. Eine der jungen Bräute dort hat ausgesagt, daß sie gestern, am Vorabend ihrer Hochzeit, einen Brief in einem weißen Kuvert ohne Absender bekommen hat. Ahnst du, was in dem Brief stand?«

»Das kann nicht sein.« Nastja konnte nur noch flüstern, sie war plötzlich heiser und mußte krampfhaft husten. Hier ging es ganz offensichtlich um mehr, als sie ursprünglich angenommen hatte.

»Jura, ich verstehe überhaupt nichts mehr. Zwei gleiche Briefe und zwei völlig gleiche Morde? Beide an ein und demselben Tag, und beide Male wurden nicht die Personen erschossen, die den Brief erhielten? Das kann nicht sein. So etwas gibt es nicht.«

»Meine liebe Freundin, du widersprichst dir selbst«, bemerkte Korkotkow. »Gerade du bist es doch, die ständig predigt, daß wir als Kriminalisten nichts ausschließen dürfen. Es gibt alles im Leben, alles ist möglich.«

»Du hast recht. Es gibt alles im Leben«, sagte sie nachdenklich. »Aber für alles existiert eine Erklärung. Man muß sie nur finden.«

»Richtig. Fang an, sie zu suchen.«

»Was ist mit Schewzow? Hat er die Fotos entwickelt?«

»Ja, hat er. Möchtest du sie sehen?«

»Ja.«

»Wann?«

»Am besten gleich morgen. Kannst du sie mir vorbeibringen?«

»Das kann ich tun, aber ich habe Angst, daß dein frischgebackener Ehemann mich umbringt.«

»Das wird er nicht tun. Komm im Laufe des Vormittags, so gegen elf.«

»Abgemacht.«

Nastja legte den Hörer auf und blieb wie erstarrt im Sessel sitzen. Einen Mord hätte man für einen Irrtum des Täters halten können, für eine Verwechslung. Aber gleich zwei Irrtümer auf einmal? Zwei identische Fehler an ein und demselben Tag – war das nicht etwas viel? Aber wenn es sich nun gar nicht um einen Irrtum handelte? Wenn das alles nicht mehr und nicht weniger war als ein geschicktes Täuschungsmanöver? In diesem Fall mußte man davon ausgehen, daß der Täter nur eine der beiden Frauen gemeint hatte, und der ganze Rest diente dazu, die Tat zu verschleiern, die Miliz zu irritieren. Allerdings bedurfte so ein Plan äußerst sorgfältiger Vorbereitung und war mit enormem Aufwand verbunden.

Und wenn es nun doch beide Male ein Irrtum war? Konnte es dafür eine Erklärung geben? Wenn ja, dann mußte es irgendeine Querverbindung zwischen ihr, Nastja, und dem zweiten Mädchen geben, das genau denselben Drohbrief erhalten hatte.

Sie war so in Gedanken vertieft, daß sie gar nicht bemerkte, daß Tschistjakow das Zimmer betreten hatte.

»Ist etwas passiert?«

»Ja. Noch ein Mord auf dem Standesamt. In Kunzewo. Ljoscha, schalte mal dein Gehirn ein, ja?«

»Eingeschaltet. Gib mir den Input.«

»Nur reg dich bitte nicht auf, versprochen?«

»Ich werde mir Mühe geben.«

»Stell dir vor, daß anstelle von Galina Kartaschowa ich umgebracht werden sollte. Was meinst du, könnte der Täter sich geirrt haben? Könnte er mich mit dieser Frau verwechselt haben?«

»Nastja, du machst mir Angst. Wie kommst du auf eine so grauenhafte Idee?«

»Das spielt jetzt keine Rolle. Ich kann mich ja nicht selbst sehen, deshalb frage ich dich, ob zwischen mir und jenem Mädchen irgendeine Ähnlichkeit besteht.«

»Ich verstehe nicht ...«

»Gut, ich werde es dir erklären. Heute morgen habe ich einen Drohbrief bekommen, und ich gehe davon aus, daß derjenige, der ihn geschrieben hat, weiß, wie ich aussehe. Er kann aber nicht derjenige gewesen sein, der heute im Standesamt geschossen hat, denn er kennt mich und hat mich erst gestern abend zum letzten Mal gesehen. Also hat er jemandem einen Auftrag erteilt und dem Killer eine genaue Beschreibung von mir gegeben. Deshalb meine Frage. Könnte der Mörder mich aufgrund der Beschreibung, die er von mir bekommen hat, mit dieser anderen Frau verwechselt haben?«

»Nein, ihr habt keinerlei Ähnlichkeit, mit Ausnahme der

Haarfarbe«, erwiderte Tschistjakow, ohne zu zögern. »Aber du hast etwas Wichtiges vergessen, Nastja.«

»Was denn?«

»Heute hätte dich niemand anhand einer Beschreibung erkennen können. Gib mir mal das Foto, das man vor dem Standesamt von dir gemacht hat.«

Nastja kramte in ihrer Handtasche und holte das Polaroid-Foto hervor.

»Und jetzt schau in den Spiegel«, forderte Tschistjakow sie auf. »Siehst du? Im Spiegel bist du die, die du immer bist. Und genau so hat dich dieser Typ gesehen, dem du gestern begegnet bist. Stimmt's? Und jetzt sag mir, ob das, was er gesehen hat, mit dem übereinstimmt, was auf dem Foto zu sehen ist. Hätte dich jemand aufgrund seiner Beschreibung erkennen können?«

»Verdammt«, sagte sie, »das habe ich nicht bedacht. Dann muß man davon ausgehen, daß er, nachdem er die ihm beschriebene Frau nicht entdecken konnte, unsere Wartenummer herausgefunden hat. Er hat das Paar mit der Wartenummer neun angesprochen und gefragt, wer als nächster dran ist. So einfach ist das!«

»Was ist einfach? Anastasija, was redest du? Will man dich umbringen?« fragte Ljoscha besorgt.

»Durchaus möglich. Aber reg dich nicht auf, man hat ihn bereits verhaftet. Sofern es sich wirklich um ihn handelt.«

»Gibt es noch andere Varianten?«

»Jede Menge. Eigentlich war die Kartaschowa gemeint, und die Drohbriefe und der zweite Mord sind nur Ablenkungsmanöver. Vielleicht war auch das Mädchen gemeint, das denselben Drohbrief bekommen hat wie ich. Oder es war die Frau gemeint, die auf dem Standesamt von Kunzewo erschossen wurde. Eine von uns vieren ist das wirkliche Opfer, und alles andere ist Theater.«

»Ein ziemlich blutiges Theater, muß ich sagen. Wofür so immense Anstrengungen?«

»Genau darüber denke ich auch nach … Man muß sich die

Familien dieser Mädchen mal anschauen. Und in ihrem Umfeld nach einer Person suchen, die irgendwelche Verbindungen zu den Standesämtern hat. Denn der Mörder muß schließlich von irgendwoher gewußt haben, daß wir alle heute heiraten. Oder ...«

»Oder was?«

»Oder es handelt sich um einen Psychopathen, der es auf Bräute abgesehen hat. Dann sind alle meine bisherigen Überlegungen sowieso für die Katz.«

»Hoffentlich ist es ein Psychopath!«

»Warum?«

»Wenn es einer ist, der es nur auf Bräute abgesehen hat, dann droht dir nichts mehr.«

»Aber Ljoschenka, Liebster, das würde doch bedeuten, daß jederzeit wieder ein Mord begangen werden kann. Es gibt nichts Schlimmeres als einen geisteskranken Mörder, weil er unberechenbar ist. Verstehst du das denn nicht? Dann wäre es immer noch besser, es wäre einer, der hinter mir her ist.«

»Nastja, ich verstehe nur eins: Ich will nicht Witwer werden. Ich will nicht, hörst du? Ich will nicht!«

»Bitte schrei nicht. Du hast genau gewußt, wen du heiratest. Du hast genau gewußt, daß wir bei der Miliz nicht mit Murmeln spielen.«

»Ich schreie nicht, ich ...«

Er drehte sich abrupt um, ging aus dem Zimmer und schlug die Tür hinter sich zu. Nastja machte eine verzagte Handbewegung und begann, ihr Bild im Spiegel anzustarren.

Das war also deine Hochzeit, dachte sie. Großartig! Nicht umsonst sagt man, daß es Unglück bringt, im Mai zu heiraten, und bei uns war es auch noch der dreizehnte. Mit dem Drohbrief hat es angefangen, und entsprechend war auch der Rest des Tages. Und jetzt, zum Schluß, auch noch der Streit mit Ljoscha. Sehr lustig, wirklich sehr lustig ...

* * *

Elja Bartosch, deren Hochzeit am heutigen Tag nicht stattgefunden hatte, hatte sich in ihrem Zimmer eingeschlossen und schluchzte. Valerij Turbin, ihr Bräutigam, saß in Gesellschaft von Tamila und Istvan, die heute seine Schwiegereltern hätten werden sollen, am gedeckten Tisch und schwieg bedrückt.

»Ich bin der Meinung, daß nichts Schlimmes passiert ist«, sagte Tamila, während sie ihrem Mann appetitliche Fleischstücke auf den Teller legte. »Wenn ihr euch eurer Gefühle sicher seid, dann könnt ihr auch noch ein bißchen warten. Ihr könnt auch in einem Monat noch heiraten.«

Tamila machte keinen Hehl aus ihrer Genugtuung. Heute war die Hochzeit ausgefallen, und womöglich würde Elja sich doch noch besinnen. Einen Schwiegersohn wie diesen konnte Tamila nicht gebrauchen. Und Elja konnte so einen Ehemann nicht gebrauchen. Der heutige Vorfall auf dem Standesamt war Tamila sehr gelegen gekommen. Kaum war die Panik ausgebrochen, hatte sie alles getan, um dem Paar die Trauung auszureden.

»Wie kann man sich an einem Ort trauen lassen, an dem sich eine Leiche befindet!« hatte sie ihrem Mann empört zugeflüstert. »Pista, sprich du mit Valerij von Mann zu Mann. Das ist ein Wink des Schicksals, Pista, sie dürfen nicht heiraten. Du siehst, nicht nur ich bin dieser Meinung, einfach alles spricht dagegen.«

Pista hatte Mitleid mit seiner Tochter, aber in der Tiefe seiner Seele war er sich einig mit seiner Frau. Er hatte nichts gegen Turbin, aber er konnte auch keine Argumente für ihn finden. In seinem Schwiegersohn wollte er einen tüchtigen Mitarbeiter sehen, auf den man sich verlassen und den man zu seinem Kompagnon machen konnte. Aber dieser Bücherwurm würde sein Leben in irgendeiner staatlichen Einrichtung verbringen, nur armselige Kopeken verdienen und, um das Leben mit Elja zu finanzieren, das von seinem Schwiegervater verdiente Geld ausgeben.

Und es gab noch einen weiteren Umstand, den das Ehepaar Bartosch keinesfalls vernachlässigen durfte. Istvan und Tamila hatten bereits alle Vorbereitungen für eine Ausreise nach Kalifornien getroffen und alles in die Wege geleitet, um sich dort niederzulassen. Die entsprechenden Geschäftsverbindungen waren bereits geknüpft, zum 1. Januar begann die neu gegründete Firma offiziell mit ihrer Arbeit. Aber ohne Elja konnten sie auf keinen Fall ausreisen, sie konnten ihre Tochter nicht allein in Rußland zurücklassen. Und Elja ihrerseits würde nicht ohne ihren Ehemann ausreisen. Tamila und Istvan wußten, daß Valerij eine alte kranke Mutter hatte, so daß man schließlich auch sie würde mitschleppen müssen, da Valerij ohne sie nicht gehen würde ... Bisher war alle Liebesmüh vergeblich gewesen, die Tochter hatte sich die Heirat mit diesem Habenichts nicht ausreden lassen, aber nun war alles wieder offen, nun mußte es gelingen, sie davon abzubringen.

»Ich denke, du solltest jetzt nach Hause gehen«, sagte Tamila zu Turbin. »Elja geht es nicht gut, laß ihr Zeit, um sich zu beruhigen.«

»Ich glaube, ich muß jetzt in ihrer Nähe sein«, widersprach Valerij, allerdings nicht besonders überzeugend. Er fürchtete sich ein wenig vor der strengen, herrischen Tamila.

»Ich kenne meine Tochter besser. Wenn sie weint, erträgt sie niemanden in ihrer Nähe, das macht es nur noch schlimmer. Geh, Valerij, geh, ihr seht euch morgen wieder. Der Morgen ist klüger als der Abend.«

»Aber jemand hat Elja doch diesen seltsamen Brief geschrieben, Tamila Schalwowna.«

»Wieso bist du denn so sicher, daß mit diesem Brief wirklich Elja gemeint war? Er kann genausogut an Istvan oder an mich gerichtet gewesen sein. Du weißt doch, Istvan ist Geschäftsmann, er hat Konkurrenten und Neider, um nicht zu sagen Feinde. Auf dem Kuvert war kein Absender, und ich bin überzeugt davon, daß das alles mit Elja nicht das geringste zu tun hat. Geh nach Hause, Valerij, wir sind alle müde, wir müssen uns ausruhen.«

Sie komplimentierte den Bräutigam ihrer Tochter so offensichtlich hinaus, daß Istvan sich genierte. Turbin ging wortlos zur Tür, aber der Blick, den er Tamila zum Abschied zuwarf, war so haßerfüllt, daß beiden unwohl wurde in ihrer Haut.

Nachdem der Gast gegangen war, begann Tamila wortlos, den Tisch abzuräumen.

»Weißt du wirklich nicht, von wem der Drohbrief stammt?« fragte Istvan seine Frau auf ungarisch. Seine Tochter befand sich im Nebenzimmer, und er wollte nicht, daß sie ihn verstand.

»Natürlich nicht, Pista, ich habe keine Ahnung«, antwortete Tamila, ebenfalls aufs Ungarische übergehend.

Allerdings gelang es ihr nicht, ein triumphierendes Lächeln vor ihrem Mann zu verbergen.

»Erscheint dir das nicht sehr seltsam? Der Brief kam genau im passenden Moment, findest du nicht?«

»Alles ist bestens, Pista, glaub mir! Alles ist bestens. Wir werden Elja nach Kalifornien mitnehmen und dort den idealen Mann für sie finden. Sie ist ein schönes, begabtes Mädchen, in Kalifornien wird sie alle Chancen haben. Was soll sie denn mit diesem Philosophen? Was hat sie von ihm? Noch dazu die alte kranke Mutter ...«

»Tamila, du bist sehr hart. Elja liebt ihn. Du hast natürlich in allem recht, aber ...«

»Ach, laß doch, Pista, ich bitte dich.«

Tamila stellte einen Stapel schmutziger Teller in die Spüle, trat an ihren Mann heran, schlang ihre Arme um seinen Hals und drückte sich eng an ihn.

»Was versteht denn dieses kleine Dummerchen von der Liebe! Er hat besondere Qualitäten im Bett, das sieht man ihm deutlich an, und nur darum geht es. Sie will mit ihm in die Falle und mindestens einen Monat lang nicht mehr aufstehen. Aber was wird danach sein, wenn sie sich sattgegessen hat bis obenhin? Jetzt, wo es ihr nur ein-, zweimal die Woche gelingt, mit ihm allein in der Wohnung zu sein, glaubt sie, daß es keinen süßeren Kuchen auf der Welt gibt. Aber wir beide wissen doch, daß es so nicht ist. Nicht wahr, mein Lieber? Wir haben das alles doch selbst erlebt. Denk daran, welche Unannehmlichkeiten uns erwarten, wenn es uns nicht gelingt, die Geschäfte zum 1. Januar anlaufen zu lassen. Es werden bereits Firmenaktien verkauft, und wenn alles platzt ...«

»Sicher, sicher«, sagte Bartosch zustimmend. »Wir dürfen nichts riskieren, wir haben zu viel auf diese Karte gesetzt. Aber Tami, Liebe, verstehst du nicht, daß ich beunruhigt bin?«

»Aber warum denn?«

»Ich habe das unangenehme Gefühl, daß alles zu gut zusammenpaßt. Ausgerechnet am Vorabend der Hochzeit dieser Brief, und dann der heutige Zwischenfall auf dem Standesamt.«

Tamila löste sich von ihrem Mann und sah ihn mißtrauisch an.

»Was willst du damit sagen? Verdächtigst du mich etwa? Denkst du, daß ich den Brief geschrieben habe?

»Tami ...«

»Du Schweinehund! Wie kannst du es wagen! Jetzt sag bloß noch, daß ich auch dieses arme Mädchen auf dem Standesamt erschossen habe. Du bist ein Monstrum, Istvan Bartosch!«

Sie holte aus, um ihrem Mann ins Gesicht zu schlagen, aber der wich geschickt aus, ergriff ihren Arm und drehte ihn ihr gekonnt auf den Rücken. Tamila biß sich auf die Lippen vor Schmerz, ihr Blick bohrte sich haßerfüllt in Istvans graue Augen, doch bereits nach wenigen Augenblicken wurde ihr Gesichtsausdruck wieder weicher. Ja, Tamila Bartosch war eine herrschsüchtige und hartherzige Frau, aber ihrem Mann war sie nicht gewachsen, der war von einem anderen Kaliber. Das feine Benehmen und die Bildung, Erbe seiner nach westeuropäischen Standards lebenden Familie, waren nur eine hauchdünne Schicht, unter der sich ein Mensch verbarg, der mit allen Wassern der russischen Ganovenschule gewaschen war. Genau das hatte Tamila einst bestochen: der zurückhaltende, raffinierte Schönling, der im Bett hemmungslos und grob zupackte und seine sexuellen Empfindungen ausschließlich in Worte kleidete, die in keinem russischen Lexikon standen und die er mit einem zauberhaften magyarischen Akzent aussprach. Jetzt, während sie mit schmerzhaft auf dem Rücken verdrehtem Arm vor ihm stand und in seine kalte Augen sah, begriff sie, daß ihr Mann sie nicht nur verdächtigte, sondern sogar einverstanden gewesen wäre, wenn sein Verdacht sich bestätigt hätte.

Plötzlich blitzte in seinen Augen etwas auf, die Hand, die eben noch eisern ihren Arm festgehalten hatte, landete unvermittelt auf ihrem Schenkel. Istvan zog sie abrupt an sich heran und näherte seinen Mund ihrem Ohr.

»Umarme mich«, flüsterte er. »Elja beobachtet uns.«

Tamila wandte sich um. Auf der Türschwelle stand ihre Tochter, mit verweinten Augen und hilflosem Gesichtsausdruck.

»Was ist hier los? Warum hast du so geschrien, Mama?«

»Ich habe mit Oma Judith telefoniert«, erwiderte Tamila geistesgegenwärtig. Sie wußte, daß ihre Tochter nur ungarische Worte gehört haben konnte, die sie sowieso nicht verstand. »Sie hat eben aus Budapest angerufen, die Verbindung war sehr schlecht. Die Großmutter wollte dir zur Hochzeit gratulieren, und ich mußte ihr erklären, daß dein Bräutigam einen Autounfall erlitten und sich ein Bein gebrochen hat, so daß die Hochzeit verschoben werden mußte.«

Wieder begannen Tränen über die Wangen des Mädchens zu laufen. Elja drehte sich abrupt um und lief zurück in ihr Zimmer.

VIERTES KAPITEL

Der Streit vom Vortag hatte unangenehme Nachwirkungen, auch am Sonntag morgen herrschte kühle Stimmung zwischen Nastja und Tschistjakow. Sie stritten sich höchst selten, und nun war es ausgerechnet am Tag ihrer Hochzeit passiert. Ein wunderbarer Anfang für eine Ehe.

Aber wie dem auch sein mochte, jeden Augenblick konnte Jura Korotkow erscheinen, und bis dahin mußte Nastja die Situation auf Gedeih und Verderb irgendwie retten. Sie wählte den einfachsten Weg.

»Ljoscha«, sagte sie, während sie die zweite Tasse ihres Morgenkaffees austrank und sich die dritte Zigarette anzündete, »bitte verzeih mir. Ich habe mich gestern falsch verhalten. Ich war im Unrecht. Verzeihst du mir?«

»Was bleibt mir anderes übrig?« sagte Tschistjakow mit einem hörbaren Seufzer der Erleichterung. Er hatte, ebenso wie Nastja, eine Abneigung gegen Konflikte, besonders dann, wenn es dabei um nichts ging. »Aber vergiß bitte trotzdem nicht, daß mir immer bewußt ist, wo du arbeitest und daß ich mir immer Sorgen um dich mache. Wirst du daran denken?«

»Was bleibt mir anderes übrig?« wiederholte Nastja die Worte ihres Mannes in neckendem Tonfall und schnitt ihm eine Grimasse. Der Konflikt war beigelegt.

Jura Korotkow brachte ein dickes Kuvert mit Fotos mit. Anton Schewzow hatte wirklich gute Arbeit geleistet. Auf den Fotos waren sämtliche Personen festgehalten, die sich zum Zeitpunkt des Mordes im Standesamt aufgehalten hatten.

Wirklich alle bis zur letzten. Nastja breitete die Aufnahmen vor sich auf dem Fußboden aus und nahm die von Korotkow erstellte Personenliste zur Hand. Die Bräute und ihre angehenden Ehemänner sahen alle gleich aus, und es bedurfte einiger Mühe, um die Rückseiten der Fotos mit den Namen derer zu beschriften, die darauf abgebildet waren. Sie verbrachten fast drei Stunden mit dieser Arbeit, bis sie feststellten, daß die Anzahl der Namen in der Liste genau mit der Anzahl der auf den Fotos festgehaltenen Personen übereinstimmte.

»Es geht nicht auf«, sagte Nastja beunruhigt. »Auf der Liste muß ein Name fehlen.«

»Warum?«

»Der Fotograf kann nicht auf den Fotos sein, aber sein Name steht auf der Liste. Wenn dort vierundfünfzig Namen angegeben sind, dann müssen auf den Fotos dreiundfünfzig Personen zu sehen sein. Aber es sind ebenfalls vierundfünfzig. Wir müssen noch einmal von vorn anfangen.«

Sie sahen sämtliche Fotos noch einmal gründlich durch und entdeckten schließlich das eine, das nicht vollständig beschriftet war. Darauf war eine etwa fünfzigjährige Frau mit einem ausgetrockneten, abgezehrten Gesicht und seltsam angestrengtem Ausdruck in den Augen zu sehen. Nastja war davon überzeugt, daß sie diese Frau im Standesamt nicht gesehen hatte.

»Wer ist das?« fragte sie, und hielt Korotkow das Foto hin.

»Keine Ahnung«, sagte er, während er das Gesicht der Frau betrachtete. »Sie war nicht unter den Anwesenden, das steht fest.«

»Doch, sie war«, korrigierte ihn Nastja, »aber sie ist verschwunden. Sie war da, als die Leiche entdeckt wurde, denn Schewzow begann sofort in dem Moment zu fotografieren, als die Panik ausbrach. Und sie hat das Gebäude verlassen, bevor wir die Ausgänge sichern konnten. Wir müssen dringend feststellen, wer sie ist. Wir müssen das Foto allen zeigen, die auf dem Standesamt waren, vielleicht gehörte sie zu einem der Brautpaare. Oder sie ist eine Mitarbeiterin des Standesamtes.«

»Nein«, sagte Korotkow mit einem Kopfschütteln, »die Mitarbeiter des Standesamtes waren alle anwesend, das habe ich überprüft. Am ehesten gehörte sie zu den Hochzeitsgästen. Aber warum ist sie weggegangen?«

»Dafür kann es viele Gründe geben. Sie kann hinausgegangen sein, um frische Luft zu schnappen, Blumen zu kaufen oder zu telefonieren. Vielleicht wollte sie etwas aus dem Auto holen. Sie ging hinaus und kam nicht mehr ins Gebäude, weil wir inzwischen die Eingänge versperrt hatten.«

»Aber sie hätte etwas sagen können, dann hätte man sie durchgelassen.«

»Vielleicht hat sie Angst bekommen. Wie auch immer, Jura, wir müssen sie finden. Sie könnte etwas gesehen oder gehört haben.«

»Natürlich werden wir sie finden, das ist das geringste Problem. Aber laß uns erst mal Ljoscha fragen, vielleicht hat er sie gesehen.«

Aber auch Tschistjakow konnte sich an die auf dem Foto abgebildete Frau nicht erinnern.

* * *

Sie beschlossen, mit den Bartoschs und Turbins zu beginnen, denn der Schuß auf dem Standesamt konnte einem beliebigen Mädchen gegolten haben, aber der Drohbrief bei weitem nicht jedem. Der Absender mußte gewußt haben, daß dieses Mädchen am nächsten Tag heiratete, und er mußte die Adresse gekannt haben. Aus ihrem eigenen Umfeld fiel Nastja niemand ein, der ihre Hochzeit hätte verhindern wollen, deshalb mußte man unter den Bekannten von Elena Bartosch und Valerij Turbin suchen.

Tamila Bartosch empfing Korotkow in einem strengen, sachlichen Kostüm und demonstrierte mit ihrem ganzen Gebaren, daß sie eine Menge zu tun hatte und auf dem Sprung war, das Haus zu verlassen. Nur in diesem besonderen Fall war sie bereit, etwas von ihrer kostbaren Zeit zu opfern.

»Ich denke, Sie sollten diesem dummen Drohbrief nicht so viel Beachtung schenken«, sagte sie hochmütig, während sie mit einem Löffelchen bedächtig in einer Tasse aus teurem Porzellan herumrührte, in der frisch gebrühter englischer Tee dampfte. »Ich nehme an, daß die Drohung viel eher meinem Mann gilt als meiner Tochter.«

»Das heißt, Sie sind davon überzeugt, daß Elenas bevorstehende Heirat ... sagen wir, daß diese Heirat für niemanden mit negativen Gefühlen besetzt ist?«

»Um Himmels willen«, lachte Tamila. »Wen könnten Elenas Heiratspläne tangieren!«

»Könnte nicht vielleicht Eifersucht im Spiel sein?«

»Ich versichere Ihnen, daß Elena, seit sie Valerij kennt, keinen einzigen Verehrer hatte.«

»Und wie war es davor?«

»Es gab ein paar Kindereien, die letzte endete einige Monate vor Elenas Begegnung mit Turbin. Nein, nein, von Eifersucht kann überhaupt keine Rede sein.«

»Sagen Sie, Tamila Schalwowna, warum sollte als Trauzeugin Ihrer Tochter ausgerechnet Ihre Nichte auftreten?«

»Warum denn nicht? Was sollte daran falsch sein?«

»Gar nicht, es ist nur sehr ungewöhnlich. In der Regel übernimmt diese Rolle die beste Freundin der Braut. Nicht umsonst existiert der Begriff der Brautfreundin. Oder hat Ihre Tochter etwa keine solche Freundin?«

Was war das? Täuschte sich Korotkow, oder flog tatsächlich ein kleiner Schatten über Tamilas Gesicht?

»Wissen sie, Eljas einstige Schulfreundinnen leben alle ihr eigenes Leben, sie studieren, arbeiten oder haben inzwischen geheiratet. Elja hat keinen Kontakt mehr zu ihnen. Genauer, sie haben keinen Kontakt mehr zu ihr. Verstehen Sie, ein Mädchen aus einer wohlhabenden Familie, das keiner ernsthaften Beschäftigung nachgeht ... das schreckt die anderen Mädchen ab.«

»Heißt das, daß ihre Tochter keine einzige Freundin hat? Ich kann das nicht glauben, Tamila Schalwowna.«

»Nun ja ...«, sagte sie stockend, »es gibt nur Katja.«
»Welche Katja?«
»Katja Golowanowa. Sie wohnt im selben Haus, nur in einem anderen Aufgang. Eine Schulfreundin von Elena.«
»Haben die Mädchen sich zerstritten?«
»Nein, wie kommen Sie darauf?«
»Warum hat Elena dann nicht sie zu ihrer Trauzeugin gewählt? Das wäre doch naheliegend gewesen.«
»Ich glaube, Elja hat mir gesagt, daß Katja an diesem Tag beschäftigt ist. Eine Prüfung an der Uni oder irgend etwas in dieser Art ...«
»Wie hat Ihre Tochter auf den Drohbrief reagiert?
»Nun ja ...« Tamila zuckte mit den Schultern. »Sie war natürlich erstaunt.«
»Nur erstaunt? Nicht erschrocken?«
»Nein, ich habe nicht bemerkt, daß sie sonderlich erschrokken gewesen wäre.«
»Wo ist Elena jetzt?«
»Sie ist mit ihrem Vater ein bißchen ins Grüne gefahren. Sie muß sich entspannen, zur Ruhe kommen.«
»Ist Turbin auch mitgefahren?«
»Nein, nur die beiden.«
»Wann werden sie zurückkommen? Ich muß mich mit Ihrer Tochter unterhalten.«
»Wahrscheinlich gegen Abend.«

* * *

Weiß und schwarz, schwarz und weiß ...

Die ganze Welt besteht nur aus diesen zwei Farben. Sie haben mich nicht aufgenommen in den Kreis der Weißen, sie haben mich gezwungen, mich anzubieten und zu erniedrigen, und dann haben sie mich verschmäht, sie haben mich ausgesondert, grob, mitleidlos, mit einem Ausdruck des Abscheus im Gesicht. Sie haben gesagt, daß zu den Weißen nur die Besten gehören, die Würdigsten. Die Allerweißesten.

Und ich?

Ist meine Farbe denn nicht die allerweißeste? War denn jemals auch nur der kleinste Schmutzfleck auf mir? Warum haben sie mich verschmäht?

Ich weiß es.

Weil sie nur so tun, als seien sie weiß. In Wirklichkeit sind ihre Seelen schwarz, ihre Hände und ihre Gedanken sind schwarz. In Wirklichkeit brauchen sie keine Weißen, sie brauchen Schwarze in weißen Kleidern. Schwarze, die sich weiß schmücken können. Ich kann das nicht.

Aber dafür kann ich jetzt etwas anderes. Ich kann Schwarz und Weiß miteinander verbinden. Wer sagt, daß die Mischung aus Schwarz und Weiß Grau ergibt? Das ist nicht wahr. Nicht im Grau sind diese Farben vereint.

Sie sind vereint im Rot. Rot. Die Farbe des Blutes. Die Farbe des Todes. Vor dem Roten sind die Schwarzen und die Weißen gleich, denn vor dem Roten gibt es kein Entrinnen. Die Farbe Rot macht alle gleich.

Rot auf Weiß – ermordete Bräute.

Später wird es Rot auf Schwarz sein …

* * *

Katja Golowanowa kam gegen acht Uhr abends von der Universität nach Hause. Korotkow erwartete sie geduldig auf einer Bank vor dem Haus. Er war bereits bei ihr zu Hause gewesen, hatte mit ihrer Mutter gesprochen und sich sogar ein Foto von Katja zeigen lassen. Deshalb erkannte er sie sofort.

»Guten Tag, Katja«, sagte er, während er sich erhob und ihr entgegentrat.

Das Mädchen blieb stehen und sah ihn erstaunt an. Sie war genauso alt wie Elena, aber sie wirkte älter, vielleicht deshalb, weil sie nichts von mädchenhafter Grazie und Leichtigkeit an sich hatte, dafür ein Übergewicht von mindestens acht oder zehn Kilo. Vielleicht lag es aber auch an den traurigen Augen und dem allzu ernsthaften Gesichtsausdruck.

»Ich heiße Jurij Viktorowitsch, ich bin von der Kripo«, stellte Korotkow sich vor. »Ich würde mich gern einmal mit Ihnen unterhalten.«

»Was ist passiert?« fragte das Mädchen erschrocken. »Was habe ich getan?«

»Nichts, gar nichts«, erwiderte Korotkow so freundlich wie möglich. »Ich möchte mich mit Ihnen über Ihre Freundin Elena unterhalten.«

»Um Gottes willen, was ist mit ihr?«

»Keine Angst, ihr ist nichts passiert. Wollen wir uns ein wenig auf die Bank setzen, oder möchten Sie lieber ein Stück spazierengehen?«

Katja überlegte einen Moment, dann nahm sie ihre Aktentasche unentschieden in die andere Hand.

»Ich würde ganz gern spazierengehen, aber die Bücher … Die Tasche ist schwer.«

»Geben Sie her. Ich trage sie.«

Korotkow nahm ihr die Tasche ab und war überrascht von ihrem Gewicht. Katja sah zwar nicht schwach und zerbrechlich aus, aber die Büchertasche mußte auch für sie reichlich schwer sein.

»Wie war Ihre Prüfung am Samstag?« fragte Korotkow beiläufig. »Haben Sie sie erfolgreich abgelegt?«

»Was für eine Prüfung?« fragte Katja erstaunt.

»Hatten Sie denn am letzten Samstag keine Prüfung?«

»Nein. Wie kommen Sie darauf? Am Samstag ist gar kein Unterricht an der Uni.«

»Verzeihen Sie, dann habe ich etwas verwechselt. Wo waren Sie denn am Samstag?«

Es entstand eine Pause, die Korotkow nicht gefiel. Katja ging schweigend neben ihm und schob mit der Spitze ihres Schuhs eine leere Safttüte vor sich her.

»Ich warte«, sagte Korotkow nach einer Weile. »Wo waren Sie am Samstag, Katja?«

»Zu Hause. Warum fragen Sie?«

»Und was haben Sie gemacht?«

»Hören Sie, Jurij Viktorowitsch, Sie haben gesagt, daß Sie sich mit mir über Elja unterhalten wollen. Statt dessen wollen Sie nun wissen, wo ich am Samstag war und was ich gemacht habe. Was hat das mit Elja zu tun?«

»Es hat durchaus etwas mit ihr zu tun. Ich wüßte gern, warum Sie nicht bei ihrer Trauung dabei waren. Welche unaufschiebbaren Angelegenheiten haben Sie gezwungen, an diesem Tag zu Hause zu bleiben? Schließlich ist Elena Ihre Freundin. Hat sie Sie denn nicht gebeten, sie zum Standesamt zu begleiten?«

Katja nickte stumm und fuhr beharrlich fort, die Papptüte vor sich her zu schubsen.

»Und warum sind Sie nicht dagewesen?«

»Ich wollte nicht.«

»Warum, Katja? Bitte zwingen Sie mich nicht, Ihnen jedes Wort aus der Nase zu ziehen. Es wurde ein Verbrechen begangen, ich sammle Informationen zu seiner Aufklärung, und Sie benehmen sich wie ein Kind. Dabei sind Sie eine kluge erwachsene Frau, die mir helfen kann. Und ich bitte Sie, das zu tun.«

»Sie machen mir Komplimente«, sagte sie mit einem schiefen Lächeln. »Aber wissen Sie, manchmal ist es besser, klein und dumm zu sein als erwachsen und gescheit.«

»Was heißt in diesem Fall ›besser‹? Wofür ist es besser?«

»Es ist vorteilhafter.«

»Was heißt das?«

Katja verstummte erneut. Diesmal währte die Pause noch länger.

»Ich bin zu Hause geblieben, weil ich nicht zu Eljas Hochzeit wollte«, sagte sie schließlich. »Genügt Ihnen das?«

»Nein, Katja, das genügt mir nicht. Ich bitte Sie um eine Erklärung.«

»Ich mag einfach Eljas Familie nicht. Die Bartoschs sind hochmütig und selbstgefällig. Ich fühle mich unwohl in ihrer Gesellschaft. Genügt es jetzt?«

»Und Eljas Bräutigam, mögen Sie den?«

»Ein Mann wie jeder andere«, sagte sie mit einem Schulterzucken. »Warum sollte ich ihn mögen? Elja muß ihn mögen.«

»Fühlen Sie sich in seiner Gesellschaft wohl, oder ist er wie Eljas Eltern?«

»In seiner Gesellschaft fühle ich mich überhaupt nicht.«

»Warum?«

»Weil ich nie in seiner Gesellschaft bin.«

»Sie kennen ihn also gar nicht?«

»Doch, das schon.«

»Und was halten Sie von ihm? Was ist er für ein Mensch?«

Erneut ein unbestimmtes Schulterzucken.

»Warum fragen Sie mich danach? Fragen Sie lieber Elja, sie kennt ihn besser.«

»Ich werde auch Elja fragen«, erwiderte Korotkow. »Aber jetzt würde ich gern Ihre Meinung hören.«

»Ich habe keine Meinung. Bitte, Jurij Viktorowitsch, lassen Sie uns über Elja sprechen und nicht über ihren Bräutigam.«

»Ist Ihnen das Thema unangenehm?«

»Nein, aber von Elja weiß ich alles, während ich Ihnen über Turbin so gut wie gar nichts sagen kann.«

»Katja, Sie wissen, warum die Trauung nicht stattgefunden hat?«

»Elja hat gesagt, daß man auf dem Standesamt irgendein Mädchen ermordet hat ...«

»Hat sie Ihnen auch von dem Drohbrief erzählt?«

»Ja, auch davon hat sie erzählt.«

»Hat sie dieser Brief nach Ihrer Meinung sehr erschreckt?«

»Ja, sehr.«

»Kam ihr nicht der Gedanke, die Hochzeit mit Turbin aus diesem Grund abzusagen?«

»Aber Sie wissen doch, daß sie am nächsten Tag zum Standesamt gefahren ist ...«

»Das war am nächsten Tag. Aber was war am Freitag, nachdem sie den Brief bekommen hatte?«

»Das weiß ich nicht. Am Freitag, nach Erhalt des Briefes, hat sie mich nicht mehr angerufen. Ich habe von all dem erst gestern, am Sonntag, erfahren. Aber ich denke, daß Eljas Mutter die Gelegenheit genutzt hat, um entsprechend auf ihre Tochter einzuwirken. Tamila Schalwowna mag Turbin nicht. Sie ist wahrscheinlich glücklich, daß die Hochzeit nicht stattgefunden hat.«

»Was hat Tamila Schalwowna denn gegen ihn?«

»Das weiß ich nicht, danach müssen Sie sie selbst fragen. Ich weiß nur, daß Elja immer schrecklich unglücklich war, weil ihre Mutter die Heirat nicht billigte.«

»Aber heiraten wollte sie trotzdem«, bemerkte Korotkow.

»Sie ist sehr verliebt in Turbin. Da ist der mütterliche Segen nicht mehr so wichtig.«

»Katja, können Sie sich vorstellen, wer Elja den Drohbrief geschrieben hat?«

»Ich weiß es nicht.«

»Sie haben keinerlei Verdacht?«

»Nun ... Tamila selbst könnte ihn geschrieben haben, das würde ihr ähnlich sehen.«

»Ach so? Das ist ja interessant. Ist das eine rein intuitive Annahme, oder sind Ihnen irgendwelche Fakten bekannt?«

»Nein, mir sind keinerlei Fakten bekannt. Ich weiß einfach nur, daß Tamila über Leichen gehen würde, wenn es nötig wäre.«

»Und Sie meinen, in diesem Fall war es nötig?«

»Ich weiß es nicht. Vielleicht wollte sie verhindern, daß Valerij in ihre Familie einheiratet. Sie wissen ja, die Reichen schützen sich immer vor Außenstehenden, besonders dann, wenn es sich dabei um arme Schlucker handelt. Solche Snobs wie Tamila und Istvan hat die Welt noch nicht gesehen.«

Turbin ist also ein armer Schlucker. Sehr interessant, dachte Korotkow. Woher weiß sie das, wenn sie ihn kaum kennt, wie sie behauptet? Und warum sagt sie ständig »Ich weiß nicht«, obwohl sie doch vieles wissen müßte? Schließlich kennt sie die Bartoschs schon seit vielen Jahren. Ein seltsames Mädchen, diese Katja.

* * *

Anton Schewzows Stimme am Telefon paßte ganz und gar nicht zu dem energischen jungen Mann, der Nastja mit so viel Elan dazu überredet hatte, sich vor dem Standesamt fotografieren zu lassen. Er sprach mit kaum hörbarer, gedehnter Stimme und machte lange Pausen zwischen den einzelnen Wörtern.

»Was ist mit Ihnen, Anton?« fragte Nastja. »Sind Sie krank?«

»Mich hat es wieder mal erwischt ... das Herz, wissen Sie. Das kommt bei mir häufiger vor.«

»Und das in Ihrem Alter?« fragte Nastja mitfühlend.

»Ich habe das schon seit meiner Kindheit. Wissen sie, ich renne durch die Gegend, schlafe nächtelang nicht, und dann nietet es mich plötzlich um ... Atemnot, furchtbare Schwäche.«

»Dieser Zustand ist mir bekannt. Ich habe das auch schon gehabt. Es tut mir sehr leid für Sie. Und in diesem Fall möchte ich Sie nicht länger belästigen. Ich wünsche Ihnen gute Besserung.«

»Was wollten Sie denn?«

»Mich interessiert eines der Fotos, das Sie gemacht haben. Aber wenn Sie krank sind ... es muß nicht jetzt sein, es hat Zeit.«

»Welches Foto meinen Sie?«

»Das einer Frau, die gleich nach dem Mord das Gebäude verlassen haben muß. Ihr Name fehlt auf der von der Miliz erstellten Personenliste. Ich dachte, daß Sie sich vielleicht an diese Frau erinnern können. Haben Sie die Aufnahmen bei sich zu Hause?«

»Nein, ich habe die Abzüge ja im Fotolabor gemacht, und nur je einen, damit es schneller geht. Arbeiten Sie jetzt an dem Fall?«

»Nicht wirklich ... Ich bin seit heute im Urlaub. Meine Beteiligung an der Aufklärung der Mordfälle ist rein persönlicher Art. Ich betätige mich, sozusagen, als Hobby-Detektivin.«

»Sagten Sie, Aufklärung der Mordfälle?« Anton machte erneut eine Verschnaufpause. Nastja konnte hören, wie schwer ihm das Atmen fiel. »Hat es etwa mehrere gegeben?«

»Ja, zwei. Am selben Tag, zwei Stunden zuvor, wurde auf einem anderen Standesamt ebenfalls eine junge Braut erschossen. Deshalb bin ich so an dieser geheimnisvollen Frau interessiert. Vielleicht hat man sie auf dem anderen Standesamt ja auch gesehen. Ich wollte Sie eigentlich um das Negativ bitten, um einige Abzüge davon machen zu können. Aber das ist nicht so wichtig, die Abzüge können wir auch vom Positiv machen lassen. Sind die Negative auch im Labor?«

»Ja. Wenn ich es gewußt hätte, hätte ich sie nach Hause mitgenommen. Ich habe mich am Samstag sehr beeilt, kaum waren die Abzüge trocken, bin ich wieder losgestürmt. Ihr Kollege hat mich erwartet.«

»Ich danke Ihnen, Anton. Entschuldigen Sie bitte die Störung. Werden Sie bald wieder gesund.«

Nastja legte den Hörer auf und lehnte sich im Stuhl zurück. Zum wiederholten Mal stellte sie an diesem Tag fest, daß die Wahrnehmung ihres Büros jetzt, da sie sich offiziell im Urlaub befand, eine ganz andere war als sonst. Dieselben Wände, dasselbe Fenster, der Schreibtisch, das Telefon, der Safe – alles wie immer, aber sie hatte das seltsame Gefühl, hier fremd zu sein, sich illegal an diesem Ort aufzuhalten.

Natürlich hatte sie es nicht ausgehalten und war gleich am Morgen ins Büro gefahren. Ljoscha hatte nur das Gesicht verzogen, als sie ihm zaghaft mitgeteilt hatte, daß sie kurz in der Petrowka vorbeischauen wollte.

»Fahr nur«, hatte er gesagt, »so werde ich in der Zwischenzeit guten Gewissens deinen Computer benutzen können. Ich sehe ja, daß du auf Kohlen sitzt. Zu Hause wirst du ohnehin keine Ruhe finden.«

Im Gegensatz zu Tschistjakow war Oberst Gordejew nicht begeistert von Nastjas Arbeitseifer.

»Du mußt lernen, auch einmal abzuschalten«, raunzte er, als er ihr auf dem Korridor begegnete. »Du tanzt schon wieder auf fremden Hochzeiten, anstatt auf deiner eigenen.«

Zuerst wollte Nastja gekränkt sein, aber dann überlegte sie es sich anders. Sie hatte ohnehin schon genug im Kopf.

Also. Zwei völlig gleiche Morde, begangen im Abstand von zwei Stunden. Beide jungen Frauen wurden durch einen Schuß aus einem Revolver vom Kaliber 7,62 mm getötet, Tatort war jeweils die Toilette des Standesamtes. Ganz offensichtlich wurde ein Revolver mit Schalldämpfer verwendet, denn in beiden Fällen hatte niemand einen Schuß gehört. Der Mörder mußte den Moment abgewartet haben, in dem die Frauen allein in der Toilette waren, und dann aus einer Entfernung von höchstens anderthalb Metern geschossen haben. Soweit die Fakten. Er muß reichlich kaltblütig sein, überlegte sie, da es ihm in beiden Fällen gelungen ist, unbemerkt die Damentoilette zu betreten und wieder zu verlassen, mit anderen Worten, den Moment abzuwarten, in dem niemand auf dem Korridor war. So einen Moment abzupassen, ist alles andere als einfach. Aber dieses Kunststück ist ihm gelungen. Oder ist es nicht ihm gelungen, sondern ihr? Kann ein Mann unbemerkt eine Damentoilette betreten und sie ebenso unbemerkt wieder verlassen? Und noch etwas: um den Moment abzupassen, in dem die Lage am günstigsten ist, muß man den entsprechenden Ort lange beobachten. Also muß der Mörder oder die Mörderin sich lange Zeit irgendwo am Ende des Korridors aufgehalten haben, da, wo sich die Damentoilette befindet. Es sieht ganz so aus, als handele es sich um eine Frau. Deshalb muß dringend die Identität jener älteren Frau festgestellt werden, die auf dem Foto von Anton Schewzow zu sehen ist.

Nastja las noch einmal die Tatortprotokolle durch. Das stellte ihre bisherigen Überlegungen wieder in Frage. Die Lage der Leiche auf dem Fußboden deutete darauf hin, daß der Schuß auch von der Türschwelle aus abgegeben worden sein konnte. Beide Standesamtgebäude waren von völlig gleicher, standardisierter Bauweise, entsprechend identisch waren auch die Gästetoiletten angelegt. Sie hatten einen gemeinsamen Eingang für Damen und Herren, der erst einmal in die sogenannte Raucherecke führte. Von diesem Raum gingen die zwei Türen zur Damen- und Herrentoilette ab. Man konnte sich die Situation also auch so vorstellen: Das Mädchen betritt, aus der Toilette kommend, den Vorraum und sieht jemanden, der auf sie zukommt. Sie erschrickt und weicht zurück. Ein Schritt und noch einer ... Der Täter folgt ihr bis zur Tür und gibt den Schuß von der Schwelle aus ab. Könnte es so gewesen sein? Durchaus. Einzige Voraussetzung ist, daß sich zu dieser Zeit niemand in der Raucherecke aufgehalten hat. Aber in diesem Fall muß es sich keineswegs um eine Frau gehandelt haben. Genausogut kann es ein Mann gewesen sein.

Und wenn es nun doch eine Frau war? Dann wäre alles ganz normal gewesen. Kein Grund, um zurückzuweichen. Eine Frau verläßt die Toilette, die nächste betritt sie. Absolut nichts Auffälliges. Aber was, wenn es nun eine Frau war, die hier nichts zu suchen, die das Mädchen keinesfalls an diesem Ort erwartet hatte? Eine Frau mit haßverzerrtem Gesicht und dem Ausdruck des Wahnsinns in den Augen? In diesem Fall wäre das Mädchen wahrscheinlich ebenfalls zurückgewichen. Besonders dann, wenn es gesehen hätte, daß die Frau einen Revolver in der Hand hält. Allerdings versprach auch ein Revolver in der Hand eines Mannes nichts Gutes. Wie gehabt also. Ob Mann oder Frau – Nastja mußte alles noch einmal von vorn durchdenken.

Und dann die Drohbriefe. Angenommen, dem Absender ging es darum, die Hochzeit zwischen Elena Bartosch und Valerij Turbin mit allen Mitteln zu verhindern. Dann konnte die Logik in etwa so aussehen: Die junge Braut erhält am Vorabend ihrer Hochzeit einen Drohbrief, und wenn der seine Wirkung verfehlt, dann passiert am Tag der Trauung ein Mord im Standesamt, wodurch der normale Ablauf der Eheschließungen auf jeden Fall verhindert wird. Der Entschluß zu einer solchen Wahnsinnstat setzte allerdings voraus, daß der Täter alles auf eine Karte gesetzt hatte. In diesem Fall war es völlig gleichgültig, wer umgebracht wurde. Einfach das Mädchen, das sich im günstigsten Augenblick in der Toilette aufhielt. Hauptsache, die Trauung zwischen Elena Bartosch und Valerij Turbin wurde verhindert. Aber warum? Wozu? Wer konnte daran interessiert sein?

Und warum hatte sie, Nastja, denselben Drohbrief erhalten? An der Verhinderung ihrer Trauung mit Ljoscha war nun ganz sicher niemand interessiert. Jedenfalls war ihr davon nichts bekannt. Es gab keine eifersüchtigen Verehrer, keine von Tschistjakow verlassenen Frauen, es waren keinerlei pekuniäre Interessen im Spiel. Bei diesem Drohbrief konnte es sich nur um den Versuch eines Täuschungsmanövers handeln. Entweder, so lautete vermutlich der Plan des Mörders in diesem Fall, wird der an Elena adressierte Drohbrief dazu führen, daß sie ihre Heiratsabsicht aufgibt – dann wird man in dem zweiten, an Nastja adressierten Brief früher oder später einfach einen bösen Scherz erblicken und die Sache vergessen. Oder der Brief an Elena verfehlt sein Ziel, so daß zur Verhinderung ihrer Eheschließung mit Turbin zu äußersten Mitteln gegriffen werden muß. In diesem Fall werden der zweite, an Nastja gerichtete Drohbrief und der zweite Mord auf dem anderen Standesamt heillose Verwirrung stiften und die Miliz vor ein unlösbares Rätsel stellen. Aber um sich das alles so auszudenken und auszuführen, mußte man wahrhaft ein Monster sein. Zwei junge Frauen am Tag ihrer Hochzeit zu ermorden, um die Hochzeit einer dritten zu verhindern? Das ging Nastja nicht in den Kopf.

Sie war bereits drauf und dran, das Büro zu verlassen, als Korotkow anrief.

»Bist du noch eine Weile hier?« fragte er.

»Ich wollte gerade gehen. Es ist immerhin schon neun Uhr.«

»Dann werde ich dich irgendwo unterwegs abfangen. Ich muß dir das eine oder andere zuflüstern.«

Sie trafen sich in der Metro auf halbem Weg zu Nastjas Wohnung.

»Ich komme mit bis zu deiner Haltestelle«, sagte Korotkow. »Ich muß mit dir reden.«

»Worüber?«

»Über eine gewisse Katja Golowanowa, die engste und einzige Freundin von Elena Bartosch. Ich bin der Frage nachgegangen, warum sie nicht zum Standesamt mitgefahren ist und warum sie nicht Elenas Trauzeugin war. Immerhin ist sie ihre einzige Freundin.«

»Und was hast du herausgefunden?«

»Alles, was das Mädchen sagt, ist gelogen. Ein Gewebe aus aufrichtigen Lügen.«

»Eine bemerkenswerte Mischung«, sagte Nastja mit einem Lächeln. »Erzähl!«

»Also. Es ist so. Katja gibt vor, Valerij Turbin kaum zu kennen, obwohl sie dasselbe Hochschulinstitut besucht, an dem Turbin gerade als Aspirant arbeitet und für das er seine Doktorarbeit schreibt. Es ist ganz klar, daß Elena ihn nicht in der Straßenbahn oder in der Menschenschlange vor einer Theaterkasse kennengelernt hat, sondern durch Katja. Zudem hat sie ihn im Gespräch einmal aus Versehen Valerij genannt, obwohl wir von ihm bis dahin immer nur als von Turbin gesprochen hatten.«

»Und was sagt Katja zu all dem?«

»Sie sagt gar nichts. Und ich habe sie nicht in meine Überlegungen eingeweiht. Soll sie ruhig noch eine Weile lügen, es ist noch zu früh, sie an der Gurgel zu packen. Weiter. Während unseres Gesprächs hat sie bemerkt, daß es manchmal besser ist, klein und dumm zu sein als erwachsen und gescheit. Was hältst du von so einer Äußerung?«

»Denkst du, daß sie damit Elena meint?«

»Ich bin überzeugt davon. Übrigens hat sie ihr Fernbleiben von Elenas Hochzeit damit erklärt, daß sie ihre Eltern nicht mag. Und sie hat sehr feindselig über Tamila Schalwowna gesprochen, die Mutter ihrer Freundin. Sie meint, diese Frau würde über Leichen gehen, wenn es sein muß. Und sie hält es für möglich, daß der Drohbrief an Elena von ihr stammt.«

»Von wem? Von der Mutter?«

»Ja. Das sagte sie jedenfalls. Offenbar hat Tamila ganz entschieden etwas gegen den Bräutigam ihrer Tochter.«

»Und warum hat sie dann zugelassen, daß Elena das Aufgebot bestellt? Warum hat sie nichts dagegen unternommen?«

»Elena hat sie ganz einfach nicht gefragt. Sie und Turbin haben das Aufgebot heimlich bestellt, ohne ihren Eltern etwas davon zu sagen. Erst vor zwei Wochen haben sie Farbe bekannt. Und noch ein interessantes Detail: Ursprünglich war die Trauung zwischen Elena und Turbin für halb zwei Uhr vorgesehen. Aber vor zwei Wochen war Tamila Schalwowna auf dem Standesamt und hat darauf bestanden, daß man das Paar als erstes traut, gleich morgens nach der Öffnung des Standesamtes. Wie gefällt dir das?«

»Es gefällt mir ganz und gar nicht, Jura«, sagte Nastja mit einem schweren Seufzer. »Um zehn Uhr morgens ist das Standesamt noch fast menschenleer. Eine sehr günstige Ausgangssituation für ein Verbrechen.«

»Genau das war auch mein Gedanke. Also haben wir einerseits Elenas Mutter und andererseits diese unbekannte Frau auf dem Foto. Wen sollen wir favorisieren?«

»Du vergißt diese seltsame Katja.«

»Meinst du?« Korotkow betrachtete Nastja mit einem zweifelnden Blick.

»Was gibt es da zu meinen? Das Mädchen kennt Turbin besser, als es zugibt. In Verbindung damit, daß sie nicht an der Hochzeit teilnehmen wollte, ergibt das das klassische Motiv der Eifersucht. Turbin hat die hübsche, etwas dümmliche Elena vorgezogen, die zudem Tochter reicher Eltern ist. Sehr kränkend.«

»Irgendwie sind bei uns nur Frauen im Spiel. Laß uns der Vollständigkeit halber einen Mann einbeziehen. Zum Beispiel Elenas Vater.«

»Was ist mit ihm? Mag er Turbin auch nicht?«

»Das weiß ich nicht. Ich weiß nur, daß Katja Golowanowa ihn nicht mag. Sie bezeichnet Elenas Eltern beide als Snobs, die es niemals zulassen würden, daß ein armer Schlucker in ihren Clan eindringt.«

»Und in all diesen so erbaulichen Zusammenhängen müssen wir das Fädchen suchen, das zu den Standesämtern führt.«

»Stschelkowskaja. Endstation. Die Fahrgäste werden gebeten, hier auszusteigen, der Zug endet hier«, krächzte der Lautsprecher direkt über ihren Köpfen.

Sie fuhren die Rolltreppe hinauf und gingen zur Bushaltestelle.

»Ach, wie gut, daß es langsam wärmer wird, bald ist Sommer«, sagte Nastja verträumt. »Ich mag die Kälte nicht. Ich friere immer, wie warm ich mich auch anziehe. Am liebsten würde ich irgendwo leben, wo das ganze Jahr über eine Temperatur von zweiundzwanzig Grad herrscht.«

»Wandere in die Tropen aus, dort ist es warm«, riet ihr Korotkow spöttisch. »Du bist ja jetzt Professorengattin, dir stehen alle Wege offen.«

»Nein, in den Tropen ist es zu schwül. Das vertrage ich nicht, ich habe schlechte Gefäße.«

»Dir kann man aber auch gar nichts recht machen. Hier kommt dein Bus ...«

Korotkow wartete, bis Nastja eingestiegen war, winkte ihr noch einmal zu und ging zurück zur Metro.

* * *

Der sympathische, schwarzäugige Mischa Dozenko trieb sich seit dem Morgen auf dem Standesamt in Kunzewo herum und legte allen Mitarbeitern das Foto der unbekannten Frau vor.

»Ich glaube, ich habe sie gesehen«, sagte eine junge Angestellte, die für die Geburtenregistrierung zuständig war, zögerlich.

»Versuchen Sie bitte, sich zu erinnern, wann genau«, forderte Mischa sie hoffnungsvoll auf.

Er wollte unbedingt jemanden finden, der sich wenigstens an irgend etwas erinnerte, so gering das Detail auch sein mochte. Das Vergessene wieder zurückzurufen, würde dann nur eine Frage der Technik sein, und die beherrschte Mischa ausgezeichnet.

Das Mädchen schüttelte den Kopf.

»Ich weiß es nicht, ich weiß es wirklich nicht.«

»Was ist Ihnen an dieser Frau bekannt vorgekommen? Das Gesicht? Die Augen? Die Frisur? Vielleicht das Kleid?« fuhr Dozenko mit seiner Befragung fort.

»Ich kann es Ihnen nicht sagen. Ich erinnere mich wirklich nicht. Ich weiß nur noch, daß ich sie gesehen und mich gefragt habe, was sie eigentlich hier macht.«

»Sehr interessant«, sagte er erfreut. »Und warum haben Sie sich gefragt, was sie hier macht?«

»Ich weiß es nicht. Ich erinnere mich, daß ich mich danach gefragt habe. Aber warum – das weiß ich nicht mehr.«

»Gut, versuchen wir, die Sache anders anzugehen. Wenn Sie hier eine junge Frau und einen jungen Mann sehen, was denken Sie dann?«

»Daß sie gekommen sind, um sich trauen oder scheiden zu lassen.«

»Und wenn es eine Frau mit einem etwa fünfjährigen Kind ist?«

»Dann werde ich denken, daß sie gekommen ist, um den Familiennamen des Kindes ändern zu lassen. Spielen Sie Rätselraten mit mir?«

»Warum nicht? Es ist doch ein sehr hübsches Spiel«, sagte Mischa mit einem entwaffnenden Lächeln. »Was denken Sie, wenn Ihnen hier eine Greisin entgegenkommt?«

»Daß sie irgendein wichtiges Dokument verloren hat und nun eine Kopie haben möchte. Schließlich wird sie nicht zum Heiraten kommen oder um die Geburt eines Kindes anzumelden«, sagte das Mädchen lachend.

»Und warum ist Ihnen zu der Frau auf dem Foto nichts eingefallen? Warum könnte sie zum Beispiel nicht wegen einer Sterbeurkunde gekommen sein?«

»Ihr Gesichtsausdruck war ...« Sie stockte und suchte nach dem richtigen Wort.

»Wie war ihr Gesichtsausdruck?«

»Nun ja ... anders eben. Nicht wie bei jemandem, der einen nahestehenden Menschen verloren hat. Die Sterbeurkunden werden ja nur nahen Verwandten ausgehändigt. Und deren Gesichter sehen ganz anders aus, wenn sie hierherkommen.«

»Und wie hat das Gesicht der Frau ausgesehen?«

»Versteinert. Irgendwie gleichgültig, völlig in sich gekehrt. Sie wirkte weder niedergeschlagen noch glücklich ... Wissen Sie, das Standesamt ist ein besonderer Ort. Sie haben vielleicht noch nicht darüber nachgedacht, aber zu uns kommen nur Menschen in besonderen Lebenssituationen. Wir sind zuständig für die großen Ereignisse im Leben eines Menschen. Ob Heirat oder Scheidung, Geburt oder Tod – bei uns geht es immer um Glück oder Unglück, Freud oder Leid. Gleichgültige Gesichter sehen wir hier eigentlich nie. Verstehen Sie mich? Das Gesicht dieser Frau war ... Aber was rede ich. Schauen Sie doch selbst, sie hat genau so ausgesehen wie auf diesem Foto.«

Das Mädchen hatte recht. Das Gesicht auf dem Foto hatte einen abwesenden, seltsam angespannten Ausdruck, es wirkte wie erfroren. In den langen Jahren seiner Laufbahn als Ermittlungsbeamter hatte Mischa schon oft so ein Gesicht gesehen. So sahen psychisch kranke Menschen aus.

* * *

Nastja betrat zögernd die Wohnung. Sie war darauf vorbereitet, einem tödlich beleidigten Tschistjakow zu begegnen und unangenehme Erklärungen abgeben zu müssen. Aber zu ihrem großen Erstaunen dachte Ljoscha gar nicht daran, ihr zu grollen, weil sie, anstatt die Flitterwochen mit ihm zu beginnen, sofort wieder zur Arbeit gerannt war.

Ljoscha saß in der Küche und legte die Patience »Napoleons Grab«. Auf dem Küchenherd standen zugedeckte Pfannen, Nastja stieß ein betörender Geruch in die Nase.

»Wonach riecht es hier?« fragte sie fröhlich und streckte ihre Hand nach einem der Deckel aus.

Ljoscha drehte sich um und gab ihr einen scherzhaften Klaps auf die Hand.

»Weg mit deinen ungewaschenen Händen! Neugierige werden hier nicht bedient.«

»Und wer wird hier bedient?«

»Brave Mädchen, die zu Hause sitzen und ihren Ehemännern die Hemden waschen.«

»Heißt das, daß ich jetzt Hungers sterben muß?« empörte sich Nastja. »Ich bin schon zu alt, aus mir wird kein braves Mädchen mehr. Wie geht doch gleich das ukrainische Sprichwort? Was du vom Markt nach Haus getragen, iß gefälligst ohne Klagen. Du hättest mich eben nicht heiraten dürfen.«

»Großer Irrtum, meine Liebe. Du hast meine geniale Idee einfach noch nicht durchschaut. Ich habe dich von mir abhängig gemacht, indem ich dir jahrelang das Einkaufen und Kochen abgenommen habe, dann habe ich dich in die Ehefalle gelockt, und jetzt rühre ich keinen Finger mehr. Ich lasse dich verhungern, und dann werde ich dein Erbe. So komme ich zu einer Wohnung in Moskau und heirate ein gutes Mädchen, mit dem ich hier leben werde. Die Wohnung in Shukowskij überlasse ich meinen Eltern. Was sagst du dazu? Ist das nicht ein großartiger Plan? Ich weiß, warum ich dich geheiratet habe. Hände weg!« rief er drohend aus, als er sah, daß Nastja den Deckel einer Pfanne angehoben und sich schnell ein knuspriges Stück Kalbfleisch herausgefischt hatte. »Leg das sofort wieder zurück!«

»Zu spät«, sagte Nastja mit vollem Mund. »Komm schon, begrabe endlich deinen Napoleon. Auf meinen Tod kannst du lange warten, du als Professor getarnter Mörder.«

Tschistjakow lachte, fuhr mit der Hand über die Karten auf dem Tisch und legte sie zu einem Stapel zusammen.

»Geh dir die Hände waschen, das tut nicht weh, und dann laß uns essen. Ich habe heute übrigens ein ganzes Kapitel für mein Lehrbuch geschrieben. Und was hast du über deinen Arbeitstag zu berichten?«

»Nicht viel«, sagte Nastja seufzend. »Im Grunde habe ich

nur nachgedacht. Aber ich kann dich beruhigen. Der Drohbrief an mich ist reiner Zufall.«

Sie ging ins Bad, wusch sich die Hände, zog sich aus, schlüpfte in ihren bequemen Morgenmantel und setzte sich an den gedeckten Tisch in der Küche. Ljoscha hatte gebratenes Kalbfleisch und panierten Blumenkohl zubereitet, den Nastja mit Begeisterung aß. Sie leerte ihren Teller so schnell, als hätte sie seit einer Woche nichts mehr gegessen.

»Möchtest du noch mehr?« fragte Tschistjakow lächelnd, mit einem Blick auf ihren Teller.

»O nein, bitte nicht«, stöhnte sie. »Ich weiß, worin dein Plan besteht. Du willst mich nicht verhungern lassen, sondern zu Tode mästen. Niemandem außer dir gelingt es, so viel Nahrung in mich hineinzustopfen. In spätestens einem Jahr bin ich so dick, daß ich nicht mehr durch die Tür komme.«

Sie goß sich Kaffee ein, aber kaum hatte sie einen Schluck getrunken, läutete das Telefon. Am Apparat war Nikolaj Selujanow, mit dem Nastja in einer Abteilung arbeitete.

»Ich habe freudige Nachrichten für dich. Eben haben wir einen Anruf aus der Redaktion des ›Kriminalboten‹ bekommen. Einbruch im Fotolabor.«

»Und was wurde gestohlen?«

»Das ist bis jetzt unklar. An der Einrichtung scheint der Täter nicht interessiert gewesen zu sein, aber hinsichtlich der Filme und Fotos wissen wir noch nichts. Die haben dort natürlich keinerlei Ordner oder Karteien, alles liegt offen in Kisten und Schränken herum. Ein heilloses Durcheinander. Wir werden sämtliche Fotografen anrufen müssen, damit jeder von ihnen seine Wirtschaft im Labor überprüft.«

»Rufe als ersten Schewzow an«, sagte Nastja. »Wenn seine Unterlagen komplett sind, geht uns die Sache nichts an. Wenn aber Schewzows Negative gestohlen wurden, ist es unser Fall.«

»Wie gescheit du bist«, brummte Selujanow. »Deinen Schewzow habe ich längst angerufen. Er ist krank und kann kaum einen Schritt gehen. Sollen wir ihn etwa ins Labor tragen? Er war natürlich erschrocken und wollte sofort losfahren, aber ich habe schließlich gehört, wie er atmet und spricht. Man kann ihm nicht zumuten, daß er sich ans Steuer setzt. Wenn ihm unterwegs schlecht wird, baut er womöglich einen Unfall. Ich dachte daran, ihn mit meinem Wagen abzuholen, aber dann habe ich es mir anders überlegt. Der Mann ist krank, und wir lassen ihn nicht in Ruhe. Warten wir bis morgen früh, vielleicht geht es ihm bis dahin besser.«

»Kolja, du kommst mir vor wie ein Kleinkind. Warum rufst du nicht jemanden an, der Schewzows Aufnahmen gesehen hat und an seiner Stelle nachschauen kann, ob alles noch da ist. Das ist doch die einfachste Sache der Welt.«

»Danke für den Tip. Aber es gibt nur drei Personen, die die Aufnahmen kennen. Eine von ihnen ist der kranke Fotograf, die zweite ist Korotkow, aber der ist weder zu Hause noch im Büro, noch sonstwo aufzutreiben. Und jetzt rate, wer die dritte Person ist.«

»Kolja, Tschistjakow wird dafür kein Verständnis haben. Wir sind seit vorgestern verheiratet, und bereits den ersten Tag unseres gemeinsamen Urlaubs habe ich heute im Büro verbracht. Ich kann seine Geduld nicht noch mehr strapazieren. Bitte finde Korotkow, ja?«

»Du bist gut. Wo soll ich ihn denn finden?! Wenn er nach Hause kommt, wird es wahrscheinlich bereits Mitternacht sein. Denkst du etwa, für ihn wird man Verständnis haben, wenn er, kaum nach Hause gekommen, sofort wieder losrennt? Du machst mir Spaß. Dein Ljoscha ist wenigstens ein normaler Mensch, aber du kennst ja Juras Frau. Die macht ihm die Hölle heiß. Kurz, Nastja, entscheide: Entweder du kommst selbst, oder wir warten bis morgen.«

»Warte einen Moment, leg nicht auf, ich spreche kurz mit Ljoscha.«

Sie hielt die Muschel mit einer Hand zu und blickte schuldbewußt zu ihrem Mann hinüber, der völlig ungerührt am Tisch saß und Tee trank, so als hätte er von allem nichts gehört, obwohl er natürlich jedes Wort verstanden hatte.

»Ljoscha, wir beide müssen noch einen kleinen Ausflug machen.«

»Wir beide?« erkundigte er sich, während er sich seelenruhig einen Orangenkeks in den Mund schob.

»Ja, wir beide. Jemand ist ins Fotolabor des ›Kriminalboten‹ eingebrochen, wo Schewzow arbeitet. Anton selbst ist krank, etwas mit dem Herzen. Es muß dringend überprüft werden, ob die Negative der Aufnahmen verschwunden sind, die er auf dem Standesamt gemacht hat. Außer uns beiden kann das niemand tun, verstehst du? Nur wir beide haben sämtliche Aufnahmen gesehen, Korotkow hat sie uns gestern gezeigt.«

»Nun ja, dann müssen wir eben fahren«, sagte Tschistjakow ohne größere Gemütsbewegung. »Und hör bitte auf, mich vor deinen Kollegen als zänkische Hausfrau hinzustellen.«

»Ich danke dir, mein Herzblatt«, sagte Nastja erleichtert.

Eine Dreiviertelstunde später betraten sie bereits das Gebäude, in dem sich die Redaktion des »Kriminalboten« befand. Und nach anderthalb Stunden wußten sie, daß die Negative der von Schewzow zuletzt gemachten Aufnahmen verschwunden waren.

FÜNFTES KAPITEL

Die Mutter von Valerij Turbin empfing Korotkow nicht besonders freundlich. Sie öffnete ihm die Tür, bat ihn widerwillig herein, setzte sich ihm gegenüber und durchbohrte ihn mißtrauisch mit ihren kleinen Augen.

»Ja, ich bin froh, daß die Hochzeit nicht stattgefunden hat«, erklärte sie, ohne die Augen von Korotkow abzuwenden.

»Warum denn, Veronika Matwejewna? Gefällt Elena Ihnen nicht?«

»Ich habe nichts gegen Elena, sie ist ein sehr nettes Mädchen. Ich bin einfach der Meinung, daß es für meinen Sohn noch zu früh zum Heiraten ist. Er kann jetzt noch keine Familie ernähren.«

»Aber Valerij ist bereits siebenundzwanzig. Finden Sie, daß er noch zu jung ist, um eine Familie zu gründen?« fragte Korotkow mit aufrichtigem Erstaunen. Er selbst hatte gleich nach Abschluß der Polizeischule geheiratet, mit einundzwanzig Jahren.

Veronika Matwejewnas Reaktion auf seine unschuldige Frage gab ihm Rätsel auf. Sie wandte ihre Augen ab und schwieg. Jurij fragte sich, was er falsch gemacht, womit er seine Gesprächspartnerin offenbar schmerzlich berührt hatte. Er mußte die Situation um jeden Preis retten. Ihm fiel plötzlich ein, daß Veronika Matwejewna bereits siebzig war, eine ziemlich alte Mutter für einen siebenundzwanzigjährigen Sohn. Sie mußte ihn also mit dreiundvierzig Jahren geboren haben. So etwas kam nicht allzu häufig vor, außer …

»Ist Valerij Ihr einziges Kind?« fragte er.

Die Frau wurde bleich, ihre rot geschminkten Lippen sahen plötzlich fast schwarz aus auf dem erdgrauen Hintergrund ihres Gesichts.

»Sind Sie gekommen, um mit mir über die nicht stattgefundene Hochzeit zu sprechen oder über meine Familienangelegenheiten?« fragte sie mit schneidender Stimme, deren Klang Angst verriet.

»Ich habe mich nur gefragt, ob Ihre negative Einstellung zur Heirat Ihres Sohnes vielleicht damit zusammenhängt, daß Ihre anderen Kinder kein Glück in der Ehe gefunden haben.«

»Nein«, erwiderte Veronika Matwejewna brüsk. »Ich habe keine anderen Kinder. Valerij ist mein einziges.«

»Erzählen Sie mir von seinem Vater«, sagte Korotkow und begriff sofort, daß er einen wunden Punkt getroffen hatte.

Das Gesicht der Frau verzerrte sich plötzlich bis zur Unkenntlichkeit, die Finger ihrer runzeligen Hände krallten sich so fest ineinander, daß es schien, keine Macht der Welt könnte sie je wieder trennen, und in ihren kleinen dunklen Augen flammte Haß auf.

»Ich habe nicht vor, mich mit Ihnen über den Mann zu unterhalten, der Valerijs Vater ist. Zumal er längst nicht mehr unter den Lebenden ist.«

Die Unterhaltung verlief sehr stockend, ständig tauchten irgendwelche unsichtbaren Hindernisse auf. Korotkow begann, nervös zu werden. Es war ganz offensichtlich, daß Turbins Mutter etwas verheimlichte, aber es war völlig unklar, ob das etwas mit den zwei begangenen Morden zu tun hatte und ob es Sinn machte, Druck auf sie auszuüben, um sie zum Sprechen zu bringen.

Er sah sich im Zimmer um, suchte nach irgendwelchen Anhaltspunkten, nach Anstößen zu einer weniger gefährlichen und gleichzeitig produktiveren Fortsetzung des Gesprächs. Man sah auf den ersten Blick, daß hier keine reichen Leute wohnten. Keine überflüssigen Möbel, nur das Nötigste, ziemlich viele Bücher, allerdings nur alte Ausgaben, Bände aus der

Zeit, als Bücher noch zu staatlich festgesetzten Preisen verkauft wurden und fast nichts kosteten. Auf der Fensterbank stand verwaist ein alter, tragbarer Schwarzweißfernseher mit einer provisorischen Antenne, die durch das geöffnete Oberlicht des Fensters nach draußen führte.

Korotkow holte ein Taschentuch aus seiner Hosentasche und begann demonstrativ, mit angestrengtem Gesichtsausdruck seine Handflächen damit zu bearbeiten.

»Verzeihen Sie bitte, dürfte ich mir bei Ihnen vielleicht die Hände waschen?« fragte er endlich mit einem schuldbewußten Lächeln.

Veronika Matwejewna erhob sich schweigend und begleitete ihren Gast zum Badezimmer. Jura drehte den Wasserhahn über dem Waschbecken auf und begann, mit übertriebener Sorgfalt seine Hände einzuseifen, während er verstohlen den gesprungenen Spiegel über dem Becken betrachtete, den billigen Naßrasierer, den es schon vor zehn Jahren zu kaufen gab und der, soweit er sich erinnerte, damals zwei Rubel sechzig kostete. Die Kacheln lösten sich da und dort von den Wänden, die emaillierte Badewanne war über und über bedeckt von gelben Flecken. Man sah sofort, daß die Wohnung seit vielen Jahren nicht mehr renoviert worden war.

»Wohnen Sie schon lange hier?« fragte Korotkow beiläufig, während er sich die Hände an dem verwaschenen Handtuch mit Waffelmuster abtrocknete.

»Seit etwas mehr als einem Jahr.«

»Und wo haben Sie vorher gewohnt?«

»In Marjina Rostscha.«

Seltsam, dachte Korotkow. Marjina Rostscha ist doch ein guter Stadtteil in der Nähe des Mir-Prospektes, mit günstigen Verkehrsverbindungen und großen Geschäften. Warum der Umzug in diesen von Industrieabgasen verpesteten Stadtteil, in diese enge, heruntergekommene Wohnung in einem Haus ohne Lift?

Noch eine geschlagene Stunde versuchte Korotkow, mit der Frau ins Gespräch zu kommen, ein Thema zu finden, das bei ihr keine übermäßig negative Reaktion hervorrief und gleichzeitig zu irgendwelchen fruchtbaren Erkenntnissen hätte führen können. Aber Veronika Matwejewna erwies sich als äußerst schwierige Gesprächspartnerin, Korotkow gelang es nicht, sie zu überlisten.

»Wissen Sie, wann Valerij und Elena nun heiraten werden?« fragte er, bereits wieder in der Tür stehend.

»Nie«, sagte sie schroff.

»Wie meinen Sie das?«

»So, wie ich es sage. Ich werde nicht zulassen, daß mein Sohn heiratet. Jedenfalls nicht, solange ich lebe. Und ich hoffe sehr, daß er es auch nach meinem Tod nicht tun wird.«

Korotkow hatte es plötzlich satt, den zartfühlenden Diplomaten zu spielen, der sich selbst für das genierte, was er tat. Er begriff, daß ihn die ganze Zeit das Alter von Veronika Matwejewna daran gehindert hatte, den gewohnten harten Ton anzuschlagen. Es war ihm ungehörig erschienen, so mit einer siebzigjährigen Frau zu sprechen. Aber schließlich waren zwei Morde begangen worden, und zwei Personen hatten Drohbriefe bekommen, darunter die Braut des eigenen Sohnes dieser Frau ...

»Veronika Matwejewna«, sagte er scharf, während er entschlossen ins Zimmer zurückkehrte, »es scheint, daß Sie den Ernst der Lage nicht verstehen. Es wurden zwei schwere Verbrechen begangen. Außerdem haben wir Grund zu der Annahme, daß es eine Person gibt, die um jeden Preis die Heirat zwischen Ihrem Sohn und Elena Bartosch verhindern will. Ihr ganzes Verhalten während unseres Gesprächs zwingt mich zu der Annahme, daß diese Person Sie sind. Deshalb bitte ich Sie sehr, endlich zur Sache zu kommen. Ich mache Sie darauf aufmerksam, daß ich Ihre Wohnung nicht verlassen werde, solange ich erstens nicht verstanden habe, warum Sie nicht wollen, daß Ihr Sohn Elena heiratet, und solange Sie mich zweitens nicht davon überzeugt haben, daß Sie mit den zwei Drohbriefen nichts zu tun haben. Habe ich mich klar genug ausgedrückt?«

Nachdem Korotkow diese furchterregende Tirade von sich gegeben hatte, setzte er sich demonstrativ wieder an den Tisch, faltete die Hände vor sich und sah die Frau unverwandt an. Ihr Gesicht war aschfahl geworden, und ihre Lippen zitterten.

»Sie haben kein Recht, so mit mir zu sprechen«, sagte sie mit stockender Stimme. »Ich bin ein alter kranker Mensch, und Sie dringen in meine Wohnung ein und verlangen von mir Antworten auf Fragen, die ich mit niemandem zu diskutieren wünsche. Sie sollten sich schämen. Sie nützen Ihre Jugend und Ihre Energie aus, um mich zu Aussagen zu zwingen. Ich beende hiermit das Gespräch mit Ihnen.«

Sie drehte sich um und verließ das Zimmer, Korotkow allein zurücklassend. So eine Wendung im Geschehen hatte er nicht erwartet. Aber seine Verwirrung währte nicht länger als zwei Minuten. Er stand entschlossen auf und ging hinaus in den Flur.

»Veronika Matwejewna«, sagte er mit lauter Stimme. »Ich werde jetzt gehen, bitte schließen Sie die Tür hinter mir ab. Es tut mir sehr leid, daß zwischen uns kein Gespräch zustande gekommen ist, aber daran sind Sie selbst schuld. Vielleicht wird unsere nächste Begegnung fruchtbarer sein.«

Er drehte das Türschloß herum, öffnete die Tür und trat hinaus ins Treppenhaus. Auf der Straße sah er sich nach einem öffentlichen Telefon um und nach einem Platz, von dem aus man den soeben von ihm verlassenen Hauseingang gut im Blick hatte. Das Telefon fand er ziemlich schnell, und man versprach ihm, innerhalb von zwei Stunden zu klären, warum Turbin und seine Mutter vor einem Jahr in eine heruntergekommene Wohnung in einem sehr unvorteilhaften Stadtteil mit verschmutzter Luft umgezogen waren. Danach nahm er seinen Beobachtungsposten vor dem Haus ein und begann zu warten. Er hatte es noch nie mit einer siebzigjährigen Verdächtigen zu tun gehabt, er konnte ihr weiteres Verhalten nur schwer einschätzen und richtete sich deshalb auf eine längere Wartezeit ein. Wie auch immer, früher oder später würde etwas passieren.

* * *

Alexander Kamenskij nahm die Bitte seiner Stiefschwester sehr ernst.

»Natürlich kenne ich die Firma ›Blaue Donau‹«, sagte er. »Und auch mit Bartosch hatte ich schon mehrmals in Bankangelegenheiten zu tun. Sag mir genau, worum es geht, ich werde versuchen, alles herauszufinden, was du wissen willst.«

Im Büro angekommen, sah er zuerst die sogenannte »unverbindliche Post« durch: Werbeprospekte, Einladungen zu Präsentationen und andere farbenprächtige Sendungen. In dem bunten Haufen Hochglanzpapier entdeckte er ziemlich schnell das, was er suchte. Die Einladung der »Intermed«-Gesellschaft zu einer Ausstellung für moderne Krankenpflege. An der Ausstellung nahmen etwa ein Dutzend Hersteller teil, unter denen sich auch die Firma »Blaue Donau« befand.

Er nahm den Telefonhörer ab und wählte mit einem nie dagewesenen Glücksgefühl seine Privatnummer, an die seine Finger sich noch nicht gewöhnt hatten, er wußte, daß sich im nächsten Moment die von ihm geliebte Frau melden würde, die Mutter seines zukünftigen Kindes.

»Dascha, wie fühlst du dich?« fragte er besorgt.

»Bestens«, erwiderte Dascha fröhlich. »Ich habe nur Sehnsucht nach dir. Komm bald nach Hause, ja?«

»Ich möchte dir einen Vorschlag machen. Ich muß heute zu einer Ausstellung für moderne Krankenpflege. Willst du vielleicht mitkommen? In etwa einem Monat wirst du selbst Krankenpflege brauchen, und du könntest dich informieren und dir schon das eine oder andere aussuchen.«

»Aber Sascha, es sind doch nur ein paar Tage«, sagte Dascha lachend. »Außerdem ist eine Geburt keine Krankheit, sondern ein ganz natürlicher Vorgang im Leben einer Frau.«

»Keine Diskussionen, Dascha, meine Frau soll das Beste vom Besten haben, auch dann, wenn es sich nur um ein paar Tage handelt. Außerdem könntest du mich beraten. Ich muß mir die Produkte anschauen und entscheiden, ob es sich lohnt, Geld in sie zu investieren. Zieh dich schon mal an, in einer halben Stunde hole ich dich ab.«

Am Eingang zur Ausstellung überreichte Sascha einem Angestellten seine Karte und ging dann mit Dascha langsam von Raum zu Raum. Die beiden blieben vor jedem Stand stehen und betrachteten wählerisch Wärmflaschen der unwahrscheinlichsten Formen, Babyfläschchen mit Warmhaltevorrichtungen, antibakterielle Bettücher und Decken mit Feuchtigkeitsschutz. Ihr besonderes Interesse erregte das Angebot einer Firma, die Spezialmöbel herstellte.

»Sieh mal, ich kaufe dir so ein Ding da«, sagte Sascha und deutete auf eines der Exponate, das zum Windeln von Babys bestimmt war, wenn die Mutter wegen Krankheit nicht aufstehen konnte und die Windeln im Liegen wechseln mußte.

»Wozu denn, Saschenka?« protestierte Dascha. »Glaubst du etwa, daß ich nach der Geburt für längere Zeit schwerkrank im Bett liegen werde? Das habe ich eigentlich nicht vor.«

»Dascha, wir müssen auf alles vorbereitet sein«, sagte Alexander streng. »Stell dir vor, du fällst eines Tages hin und brichst dir ein Bein. Dann liegst du da im Gips, und ich bin den ganzen Tag im Büro. Es ist besser, wenn wir so ein Ding haben.«

»Gib zu, daß es dir ganz einfach gefällt«, sagte Dascha lachend.

Endlich hatten sie den Stand der Firma »Blaue Donau« erreicht. Die Auswahl an Exponaten war nicht groß, aber Alexander begriff sofort, daß hinter dem begrenzten Warenangebot hohe Investitionen standen und daß es hohe Gewinne versprach. Den Experten, die für Bartosch arbeiteten, war es gelungen, ein biologisch aktives Gewebe zu entwickeln, mit dessen Hilfe die zwei grundlegenden Probleme bettlägeriger Patienten bekämpft werden konnten: die Gefahr der Lungenentzündung und die des Wundliegens. Dem Bankier Kamenskij war sofort klar, daß es sich auf jeden Fall lohnte, hier Geld zu investieren. Aber der Stiefbruder von Anastasija Kamenskaja dachte an etwas anderes. Er mußte unbedingt den Firmenvertreter kennenlernen.

Letzterer erwies sich als bezaubernde junge Dame in einem

grünen Seidenkostüm. Als sie Kamenskijs Blick auffing, lächelte sie und ging sofort auf ihn zu.

»Kann ich Ihnen behilflich sein?« fragte sie routiniert. »Ich heiße Tatjana und vertrete die Firma ›Blaue Donau‹ auf dieser Ausstellung. Unsere Firma würde sich sehr über die Zusammenarbeit mit der Vega-Bank freuen. Erlauben sie mir bitte, Ihrer Gattin ein kleines Firmengeschenk zu überreichen.«

Mit diesen Worten reichte sie Dascha ein hübsch anzusehendes Päckchen, das plötzlich von wer weiß woher in ihren Händen aufgetaucht war.

»Kennen wir uns?« fragte Alexander erstaunt. Er hätte schwören können, daß er diese Frau noch nie im Leben gesehen hatte.

»Nein, wir sind uns noch nicht persönlich begegnet«, sagte sie mit einem erneuten Lächeln, das diesmal aber mehr kokett als routiniert wirkte. »Aber kaum hatten sie die Ausstellung betreten, hat man mich darüber informiert, daß Alexander Kamenskij von der Vega-Bank mit seiner Gattin hier ist.«

»Informiert man Sie immer über das Eintreffen wichtiger Geschäftspartner?« fragte Sascha.

»Selbstverständlich. Sonst würde ich ja womöglich sogar Rockefeller verpassen.«

Alle drei begannen zu lachen und nahmen in den Gästesesseln Platz. Tatjana machte sofort eine telefonische Bestellung, und nach einer Minute wurden Kaffee und kalte Getränke serviert.

»Wie geht es Herrn Latyschew?« erkundigte sich Sascha, nachdem er einen großen Schluck von dem geeisten Orangensaft genommen hatte.

»Bei ihm ist alles in Ordnung. Es hat sich allerdings ein kleines persönliches Drama in seinem Leben ereignet. Aber ich denke, er wird damit fertig werden.«

»Was ist denn passiert?«

»Das Mädchen, das er heiraten wollte, hat ihn wegen eines anderen verlassen. Eine banale Geschichte, nicht wahr? Wahrscheinlich gibt es auf der ganzen Welt keinen einzigen Mann, der das noch nicht erlebt hat. Und ich glaube, daran ist noch keiner gestorben.«

Tatjana sprach lächelnd, so, als würde sie eine amüsante Anekdote erzählen.

»Und wem hat die ungetreue Geliebte den Vorzug gegeben? Einem, der noch reicher, noch schöner ist als Latyschew?«

»Oh, Sie werden es nicht glauben, aber soviel ich weiß, ist ihr Auserwählter ganz und gar nicht aus diesen Kreisen.«

Kamenskij wurde hellhörig. Er war Marat Latyschew, dem Geschäftsführer der Firma, einige Male auf geschäftlichen Treffen und bei Werbeveranstaltungen begegnet, er machte den Eindruck eines sehr von sich überzeugten, erfolgreichen Geschäftsmannes, der geschickt genug war, um sich zu nehmen, was er haben wollte, skrupellos genug, um jedes Mittel dafür einzusetzen, und schlau genug, um sich von alledem nichts anmerken zu lassen.

»Und wer ist die Dame?« fragte er, während er sein Glas auf dem Tisch abstellte und sich eine Zigarette ansteckte. »Ist sie es denn wert, daß man sich ihretwegen grämt?«

»Halten Sie mich bitte nicht für eine Klatschbase«, erwiderte Tatjana mit scheinheiliger Miene, »aber da ich annehme, daß Sie Herrn Latyschew sehr gut kennen, sage ich es Ihnen: Sie ist die Tochter von Bartosch selbst. Marat hat große Hoffnungen in sie gesetzt.«

»Was Sie nicht sagen!« warf Dascha lebhaft ein. Ihr Mann hatte sie nicht in seine Absichten eingeweiht, aber sie war klug genug, um zu begreifen, daß es hier um mehr ging als um einen ganz gewöhnlichen Ausstellungsbesuch. Sie wußte nichts von dem zweiten Mord, nichts von Elena Bartosch, die diesen seltsamen Drohbrief erhalten hatte, aber ihr war klar, daß Sascha nicht zufällig hier war und nicht umsonst versuchte, diese hübsche Tatjana in ein Gespräch zu verwickeln, während er die anderen Firmenvertreter keines Blickes gewürdigt hatte. Wenn Sascha das Mädchen zum Sprechen bringen wollte, dann würde sie ihm helfen.

»Wie ist das möglich!« fuhr Dascha mit erstauntem Gesichtsausdruck fort. »Ein Mann wie Marat. Jedes Mädchen würde sich glücklich schätzen, seine Frau zu werden.«

Sie hatte diesen Marat nicht nur nie in ihrem Leben gesehen, sondern bisher nicht einmal seinen Namen gehört, aber Sascha hatte Tatjana schließlich gefragt, ob der neue Bräutigam noch schöner und noch reicher war als dieser Marat, und das hatte Dascha genügt, um den Gedanken ihres Mannes aufzugreifen und weiterzuspinnen.

»Übrigens sagt man nicht umsonst: Hochzeit im Mai bringt nur Schererei«, bemerkte Tatjana. »Die Hochzeit mit dem anderen hat nicht stattgefunden, so daß Marat wieder neue Hoffnung schöpfen kann.«

»Das mit dem Mai ist natürlich Unsinn«, protestierte Dascha entschieden. Zielsicher lenkte sie das Gespräch auf ein typisch weibliches Thema, wofür Alexander sie mit einem zärtlich-dankbaren Blick bedachte. »Wir haben auch im Mai geheiratet, noch dazu am dreizehnten, und wir werden lange und glücklich zusammenleben. Und am selben Tag sterben.«

In Tatjanas Gesicht trat ein so fassungsloses Erstaunen, als würde in diesem Moment direkt vor ihren Augen ein Raumschiff mit Außerirdischen landen.

»Sie haben am 13. Mai geheiratet? Im letzten Jahr?«

»Nein, in diesem Jahr. Am letzten Samstag.

»Das kann nicht wahr sein!«

»Warum denn nicht?«

»Weil Bartoschs Tochter auch an vergangenen Samstag heiraten sollte. Was für ein Zufall. Nicht zu glauben.«

»Sie haben gesagt, daß die Hochzeit nicht stattgefunden hat. Warum denn nicht?« fragte Dascha anteilnehmend und scheinbar voller Mitgefühl für den abwesenden Marat Latyschew.

»Sie werden es nicht glauben! Im Standesamt wurde ein Mord begangen. Stellen Sie sich das nur einmal vor! Was für eine Tragödie. Natürlich kam die Miliz und begann, alle anwesenden Personen zu befragen. Geschrei, Tränen. Da ist einem dann nicht mehr nach Heiraten zumute.«

Dascha wollte etwas sagen, aber sie stieß auf einen warnenden Blick ihres Mannes und verstummte. Sie begriff, daß sie etwas für sich behalten mußte, nur wußte sie nicht, was, deshalb lenkte sie das Gespräch von der Hochzeit auf die Person des verschmähten Bräutigams.

»Aber mir scheint, Bartosch selbst hätte die Heirat zwischen seiner Tochter und Marat sehr begrüßt. Nicht wahr? Einen besseren Schwiegersohn hätte er sich doch gar nicht wünschen können.«

Saschas Gesichtszüge entspannten sich wieder, und Dascha begriff, daß sie dem Gespräch die richtige Wendung gegeben hatte. Sie hatte keine Ahnung, wovon die Rede war, sie kannte die Leute nicht, über die sie sprach, und konzentrierte sich nur darauf, nichts Falsches zu sagen. Wer wohl dieser Bartosch war? Und wer war Marat Latyschew? Sie überlegte, wie sie herausfinden könnte, wie die Tochter von Bartosch hieß, um Tatjana glauben zu machen, daß sie die Bartoschs tatsächlich gut kannte. Die Angst, einen Fehler zu begehen, trieb ihr ständig die Hitze ins Gesicht.

»Ich sage es Ihnen unter dem Siegel der Verschwiegenheit. Marat hatte eine Freundin, die bei uns in der Werbeabteilung arbeitet. Sie hat mir erzählt, daß Marat schon lange ein Auge auf Elena geworfen hatte, schon seit der Zeit, als sie gerade den Schulabschluß machte. Istvan brachte zu allen geschäftlichen Anlässen seine Frau und seine Tochter mit, und Marat wich ihnen nicht von der Seite. Tamila war begeistert von ihm. Es war ihre Idee, Elena mit Latyschew zu verheiraten. Was hat sie nicht alles unternommen, um die beiden zusammenzubringen. Einmal hat sie ihre Tochter sogar in den Urlaub an den Balaton geschickt, zu ihrer Schwiegermutter, und Marat mußte sie begleiten, weil Elena nach ihrer Meinung jemanden an ihrer Seite brauchte, der Ungarisch spricht.«

Tamila. Elena. Istvan. Was waren das bloß für Namen? Dascha mußte aufpassen, um sie nicht durcheinanderzubringen. Istvan – das war wahrscheinlich dieser bewußte Bartosch. Elena mußte seine Tochter sein. Und Tamila? War das Bartoschs Frau?

»Und was geschah dann? Hat Marat sich unsterblich in Elena verliebt?« fragte sie mit dem unschuldigsten Gesicht der Welt. Tatjana hatte offenbar völlig vergessen, daß sie dem Bankier Kamenskij gegenübersaß, sie sah nur noch eine junge Frau vor sich, mit der man über gemeinsame Bekannte klatschen konnte.

»Wo denken Sie hin!« sagte sie mit einer wegwerfenden Handbewegung. »Marat ist ein Frauenheld ohnegleichen. Es geht ihm nur ums Geld. Um seine Stellung in der Firma. Als Schwiegersohn des Chefs hätte er ausgesorgt. Die Bartoschs sind eine sehr wohlhabende Familie, ihr Vermögen geht bis auf Istvans Urgroßvater zurück. Der Name Bartosch ist eine Lebensversicherung, eine Garantie. Sie haben Geschäftsverbindungen in alle Welt, nicht wie die Neureichen, die außer der Türkei, Griechenland und Zypern nie etwas gesehen haben. Im Lauf von fast hundert Jahren hat die Familie keine einzige Niederlage erlitten, sondern ist immer nur reicher geworden.«

Sascha begann plötzlich zu lachen. Er begriff, daß sich hinter Tatjanas Schwatzhaftigkeit eine sehr geschickte Werbekampagne für die Firma verbarg. Sie spielte ihre Partie auf sehr weibliche Art, sie verpackte die Werbung in scheinbar unschuldigen, hohlen Klatsch. Aber wer Ohren hatte, der hörte: Die »Blaue Donau« war eine sehr solide Firma, es lohnte sich, Geld in sie zu investieren, denn seit ihrem Bestehen hatte sich noch nie etwas Unvorhergesehenes ereignet, die Firma hatte immer ihre Stellung auf dem Markt gehalten und noch nie einen Bankrott erlitten. Mehr noch, eine fast hundertjährige Tradition stand hinter dem Clan der Bartoschs, eine inzwischen westliche Businesskultur, die es erlaubte, erfolgreiche Geschäftsverbindungen mit den hochentwickelten Ländern Europas und Amerikas zu unterhalten. Gut gemacht, Tatjana, gut gemacht, Klatschbase! Denn wer würde eine derartige Firmenwerbung schon ernst nehmen, wenn sie im Klartext von einer hübschen jungen Frau mit ernster Miene vorgetragen würde! Aber wenn der Eindruck einer harmlosen Plauderei im Verbund mit scheinbar unabsichtlichen Versprechern entstand, würde jeder glauben, er hätte aus Versehen wertvolle Hintergrundinformationen über die Firma bekommen, die es ihm erlaubten, richtige Investitionsentscheidungen zu treffen. Mehr noch, derjenige, der es hörte, würde sich schrecklich schlau und gewieft vorkommen, sich etwas einbilden auf seinen Scharfblick und seinen guten Riecher. Und folgerichtig, ohne es selbst zu bemerken, würde er anschließend positiv auf alles reagieren, was die Firma ihm offerierte. Es sah so aus, als würde die »Blaue Donau« die Dienste eines sehr begabten Psychologen in Anspruch nehmen. Alexander nahm sich vor, darüber nachzudenken, ob seine Bank diesem Beispiel folgen sollte.

»Lassen Sie uns zum geschäftlichen Teil kommen, meine Damen«, sagte er schließlich, nachdem er inzwischen alles erfahren hatte, was seine Stiefschwester wissen wollte. »In welcher Zeit könnten Sie mit der Produktion der antibakteriellen Gewebe beginnen, wenn wir, angenommen, eine halbe Milliarde Dollar in das Geschäft investierten?«

Tatjana wurde augenblicklich ernst, griff nach einem elektronischen Minirechner, und ihre Finger begannen, sich flink über die Tastatur zu bewegen.

Kamenskij hatte sich wieder in einen Geschäftsmann verwandelt und diktierte Tatjana eine lange Reihe von Fragen, die er klären mußte, bevor er das Projekt dem Bankvorstand vorlegte. Dascha begann sich zu langweilen, sie erhob sich und begann erneut, die luxuriös gestalteten Stände zu betrachten.

Eine Stunde später rief Nastja Kamenskaja bei Nikolaj Selujanow an.

»Wir können der illustren Gesellschaft der Verdächtigen noch eine Figur hinzufügen«, teilte sie ihm mit. »Einen gewissen Marat Latyschew, den Geschäftsführer der Firma ›Blaue Donau‹. Ihm ist außerordentlich daran gelegen, daß Elena Turbin nicht heiratet. Er hatte nämlich selbst vor, sie zu ehelichen.«

»Woher weißt du das?«

»Das geht dich nichts an«, frotzelte Nastja. »Aber die Information ist verläßlich. Wo ist Korotkow?«

»Er ist zu Turbins Mutter gefahren und seitdem verschwunden.«

»Was heißt verschwunden?«

»Keine Angst, so meine ich das nicht. Er hat angerufen und wollte, daß wir feststellen, wann und wie oft die Turbins ihren Wohnort gewechselt haben. Ich habe ihm versprochen, das in zwei Stunden zu klären. Die zwei Stunden sind längst vergangen, aber ich habe nichts von ihm gehört. Vielleicht steckt er bei seiner Ludmila.«

»Mitten in der Arbeitszeit? Ist er etwa verrückt geworden?« erkundigte sich Nastja ungläubig.

Aber im Grunde war Selujanwos Vermutung gar nicht so weit her geholt. Vor über drei Jahren hatte Korotkow sich wieder einmal verliebt, aber diesmal schien es sich um eine ernstere Angelegenheit zu handeln. Vielleicht lag es daran, daß Ludmila selbst einmal als Ermittlerin gearbeitet hatte und ihn deshalb besser verstand als jede andere Frau, seine Ehefrau eingeschlossen. Mit ihr konnte er seine dienstlichen Angelegenheiten besprechen, er bekam von ihr qualifizierte Ratschläge, und wenn er sie um Hilfe bat, konnte er sicher sein, daß sie alles richtig machen würde. Vielleicht lag es aber auch daran, daß Korotkow Ludmila liebte, während er sich in alle anderen vorher immer nur verliebt hatte. Aber wie dem auch sei, er würde sich nicht am hellichten Tag mit ihr treffen, wenn er behauptete, dienstlich unterwegs zu sein. Korotkow war ein sehr disziplinierter Mensch, und wenn er vorhatte, sich in der Hektik seines Arbeitstages eine Atempause zu gönnen, sagte er immer jemandem Bescheid, der ihn deckte. In der Regel war das Nastja, und wenn Oberst Gordejew, der Chef, Korotkow dringend suchte, erklärte ihm Nastja mit unschuldigem Blick, daß Korotkow gerade angerufen hätte und in einer Stunde zurück sein würde. Danach rief sie Jura unter der hinterlassenen Telefonnummer an und gab ihm das Zeichen. »Fahr los, die Stunde läuft.« Und außerdem hatte Ludmila nicht nur zwei Söhne, sondern auch noch einen Ehemann, so daß die Treffen zwischen ihr und Korotkow immer langwieriger Vorbereitung bedurften und meist nur dann stattfinden konnten, wenn Ludmilas Mann verreist war und die eheliche Wohnung zur Verfügung stand.

»Sobald er wieder auftaucht, soll er mich bitte anrufen, ja?« sagte Nastja.

»Ich werde es ihm ausrichten«, versprach Selujanow.

»Gibt es Neuigkeiten über den Einbruch im Fotolabor?«

»Bis jetzt nicht. Alle Fotografen wühlen im Labor herum und durchsuchen ihre Unterlagen, um festzustellen, ob auch bei ihnen Negative verschwunden sind.«

»Das können sie sich sparen. Ich bin überzeugt davon, daß nur Schewzows Negative gestohlen wurden. Ein flinker Bursche, mit dem wir es da zu tun haben.«

»Von wegen wir. Ihr solltest du sagen«, bemerkte Nikolaj giftig. »Du feierst deinen Urlaub, und wir reißen uns hier ein Bein aus. Wassja Kudin hat völlig recht: Du kannst nicht einmal heiraten wie andere Leute, bei dir muß es selbst auf der Hochzeit eine Leiche geben.«

»Ihr seid selber schuld«, parierte Nastja, »ewig habt ihr mir in den Ohren gelegen, daß ich heiraten soll. Und jetzt paßt es euch wieder nicht. Ist die Fahndung nach der Frau auf dem Foto eingeleitet?«

»Versteht sich. Wir haben schon etwa zwanzig Anrufe bekommen, aber bis jetzt hat keiner was gebracht. Hör mal«, sagte Nikolaj plötzlich lebhaft, »wir könnten den ›Kriminalboten‹ für unsere Zwecke einspannen. Die sind jetzt unsere besten Freunde. Sie könnten das Foto der Frau und einen Steckbrief veröffentlichen.«

»Na siehst du, Kolja, du kannst ja, wenn du willst. Du mußt dir nur ein bißchen Mühe geben. Eine sehr gute Idee.«

»Aber sprich du mit ihnen.«

»Ich? Warum denn ich?«

»Als wir letzte Nacht die Negative im Fotolabor gesucht haben, war da so ein Typ, der dich ständig angestarrt hat. Der hat einen Narren an dir gefressen. Es war der Stellvertreter des Chefredakteurs. Du hast alle Chancen bei ihm.«

»Erzähl keinen Unsinn, Selujanow. Gib zu, daß du einfach keine Lust zum Anrufen hast.«

»Wenn ich anrufe, muß ich bitten. Aber du hast dort deinen Bekannten Schewzow, du kannst es über ihn machen, das ist einfacher. Abgemacht, Nastja?«

»Überredet«, sagte sie seufzend, »gegen dich ist kein Kraut gewachsen.«

Anton Schewzow ging es spürbar besser. Heute klang seine Stimme wesentlich lebhafter, von Atemnot war fast nichts mehr zu bemerken. Er erklärte sich sofort bereit, den stellvertretenden Chefredakteur anzurufen und die Sache mit ihm zu besprechen.

»Es wird keinerlei Probleme geben, Anastasija, das verspreche ich Ihnen«, sagte er. »Schließlich gehört das zu unserem Profil, zu unseren Aufgaben. Ich werde Sie sofort anrufen, sobald ich mit dem Redakteur gesprochen habe.«

Bereits nach einer halben Stunde rief er tatsächlich zurück.

»Alles in Ordnung«, verkündete er freudig. »Der stellvertretende Chefredakteur hat zugestimmt. Aber er hat auch eine Bitte an Sie.«

»Was für eine Bitte?«

»Er möchte, daß Sie uns ein Interview über den Vorfall im Standesamt geben.«

»Auf gar keinen Fall«, widersprach Nastja entschieden. »Das ist Ermittlungsgeheimnis.«

»Sie haben die Bitte falsch verstanden, Anastasija. Sie sollen das Interview nicht als Mitarbeiterin der Miliz geben, die mehr weiß als andere. Wir werden Sie als Zeugin interviewen, die sich zufällig am Tatort befunden hat. Die Tatsache, daß Sie bei der Kripo arbeiten, werden wir gar nicht erwähnen. Sie erzählen einfach, wie alles war, genau so, wie jeder andere der fünfzig Leute, die außerdem noch dort waren, es erzählen könnte.«

»Aber Sie waren auch dort«, entgegnete sie, »erzählen Sie es doch!«

»Das geht nicht«, erwiderte Anton mit einem Lachen. »Mit Mitarbeitern der Zeitung werden keine Interviews gemacht. Außerdem würde ich kein Honorar bekommen. Aber Sie bekommen eins.«

»Ich brauche kein Honorar.«

»Sie brauchen es vielleicht nicht, aber wir brauchen es. Wer wird denn für die Veröffentlichung des Fotos und des Steckbriefes bezahlen? Bei uns gibt es keinen einzigen kostenlosen Millimeter, wir sind ein kommerzielles Blatt. Anstatt von der Petrowka Geld zu verlangen, werden wir Ihr Interview abdrucken, Ihnen ein Honorar bezahlen, und Sie retournieren es an unsere Kasse. Damit sind dann unsere Dienste für Sie bezahlt. Haben Sie mich jetzt verstanden?«

»Sehr schlau! Warum seid ihr denn so geldgierig? Es handelt sich schließlich um die Aufklärung eines Mordfalles.«

»So ist es nun einmal. Finanzdisziplin. Sind Sie einverstanden?«

»Was bleibt mir anderes übrig.«

»Dann werde ich unserem Berichterstatter Ihre Telefonnummer geben, er wird Sie anrufen und ein Treffen mit Ihnen vereinbaren. Vielleicht treffen wir uns sogar zu dritt, er wird sie interviewen, und ich werde währenddessen ein paar Fotos von Ihnen machen. Ich fange schon morgen wieder an zu arbeiten.«

Nach dem Telefonat mit Schewzow ging Nastja in Gedanken noch einmal die Vorgänge vom letzten Samstag durch, um sich klar zu machen, was sie sagen konnte und worüber sie schweigen mußte. Es war nicht ausgeschlossen, daß das Interview dem Mörder zu Gesicht kam, und man mußte aus der Situation alles herausschlagen, was herauszuschlagen war.

* * *

Jura Korotkow wechselte schon zum dritten Mal den Bus, während er Veronika Matwejewna Turbina folgte. Sie hatte etwa eine Dreiviertelstunde nach seinem Weggehen das Haus verlassen, und jetzt folgte er ihr, ohne zu wissen, wohin und warum überhaupt. Es war eine komplizierte und lange Strecke, aber die Frau kannte sie offenbar gut, denn sie hielt kein einziges Mal inne und fragte niemanden nach dem Weg. Sie fuhr in Richtung Ljuberez, und Korotkow wunderte sich, warum sie nicht die S-Bahn nahm, sondern die überfüllten Busse, die sie ständig zum Umsteigen zwangen.

Endlich näherte sie sich einem Haus, das ihr Ziel zu sein schien. Nachdem sie im Eingang verschwunden war, wartete Jura eine Weile, dann öffnete er vorsichtig die Tür und blickte ins Innere. Ein scharfer Geruch nach Katzen, Urin und Alkohol stieg ihm in die Nase. Die abgeschabten, mit obszönen Kritzeleien und Zeichnungen bedeckten Wände wären eine Freude für das Auge eines zukünftigen Ethnographen gewesen, denn sie gaben einen umfassenden Einblick in den inoffiziellen Wortschatz und die graphische Symbolik der Zeit. Korotkow schlich sich leise die Treppe hinauf bis zum obersten Stockwerk, unterwegs betrachtete er die Wohnungstüren. Die Anzahl der an den Türpfosten befestigen Klingelknöpfe besagte, daß es sich bei den meisten Behausungen um Gemeinschaftswohnungen handelte. An jeder Tür lauschte er eine Weile, um an den Stimmen im Innern zu erkennen, wo gerade ein Gast eingetroffen war. Aber er hatte kein Glück. Nichts gab Auskunft darüber, in welcher der Wohnungen Veronika Matwejewna verschwunden war.

Korotkow ging wieder nach unten, betrat die Straße und machte sich auf den Weg zum nächsten Revier der Miliz.

SECHSTES KAPITEL

Veronika Matwejewna sah haßerfüllt in das gedunsene, rot angelaufene Gesicht des Mannes, der vor ihr saß. Er war wesentlich jünger als sie, aber sein vom Alkohol zerstörtes Gesicht mit dem schon halb zahnlosen Mund ließ ihn um mindestens zehn Jahre älter wirken als er war.

»Hast du es mitgebracht?« fragte er mit brüchiger Tenorstimme, ohne seinen Blick von der Handtasche der Frau abzuwenden.

»Ja, ich habe es mitgebracht«, sagte sie trocken. »Wenn du nur endlich sterben würdest, Pascha. Ich habe keine Kraft mehr.«

Der Mann verzog hämisch sein Gesicht, die Anstrengung, etwas Boshaftes zu sagen, ließ Speichel aus seinem zahnlosen Mund sprühen. Ein Tropfen landete auf dem Ärmel des Kleides von Veronika Matwejewna. Mit einem Ausdruck unverhohlenen Ekels wischte sie ihn ab.

»Was willst du denn, du Schöne, was verziehst du dein Gesicht?« begann Pascha mit widerlicher Ganovenstimme zu singen. »Ich habe dir ein Söhnchen der Extraklasse gemacht, und jetzt zierst du dich. Damals hast du dich nicht geziert.«

»Halt den Mund«, unterbrach ihn die alte Frau grob. »Sag mir lieber, wo du am Samstag warst.«

»Wieso? Bist du etwa hier gewesen und hast mich gesucht? Ich war hier, wo hätte ich sonst sein sollen! Ab und zu gehen wir zum Saufen raus in den Wald, aber sonst bin ich immer hier, das weißt du.«

»Wie könnte ich dir glauben, Pascha?« sagte Veronika Matwejewna mit einem Seufzer. »Du hast doch längst dein Gewissen versoffen, und deinen Verstand auch. Sag mir ehrlich, hast du es getan?«

»Was soll ich getan haben?« fragte er mit aufrichtigem Erstaunen. »Wovon redest du?«

»Bist du am Samstag in Moskau gewesen?«

»Nein, verdammt. Wie oft soll ich es dir noch sagen. Du bist wie eine Klette. Am Samstag hat Valerij geheiratet, stimmt's?«

»Nein, er hat nicht geheiratet, Pascha. Zum Glück hat er nicht geheiratet.«

»Warum denn das? Ist ihm die Braut durchgebrannt?«

»Das geht dich nichts an. Ich sage dir nur eins: Ich brauche keine Mißgeburten von Enkeln. Lieber gar keine als solche, die sind wie du.«

»Wie nett wir sind, sieh einer an. Ein so zuckerfeines Söhnchen, warum sollten die Enkel da schlechter werden? Erinnere dich mal an dich selbst! Warst du damals etwa eine Bilderbuchschönheit? Als alte Jungfer habe ich dich genommen, wer hätte dich haben wollen mit deiner schäbigen Fresse und deinen krummen Beinen. Du warst zweiundvierzig, und ich war zwanzig Jahre jünger, gesund und stark wie ein Baum. Wenn an Valerij was dran ist, dann stammt es von mir und nicht von dir. Nicht umsonst hat so ein Mädchen ein Auge auf ihn geworfen.«

»Was für ein Mädchen?« Veronika Matwejewnas Stimme war plötzlich heiser geworden. »Woher weißt du, was für ein Mädchen das ist?«

»Ich hab sie gesehen«, erwiderte Pascha mit dreistem Grinsen, das seine letzten, verfaulten Zahnstummel entblößte. »Einen Hintern hat die … Und die Titten … Beste Sahne. Da würde ich auch gern mal naschen.«

»Pascha, du hast mir doch versprochen … du solltest Gott fürchten«, murmelte Veronika Matwejewna. »Ich tue doch alles, was du von mir verlangst, ich werde dir auch weiterhin Geld geben, nur rühr den Jungen nicht an.«

»Rühr den Jungen nicht an, rühr den Jungen nicht an ... Was liegst du mir damit ständig in den Ohren? Er ist auch mein Sohn, merk dir das! Wenn ich will, rühre ich ihn an. Du hast mir nichts zu befehlen, du alte Schabracke. Ich muß schließlich auch an mich selbst denken. Morgen oder übermorgen beißt du ins Gras, und wer wird dann für meinen Unterhalt sorgen? Mein Sohn natürlich. Wer sonst?«

Er lehnte sich in dem schäbigen alten Stuhl zurück und grinste Veronika Matwejewna unverschämt ins Gesicht. Sie sah ihn voller Bitterkeit an und erinnerte sich der unseligen Stunde, als ... Jetzt tat sie alles, damit ihr Sohn nie erfahren sollte, was für einen Vater er hatte. Sie enthielt sich selbst und Valerij das Nötigste vor, um Pascha regelmäßig das Geld bringen zu können, das er von ihr verlangte, sie kürzte an allen Ecken und Enden das ohnehin armselige Haushaltsbudget und dachte täglich mit Schrecken daran, daß dieser kriminelle Trunkenbold plötzlich vor ihrem Sohn erscheinen könnte. Die Tatsache, daß er Elja gesehen hatte, bedeutete, daß er seinem Sohn insgeheim nachspionierte. Und wenn Valerij ein Mädchen aus einer wohlhabenden Familie heiraten würde, käme unweigerlich der schreckliche Tag: Pascha würde auf seinen Anteil nicht verzichten. O Gott im Himmel, wenn er nur sterben würde!

»Genug! Gib das Geld her, und dann kannst du dich trollen«, sagte Pascha großmütig. »Oder willst du noch irgendwas?«

»Ja, ich will noch etwas«, erwiderte Veronika Matwejewna unerwartet schroff. »Ich will deine widerliche Fresse nie wieder sehen, du Bastard.«

»Übernimm dich nicht!« fauchte er. »Schau dir deine eigene Fresse an. Du brauchst nur abzukratzen, dann siehst du mich nie wieder. Beeil dich ein bißchen, ich werde dich selbst waschen und einkleiden für den letzten Gang, ich bin schließlich Fachmann für diese Dinge und weiß noch sehr gut, wie das geht.«

»Würdest du nur meinen Namen für immer vergessen und meine Adresse, du Schweinehund. Du hast mir mein Blut ausgesaugt, du hast mein ganzes Leben vergiftet. Wofür hat Gott mich nur so gestraft!«

Die Frau sah den Vater ihres Sohnes haßerfüllt an und begann zu weinen, ohne ihr Gesicht mit den Händen zu bedekken. Sie wünschte sich den Tod, und gleichzeitig fürchtete sie sich davor, zu sterben. Denn sobald dieses Ungeheuer kein Geld mehr von ihr bekäme, würde es sich mit Sicherheit an seinen Sohn heranmachen. Und der Junge würde so einen Schlag nicht verkraften.

* * *

Der Milizionär auf dem Revier, zu dem das Haus gehörte, in dem Veronika Matwejewna verschwunden war, war ein sympathischer junger Bursche mit blonden Wimpern und einem jungenhaften Lächeln. Korotkow hatte zwei Stunden lang auf ihn warten müssen.

»Kolja, ich brauche Angaben zu allen Personen, die in diesem Haus wohnen«, sagte Korotkow und reichte dem Milizionär den Zettel mit der Adresse.

»Zu allen?« fragte Kolja nach. »Alle Wohnungen in diesem Haus sind Gemeinschaftswohnungen. Die Anzahl der Bewohner ist beträchtlich.«

»Heute ist eine Frau in diesem Haus gewesen, eine Veronika Matwejewna Turbina. Ich muß wissen, wen sie besucht hat. Hast du vielleicht eine Ahnung?«

»Turbina, Turbina ...« wiederholte Kolja nachdenklich. »Nein, diesen Namen habe ich nie gehört. Wir müssen alle Bewohner durchgehen.« Er holte einen Ordner aus dem Safe und entnahm ihm eine Liste mit den Namen der Bewohner des besagten Hauses. Kein einziger Name sagte Korotkow etwas.

»Wir machen es anders«, schlug der Milizionär vor. »Wir unternehmen jetzt einen Wohnungsrundgang in dem Haus und klären, wer heute Besuch bekommen hat. Alles weitere wird sich dann finden. Kommen Sie mit?«

»Nein. Die Turbina kennt mich, ich habe mich gerade erst heute mit ihr unterhalten. Geh allein, machst du das?«

»Klar mach ich das. Was für eine ist denn diese Turbina?«

»Eine alte, siebzigjährige Frau, klein, mager, mit einem grauen Haarknoten. Heute trägt sie ein dunkelblaues Kleid, einen grauen Mantel und ein helles Kopftuch.«

Jura blieb auf dem Revier, während der junge Milizionär losging, um den Hausbewohnern eine herzzerreißende Geschichte darüber zu erzählen, daß am heutigen Tag ein Mädchen auf der Straße überfallen und ausgeraubt worden war und daß der Täter sich ausgerechnet in diesem Haus versteckt hatte. Er kehrte nach etwa anderthalb Stunden zurück und teilte Korotkow mit, daß die alte Frau den zweifach vorbestraften Alkoholiker Pawel Smitijenko besucht hatte. Sie überprüften Smitijenkos Daten in der Meldekartei, fanden aber nichts, was von Interesse hätte sein können. Was konnte er mit Veronika Matwejewna zu tun haben?

»Was weißt du über diesen Typ?« fragte Korotkow.

»Ein Säufer. Er arbeitet nicht, trinkt nur.«

»Woher hat er das Geld dafür, wenn er nicht arbeitet?«

»Sie stellen vielleicht Fragen«, sagte der Milizionär mit einem Lachen. »Früher, als Nichtstuerei noch strafbar war, konnte man herausbekommen, wer für welches Geld trank. Aber heute interessiert das niemanden mehr, es gibt kein Gesetz mehr, das Nichtstuerei verbietet.«

»Über die Gesetze brauchst du mir nichts zu erzählen, die kenne ich nicht schlechter als du. Aber als Reviermilizionär mußt du über die Leute in deinem Revier Bescheid wissen.«

»Wo denken Sie hin, Jurij Viktorowitsch«, empörte sich Kolja. »Als hätte ich keine anderen Sorgen! Ich schaffe es kaum, die Familienstreitigkeiten im Zaum zu halten, damit einer den anderen nicht umbringt, und mit diesen Kiosken rundum lebe ich wie auf einem Pulverfaß, von einer Schutzgeldeintreibung zur nächsten. Smitijenko ist ein harmloser Mensch, er trinkt zwar, aber er richtet keinen Schaden an.«

»Woher weißt du, daß er keinen Schaden anrichtet, wenn du dich nicht um ihn kümmerst?« insistierte Korotkow.

»Da mir nichts über ihn zu Ohren kommt, kann da auch kein Schaden sein«, meinte der liebenswürdige Milizionär.

»Dir fehlen einfach die Schläge, Kolja. Merke dir eins: Diejenigen, über die einem nichts zu Ohren kommt, sind in der Regel die gefährlichsten. Aber lassen wir das jetzt. Mach es gut!«

Korotkow kam erst spätabends zur Petrowka zurück. Es war niemand mehr im Büro, aber auf dem Schreibtisch erwartete ihn der Nachweis darüber, wann und wie oft Veronika Matwejewna Turbina ihren Wohnort gewechselt hatte. Die Daten machten Korotkow stutzig. Sechzig Jahre lang, vom Tag ihrer Geburt an, hatte sie unter ein und derselben Adresse gewohnt, aber in den letzten zehn Jahren war sie viermal umgezogen, wobei die Wohnung mit jedem Mal kleiner und billiger geworden war als die vorherige. Womit konnte das zusammenhängen?

* * *

Marat Latyschew machte in der Tat den Eindruck eines Mannes, den man eine gute Partie nannte. Der hochgewachsene, attraktive, selbstgewisse und erfolgreiche Geschäftsmann war schon einmal verheiratet gewesen, aber seit seiner Ehescheidung vor etwa einem Jahr war er wieder frei für die vielen weiblichen Heiratsanschläge auf seine Person. Selujanow hatte es schwer im Gespräch mit ihm, da Latyschew leider zu dem nicht selten vorkommenden Typus Mensch gehörte, der Geld für einen zuverlässigen Schutzschild hält, mit dem man sich jede Unannehmlichkeit vom Leibe halten kann.

»Bevor ich Ihre Fragen beantworte«, sagte er hochmütig, »möchte ich wissen, in welchem Zusammenhang Sie mir diese stellen.«

»Im Zusammenhang mit dem bedauerlichen Vorfall, der sich am vergangenen Samstag auf dem Standesamt ereignet hat, auf dem Bartoschs Tochter getraut werden sollte.«

»Und was hat das mit mir zu tun?«

»Sehen Sie«, erklärte Selujanow geduldig, »wir haben den

Eindruck gewonnen, daß jemand diese Heirat verhindern möchte. Da Sie Bartosch, seine Tochter und das Umfeld der Familie sehr gut kennen, hoffe ich, daß wir mit Ihrer Hilfe etwas Licht in das Dunkel des begangenen Verbrechens bringen können.«

»Und auf welche Weise, wenn ich fragen darf?«

»Sie könnten mir zum Beispiel sagen, ob Elena noch andere Verehrer hatte, die an einer Heirat mit ihr interessiert waren. Oder ob vielleicht Bartosch selbst Feinde hat, denen Elenas Heirat aus irgendeinem Grund ein Dorn im Auge war. Halten Sie so etwas für möglich?«

»Unsinn. Wem sollte Eljas Heirat ein Dorn im Auge sein?«

»Genau das hoffe ich von Ihnen zu erfahren.«

»Ich fürchte, ich kann Ihnen nicht weiterhelfen. Ich weiß von nichts, das für Sie von Interesse sein könnte.«

»Tatsächlich?« sagte Selujanow mit einem skeptischen Lächeln. »Lassen Sie es uns trotzdem versuchen! Wissen Sie vielleicht, warum Bartosch sich geweigert hat, den Vertrag mit der türkischen Firma Naza abzuschließen?«

»Guter Gott, was hat denn das eine mit dem anderen zu tun? Wie kommen Sie in diesem Zusammenhang auf die Firma Naza?«

»Das spielt jetzt keine Rolle. Ich bitte Sie nur, mir meine Frage zu beantworten.«

»Hören Sie, sind Sie von der Mordkommission oder von der Abteilung zum Schutz von Staatseigentum?«

»Die Abteilung zum Schutz von Staatseigentum existiert schon lange nicht mehr. Jetzt gibt es nur noch die Abteilung zur Bekämpfung von Wirtschaftskriminalität«, verbesserte ihn Selujanow.

»Wie immer. Ich bin nicht befugt, mit Ihnen über interne Vorgänge in der Firma zu sprechen. Das ist Geschäftsgeheimnis.«

»Gut, gehen wir weiter. Ihre Firma hat 1993 achtzehn Vertragsabschlüsse getätigt, 1994 waren es einundzwanzig. Und in diesem Jahr innerhalb von viereinhalb Monaten keinen einzigen. Können Sie mir dazu etwas sagen?«

»Nein, dazu kann ich Ihnen gar nichts sagen«, erwiderte Latyschew trocken. »Ich habe Sie bereits auf das Geschäftsgeheimnis hingewiesen.«

»Sie sind also der Meinung, daß das nichts weiter zu bedeuten hat?«

»Meine Meinung tut hier nichts zur Sache.«

»Aber Sie sind immerhin der Geschäftsführer der Firma ...«

»Na und? Natürlich habe ich meine Meinung, aber ich habe nicht vor, sie jedem Nächstbesten auf die Nase zu binden.«

So weit haben wir es also inzwischen gebracht, dachte Selujanow wehmütig, sogar ein Kripobeamter, der mit der Aufklärung eines Mordfalles befaßt ist, ist heute ein Nächstbester. Und was wird morgen sein?

»Ich habe den Eindruck gewonnen, daß Ihre Firma drauf und dran ist, ihre Geschäftstätigkeit in Rußland aufzugeben. Berichtigen Sie mich, wenn ich falsch liege.«

»Sie haben das Recht zu denken, was Sie wollen. Selbst wenn es so ist, wie Sie vermuten, ist daran nichts Illegales.«

»Sagen Sie, wo waren Sie am letzten Samstag?«

»Zu Hause«, erwiderte Latyschew prompt, ohne eine Sekunde zu zögern.

Diese Antwort gefiel Selujanow ganz und gar nicht.

»Kann das jemand bezeugen?«

»Selbstverständlich. Ich war mit einer Frau zusammen, ich kann Ihnen ihren Namen nennen. Sie wird es Ihnen bestätigen.«

Daß Latyschew ein Alibi anbot, das von einer Frau stammte, gefiel Selujanow noch weniger. Solche Alibis waren in der Regel keinen Pfifferling wert.

»Man hat mir gesagt, daß Sie eine Zeitlang mit großem Nachdruck um Elena Bartosch geworben haben. Stimmt das?«

»Na und? Ist das verboten? Im übrigen ist es lange her.«

»Es spielt keine Rolle, wie lange es her ist. War es so?«

»Angenommen, es war so.«

»Wollten Sie Elena heiraten?«

»Wie kommen Sie auf so eine Idee?«

»Ich frage nur. Wollten Sie?«

»Davon kann keine Rede sein. Ich habe einfach einem schönen Mädchen den Hof gemacht.«

»Der Tochter Ihres Chefs«, präzisierte Selujanow mit unschuldiger Miene. »Sie wollten Sie also nicht heiraten?«

»Ich habe niemals daran gedacht.«

»Aber Tamila Schalwowna hat daran gedacht.«

»Es interessiert mich nicht, woran Tamila Schalwowna gedacht hat.«

»Und was Elena gedacht hat, interessiert Sie auch nicht?«

Latyschew verstummte. Sein Gesicht verwandelte sich vor Selujanows Augen in eine steinerne Maske.

»Ich verstehe nicht, wozu Sie mich das alles fragen«, sagte er schließlich langsam. »Das, was zwischen Elena und mir war, hat nicht das geringste mit dem Vorfall auf dem Standesamt zu tun.«

»Das heißt, es interessiert Sie nicht, was Elena über Ihre Beziehung zu ihr dachte?«

»Nein.«

»Seltsam. Sie war überzeugt davon, daß Sie sie heiraten wollten.«

»Wie konnte sie davon überzeugt sein? Was für ein Unsinn!«

»Sie haben ihr schließlich einen Antrag gemacht. Und sie hat diesen Antrag angenommen. Haben Sie das vergessen?«

»So junge Dinger denken sich alles mögliche aus.«

»Und den Ring, hat sie sich den auch nur ausgedacht?«

»Welchen Ring?«

»Den Sie Ihr geschenkt haben, als Sie zusammen am Balaton Urlaub machten. Leidet Elena etwa an Halluzinationen?«

»Hören Sie, Sie machen ein Problem aus etwas, das überhaupt nicht existiert. Ja, wir waren zusammen am Balaton, bei ihrer Großmutter, ja, wir haben jede Nacht zusammen verbracht, ja, ich habe ihr einen Ring geschenkt. Und was folgern Sie aus alledem? Ich bin ein normaler, gut erzogener Mann, und wenn eine Frau mit mir schläft, dann finde ich es normal, ihr ein Geschenk zu machen.«

»Ein so teures Geschenk? Einen Ring mit drei Brillanten?«

»Was für Sie teuer ist, muß noch lange nicht teuer für mich sein«, erwiderte Latyschew hochmütig. »Für meine Begriffe war dieser Ring nicht besonders teuer.«

»Es tangiert Sie also nicht im geringsten, daß Elena sich mit einem anderen Mann verheiraten möchte?«

»Nicht im geringsten.«

»Gut«, sagte Selujanow mit einem Seufzer. »Ich möchte mir den Namen der Frau notieren, mit der Sie den vergangenen Samstag verbracht haben.«

»Bitte sehr. Sie heißt Olga Jemeljanzewa und arbeitet in der Werbeabteilung unserer Firma.«

* * *

Weiß und schwarz, schwarz und weiß ...

Meine Welt ist seit meiner Kindheit auf diese zwei Farben reduziert. Erlaubt oder unerlaubt. Richtig oder falsch. Gut oder böse.

Ich bin fünf Jahre alt ... Meine Eltern führen eine laute Debatte, ich habe den Eindruck, daß sie sich streiten. Mein Vater nennt meine Mutter ein Luder, und ich schnappe dieses mir unbekannte Wort auf, das sich so leicht aussprechen läßt.

»Luder! Mama ist ein Luder! Mama ist ein Luder!« rufe ich freudig aus, glücklich darüber, daß ich ein neues Wort gelernt habe und daß es mir so leicht über die Lippen geht.

Meine Eltern hören sofort auf zu streiten, die ganze Aufmerksamkeit gilt plötzlich mir.

»Das ist ein schlechtes Wort«, sagt meine Mutter streng. »So etwas darf man nicht sagen. Du benimmst dich schlecht.«

»Dann hat sich Papa also auch schlecht benommen?« frage ich folgerichtig.

Meine Mutter verstummt verlegen, aber sofort greift mein Vater ein.

»Weißt du, Schätzchen«, sagt er, während er aus irgendeinem Grund meine Mutter anschaut und nicht mich, »es gibt Situa-

tionen, in denen … kurz, in denen alles nicht so einfach ist … man kann nie etwas Genaues sagen …«

Aber ich bin fünf Jahre alt, und mir mißfällt die unberechenbare, ungewisse Welt, in der man nie etwas Genaues sagen kann. Ich bin ein Kind, und ich will Gewißheit. Ich will Gewißheit, daß Mutter und Vater immer da sein werden, daß mein warmes kleines Bett immer da sein wird, mein Stoffhase neben dem Kissen, das Märchen vor dem Einschlafen, der Apfelsaft am Morgen und Großmutters Kuchen an den Samstagen. Ich will genau wissen, daß man mich loben wird, wenn ich jeden Tag meine Zähne putze, wenn ich danke und bitte sage und brav bin, und daß man mich bestrafen wird, wenn ich nicht gehorche und etwas kaputtmache. Aber wenn es unterschiedliche Situationen gibt, wenn alles nicht so einfach ist und man nichts mit Bestimmtheit sagen kann – wird man mich dann womöglich für gutes Benehmen bestrafen und für schlechtes loben? Mein fünf Jahre altes Gehirn kann diese Frage nicht lösen. Und ich werde wütend.

Ich bin acht Jahre alt … Meine Eltern haben mich ins Kino mitgenommen, und ich schaue mit ihnen zusammen auf die Leinwand, wo ein unverbesserlicher Verbrecher, der aus dem Gefängnis ausgebrochen ist, einem Menschen das Leben rettet und dabei selbst umkommt. Meine Mutter wischt sich heimlich die Tränen ab, aber ich kann nicht verstehen, warum sie traurig ist.

»Mama, tut er dir leid?« frage ich, als wir durch den warmen, duftenden Frühlingsabend nach Hause gehen.

»Natürlich, mein Liebling«, sagt meine Mutter.

»Aber er ist doch ein Verbrecher«, protestiere ich hitzig. »Er ist doch aus dem Gefängnis ausgebrochen. Warum sollte er einem leid tun? Es geschieht ihm recht, daß er gestorben ist.«

»Siehst du, mein Kind«, beginnt mein Vater mit seiner üblichen Rede, »alles ist nicht so einfach. Es gibt keine absolut schlechten Menschen und keine absolut guten. Natürlich ist er ein Verbrecher, aber er hat einem Mädchen das Leben ge-

rettet. Also ist er letztlich doch ein guter Mensch. Man kann nie genau sagen …«

Aber das gefällt mir nicht. Ich brauche genaue Vorstellungen, um mich in der Welt der Erwachsenen nicht zu verirren und zu verlieren. Ich will genau wissen, welche Menschen als gut und welche als schlecht gelten. Ich will genau wissen, was man darf und was nicht, wofür man gelobt und belohnt wird und wofür streng bestraft. Ich suche dieses Wissen, sammle es Körnchen für Körnchen, indem ich meinen Eltern tausend Fragen stelle, aber sie können einfach nicht verstehen, was ich brauche, ihre Erklärungen bleiben nebulös und unbestimmt, immer wieder sagen sie mir, daß alles nicht so einfach ist und daß es Situationen gibt, in denen …

Endlich beginne ich, die Welt selbst zu erobern, ohne ihre Hilfe. Ich lese Bücher und schaue mir Filme über Verbrecher und Milizionäre an, über Spione und Agenten, über die Rotgardisten und die Weißgardisten, und ich teile die Welt in zwei Farben ein. Die Zwischentöne beunruhigen mich, die Unbestimmtheit macht mir Angst, uneindeutige Entscheidungen erzeugen Entsetzen. Ich hasse alles Uneindeutige.

Mit elf Jahren werde ich von einem Auto angefahren und komme mit einer Gehirnerschütterung ins Krankenhaus. Zum ersten Mal werde ich vor dem Einschlafen nicht von meiner Mutter geküßt, zum ersten Mal bekomme ich morgens keinen Saft. Und ich hatte geglaubt, daß das, was war, immer bleiben würde. Ich fange an, die Ärzte mit der Frage zu löchern, wann ich nach Hause komme. Ich werde brav sein und alles aushalten, aber ich will genau wissen, wann es vorbei ist.

»Siehst du, Kind«, erklärt mir der bebrillte Arzt mit dem kleinen Bärtchen, »das hängt von verschiedenen Umständen ab …«

Dem folgt all das, was ich schon von meinen Eltern kenne. Ich beginne zu schreien, ich werde hysterisch, ich will nach Hause. Schließlich halten die Ärzte es nicht mehr aus mit mir und entlassen mich. Meine Mutter muß ihnen schwören, daß sie auf strenge Bettruhe achten und meinen Gesundheitszustand genau beobachten wird.

Ich bin glücklich, daß ich endlich wieder zu Hause bin, in meinem Zimmer, in meinem Bett, daß Mutter und Vater bei mir sind, daß ich meine Lieblingsbücher wieder um mich habe. Ich möchte bald wieder gesund werden, deshalb verspreche ich, alles zu tun, was der Arzt befohlen hat. Ich verspreche, im Zimmer mit den zugezogenen Vorhängen liegenzubleiben, so wenig wie möglich aufzustehen, nicht zu lesen, nicht fernzusehen, sechsmal am Tag meine Medizin einzunehmen. Aber ich bin erst elf Jahre alt und kann nicht den ganzen Tag im Bett liegen und nur nachdenken. Wenn meine Eltern zur Arbeit gehen, öffne ich die Vorhänge und lese. Am Nachmittag kommen meine Schulfreunde zu mir, und natürlich springe ich vom Bett auf und mache Unsinn mit ihnen. Nur meine Medizin nehme ich regelmäßig ein, das vergesse ich nie, es ist das einzige Versprechen, das ich halte. Nach dem Spielen mit meinen Freunden bekomme ich Kopfschmerzen, manchmal muß ich mich übergeben. Aber das verheimliche ich meiner Mutter. Wenn sie abends von der Arbeit nach Hause kommt und besorgt fragt, wie es mir geht, lüge ich und sage, daß alles bestens ist, daß es von Tag zu Tag besser wird. In Wirklichkeit fühle ich mich von Tag zu Tag schlechter, aber ich habe Angst, die Wahrheit zu sagen, weil ich nicht wieder ins Krankenhaus will.

Eines Tages kommt die Wahrheit doch ans Licht. Meine Mutter kommt zu einer ungewohnten Zeit von der Arbeit nach Hause, während ich mich gerade über die Toilettenschüssel beuge und unter qualvollen Krämpfen erbreche. Meine Mutter will die Erste Hilfe rufen, aber ich schluchze und flehe sie an, das nicht zu tun, ich schlage hysterisch um mich, schreie und verliere das Bewußtsein. Meine Mutter hat Mitleid mit mir. Deshalb nimmt sie Urlaub und beginnt, mich selbst zu pflegen. Unter ihrer Aufsicht halte ich mich an die Vorschriften des Arztes, und nach einer Weile geht es mir tatsächlich besser.

Seither ist viel Zeit vergangen, und jetzt erinnern mich nur noch Herbst und Frühling daran, daß ich irgendwann einmal eine schwere Gehirnerschütterung hatte. Im November und im Mai geht es mir nicht gut, ich habe starke Kopfschmerzen und bin fast immer in schlechter Stimmung. Ich bin reizbar und werde sehr schnell wütend. Danach weine ich lange und habe Mitleid mit mir selbst. Aber nach einer Weile vergeht es wieder.

* * *

Nikolaj Selujanow mochte keine Frauen. Und genausowenig mochte er Alibis, die von Frauen stammten, besonders dann, wenn es sich um die Ehefrau oder die Geliebte eines Verdächtigen handelte. Seit seine Frau ihn verlassen und mit den beiden Kindern zu ihrem neuen Ehemann nach Woronesh gezogen war, waren in seinen Augen alle Frauen Verräterinnen, er hielt sie für falsch und verlogen, und schon lange versuchte niemand mehr, ihn von dieser Meinung abzubringen. Die Ehescheidung hatte ihm lange und schwer zu schaffen gemacht, und die Trennung von den Kindern erwies sich für ihn als ganz und gar unerträglich. Er war davon überzeugt, daß seine Frau schuld am Scheitern der Ehe war und übertrug seine ganze Wut und Empörung auf die Frauen, mit denen er es in seiner Eigenschaft als Kriminalist zu tun hatte.

Als Marat Latyschew sich auf Olga Jemeljanzewa berief, die bestätigen sollte, daß Latyschew an dem Tag, an dem die zwei Morde begangen wurden, das Haus nicht verlassen hatte, glaubte Selujanow ihm kein einziges Wort. Er zweifelte keine Sekunde daran, daß die Freundin des jungen Geschäftsmannes alles bestätigen würde, was er nur wollte, und Latyschew selbst erschien Nikolaj als äußerst verdächtige Figur.

Er hatte seine eigenen Methoden, um ein Alibi zu überprüfen und es zu widerlegen, wenn er nicht daran glaubte. Diese Methoden hieß sein Chef, Oberst Gordejew, bei weitem nicht immer gut, aber Nikolaj ließ sich nicht beirren und machte sich nichts aus Gordejews Zurechtweisungen. Er gehörte zu dem Typ Mensch, für den der Zweck die Mittel heiligte, nur das Ergebnis war wichtig, und wenn der Weg, der zu diesem Ergebnis führte, Schmerzen bereitete, dann war das eben nicht zu ändern.

Zur Verwirklichung dessen, was er vorhatte, brauchte er einen guten Fotografen, und ohne lange nachzudenken rief er Anton Schewzow an.

»Ich werde dir eine Frau zeigen, und du mußt von ihr ein paar Aufnahmen auf der Straße machen. Dann werde ich dir andere Fotos geben, und du machst eine Montage. Kannst du das?«

»Kein Problem«, erwiderte Schewzow fröhlich. Seit Freitag fühlte er sich wieder gut und eilte erneut von einem Fototermin zum nächsten.

Es machte Anton keine Mühe, Olga Jemeljanzewa, die Mitarbeiterin der Firma »Blaue Donau«, ausfindig zu machen, sie bis zu ihrem Haus zu »begleiten« und etwa ein Dutzend Fotos von ihr zu schießen. Er knipste sie auf der Straße, an der Bushaltestelle, beim Einkaufen in einem Geschäft, vor ihrem Haus. Olga war ein hübsches Mädchen, aber nicht sehr fotogen, Schewzow hatte das auf den ersten Blick erkannt und bemühte sich, sie so zu fotografieren, daß sie möglichst vorteilhaft aussah. Eine Aufnahme erschien ihm besonders gelungen: Olga kaufte Bananen bei einem Straßenhändler, und Anton war es geglückt, sie in genau dem Moment zu knipsen, als sie mit ausgestreckter Hand das Wechselgeld entgegennahm. Wahrscheinlich hatte sie den Verdacht, daß der Händler sie betrügen wollte, denn ganz offensichtlich versuchte sie, im Kopf nachzurechnen, ob das Gewicht der Bananen, das der Händler ihr genannt hatte, tatsächlich der Summe von genau zehntausend Rubel entsprach, die er von ihr verlangt hatte. Jedenfalls wirkte sie in diesem Moment angespannt und sogar etwas verängstigt.

Am selben Abend traf Anton sich mit Selujanow und fuhr mit zu ihm nach Hause, wo Nikolaj in der Abstellkammer seiner Wohnung ein winziges Fotolabor eingerichtet hatte.

»Oho!« sagte Anton verwundert, als er Selujanows simple, aber penibel gepflegte Einrichtung betrachtete.

»Man tut, was man kann«, sagte Nikolaj schulterzuckend. »Ohne List und Tücke kommt man bei uns zu nichts. Nur unsere Nastja schafft es, Verbrechen aufzuklären und dabei ehrlich zu bleiben.«

»Du meinst die Kamenskaja?« erkundigte sich Schewzow.

»Genau die.«

»Warum schafft sie es denn, ehrlich zu bleiben, und du nicht? Was ist Besonderes an ihr?«

»Das weiß der Teufel«, lächelte Selujanow. »Sie ist wahrscheinlich eine gute Schauspielerin. Sie sagt die Wahrheit so, als würde sie lügen, und deshalb glaubt ihr keiner. Das Resultat ist dasselbe, nur kann man ihr nichts vorwerfen.«

»Wie meinst du das?« wollte der Fotograf wissen. »Das ist mir zu hoch.«

»Einfacher geht es nicht. Du kommst zum Beispiel nach Hause, und deine Frau fragt dich, ob du zu Mittag gegessen hast. Du warst an diesem Tag bei deiner Geliebten und bist von ihr bestens verköstigt worden, aber du weichst dem Blick deiner Frau aus und murmelst: ›Was sagst du? Ach so. Ja, ich habe gegessen, natürlich, mach dir keine Mühe.‹ Das ist alles, das Ziel ist erreicht. Deine bessere Hälfte ist zutiefst überzeugt davon, daß du den ganzen Tag auf den Beinen warst und nicht dazu gekommen bist, auch nur einen Bissen zu dir zu nehmen. Sie bedauert und liebt dich. Du hast sie angelogen und dabei die volle Wahrheit gesagt. Das ist alles.«

»Nicht schlecht«, lachte Anton. »Und warum gelingt dir das nicht?«

»Ich weiß es nicht. Mir fehlen dazu offenbar das Talent und die Geistesgegenwart. Nastja erfaßt die Situation im Flug und reagiert sofort darauf, während ich erst Stunden später begreife, was ich hätte sagen sollen. Aber macht nichts, ich habe meine eigenen Tricks. Willst du etwas essen, oder sollen wir gleich zur Tat schreiten?«

»Laß uns das eine mit dem anderen verbinden. Während

der Film im Entwickler liegt, können wir einen Happen essen, wenn es dir nichts ausmacht, und die zweite Pause machen wir dann, während der Film trocknet.«

Selujanow war sehr zufrieden mit Antons Arbeit, aber den Grund dafür begriff Anton erst, als Nikolaj ihm die Aufnahmen zeigte, mit denen die Fotos von der Jemeljanzewa montiert werden sollten. Olga sollte darauf mit verschiedenen Männern zu sehen sein, von denen sie irgendwelche kleinen Päckchen entgegennahm. Für diesen Zweck war das Foto, auf dem Olga die Hand nach dem Wechselgeld des Straßenhändlers ausstreckte, geradezu ideal. Nun mußte man die Frau nur noch in andere Kleider stecken, dann war die Sache perfekt.

»Was ist der Sinn der Sache?« fragte Schewzow. »Wozu machen wir das?«

»Eine Finte, was sonst«, scherzte Selujanow. »In unserem Beruf gibt es ein ganz einfaches Gesetz: Um die Wahrheit zu erfahren, mußt du lügen. Laß uns noch eine Tasse Kaffee trinken, solange die Aufnahmen trocknen.«

»Für mich bitte Tee, wenn du welchen hast«, bat Anton. »Ich darf keinen Kaffee trinken.«

»Warum denn nicht? Bist du krank?«

»Koronare Herzkrankheit.«

»Was du nicht sagst? Du bist doch noch so jung«, wunderte sich Nikolaj.

»Das habe ich schon von Kindheit an. Schau mich nicht an, als wäre ich ein Krüppel«, lachte der Fotograf. »Ich bin es gewohnt, man hat mich mit dieser Krankheit sogar beim Militär genommen. Ich kann gut meiner Arbeit nachgehen und merke es kaum. Etwa alle zwei Monate erwischt es mich, dann muß ich ein paar Tage liegen, und die Sache hat sich. Es ist nicht lebensgefährlich.«

Selujanow brühte frischen Tee auf, machte ein paar belegte Brote, holte eine Flasche Cognac aus dem Schrank und sah seinen Gast unsicher an.

»Du darfst wahrscheinlich auch das nicht, oder?«

Anton schüttelte den Kopf.

»Nein, ich darf auch das nicht. Aber du kannst ruhig trinken, es macht mir nichts aus.«

»Bist du sicher?« fragte Nikolaj erfreut. »Irgendwie ist es ja peinlich. Ich trinke, und du schaust zu.«

»Ich schaue schon mein ganzes Leben zu, wie die andern trinken, wie sie Nächte durchtanzen und sich mit den Mädchen amüsieren. Ich bin es gewohnt.«

»Und du läßt dich nie hinreißen?«

»Ich habe Angst«, gab Schewzow zu. »Nur das Rauchen kann ich nicht lassen, ich schaffe es einfach nicht. Aber ansonsten enthalte ich mich. Ich möchte noch eine Weile leben.«

»Sehr vernünftig«, stimmte Nikolaj zu, während er sein Glas mit Cognac füllte. »Auf dein Wohl.«

Er kippte die durchsichtige hellbraune Flüssigkeit in einem Zug hinunter und fing einen verwunderten Blick seines Gastes auf.

»Warum siehst du mich so an? Denkst du, ich bin ein Säufer?«

Anton zuckte mit den Schultern und nahm einen vorsichtigen Schluck von dem heißen, dampfenden Tee.

»Lebst du allein?« fragte er, anstatt zu antworten.

»Ja. Meine Frau hat mich sitzenlassen. Es war ihr zu anstrengend, mit einem Milizionär verheiratet zu sein.«

Selujanow goß sich schnell noch ein zweites Glas ein und kippte es genauso hastig hinunter wie das erste.

»Und wie steht es mit dir? Bist du verheiratet?«

»Nein, noch nicht«, lächelte Anton.

»Hast du es vor?«

»Vorläufig nicht.«

»Warum nicht? Worauf wartest du?«

»Ich muß erst die materielle Basis schaffen«, scherzte der Fotograf. »Stell dir vor, ich heirate, wir bekommen ein Kind, und dann versagt mein Herz. Meine Frau hat schließlich damit gerechnet, daß wir lange zusammenleben werden, daß ich mit ihr zusammen dafür sorgen werde, daß aus unserem

Kind etwas wird, aber dann sterbe ich plötzlich und überlasse sie und das Kind ihrem Schicksal. Es würde so sein, als hätte ich sie betrogen und verraten. Deshalb muß ich vorsorgen, damit sie keine Not leiden, wenigstens am Anfang nicht.«

»Jetzt mach mal halblang! Du beerdigst dich ja vor deinem Tod. Vielleicht wirst du siebzig Jahre alt.«

»Vielleicht«, stimmte Anton zu. »Vielleicht aber auch nicht. Wenn ich heirate, dann muß ich wissen, daß ich mir um meine Familie keine Sorgen machen muß. Für dich klingt das wahrscheinlich seltsam, aber Herzkranke haben eine besondere Psyche. Das wirst du nicht verstehen.«

»Mag sein, nimm es mir nicht übel. Und schau mich nicht so entsetzt an, ich werde nichts mehr trinken. Jeden Abend drei Gläser, das ist meine Norm. Nicht mehr und nicht weniger. Und jetzt räume ich die Flasche weg, sieh her. Schluß.«

Nikolaj stellte die Flasche tatsächlich in den Schrank zurück, sein Gesicht hatte sich aufgehellt, er sah jetzt entspannt aus, seine Augen glänzten.

»Ich wollte noch einmal über den Diebstahl in eurem Fotolabor mit dir sprechen, Anton. Mir scheint, daß ihr dort nicht mehr als ein Spielzeugschloß an der Tür habt.«

»Wer sollte denn Interesse haben an unseren Fotos und Filmen? Wir schließen dort nie etwas ab. Weißt du, jeder von uns kauft sich seine Kamera selbst, für sein eigenes Geld, so ist das in unserem Beruf, wir müssen die Kameras selbst warten und für die Reparaturen bezahlen, deshalb geben wir sie nie aus der Hand. Außerdem weiß man nie, was passiert, wenn man unterwegs ist, man ist ja immer hinter dem ›heißen‹ Foto her, deshalb trennen wir uns nur selten von unseren Kameras. Aber wenn jemand seine Apparatur tatsächlich einmal im Labor läßt, dann schließt er sie im Safe ein und versiegelt das Schloß. Alles andere liegt offen herum. Jeder kann das Labor jederzeit betreten und sich bedienen, das ist bei uns nicht verboten.«

»Das nenne ich Ordnung«, sagte Nikolaj kopfschüttelnd.

»Aber es gibt dort überhaupt nichts Geheimes ...«

»Und doch hat man euch bestohlen. Ist außer deinen Filmen noch etwas verschwunden?«

»Die Jungs sagen, daß noch zwei Filme fehlen, aber sie sind genauso harmlos wie meine. Der eine stammt vom letzten Jahr, Aufnahmen vom Moskauer Komsomolzentag, der andere ist ganz frisch, der Kollege hat bei einer Pressekonferenz in der Hauptverwaltung für Innere Angelegenheiten fotografiert. Vielleicht hat der Einbrecher genau diesen Film gesucht, auf dem ist eure ganze Obrigkeit abgebildet. Könnte das sein?«

»Alles kann sein, Anton. Laß uns mal schauen gehen, was aus unseren Fotos geworden ist.«

Vorsichtig nahmen sie die Klammern von der Leine ab, an der die immer noch etwas feuchten Abzüge hingen. Auf den Fotos erblickten sie Olga Jemeljanzewa und zwei Männer mit sehr imposantem Äußeren. Die Männer überreichten der Frau irgendwelche Pakete, und sie nahm sie mit angestrengtem Gesichtsausdruck und einem ängstlichen Lächeln entgegen.

Morgen würde Selujanow mit Hilfe dieser Fotos sehr schnell herausfinden, wo Marat Latyschew wirklich zu dem Zeitpunkt war, als die beiden Frauen auf den Moskauer Standesämtern ermordet wurden.

* * *

Veronika Matwejewna hörte bereits auf der Treppe, daß in ihrer Wohnung das Telefon läutete. Sie holte hastig die Schlüssel aus ihrer Handtasche, schloß die Tür auf und lief zu dem schrillenden Apparat.

»Guten Abend, Veronika Matwejewna«, sagte eine angenehme Männerstimme in der Leitung.

»Guten Abend, Marat.«

»Wie geht es Ihnen?«

»Es geht so. Ich hatte Besuch von der Miliz.«

»Ich ebenfalls. Man wollte von mir wissen, was ich am letzten Samstag gemacht habe.«

»Und was hast du gesagt?«

»Ich habe gesagt, daß ich zu Hause war, zusammen mit Olga. Hat man Sie auch danach gefragt?«

»Nein. Wem käme es in den Sinn, eine alte Frau wie mich zu verdächtigen. Und es gibt ja auch keinen Grund. Für dich ist es schwieriger.«

»Das ist wahr«, sagte Marat mit einem Lachen. »Nun ja, Veronika Matwejewna, wollen wir das Beste hoffen. Vielleicht haben wir Glück. Können Sie mir etwas Neues berichten?«

»Ich glaube, morgen nachmittag wollen Valerij und Elja auf die Datscha fahren.«

»Ja?« sagte Latyschew erfreut. »Das ist gut. Das ist sehr gut.«

»Was soll denn gut daran sein? Glaubst du denn, uns wird ein Monat genügen, um sie umzustimmen?«

»Wir werden es versuchen, Veronika Matwejewna. Wenn sie auf die Datscha fahren, werde ich ebenfalls dort auftauchen und ihnen die Suppe versalzen. Nehmen Sie es mir nicht übel, aber ich werde Ihren Sohn ein wenig erniedrigen müssen vor seiner Braut. Zwei Wochen haben uns nicht gereicht, aber jetzt haben wir noch Zeit. Und vergessen Sie nicht: Wie immer die Sache ausgeht – ich stehe in Ihrer Schuld.«

»Ich danke dir, Marat«, sagte die Frau mit einem Seufzer.

»Keine Ursache. Ich danke Ihnen.«

Veronika Matwejewna legte ohne Eile ihren Mantel ab und begann, sich ein einfaches Abendessen zuzubereiten. Das Essen für Valerij war bereits fertig. Zwei appetitliche Koteletts mit Bratkartoffeln. Selbst konnte sie sich so einen Luxus nicht leisten, teures Fleisch kaufte sie nur für ihren Sohn und ging sehr sparsam damit um. Ihre eigene Mahlzeit bestand meist aus billigen Teigwaren, die sie mit etwas Margarine und Zucker aß. Macht nichts, sagte sie sich, während sie die kochenden Nudeln abgoß, wenn alles vorbei ist, wird Marat mir Geld geben, wie er es versprochen hat. Viel Geld. Es wird genügen, um sich von diesem nichtsnutzigen Pascha loszukaufen und ein einigermaßen anständiges Leben zu führen. Gott im Himmel, wie müde war sie dieser ewigen Armut.

SIEBTES KAPITEL

Olga Jemeljanzewa hatte es in ihrem ganzen Leben nur zweimal mit der Miliz zu tun gehabt. Einmal, als sie ihren ersten Paß abholte, und zum zweiten Mal, als sie ihre Wohnung wechselte und sich polizeilich ummelden mußte. Deshalb reagierte sie auf den Besuch des nicht sehr groß gewachsenen, schon etwas kahlköpfigen Kripobeamten gleichzeitig mit Neugier und einer gewissen Angst. Er erschien unangemeldet, und Olga lobte sich innerlich wieder einmal dafür, daß ihre Wohnung immer picobello war und daß sie zu Hause nie in schlampigen Kleidern herumlief, sondern meistens in einem eleganten Hausanzug. Das hatte sie sich angewöhnt, seit Marat begonnen hatte, Bartoschs Tochter den Hof zu machen. Vorher hatten sie sich zu ihren Treffen immer verabredet, aber seit Marat mit seiner Brautwerbung um Elena beschäftigt war, wußte man nie, wann er einmal Zeit fand, um unverhofft bei seiner alten Freundin aufzutauchen. Seine Besuche waren sehr unregelmäßig geworden, und Olga, die insgeheim immer noch auf die Fortsetzung ihrer Beziehung mit Marat hoffte, hatte es sich zur Gewohnheit gemacht, rund um die Uhr für ihn bereit zu sein.

Der Kripobeamte, der sich als Nikolaj Selujanow vorgestellt hatte, bat höflich, Platz nehmen zu dürfen, und breitete vor Olga einige Fotos aus.

»Sagen Sie bitte, wer sind diese Männer, mit denen Sie sich getroffen haben?« begann er das Gespräch.

Das Mädchen sah die Aufnahmen aufmerksam an. Die Frau,

die darauf zu sehen war, war ihr erstaunlich ähnlich, sie glich ihr praktisch aufs Haar, aber die Kleidung kannte Olga nicht, sie hatte solche Röcke und Kostüme nie besessen.

»Ich sehe diese Männer zum ersten Mal«, sagte sie verblüfft.

»Das kann nicht sein, Olga Dmitrijewna, Sie sehen doch selbst, man hat Sie mit ihnen fotografiert«, sagte Selujanow vorwurfsvoll. »Warum lügen Sie mich an? Es kann doch kein Zweifel daran bestehen, daß die Frau auf den Fotos Sie sind.«

»Aber nein«, entgegnete Olga hitzig, »das bin ich nicht.«

»Aber es ist doch eindeutig Ihr Gesicht. Oder etwa nicht?«

»Diese Frau sieht mir sehr ähnlich, aber das bin nicht ich«, widersetzte sich Olga. »Und überhaupt, was hat das alles zu bedeuten?«

»Das hat zu bedeuten, Olga Dmitrijewna, daß Sie sich im Laufe eines Tages, nämlich am 13. Mai, mit zwei Männern getroffen haben, die wegen fortgesetzten Drogenhandels gesucht werden. Und ich habe allen Grund zu der Annahme, daß Sie ihre Komplizin sind. Hier, sehen Sie, dieser Mann ist der dreifach vorbestrafte Valentin Kirjuchin, und Sie nehmen in diesem Augenblick ein Paket mit Heroin von ihm entgegen. Und dann, zwei Stunden später, treffen Sie sich mit einem zweiten Drogenhändler, der den Spitznamen Fedot trägt. Sie werden mir doch nicht erzählen wollen, daß das nicht stimmt, nicht wahr? Vor Ihnen liegen die Fotos, die es beweisen.«

»Aber ich schwöre Ihnen, ich sehe diese Männer zum ersten Mal!« erwiderte Olga panisch, schon fast schreiend. »Das ist ein Irrtum, ein schrecklicher Irrtum. Ich sehe der Frau sehr ähnlich, aber das bin nicht ich! Ich besitze auch keine solchen Kleidungsstücke, sehen Sie selbst ...«

Sie sprang vom Stuhl auf, stürzte zum Kleiderschrank und riß die Türen auf.

»Sehen Sie selbst, ich habe keine solchen Sachen. Sehen Sie doch bitte!«

Es schien, als sei sie drauf und dran, Selujanow mit Gewalt zum Schrank zu zerren, um ihm ihre effektvolle Garderobe vorzuführen. Tränen traten ihr in die Augen, und Nikolaj begriff, daß er genug Druck ausgeübt hatte, daß er ihr jetzt die helfende Hand entgegenstrecken durfte.

»Sie sind also der Meinung, daß die Kripo sich getäuscht hat? Seltsam, Sie gleichen der Frau wirklich aufs Haar.«

»Natürlich hat die Kripo sich getäuscht«, erwiderte Olga aufgebracht. Sie griff dankbar nach dem Rettungsring, den Selujanow ihr hinhielt. »Die Ähnlichkeit ist wirklich verblüffend. Dasselbe Gesicht, dieselben Haare. Aber die Kleider, schauen Sie doch. Ich trage so etwas überhaupt nicht.«

»Nun ja, das will nicht viel besagen«, meinte Selujanow, den Rettungsring wieder zurückziehend. »Es kann ja durchaus sein, daß diese Kleider jetzt nicht in Ihrem Schrank hängen, aber das heißt noch lange nicht, daß Sie sie am Samstag nicht getragen haben. Gestern waren sie noch da, und heute sind sie weg. Es ist eindeutig Ihr Gesicht, deshalb neige ich dennoch zu der Annahme, daß Sie Drogenhändlern beim Absatz ihrer Ware behilflich sind. Olga Dmitrijewna, wenn Sie mir jetzt alles über diese Männer erzählen, garantiere ich Ihnen Straffreiheit für Ihre Beihilfe zum Drogenhandel. Abgemacht?«

»O mein Gott, was soll ich nur tun?« schluchzte Olga auf. »Wie soll ich Ihnen beweisen, daß ich das nicht bin? Ich bin es nicht, verstehen Sie? Das bin nicht ich!«

»Waren Sie am vergangenen Samstag im Gorki-Park?« fragte Nikolaj, und wendete eines der Fotos in der Hand hin und her.

»Nein, war ich nicht! Ich war dort schon seit hundert Jahren nicht mehr. Was sollte ich dort?«

»Und wo waren Sie an diesem Tag, wenn ich fragen darf?«

»Bis elf Uhr war ich zu Hause, dann auf dem Markt, um Fleisch und Gemüse zu kaufen, danach habe ich gekocht. Ich hatte am Samstag Gäste ...«

»Gut, eins nach dem anderen«, unterbrach sie Selujanow. »Wer kann bestätigen, daß Sie bis elf Uhr zu Hause waren? War in dieser Zeit jemand bei Ihnen?«

»Nein«, sagte Olga verwirrt, »ich war allein.«

»Hat Sie vielleicht jemand angerufen?«

»Angerufen? Ja, natürlich, meine Mutter hat mich angerufen, ich habe etwa eine Viertelstunde lang mit ihr gesprochen. Außerdem hat eine Freundin angerufen, die abends mit ihrem Mann zu mir kommen sollte.«

»Um wieviel Uhr war das?«

»Meine Mutter hat angerufen, als ich gerade aufgestanden war, so gegen neun, und Anja etwas später. Ja, ja, jetzt erinnere ich mich genau, ich habe sie gefragt, welche Zutaten man für Gemüseragout braucht, sie hat es mir gesagt, und gleich danach bin ich losgegangen zum Markt.«

»Dann hat sie also gegen halb elf angerufen?« fragte Selujanow nach.

»Ja, ungefähr.«

»Gut. Hat Sie jemand auf dem Markt gesehen? Kann jemand bestätigen, daß Sie nach elf wirklich auf dem Markt waren und nicht im Gorki-Park, um sich mit Kirjuchin zu treffen?«

»Aber sicher, aber sicher«, beeilte sich das Mädchen zu sagen, »wissen Sie, der Markt ist gleich nebenan, drei Minuten zu Fuß, deshalb treffen sich dort ständig Leute aus der Nachbarschaft. Gleich fällt mir ein, wem ich dort am Samstag begegnet bin ...«

Sie runzelte die Stirn, und kurz darauf erhellte sich ihr Gesicht.

»Das Ehepaar aus dem vierten Stock, die Fjodorows. Sie haben Erdbeeren gekauft. Ich habe es mir deshalb gemerkt, weil die Erdbeeren ja noch so teuer sind, und sie haben gleich drei Kilo genommen. Ich habe im Scherz gefragt, wozu sie die vielen Erdbeeren brauchen, ob sie vielleicht vorhaben, sie weiterzuverkaufen. Und sie haben mir erklärt, daß ihr Sohn Geburtstag hat und daß etwa zehn seiner Mitschüler zum Feiern kommen, und weil die üblichen Torten und Kuchen allen zum Hals heraushängen, sollten die Kinder zum Nachtisch Erdbeeren mit Sahne bekommen. Fragen Sie die Fjodorows, sie werden es Ihnen bestätigen. Sie wissen bestimmt noch, daß wir miteinander gesprochen haben.«

»Ich werde sie fragen. Woran erinnern Sie sich noch? Wen haben sie noch getroffen oder gesprochen?«

Sie überlegte.

»Ich war danach noch im Supermarkt, und die Kassiererin konnte nicht herausgeben auf fünfzigtausend Rubel, ich habe an die zehn Minuten an der Kasse gestanden, bis sie das Wechselgeld zusammen hatte, aber ich weiß nicht, ob sie sich noch an mich erinnern kann ...«

»Welcher Supermarkt war das genau und welche Kassiererin?«

»Der Supermarkt in der Nachbarstraße, er heißt Elena-Plus. Es gibt dort zwei Kassiererinnen, eine junge, die vielleicht achtzehn ist, und eine ältere mit so einer seltsamen, komplizierten Frisur. Die war es.«

»Um welche Uhrzeit waren Sie in dem Supermarkt?«

»Warten Sie ... Ja, ich erinnere mich, die Kassiererin murmelte etwas davon, daß gleich Mittagspause sei und ich ihr im Nacken sitze mit meinem Wechselgeld. Ein ziemlicher Drachen ...«

»Wann schließt der Supermarkt über Mittag? Zwischen eins und zwei?«

»Ja. Also muß es kurz vor eins gewesen sein.«

»Gut, machen wir weiter. Wohin gingen Sie danach?«

»Ich war noch in der Bäckerei, die haben zwischen zwei und drei Mittagspause, so daß ich noch rechtzeitig kam. Und dann ging ich wieder nach Hause.«

»Kann das jemand bestätigen?«

Selujanow ging die Zeit bis zum späten Abend durch und ließ sich jeden Schritt beschreiben, den Olga bis dahin gemacht hatte. Eifrig zählte sie alle Personen auf, die sie im Laufe des Tages getroffen hatte, Selujanow nickte schweigend und nahm mit Genugtuung zur Kenntnis, daß sie, falls Latyschew sie um ein Alibi gebeten hatte, seinen Auftrag vor Schreck völlig vergessen hatte.

»Gut, Olga Dmitrijewna, wenn Sie die Wahrheit sagen, dann müssen unsere Mitarbeiter Sie aufgrund Ihrer phänomenalen Ähnlichkeit mit dieser Frau verwechselt haben. Wir werden natürlich jedes Ihrer Worte überprüfen, deshalb bitte ich Sie, ein Blatt Papier und einen Stift zur Hand zu nehmen und einen genauen Bericht darüber zu schreiben, was Sie am 13. Mai gemacht haben. Bitte geben Sie auch die Namen und Telefonnummern der Personen an, die Ihre Aussagen bestätigen können.«

Nach einer halben Stunde verließ Selujanow die Wohnung von Olga Jemeljanzewa, rief aus der nächsten Telefonzelle bei Marat Latyschew an und bestellte ihn zur Petrowka.

* * *

Bartoschs Datscha lag in einer höchst malerischen Gegend in der Nähe der berühmten Schriftstellerkolonie von Peredelkino. Latyschew wußte, wie man am besten und schnellsten dorthin gelangte, deshalb achtete er kaum auf den Weg, sondern gab sich ganz seinen düsteren Gedanken hin. Dieses dumme Geschöpf hatte ihn ganz schön angeführt.

Von seinem Besuch bei der Petrowka hatte er keinerlei Ärger erwartet, aber Selujanows Gesichtsausdruck hatte ihn sofort eines Besseren belehrt.

»Ich frage Sie noch einmal«, hatte Selujanow ohne Umschweife begonnen, »wo waren Sie am Samstag, dem 13. Mai?«

»Das sagte ich Ihnen bereits, ich war zu Hause.«

»Wer kann das bestätigen?«

»Auch das habe ich Ihnen bereits gesagt. Die Mitarbeiterin unserer Firma Olga Jemeljanzewa.«

»Ich muß Sie leider enttäuschen«, hatte Selujanow mit einem Seufzer gesagt, »Olga Dmitrijewna Jemeljanzewa hat das nicht bestätigt. Hier, lesen Sie.«

Marat hatte das ihm hingestreckte Blatt Papier ergriffen und die geraden Zeilen mit Olgas deutlich lesbarer Handschrift überflogen. Was für eine Idiotie! Er hatte sie doch gebeten ... Hatte sie es etwa vergessen? Oder wollte sie sich auf diese hinterhältige Weise wegen seiner Geschichte mit Elja an ihm rächen? Das war ungerecht. Wie oft hatte er, wenn er zu ihr kam, an ganz unscheinbaren Details in der Wohnung bemerkt, daß sie Besuch von einem anderen Mann bekam oder sogar von mehreren. Hatte er ihr deshalb jemals eine Szene gemacht? Nein, niemals. Er hatte sich ihr gegenüber immer wie ein Mann verhalten, und sie machte typische Weiberfaxen. Was sollte er jetzt tun?

»Ich war zu Hause«, hatte Latyschew starrsinnig wiederholt. »In bezug auf Olga habe ich Ihnen nicht die Wahrheit gesagt, sie war an diesem Tag nicht bei mir. Aber ich war trotzdem zu Hause.«

»Allein?«

»Ja, allein.«

»Und wozu haben Sie die Geschichte mit der Jemeljanzewa erfunden?«

»Sie haben von mir verlangt, daß ich Ihnen jemanden nenne, der bestätigt, daß ich zu Hause war.«

»Aber leider kann das niemand bestätigen«, hatte Selujanow mit einem sarkastischen Lächeln erwidert. »Hören Sie, Latyschew, ich habe das Gefühl, daß Sie an jenem Morgen in der Nähe des Standesamtes von Kunzewo waren. Oder irre ich mich?«

»Ja, Sie irren sich, ich war nicht dort.«

»Aber man hat Ihren Wagen dort gesehen. Können Sie das irgendwie erklären?«

Marat war bleich geworden. Wer zum Teufel konnte ihn dort gesehen haben? Er hatte seinen Wagen ziemlich weit entfernt vom Standesamt abgestellt. Und Bekannte hatte er nicht in dieser Gegend, soviel er wußte.

»Warum sind Sie so sicher, daß das mein Wagen war?« Er hatte versucht, mit ruhiger Stimme zu sprechen, aber es war ihm nicht besonders gut gelungen.

»Weil der grüne Ford mit dem amtlichen Kennzeichen T 308 MK bei der Meldestelle auf Ihren Namen registriert ist, auf Marat Alexandrowitsch Latyschew, geboren 1969. Was haben Sie dazu zu sagen?«

»Gar nichts. Das ist ein Irrtum.«

Marat hatte das gesagt, was er für notwendig hielt, aber ihm war es vorgekommen, als würde der Boden unter seinen Füßen brennen. Die Wahrheit hatte er nicht sagen können, da er sonst seine enge Verbindung zu Turbins Mutter hätte preisgeben müssen, und das hätte zu überflüssigen Fragen geführt. Veronika Matwejewna hatte ihn gebeten, sie zum Standesamt zu begleiten. Man hatte sie nicht zur Trauung eingeladen, aber sie wollte unbedingt auf dem Standesamt sein. Natürlich hatte sie Marat den Grund nicht gesagt, aber er hatte ihn auch so erraten.

»Nein, Marat Alexandrowitsch, das ist kein Irrtum«, hatte Selujanow leise und scheinbar ohne jede Gemütsbewegung gesagt. »Sie haben die Wahl zwischen zwei Möglichkeiten: entweder waren Sie an diesem Tag selbst an dem Ort, wo Ihr Wagen stand, oder Sie haben Ihr Auto dem geliehen, den sie beauftragt haben, Elena Bartoschs Hochzeit zu verhindern. Sie können wählen.«

Marat hatte lange gebraucht, um sich zu sammeln. »Ja, ich war tatsächlich dort«, hatte er schließlich mit einem tiefen Seufzer gestanden. »Ich war dort. Und was weiter?«

»Nichts weiter. Aber warum haben Sie das verheimlicht und auch noch die Jemeljanzewa in die Sache hineingezogen? Warum wollten Sie das arme Mädchen zum Lügen zwingen? Was haben Sie also am 13. Mai in Kunzewo gemacht, Marat Alexandrowitsch?«

»Das werden Sie nicht verstehen«, hatte Latyschew trocken gesagt. »Wurden Sie schon einmal von einer Frau verlassen?«

»Und ob«, hatte Nikolaj gegrinst. »Aber was folgt daraus?«

»Haben Sie einfach so das Handtuch geworfen, sich abgefunden, jede Hoffnung aufgegeben?«

»Bitte etwas konkreter, Herr Latyschew«, hatte Selujanow stirnrunzelnd gesagt. »Wir sprechen im Moment von Ihnen und nicht von mir.«

»Ich hatte immer noch Hoffnung. Verstehen Sie? Ich habe bis zur letzten Minute auf ein Wunder gewartet, darauf, daß

Elja sich besinnt und zu mir zurückkommt. Sogar am Tag ihrer Hochzeit habe ich noch gehofft, deshalb bin ich nach Kunzewo gefahren. Ich habe sie von weitem beobachtet, wie sie aus dem Auto ausstiegen, wie sie das Standesamt betraten. Und ich konnte immer noch nicht glauben, daß es das Ende war. Ich mußte mit eigenen Augen sehen, wie sie als Mann und Frau wieder herauskommen. Ich wollte so lange warten, bis ich es sah. Denn solange ich es nicht gesehen hatte, hatte ich immer noch Hoffnung. Das ist im Grunde die ganze Geschichte.«

»Und warum haben Sie mir das nicht gleich gesagt?«

»Würden Sie jemandem so etwas erzählen?« hatte Marat gefragt. »Schließlich bin ich ein Mann.«

»Wie Sie meinen. Sagen Sie, weiß Ihre Freundin Olga, wo Sie am 13. Mai waren? Sie mußten ihr Ihr seltsames Anliegen ja irgendwie begründen.«

»Welches Anliegen?«

»Sie haben Sie schließlich um ein Alibi gebeten. Wie haben Sie ihr das erklärt?«

»Gar nicht«, hatte Marat gleichmütig gesagt, »ich habe sie einfach nur darum gebeten.«

»Und sie hat keine Fragen gestellt?«

»Nein, warum auch. Olga vertraut mir.«

Das Gespräch mit Selujanow hatte einen unangenehmen Nachgeschmack bei Latyschew hinterlassen. Ihm war klar, daß Selujanow ihm nicht glaubte, obwohl er es nicht gezeigt, sondern nur mitfühlend genickt hatte. Er glaubte ihm nicht, aber er konnte nichts beweisen. Marat hatte gelogen, er war eines falschen Alibis überführt worden, aber schließlich hatte er gestanden und bereut. Wie wollte Selujanow herausfinden, ob er log oder nicht?!

Marat fuhr an der Hauptzufahrt zur Datscha vorbei und lenkte den Wagen zum Hintereingang, von dem aus ein direkter Weg zum See führte. Er parkte das Auto und holte den Torschlüssel hervor. Die Datscha war von einem hohen Zaun umgeben, und das Torschloß war nicht gerade aus Pappe.

Latyschew atmete tief die kühle, duftende Luft ein und sah sich gewohnheitsmäßig auf dem riesigen Grundstück um. Zuletzt war er im Sommer vorigen Jahres hier gewesen, als es diesen langweiligen Philosophen in Eljas Leben noch nicht gab und die Zugehörigkeit zum Bartosch-Clan ihm sicher schien. Damals war er mit ganz anderen Gefühlen hierhergekommen und hatte die zweigeschossige Villa mit ganz anderen Augen betrachtet. Mit den Augen des künftigen Besitzers. Er hatte schon damals gewußt, daß Bartosch vorhatte, nach Kalifornien auszureisen, und er war zu allem bereit gewesen, um sich ihm anzuschließen. Auch wenn er dafür seine dümmliche Tochter heiraten mußte. Hübsch war sie ja, das mußte man zugeben, aber dumm wie Bohnenstroh. Kein einziges Wort konnte man mit ihr reden. Das war mit Olga ganz anders. Aber Olga war nicht die Variante, auf die man setzen konnte. Sie besaß nicht den Schlüssel zum Paradies. Elja besaß ihn. Die zynische Tamila hatte es ihm eines Tages ganz direkt gesagt.

»Du mußt wissen, mein lieber Marat, daß nur unsere Familie nach Kalifornien ausreist, nicht etwa die gesamte Firma mit ihrem Personal. Nach Kalifornien kannst du nur als unser Schwiegersohn mitkommen. Und bilde dir nicht ein, daß Pista deine Fähigkeiten sehr hoch einschätzt. Hier, in Rußland, ist das, was du leistest, Gold wert. Aber in den Staaten kann das jeder x-beliebige Jungmanager.«

Beim ersten Mal waren Marat solche Reden unangenehm gewesen, sie hatten ihn sogar gekränkt. Er hatte als Laufbursche bei der »Blauen Donau« begonnen, tagsüber war er zur Schule gegangen, abends hatte er die Fußböden in der Firma gewischt. Dann hatte er ein Abendstudium begonnen und sich tagsüber die Weisheiten der Ökonomie in der Firmenpraxis angeeignet. Er hatte den Buchhaltern über die Schulter gesehen, um sich in die Kunst der Bilanzabschlüsse einzuarbeiten, er war kreuz und quer durch die ganze Stadt gerannt, um Werbung für die Firma zu machen und Käufer zu finden. Nach und nach waren ihm immer wichtigere Aufgaben übertragen worden. Er hatte Istvan vergöttert und war ehrlich davon überzeugt gewesen, daß sein Leben für immer mit dem der Firma verbunden sein würde. Das freilich hatte ihn vor zwei Jahren nicht daran gehindert, die unmißverständliche Andeutung in Tamilas Augen zu verstehen. Die Frau des Chefs war mit ihm zufrieden und, das mußte man ihr lassen, mißbrauchte seine Dienstbereitschaft nicht. Sie trafen sich zwar regelmäßig, aber nicht allzuoft, etwa einmal im Monat.

Als Tamila begonnen hatte, ihm ihre Tochter beharrlich als Ehefrau anzupreisen, hatte Marat das als Wunsch interpretiert, sich auf diese Weise den jungen Liebhaber zu erhalten. Doch als er Elena näher kennengelernt hatte, mußte er einsehen, daß es Tamila mehr denn um die Erfüllung ihrer eigenen sexuellen Wünsche darum ging, ihre Tochter gut unterzubringen. Sie hatte einen nüchternen Blick auf das intellektuelle Niveau ihrer Tochter und fürchtete, sie könnte dem nächstbesten Mitgiftjäger zum Opfer fallen. Und schließlich war es ja auch so gekommen. Marat gab die Schuld daran nur sich selbst. Er hätte nicht so lange zögern dürfen, sondern das Mädchen gleich nach der Rückkehr vom Balaton zum Standesamt schleppen müssen. Aber er hatte so ganz und gar keine Lust dazu gehabt. Bartosch hatte ihn ständig gelobt und seine rechte Hand genannt, und er, Marat, war dumm genug gewesen zu glauben, daß Bartosch nicht ohne ihn nach Kalifornien ausreisen würde. Doch darin hatte er sich gründlich getäuscht.

»Laß uns die Dinge beim Namen nennen, mein Lieber«, hatte Tamila zu ihm gesagt, während sie sich träge unter einer dünnen Decke rekelte. »Ich habe natürlich ganz andere Pläne mit Elja. Hier in Rußland bist du eine ideale Variante. Du bist jung, aber alt genug für sie, du siehst gut aus und hast Erfolg. Du entsprichst durchaus meinen Vorstellungen. Etwas Besseres als du wird hier kaum zu finden sein. Aber Kalifornien ist etwas ganz anderes, das mußt du zugeben. Für das Leben dort braucht sie einen ganz anderen Mann, und ich bin sicher, daß ich den Richtigen für sie finden werde. Es geht nur darum, sie glücklich dort hin zu bringen. Aber dazu müssen wir uns noch etwa anderthalb Jahre gedulden. In dieser Zeit darf sie auf keinen Fall einen anderen heiraten und womöglich schwanger werden. Hast du mich verstanden? Ich rechne mit dir. Mach sie zu deiner Frau, und ich werde ruhig schlafen. Wenn es soweit ist, nehmen wir dich mit in die Staaten, dort läßt du dich von ihr scheiden, und dann werde ich die Sache in die Hand nehmen, um ihr ein neues Leben einzurichten. Eine Hand wäscht die andere. Übrigens, mein Lieber, warum reist du nicht auf eigene Faust aus? Fehlt dir etwa das Geld? Du verdienst doch sehr ordentlich bei uns.«

Lieber Gott, sie sagte wirklich »bei uns«. Sie sagte nicht »in der Firma« oder »bei Istvan«, sie sagte »bei uns«. Wahrhaftig, Tamila Bartosch achtete nie auf ihre Worte, sondern gab ihrem Gesprächspartner großzügig Einblick in das gesamte Spektrum ihrer wahren Gedanken und Absichten.

Tamilas Frage nach dem Geld hatte Marat nicht gefallen, denn er war tatsächlich nicht sehr reich. Es hätte natürlich vollauf genügt, um sich ein Ticket nach Amerika zu kaufen und dort für eine Weile in einem anständigen Hotel zu wohnen. Aber wenn man sich ein respektables Haus kaufen und irgendein Business beginnen wollte, brauchte man ganz andere Mittel. Und die besaß Marat nicht. Obwohl er sie hätte besitzen können, wenn ... Wenn er nicht dem Spiel verfallen gewesen wäre. Gegen diese Leidenschaft war er machtlos. Er hatte sich selbst schon tausend Schwüre gegeben, er unternahm alle Willensanstrengungen, um aufzuhören, er quälte und marterte sich, aber es nutzte nichts. Immer wieder erlag er seiner Sucht. Davon durfte in der Firma niemand etwas erfahren, sonst hätte man ihn in drei Sekunden auf die Straße gesetzt.

Damals waren er und Tamila zu dem gleichen Schluß gekommen: Elena durfte nichts von der bevorstehenden Ausreise nach Kalifornien erfahren. Tamila versprach, genau darauf zu achten, was ihre Tochter tat, welche Bekanntschaften sie schloß, wohin sie ging und mit wem. Und schließlich war ihr das Entscheidende doch entgangen. Elena hatte einfach nur ihre Freundin zu einem Prüfungstermin an die Uni begleitet, und wer hätte ahnen können, welch unabsehbare Folgen das haben würde.

Leider hatte Tamila viel zu spät von der bevorstehenden Hochzeit erfahren. Ihr Wutanfall war ziemlich schnell vorübergegangen und hatte einer kalten Nüchternheit Platz gemacht. Diesmal war sie es gewesen, die zu Marat eilte.

»Dieser Mann hat einen schlechten Einfluß auf Elena«, hatte sie verkündet. »Er weiß genau, daß wir nichts in der Hand haben, um die Eheschließung auf gesetzlichem Weg zu verhindern. In den zwei Wochen, die noch bleiben, werde ich nichts mehr tun können, um ihn zu kompromittieren und Elena dazu zu bringen, daß sie von ihm abläßt. Sie ist verliebt wie eine läufige Katze und weigert sich strikt, den Hochzeitstermin zu verschieben. Es bleibt nur noch die Hoffnung, daß es mir gelingt, die beiden nach der Heirat so schnell wie möglich wieder auseinanderzubringen. Sie müssen sich wieder scheiden lassen, und du mußt mir dabei helfen.«

Sie hatten schon damals einen Plan geschmiedet, wie man es anstellen könnte, damit das Paar sich baldmöglichst heillos zerstritt und bis Mitte Dezember wieder geschieden war. Jetzt, da die Hochzeit um einen Monat verschoben war, konnte man die Zeit sinnvoll nutzen. Immerhin war es riskant, sich darauf zu verlassen, daß es mit der Scheidung klappen würde. Wenn der junge Ehemann erst einmal Wind von der bevorstehenden Ausreise bekäme, würde man ihn auch mit Zähnen und Klauen nicht mehr von Elja trennen können. Für die Aussicht, nach Kalifornien zu kommen, würde er jede Provokation hinnehmen, jeden Unflat schlucken und sich dafür auch noch bedanken. Am wichtigsten war es jetzt, dafür zu sorgen, daß die beiden nicht dazu kamen, allein zu sein. Zum Glück war Elja bis jetzt noch nicht schwanger geworden, und das mußte auch in Zukunft verhindert werden. Hilf dir selbst, dann hilft dir Gott.

Latyschew saß auf einer kleinen Bank unter einer ausladenden Eiche und beobachtete die beiden. Elja und ihr Bräutigam tranken Kaffee auf der Veranda, und Marat konnte sicher sein, daß sie ihn nicht bemerkten. Er hatte es oft genug überprüft. Obwohl die Bank ganz in der Nähe des Hauses stand, konnte man sie von dort aus nicht sehen, da sie von dichtem Laub verdeckt war. Endlich erhob er sich und näherte sich langsam der Veranda.

Der unerwartete Gast wurde nicht gerade mit Freuden empfangen. Weder Elja noch Turbin versuchten, ihren Unmut zu verbergen, auch wenn Elja sein überraschendes Erscheinen als etwas völlig Selbstverständliches hinnahm, das nur zu einer etwas unpassenden Zeit geschah, während Turbin in Marat einen Rivalen witterte und sehr nervös reagierte. Latyschew zeigte mit seinem ganzen Gebaren, daß er auf dieser Datscha zu Hause war, daß er sich hier auskannte. Er wußte genau, wo sich dies und jenes befand und besaß sämtliche Schlüssel für Haus, Tor und Garage.

Elja, die einen langen Rock mit sechs hohen Schlitzen und ein Seidentop mit dünnen Trägern trug, fand sich durch Marats Erscheinen in einer recht heiklen Situation. Er konnte sehen, daß ihre Kleidung und alle ihre Bewegungen darauf angelegt waren, mehr zu zeigen als zu verbergen. Alles das meinte natürlich Turbin, aber nun partizipierte auch Marat daran. Immer wieder fing sie seinen spöttischen Blick auf, der über ihr entblößtes Bein zwischen einer der Rockbahnen glitt, über das Tal zwischen ihren Brüsten, das sich jedes Mal zeigte, wenn sie sich nach vorn beugte. Elja verwirrten diese Blicke, während Turbin, das konnte Marat deutlich sehen, innerlich kochte vor Zorn.

»Elja, Liebe, gib mir doch bitte mal den Zucker«, bat Marat.

Als sie ihm die Zuckerdose reichte, ergriff er ihre Hand und hielt sie fest.

»Wo ist denn der Ring?« fragte er, nachdem er die Zuckerdose abgestellt hatte. Mit einer Hand hielt er nach wie vor ihr Handgelenk fest, mit der anderen streichelte er ihren Handrücken.

Elja wurde verlegen.

»Der Ring?« fragte sie und sah Latyschew erschrocken und gleichzeitig vorwurfsvoll an.

»Meine Güte, Kindchen, du glaubst doch nicht im Ernst, daß unsere Affäre für irgend jemanden ein Geheimnis ist!« rief er lachend aus, ohne Turbin auch nur eines Blickes zu würdigen. »Sag mir, wo ist der Ring? Warum trägst du ihn nicht mehr? Er hat dir doch so gut gefallen.«

Marat verletzte die Spielregeln, das wußte er, aber es machte ihm nichts aus. Er kämpfte um sein Leben, ein schönes, sattes, zufriedenes Leben. Und um dieses Lebens willen war er bereit, dieses dumme kleine Mädchen zu erniedrigen, das weder genügend Intellekt noch Lebenserfahrung besaß, um die Situation zu meistern und Marat in seine Grenzen zu weisen. Olga hätte an ihrer Stelle genau gewußt, was zu tun gewesen wäre. Ich habe deinen Ring genau so lange getragen, wie du mir gefallen hast, hätte sie mit ihrer ruhigen Stimme gesagt. Jetzt habe ich mich für einen anderen entschieden, du bist nicht mehr mein Liebhaber, und deshalb trage ich auch deinen Ring nicht mehr. Hast du noch Fragen an mich? Darauf hätte Marat nichts mehr erwidern können. Aber so konnte Elena nicht sprechen.

»Stellen Sie sich nur vor«, wandte er sich plötzlich an Turbin, »dieses kleine Dummerchen denkt, daß Sie es ihr übelnehmen würden, wenn sie den Ring tragen würde. Sie nehmen ja hoffentlich nicht an, daß Sie Ihr erster Mann sind, oder?«

»Ich habe nicht vor, mit Ihnen über diese Frage zu diskutieren«, sagte Turbin trocken. »Elja wird meine Frau werden, ihr Vorleben ist mir völlig gleichgültig.«

»Siehst du!« erwiderte Marat triumphierend, wieder an Elja gewandt, deren Hand er immer noch festhielt. »Dein Freund hat völlig recht. Aus dem Vorleben einer Frau muß man Nutzen für sich ziehen, anstatt eine Tragödie daraus zu machen, nicht wahr?«

»Und welchen Nutzen sollte ich nach Ihrer Meinung aus der Tatsache ziehen, daß Elja und Sie irgendwann befreundet waren?« fragte Turbin mit unverändert kalter Stimme.

»Sie könnten mich zum Beispiel danach fragen, wie man ihr den Hof machen muß, was man ihr schenken muß, wo sie gern Urlaub macht, welche Reiseziele, Hotels und Restaurants sie bevorzugt. Und ich werde Ihnen alles erzählen, ohne etwas zu verheimlichen, Hand aufs Herz«, versprach Marat lachend. »So werden Sie die Fehler vermeiden können, die ich gemacht habe.«

»Welche Fehler zum Beispiel?«

Marat bemerkte mit Genugtuung, daß seine Rechnung aufging. Turbin ließ sich auf eine für ihn ungünstige Unterhaltung ein.

»Zum Beispiel war ich mit ihr in einer Balenciaga-Boutique, sie probierte einen halben Tag lang Kleider und Pelze, suchte stundenlang nach passenden Accessoires und wollte schließlich doch nichts kaufen. Dann stellte sich heraus, daß sie Balenciaga nicht ausstehen kann, sie findet, daß dieses Design nicht zu ihr paßt, aber sie wollte es mir vorher nicht sagen, um mich nicht zu enttäuschen. So haben wir einen halben Tag in dieser Boutique vertan, anstatt die Zeit für die Liebe zu nutzen oder uns am Strand zu sonnen. Und schließlich stellte sich heraus, daß unser Mädchen keine strengen, eleganten Kostüme mag, weil unser rundes Hinterteil nicht in enge Röcke paßt, und unser voller Busen verliert seinen ganzen Reiz, wenn man ihn in eine enge Kostümjacke preßt. Nicht wahr, Elja? Unsere Schöne bevorzugt weite, erotische Kleider, damit der Zugang zu ihrem Körper immer frei ist. Na na, deswegen brauchst du doch nicht rot zu werden, Kindchen, es ist doch nichts Schlechtes daran, wenn ein Mädchen gern Sex hat. In deinem Alter ist das normal, du brauchst dich deshalb nicht zu genieren. Ich hoffe, dein Freund entspricht deinen Vorstellungen.«

Marat bezeichnete Turbin bereits zum zweiten Mal ganz absichtlich nicht als Eljas Bräutigam, sondern als ihren Freund. Er mußte Elja zeigen, daß er Turbin nicht als Rivalen betrachtete, daß er nicht eifersüchtig auf ihn war und keine ernsthafte Gefahr in ihm sah. So würde es Elja leichter fallen, zu ihm zurückzukehren. Er mußte sie davon überzeugen, daß er in ihrer Beziehung zu Turbin keinen Treuebruch sah, daß eigentlich gar nichts passiert war und schon bald alles wieder so sein würde wie früher. Sie durfte sich nicht schuldig fühlen, denn sie war zu jung und zu dumm, um mit solchen Gefühlen umzugehen.

»Hör bitte auf, Marat«, sagte Elja mit Tränen in den Augen.

»Aber warum denn?« fragte Latyschew mit aufrichtigem Erstaunen. »Ich sorge mich doch nur um dich, du Dummerchen. Übrigens ...« Er wandte sich wieder an Turbin. »Denken sie daran, daß Elja am liebsten in Fünfsternehotels wohnt. Es gefällt ihr, daß in diesen Hotels nicht nur Bettwäsche und Handtücher täglich gewechselt werden, sondern auch die Bademäntel, jeden Tag ein frischer, und das Ton in Ton mit den Handtüchern. Im übrigen genügt es völlig, wenn sie Halbpension nehmen, aber das Frühstücksbüffet kann gar nicht reichlich genug sein. Sie hat morgens immer einen enormen Appetit, nur dann natürlich, wenn Sie sich nachts entsprechend Mühe gegeben haben. Ich hoffe doch, Sie geben sich Mühe?«

Er grinste anzüglich und zwinkerte Turbin zu, während dieser rot anlief vor Zorn.

»Also«, fuhr Marat fort, als sei nichts geschehen, »zum Frühstück braucht sie viel Obst und unbedingt ein warmes Gericht, zum Beispiel Pasta.«

In Turbins Gesicht zeigte sich ein Ausdruck des Befremdens, und Marat erriet mit Genugtuung, daß Valerij ganz offensichtlich das Wort »Pasta« nicht kannte.

»Und wenn sie Pasta haben möchte, dann dürfen Sie nicht denselben Fehler machen, den ich in den ersten drei Tagen gemacht habe. Bestellen Sie ihr nichts Dünnes und Langes, das von der Gabel gleitet, sondern etwas Kompaktes, etwas Röhren- oder Muschelförmiges. Soviel zum Frühstück. Kommen wir jetzt zum Mittagessen. Das nimmt unser Mädchen am liebsten in einem Fischrestaurant ein.«

»Marat, bitte, hör endlich auf!« flehte Elja erneut mit kläglicher Stimme.

»Wir haben nicht vor, in Fünfsternehotels zu wohnen und in Fischrestaurants zu essen«, warf Turbin ein, der am Ende seiner Geduld angelangt war. »Insofern sind Ihre guten Ratschläge fehl am Platz.«

»Wie meinen Sie das? Wie sehen Sie denn Ihr künftiges Leben mit Elena?«

»Wir werden genauso weiterleben wie bisher.«

»Wie Sie bisher gelebt haben«, korrigierte ihn Latyschew. »Sie werden weiterleben wie bisher, aber Elja hat ein ganz anderes Leben geführt. Sie werden anstandshalber dafür sorgen müssen, daß sie dieses Leben, an das sie von Kindheit an gewohnt ist, auch in Zukunft fortsetzen kann. Sind Sie dazu in der Lage?«

»Aber Marat, woher sollte Valerij so viel Geld nehmen? Er ist doch kein Geschäftsmann, sondern Wissenschaftler. Er und seine Mutter leben nur von seinem Aspirantenstipendium und von ihrer Rente.«

»Wunderbar«, sagte Marat grinsend. »Und wie stellst du dir euer gemeinsames Leben vor? Willst du dich mit diesen armseligen Kopeken begnügen und dich in ein Aschenputtel verwandeln? Oder willst du arbeiten gehen?«

»Laß das doch, Marat«, sagte sie vorwurfsvoll. »Meine Eltern werden uns unterstützen. Hör auf mit deinen Beleidigungen!«

»Deine Eltern? Wie kommst du darauf, daß sie euch unterstützen werden, mein Täubchen? Glaubst du etwa, daß du auch weiterhin auf ihre Kosten leben kannst? Da muß ich dich enttäuschen. Nach der Hochzeit wirst du keinen Groschen mehr von ihnen bekommen.«

»Aber warum denn?« fragte Elena erstaunt. »Alle Eltern unterstützen ihre Kinder. Die Kinder und die Enkel. Sie geben allen Geld. Warum sagst du, daß meine Eltern das nicht tun werden?«

»Weil deine Eltern, meine Liebe, der europäischen Kultur verpflichtet sind und nicht der russischen. Und nach europäischer Sitte verlassen Frauen nach der Hochzeit das Haus ihrer

Eltern, um ein eigenes Leben mit ihrem Mann aufzubauen, eine eigene Familie zu gründen. In Europa leben verheiratete Kinder nie mit ihren Eltern zusammen und erwarten keinerlei Unterstützung. Es ist dort nicht üblich. Übrigens, falls es dich interessiert, unseren luxuriösen Urlaub am Balaton habe ich ganz aus eigener Tasche bezahlt. Denn wenn ich dich liebe und mit dir zusammen Urlaub machen möchte, sind die Kosten mein Problem und nicht das deiner Eltern. Und wenn du verheiratet bist, versteht es sich erst recht von selbst, daß für alles dein Mann aufkommen muß.«

»Das sagst du nur, um uns Angst zu machen«, widersprach Elja trotzig. »Ich glaube nicht daran, daß Papa mir kein Geld geben wird. Er wird mich auf jeden Fall unterstützen. Hör bitte auf, uns etwas einzureden.«

»Ich rede euch gar nichts ein, meine Liebe«, erwiderte Latyschew lachend, »ich versuche nur, dir klarzumachen, was dich erwartet. Oder möchtest du gern in Armut leben? Wenn es so ist, dann viel Spaß. Daß dein Freund seit jeher so lebt, habe ich bereits verstanden. Aber du, was ist mit dir? Du ißt zum Beispiel gern Krabben, und zwar nicht unsere inländischen für dreieinhalbtausend Rubel, sondern die importierten für zwölftausend das Päckchen. Du kaufst dir zwei solche Päckchen und setzt dich damit vor den Fernseher. Nach einer halben Stunde hast du alles weggeputzt, das habe ich oft genug erlebt. In einer halben Stunde verschlingst du vierundzwanzigtausend Rubel, und das so ganz nebenbei. Für deine Eltern und für mich ist diese Summe eine Kleinigkeit, nicht der Rede wert, aber wie sieht das für deinen Freund und seine Mutter aus? Ihr gesamtes monatliches Einkommen wird dir nicht für mehr reichen als für zehn Fernsehabende mit Krabben. Wie gefällt dir diese Aussicht?«

»Hören Sie, Marat«, mischte Turbin sich ein, »Elja und ich möchten gern allein bestimmen, wie wir leben werden. Schließlich kann man auf Krabben auch verzichten, aber das werden Elja und ich untereinander ausmachen und nicht zusammen mit Ihnen.«

»Natürlich kann man auf Krabben verzichten«, stimmte Latyschew nachsichtig zu, »man kann in abgetragenen Kleidern herumlaufen, die Metro benutzen und bei den Verwandten auf dem Land Urlaub machen, wo es kein Warmwasser gibt und nur ein Plumpsklo draußen zwischen den Gemüsebeeten. Man kann alles. Die Frage ist nur, ob man es soll. Worin besteht denn die unschätzbare Kostbarkeit, der Elja ihre Gewohnheiten opfern sollte, das Leben, das sie von Kindheit an geführt hat? Elja, Kindchen, erklär mir altem Dummkopf, was für eine Kostbarkeit das ist? Wofür willst du alles aufgeben, was du besitzt?«

»Wir lieben uns«, sagte Turbin, der begriff, daß Elja völlig verwirrt war und Latyschews Unverschämtheiten nichts entgegenzusetzen vermochte. »Und die Liebe ist jedes Opfer wert.«

»Einverstanden«, erwiderte Marat. »In diesem Fall möchte ich, daß Elja mir erklärt, worin der Unterschied zwischen dem Gefühl besteht, das sie Ihnen entgegenbringt, und dem, das sie noch bis vor kurzem mir entgegengebrachte, und zwar buchstäblich noch eine Woche vor der Bekanntschaft mit Ihnen. Was fühlst du für ihn, das du für mich nicht gefühlt hast, Elja, erklär es mir.«

»Hören Sie endlich auf, sich über sie lustig zu machen«, sagte Turbin empört, »Sie sehen doch, daß sie Ihnen nicht antworten kann, auf so eine Frage kann niemand antworten. Es gibt die Liebe, und es gibt das andere, und wenn jemand diesen Unterschied in Worte fassen und die Liebe erklären könnte, würde er den Nobelpreis bekommen.«

»Oh, aus Ihnen spricht der Philosoph«, bemerkte Latyschew erfreut, »dann lassen Sie uns ein bißchen philosophieren, wenn wir schon mit der Ökonomie nicht weiterkommen und Sie kein Geld zählen wollen, besonders kein fremdes. Elja kann uns nicht antworten, aber vielleicht können Sie es. Was ist an Ihnen so Besonderes, daß sie um ihretwillen Opfer bringen sollte? Ein normales Leben können Sie ihr nicht bieten, sie wird mit Ihnen und Ihrer alten Mutter in einer Wohnung zusammenleben müssen. Aber vielleicht verstehen Sie das Mädchen ja besser als alle anderen. Ist sie vielleicht ein komplizierter, leidender Mensch, der von seiner Umwelt nicht verstanden wird, und plötzlich begegnet sie Ihnen, und alles ist gut? Nein? Sind Sie vielleicht ein genialer Philosoph, der Begründer einer neuer philosophischen Schule, und sie schätzt und liebt sie deshalb? Verzeihen Sie mir, Valerij, aber unser Mädchen hat in seinem ganzen Leben höchstens anderthalb Bücher gelesen und wird kaum in der Lage sein, Ihrer wissenschaftlichen Arbeit die nötige Wertschätzung entgegenzubringen.«

»Sie bauen Ihre Argumentation auf Komponenten auf, die Sie aus einem komplexen Begriff herauslösen«, sagte Turbin mit einem herablassenden Lächeln. »Als Philosoph kann ich Ihnen sagen, daß das ein aussichtsloses Unterfangen ist.«

»Wunderbar. Das heißt, es bleibt nur eins. Und das freut mich.«

»Was meinen Sie?« fragte Turbin mißtrauisch.

»Dasselbe wie Sie. Die Weiber sind einfach scharf auf Sie. Und für Sie als Philosoph«, er lächelte spöttisch, »muß es beschämend und widerwärtig sein, daß Elja an Ihnen nichts anderes liebt als den Hengst mit einem großen, harten Glied. Wir haben eben gemeinsam herausgefunden, daß Sie nichts anderes in Ihnen sieht. Sie sind wahrscheinlich ein diffiziler, interessanter Mensch, und sicher wird sich eines Tages eine Frau finden, die das erkennen und Sie dafür lieben wird, und nicht dafür, daß Sie ihr einen grandiosen Orgasmus verschaffen.«

»Es ist genug, Marat, Sie gehen entschieden zu weit!«

»Ganz und gar nicht, ich sehe die Dinge nur nüchtern. Was den Sex betrifft, kann ich mit Ihnen nicht mithalten, aber gerade Sie als Philosoph sollten wissen, daß der Sex etwa achtzig Prozent aller Ehen stiftet, aber keine einzige auf Dauer zusammenhält. Keine einzige, ich betone es. Denn spätestens nach einem Jahr ist es vorbei mit der Leidenschaft, und was dann? Genau diese Frage sollten Sie sich stellen: Was wird in einem Jahr sein? Ein Jahr lang werdet Ihr vergnügt vögeln, und solange Elja die Zeit mit Ihnen im Bett verbringen wird, wird sie vielleicht nicht bemerken, in was für einer ärmlichen Behausung sie sich befindet und welchen Fraß sie vorgesetzt bekommt. Aber was wird danach sein?«

»Danach wird sie sich daran gewöhnt haben, genauso zu leben, wie ich lebe«, sagte Turbin mit ruhiger Stimme.

»Sie irren sich«, widersprach Latyschew. »Um Ihre Ehe zu retten, werden Sie innerhalb eines Jahres zwei Dinge bewerkstelligen müssen. Sie müssen in dieser Zeit eine enge Freundschaft zu Elja aufbauen und es gleichzeitig schaffen, daß sie ein Leben in Armut akzeptiert. Aber wenn Sie vorhaben, diese Zeit der Fleischeslust zu widmen, werden Sie diese Aufgabe nicht meistern, Sie werden dafür weder Zeit noch Kraft übrig haben. Wenn Sie aber den Sex vernachlässigen, wird Elja es nicht einmal ein Jahr durchhalten. Um es mit Ihren eigenen Worten zu sagen: Es ist ein aussichtsloses Unterfangen.«

»Ich verstehe nicht, was Sie erreichen wollen, Marat. Sie sind hierhergekommen wie zu sich nach Hause, haben angefangen, Elja zu beleidigen und mich in eine sinnlose Diskussion über Liebe und Ehe hineinzuziehen. Worauf wollen Sie hinaus? Wollen Sie, daß Elja mich verläßt und Sie heiratet?«

»Natürlich. Genau das will ich, und ich habe es nie verheimlicht. Ich will erreichen, daß Elja die beiden Männer, die sie lieben, mit nüchternem, ungetrübtem Blick ansieht. Sie soll sie ansehen und dann entscheiden, wem sie den Vorzug gibt. Demjenigen, der ihr nichts zu bieten hat außer heißem Sex, oder demjenigen, von dem sie Wohlstand erwarten kann, den Lebensstandard, an den sie gewöhnt ist, Reisen, kostbaren Schmuck, teure Kleider und Restaurants, einem Mann, an dessen Seite sie ihr süßes Nichtstun fortsetzen kann, weil er sie nicht arbeiten schicken und zudem eine Haushälterin engagieren wird. Der einzige Nachteil des zweiten Kandidaten besteht darin, daß er im Bett nicht so gut ist wie Sie. Aber schon nach einigen Monaten wird Elja begreifen, daß der Sex in einer Ehe nicht das Wichtigste ist, daß es darauf letztlich gar nicht ankommt.«

»Die typische Argumentation eines impotenten Mannes«, bemerkte Turbin. »Die Verneinung dessen, was man selbst nicht besitzt.«

Bravo, dachte Latyschew, es ist mir doch noch gelungen, diesen albernen Intellektuellen auf die Ebene gegenseitiger Beleidigungen zu zwingen. Er hat lange Haltung bewahrt, das muß man ihm lassen, aber jetzt beginnt er, die Kontrolle zu verlieren. Ja, jetzt verstehe ich, warum es Tamila nicht gelungen ist, die beiden im Lauf von zwei Wochen auseinanderzubringen. Er ist von Natur aus phlegmatisch, und er hätte sich im Gespräch mit Tamila niemals eine Blöße vor Elena gegeben. Tamila konnte mit ihm nicht über Sex sprechen, genausowenig wie über mich, das hätte Elja als Verrat empfunden. Aber ich darf alles, ich gebe niemandes Geheimnisse preis, ich rede nur von mir und meinen Gefühlen.

»Sie widersprechen sich selbst«, bemerkte Marat kaltblütig. »Ein Mann, der nichts anderes kann als gut vögeln, verneint folgerichtig den Wert aller anderen Dinge. Wissen Sie, wer Sex für das Wichtigste im Leben hält? Die Habenichtse und Pechvögel, die es zu nichts im Leben gebracht haben. Die trösten sich damit, daß sie im Bett Genies sind und daß alles andere nebensächlich ist. Sie sind doch Philosoph, Sie müssen doch wissen, daß die Sexualität keine Errungenschaft der Zivilisation ist, sondern ein angeborener Instinkt. Sich auf seine anatomischen Daten und physiologischen Fähigkeiten etwas einzubilden, ist genauso dumm und eines echten Mannes unwürdig, wie sich eines dichten Haarwuchses oder schöner Augen zu brüsten. Darauf kann sich eine Frau etwas einbilden, aber der Wert eines echten Mannes besteht nur in seiner Fähigkeit, etwas zu erreichen, zu schaffen, aufzubauen. Sehen Sie, Valerij, ich habe etwas vorzuweisen, worauf ich stolz sein kann. Und Sie?«

Marat blickte zu Elja hinüber, die völlig erstarrt auf dem Sofa saß, wie das Kaninchen vor der Schlange. Ihrem Gesicht war anzusehen, daß ihr der Sinn des Gesprächs verborgen blieb, sie konnte die Argumente der Rivalen nicht verstehen

hen und deshalb nicht einschätzen, wer von ihnen recht hatte. Es schien angebracht, das Gesprächsniveau zu senken.

»Elja, ich möchte, daß du mir einen Moment zuhörst. Ich bestehe nicht darauf, daß du jetzt sofort eine Entscheidung triffst, denn es handelt sich um eine schwere, schmerzhafte Entscheidung. Aber bevor du sie triffst, möchte ich, daß du alles gut abwägst. Unsere Beziehung dauerte ein Jahr. Ihn hingegen«, er deutete mit dem Kopf in Turbins Richtung, »kennst du erst seit fünf Monaten. Wir beide sind viel enger miteinander verbunden, weil wir uns länger kennen. Leuchtet dir ein, was ich sage?«

Elja nickte gehorsam.

»Meine materielle Lage erlaubt es, dir eine normale, gesicherte Existenz zu bieten. Und was den Sex betrifft – erinnere dich an den Balaton. Warst du etwa unzufrieden mit mir? Es hat doch alles geklappt zwischen uns, und es ging uns sehr gut miteinander. Und später in Moskau ging es uns auch gut. Und jetzt stell dir vor, daß du zum ersten Mal in deinem Leben Pfirsiche ißt. Sie schmecken so gut, daß du drei Kilo auf einmal verschlingst, und dir scheint, du könntest immerzu so weiteressen, eine ganze Tonne. Aber spätestens nach dem fünften Kilo wird dir schlecht. Am nächsten Tag kannst du keine Pfirsiche mehr sehen. Aber nach einem Monat beginnst du, sie wieder zu mögen, du wirst sie jetzt mit normalem Appetit essen, aber wenn gerade keine da sind, wird es dir gar nicht auffallen. Dasselbe passiert mit dem Sex. Verstehst du, was ich meine?«

Elja nickte erneut, und erst jetzt wurde Turbin klar, was vor sich ging.

»Sie benehmen sich wie ein Schwein«, sagte er. »Hören Sie auf, sie unter Druck zu setzen. Sie nutzen die Tatsache aus, daß sie leicht zu beeinflussen ist und Ihnen widerspruchslos zuhört. Verschwinden Sie von hier!«

»Elja, was sagst du? Soll ich gehen?«

Sie nickte erneut. Über ihre Wangen rannen Tränen, aber sie bemerkte es nicht einmal, sie blickte irgendwohin ins Ungewisse, vorbei an den zwei Männern, zwischen denen sie saß.

»Gut, Kindchen, ich werde gehen, obwohl nur Gott weiß, wie ungern ich das tue. Dein Freund hat mich als impotent und als Schwein bezeichnet, was bedeutet, daß der Tag nicht fern ist, an dem er dich mit ähnlich schönen Wörtern bedenken wird. Wenn ein Mensch andere beleidigt, dann ist es nur eine Frage der Zeit, bis er auch die von ihm geliebte Frau beleidigen wird. Und noch eines. Kennst du das Sprichwort: Gott hat's gegeben, Gott hat's genommen? Es besagt, daß dem Menschen alles, was er von der Natur mitbekommen hat, in jedem Moment wieder genommen werden kann. Dichtes Haar kann ausfallen, ein schönes Gesicht kann nach einem Unfall zu einer Fratze werden. Auch das Leben selbst kann einem jeden Moment wieder genommen werden. Aber das, was der Mensch aus eigener Kraft schafft, bleibt manchmal Jahrhunderte bestehen. Und das, was er gelernt hat, kann ihm niemals mehr abhandenkommen, weil ihm das nicht Gott gegeben hat, sondern weil es sein eigenes Verdienst ist. Dein Freund kann morgen an einer schweren Grippe erkranken, und seine sexuelle Potenz läßt plötzlich schwer nach. Was bleibt dann? Armut und Langeweile. Aber wenn das mit mir geschehen sollte, bliebe trotzdem alles beim alten. Erinnere dich, Elja, wie oft mir die Kraft für die Liebe gefehlt hat, aber du warst trotzdem immer zufrieden.«

Marat erhob sich ohne Eile, goß sich aus der Kanne kalten Kaffee in seine Tasse und trank ihn stehend aus, mit einem heimlichen Seitenblick auf Elja und Turbin. Elja sah bedrückt aus, und Turbin wirkte sehr erbost. Jetzt war es wohl tatsächlich soweit, daß man die beiden allein lassen konnte.

ACHTES KAPITEL

Die Wohnung, in der Nikolaj Selujanow nach der Scheidung allein zurückgeblieben war, war riesig und vernachlässigt. Seine Frau hatte kein Interesse an einer Teilung der Wohnfläche gehabt, da sie von an Anfang an gewußt hatte, daß ihr neuer Geliebter und zukünftiger Ehemann ein ziemlich hohes Tier in Woronesh war und daß es deshalb keine Probleme mit der Wohnungsfrage geben würde. Nikolaj bewohnte nur die Küche und ein einziges, großes Zimmer der Wohnung, hier herrschte immer peinliche Ordnung und Sauberkeit, aber um die restlichen zwei Zimmer und den großen Flur kümmerte sich Selujanow nicht mehr. Des öfteren bekam er Besuch von Jura Korotkow, der mit seiner Frau, seinem Sohn und seiner bettlägerigen Schwiegermutter eine winzige Zweizimmerwohnung bewohnte und hierherkam, um in der Stille und Weite der Selujanowschen Hallen Ruhe und Kraft zu schöpfen. Für den größten Glücksfall hielt Korotkow die Abende, an denen sich an irgendeiner der üblichen Kleinigkeiten ein Streit entzündete und das lautstarke Gezeter seiner Frau ihn Hals über Kopf aus dem Haus trieb. An solchen Abenden eilte Jura zur Metro, und bereits nach einer Dreiviertelstunde betrat er den stillen Hort seines Freundes und Kollegen, wo es unaufgeräumt war, wo die großen Staubflocken auf dem Fußboden bei jedem Luftzug launisch hin und her rollten, und wo sich da und dort bereits die Tapeten von den Wänden lösten. Aber dafür war es still und friedlich.

Heute hatte Jura Glück. Als er sich morgens auf den Weg

zur Arbeit machte, fragte ihn seine Frau mit dem üblichen Mißtrauen, was er denn vorhabe, heute, am Samstag. Erstaunlich daran war, daß Jura im Lauf der letzten vier Jahre keinen einzigen Samstag zu Hause verbracht hatte, aber jedes Mal, wenn er zum Dienst aufbrach, stellte seine Frau ihm dieselben mißtrauischen Fragen und zog dieselben mutwilligen Schlüsse aus seinen kurzen, höflichen Antworten. Heute war seine Frau noch vom Vortag in miserabler Stimmung, deshalb war es nicht schwer, sie zu jenen Worten zu bewegen, die Korotkow den Weg zu dem heiß ersehnten Sofa in Selujanows Wohnung ebneten. Je gröber und gemeiner die Anschuldigungen seiner Frau, desto tiefer durfte er gekränkt sein.

»Ich glaube, dir wäre es am liebsten, wenn ich sterben würde und dir nicht mehr im Weg wäre«, sagte er, während er zur Tür ging und den Riemen seiner Tasche um die Schulter hängte. »Ich werde im Büro oder bei Nikolaj übernachten, damit du deine Ruhe hast und dich von mir erholen kannst.«

Der ganze Samstag bestand aus Hektik und Laufereien. Jura widmete einen Teil des Tages Katja Golowanowa, deren Verhalten ihm verdächtig erschien. Es war natürlich wenig wahrscheinlich, daß sie fähig war, allein zwei so komplizierte, gut durchdachte Morde zu begehen, aber sie konnte durchaus zu den Anstiftern gehören. Wer aber waren die andern? Elenas Eltern? Turbins Mutter? Der von seiner Freundin verlassene Marat Latyschew?

In der zweiten Tageshälfte beschäftigte Jura sich unter anderem mit der seltsamen Veronika Matwejewna Turbina, die in ihrem siebten Lebensjahrzehnt plötzlich von einer so auffälligen Leidenschaft für Wohnortwechsel heimgesucht wurde. Der Samstag war natürlich kein sehr günstiger Tag für solche Nachforschungen, da im Mai bereits die Datschensaison begann und am Wochenende kaum jemand zu Hause anzutreffen war. Aber bis zum Abend hatte Korotkow dennoch den einen oder anderen Anhaltspunkt gefunden.

Mit Selujanow traf er sich auf halbem Weg, und sie fuhren gemeinsam in dessen Wohnung. Unterwegs kauften sie in einem großen Supermarkt ein. Das hieß, im Grunde kaufte Korotkow ein. So war es immer, wenn er bei seinem Freund übernachtete. In der ersten Zeit hatte Nikolaj noch den großzügigen Gastgeber gespielt und seine Kochkünste eingesetzt, um Korotkow zu bewirten, aber Jura hatte die kulinarischen Bemühungen seines Freundes schon bald unterbunden.

»Kolja«, hatte er gesagt, »du ahnst gar nicht, was für ein Fraß mir zu Hause vorgesetzt wird. Nicht deshalb, weil Ljalja nicht kochen kann, aber wir müssen mit zwei kleinen Gehältern vier Mäuler stopfen, und da kommt man nicht weit. Ich würde mich für dasselbe Geld ganz anders ernähren, aber ich kann ja nicht wagen, ihr zu widersprechen. Ihre Antwort ist immer dieselbe: Wenn du so viel Geld mit nach Hause bringst wie Iwanow, Petrow oder Sidorow, dann kannst du mir Vorschriften machen, was ich einkaufen und was ich kochen soll. Was könnte ich darauf erwidern? Daß es nicht meine Schuld ist, weil es zu der Zeit, als ich jung war, noch eine ehrenhafte und angesehene Sache war, Jura zu studieren und bei der Miliz zu arbeiten, während man nach einem Studium des Wirtschafts- und Finanzrechtes nur ein langweiliges, bedeutungsloses Dasein als Betriebsjurist fristen konnte? Daß man vor zwanzig Jahren, als ich mein Studienfach wählte, nicht absehen konnte, daß sich eines Tages alles ändern und genau ins Gegenteil verkehren würde? Daß die Wirtschafts- und Finanzexperten, die Buchhalter und Zivilrechtler, die man vor zwanzig Jahren, gelinde gesagt, nicht für Menschen hielt, heute die Herren im Land sind, die Millionäre, während wir, einst Stolz und Elite der Nation, am Rand der Gesellschaft gelandet sind, angespien und in den Schmutz gezogen von jedem, der Lust dazu hat? Jedenfalls, Kolja, wenn du mich schon bei dir übernachten läßt, dann überlaß mir wenigstens das Kochen. Du wirst dir die Finger lecken.«

Selujanow war das sehr recht.

Nachdem Korotkow seine Einkaufsnetze vollgepackt hatte, gingen sie schnellen Schrittes nach Hause.

»Was riecht denn so in deinem Netz?« fragte der nicht gerade hochgewachsene Selujanow, während er krampfhaft das Wasser hinunterschluckte, das ihm im Mund zusammenlief, und schüchtern von unten in das Gesicht seines kräftig gebauten, ihn um Haupteslänge überragenden Freundes blickte.

»Sag ich nicht«, erwiderte Jura, der es immer genoß, Nikolaj seinen qualvollen Vermutungen zu überlassen. Er verriet nie im voraus, was er kochen und welche Zutaten er dabei verwenden würde. Aber das Essen geriet immer vortrefflich.

»Du bist ein Mistkerl, Korotkow«, sagte Nikolaj. »Du weißt doch, daß ich alles ertragen kann, nur keine unbefriedigte Neugier. Sag schon, wonach riecht es? Nach eingelegtem Knoblauch?«

»Nein. Laß mich in Ruhe, Kolja«, lachte Korotkow. »In einer Stunde wirst du es wissen.«

»Bist du noch bei Sinnen?« empörte sich Nikolaj. »In einer Stunde bin ich vor Hunger und Neugier gestorben.«

»Wenn du dich anständig benimmst, darfst du mal einen Blick in die Küche werfen, auf die Arbeit des Meisters«, versprach Korotkow.

Sie richteten sich in der Küche ein. Jura band sich eine Schürze um und begann, das Gemüse zu putzen und zu schneiden, während Selujanow kleine, beschriebene Zettel, die aus einem Notizbuch herausgerissen waren, vor sich ausbreitete.

»Latyschew hat jedenfalls zugegeben, daß er sich zur Tatzeit in der Nähe des Standesamtes von Kunzewo befand«, sagte er, nachdem er Jura in Kürze von seinen Unterredungen mit Marat und dessen Freundin Olga Jemeljanzewa berichtet hatte.

»Wer hat denn sein Auto dort gesehen?« wollte Korotkow wissen, der gerade Zwiebeln in kleine Würfel schnitt und sich mit dem Handrücken die Tränen aus den Augen wischte.

»Ehrlich gesagt, niemand. Ich habe geblufft«, gestand Nikolaj.

»Einfach so drauflos?«

»Nein, nicht ganz. Irgendein grünes Auto hat tatsächlich dort gestanden, es gibt jemanden, der es gesehen hat. Der Rest war Phantasie.«

»Und wer war es, der das Auto gesehen hat?«

»Ein junger Mann, der nebenan auf der Baustelle als Kranführer arbeitet. Er sitzt hoch oben und sieht viel. Der Kranführer hat sich daran erinnert, daß kurz nach zehn Uhr ein grünes Auto mit großer Geschwindigkeit den Platz vor dem Standesamt verließ.«

»Da hast du aber Glück gehabt. Und was hast du jetzt vor?«

»Ich möchte mich mit dir beraten«, sagte Nikolaj grinsend. »Außer der Tatsache, daß Latyschew sich zur Tatzeit in der Nähe des Standesamtes befand, habe ich nichts gegen ihn in der Hand. Ich habe mit dem Untersuchungsführer gesprochen, aber der weigert sich strikt, eine Hausdurchsuchung bei Latyschew durchführen zu lassen, um herauszufinden, ob er einen Revolver besitzt.«

»Er hat recht. Seit dem Mord ist eine Woche vergangen, eine Hausdurchsuchung wäre ohnehin sinnlos. Jetzt können wir nur noch kombinieren, für radikale Maßnahmen ist es zu spät. Es gibt zu viele Leute, die daran interessiert gewesen sein können, die Hochzeit zwischen der Bartosch und Turbin zu verhindern, und den Mord kann jeder von ihnen begangen haben. Ob es nun die Golowanowa ist oder die alte Turbina. Oder Tamila Bartosch selbst. Wir müssen also entweder bei allen eine Hausdurchsuchung machen oder heimlich, still und leise vorgehen.«

»Genau das sagt der Untersuchungsführer auch«, erwiderte Selujanow. »Übrigens konnte ich keinerlei Verbindungen zwischen Latyschew und den Mitarbeitern des Standesamtes nachweisen. Wenn wir ihn also als den Hauptverdächtigen ins Visier nehmen wollen, müssen wir zuallererst dieser Frage nachgehen. Und was gibt es bei dir für Neuigkeiten?«

»Bei mir gibt es Veronika Matwejewna«, sagte Korotkow mit einem schweren Seufzer. »Eine undurchsichtige Person. Hör zu, was ich herausgefunden habe. Sie wurde 1925 als Tochter eines bekannten Architekten geboren, wuchs sehr behütet auf und litt keinerlei Not. Nach dem Medizinstudium wurde sie Hals-Nasen-Ohren-Ärztin. War nie verheiratet. Ihr Vater starb 1956, ihre Mutter 1963. Sie blieb allein in einer riesigen, luxuriösen Wohnung voller Bücher, Bilder und Antiquitäten zurück. 1968 brachte sie ihren Sohn Valerij zur Welt. Niemand weiß übrigens, wer der Vater ist. Sie hatte zwei enge Freundinnen, die es wahrscheinlich gewußt haben, aber sie sind beide tot. Die eine starb im vorigen Jahr, die andere vor vier Jahren. Also gibt es niemanden, den ich fragen könnte. Einstige Nachbarn oder Arbeitskollegen wissen natürlich nicht Bescheid. Niemand fragt nach so etwas, wenn der Betreffende es nicht selbst erzählt. So lebte Veronika Matwejewna also bis 1985 in ihrer Luxuswohnung, und plötzlich schien sie der Hafer zu stechen. Sie fing an, von einer Wohnung in die nächste umzuziehen, wobei die Wohnungen mit jedem Mal kleiner und schäbiger wurden.«

»Wohnungstausch gegen Bezahlung für die größere Wohnfläche?« mutmaßte Selujanow.

»Sieht ganz danach aus. Aber die Frage ist, wofür diese Frau immer wieder so viel Geld braucht. Wenn man in Betracht zieht, daß der erste Wohnungswechsel stattfand, als Valerij siebzehn Jahre alt war, könnte man davon ausgehen, daß sie das Geld als Bestechungssumme gebraucht hat, um den Jungen vor der Armee zu bewahren und ihm einen Studienplatz zu sichern.«

»Wart mal, aber sie war zu dieser Zeit doch schon sechzig, oder? In diesem Fall mußte Valerij gar nicht zur Armee, da er als einziger Sohn einer alternden Mutter von der Armeepflicht befreit war.«

»Ach ja, verdammt, das habe ich ganz vergessen. Also müssen wir diese Version verwerfen und noch einmal von vorn anfangen. Wozu also könnte sie 1985 plötzlich so viel Geld gebraucht haben?«

»Vielleicht ging es nicht um Geld. Vielleicht hat sie die Wohnung gewechselt, um aus jemandes Gesichtsfeld zu verschwinden. Erinnerst du dich, wohin sie beim ersten Mal umgezogen ist?«

»Es steht in meinem Notizblock. Der steckt in der Brusttasche meiner Jacke, hol ihn doch bitte mal, sei so nett.«

Nikolaj kam mit der Jacke in die Küche und holte vor Korotkows Augen das Blatt Papier mit den Daten hervor, das er ihm vor zwei Tagen selbst auf den Schreibtisch gelegt hatte.

»Seltsam«, sagte er schulterzuckend, »sie hat sechzig Jahre in ein und demselben Haus gewohnt, und plötzlich zieht sie in die Nebenstraße um.«

»Bist du sicher?«

Korotkow legte das Messer weg, mit dem er die Zwiebeln in der Pfanne umgerührt hatte, und sah den Freund fragend an.

»Weißt du genau, daß es die Nebenstraße ist?«

»Ja, ganz genau. Drei Minuten zu Fuß. Wenn du es nicht glaubst, dann laß uns hinfahren, ich zeige es dir.«

Korotkow glaubte es. Kolja Selujanow kannte Moskau wie seine eigene Westentasche, man konnte sich auf ihn verlassen.

»Also hatte sie nicht vor, sich vor jemandem zu verstecken«, murmelte Jura nachdenklich, während er die goldgelben Zwiebelstücke ableckte, die am Messer festgeklebt waren. »Es muß doch um Geld gegangen sein. Aber nicht um Bestechungsgeld für die Armee. Doch wofür dann? Hat Valerij vielleicht eine Straftat begangen, und sie mußte sich von den Opfern loskaufen oder den Untersuchungsführer bestechen?«

Sie schwiegen einige Minuten, da Korotkow jetzt mit der Herstellung der Marinade beschäftigt war und der diffizile Vorgang seine ganze Aufmerksamkeit erforderte. Da es in Selujanows Haushalt keinen Meßbecher gab, mußte er nach Augenmaß vorgehen und durfte sich jetzt nicht ablenken lassen.

Schließlich legte Jura die dünn geschnittenen und geklopften Fleischstücke in die Marinade und sah auf die Uhr.

»Schnitzel auf tadschikische Art müssen genau eine Dreiviertelstunde in der Marinade ziehen«, erklärte er fachmännisch. »Das wird unser zweiter Gang sein. Der erste ist in zehn Minuten fertig.«

»Und woraus besteht der erste?« fragte Kolja ungeduldig.

»Ragout aus zehn Gemüsesorten. Keine Angst, es wird dir schmecken. Also, kehren wir zurück zu unserer umzugsfreudigen Veronika Matwejewna. Vernachlässigen wir zunächst die Frage nach dem Geld und nach ihrer Vergangenheit und schauen uns ihr heutiges Leben an. Heute, mein lieber Freund, hat sie erstens ganz entschieden etwas dagegen, daß ihr Sohn Elena Bartosch heiratet, und zwar ohne jede vernünftige Begründung, und zweitens macht sie aus irgendeinem Grund eine halbe Weltreise und fährt nach Ljuberez, wo sie sich aus ebenso unbekanntem Grund mit dem zweifach vorbestraften Alkoholiker Pawel Smitijenko trifft.«

»Wie bitte? Mit wem?« Selujanow schnippte vor Schreck die Asche seiner Zigarette nicht in den Aschenbecher, sondern in das Glas mit Mineralwasser, das vor ihm stand. »Mit Pawel Smitijenko?«

»Wieso? Kennst du ihn etwa?«

»Hast du den vergessen, Jura? Du kennst ihn auch. Es kann doch nicht sein, daß du dich nicht erinnerst. 1980, man hat uns alle als Zeugen aufgerufen. Hast du es jetzt?«

»Heiliges Kanonenrohr!«

Korotkow ließ sich mit seinem ganzen Gewicht auf einen Stuhl fallen und wischte sich die Hände an der Schürze ab.

»Wie konnte ich nur seinen Namen vergessen! Ist ja allerhand. Aber jetzt erinnere ich mich genau. Pawel Smitijenko. Du lieber Gott!« Er schnitt eine Grimasse des Abscheus. »Mir wird sofort übel, wenn ich an ihn denke. Was kann eine alte Rentnerin, eine ehemalige Ärztin, die Tochter eines bedeutenden Architekten, mit so einem Scheusal zu tun haben?«

»Ein Auftrag?« überlegte Nikolaj laut. »Vielleicht hat sie ihn beauftragt, die Hochzeit ihres Sohnes hochgehen zu lassen.«

»Möglich. Aber wozu? Warum will sie um jeden Preis verhindern, daß ihr Sohn Elena heiratet? Morgen früh fahre ich zu Smitijenko und nehme eine Flasche Fusel mit.«

»Ich komme mit«, sagte Selujanow entschieden.

»Wozu?«, fragte Jura erstaunt. »Mit dem komme ich auch allein zurecht, das ist kein großes Kunststück.«

»Pure Neugier.«

»Gut«, stimmte Korotkow zu, »fahren wir zusammen.«

Sie aßen zu Abend und tranken zu zweit eine Flasche Wodka, wobei auf Korotkow weniger als ein Drittel der Flasche entfiel. Danach saßen sie noch lange in der Küche und unterhielten sich, gerade so, als hätten sie unter der Woche im Büro nicht genug Zeit dafür. Nikolaj hatte Sehnsucht nach seinen Kindern und erinnerte sich haßerfüllt an seine treulose Frau. Jura beklagte sich darüber, daß er seine Ljalja nicht verlassen konnte, weil es unmöglich war, sie mit dem Sohn und ihrer bettlägerigen Mutter dem Schicksal zu überlassen. Und natürlich debattierten sie auch über die zwei mysteriösen Morde auf den Standesämtern und über die Drohbriefe, die zwei andere Bräute erhalten hatten. Und beide seufzten sie von Zeit zu Zeit:

»Schade, daß Nastja im Urlaub ist. Sie wüßte schon, wie man die Sache anpackt ...

* * *

Der Sonntag, der für Nastja Kamenskaja ein Tag zum Ausruhen und Faulenzen hatte werden sollen, nahm überraschenderweise eine ganz andere Wendung. Zuerst rief Nadeshda Rostislawowna an, Nastjas Mutter. Sie hatte ihre Tochter und ihren Schwiegersohn zum Sonntagsessen eingeladen, aber nun sagte sie wieder ab. Leonid Petrowitsch, Nastjas Stiefvater, war dringend zur Juristischen Fakultät gerufen worden, wo er Kriminalistik lehrte. Ganz unerwartet war ein leitender Mitarbeiter der Fakultät gestorben, nun mußte man sich um die Beerdigung kümmern und die Trauerfeier vorbereiten, und am heutigen Sonntag war kaum jemand zu Hause anzutreffen.

»Nastjenka, da Papa nun leider keine Zeit hat und wahrscheinlich erst am späten Abend wieder zu Hause sein wird, machen wir es anders«, sagte die Mutter entschieden. »Ich lasse mich von ihm bei dir absetzen, und am Abend, auf dem

Heimweg, holt er mich wieder ab. So haben wir den ganzen Nachmittag für uns, wir können uns nach Herzenslust unterhalten, und euren Besuch bei uns holt ihr dann am Dienstag oder Mittwoch nach.«

Nastja hatte vorgehabt, sich am Nachmittag in aller Ruhe ihrer Übersetzungsarbeit zu widmen, aber nun war es vorbei damit. Sie mußte die Wohnung aufräumen, staubsaugen, einkaufen gehen und etwas kochen. Von dieser Aussicht war sie keinesfalls begeistert. Aber es war ihr nicht in den Sinn gekommen, den Vorschlag der Mutter abzulehnen.

Als sie gerade dabei war staubzusaugen, rief Anton Schewzow an.

»Entschuldigen Sie bitte, Anastasija Pawlowna, ich weiß, daß es sich nicht gehört, Sie am Sonntag zu stören, aber unser Chef macht Druck.«

»Was ist passiert?«

»Erinnern Sie sich, wir haben über das Interview gesprochen, das Sie uns geben wollten, wenn wir das Foto der unbekannten Frau veröffentlichen?«

»Ja, natürlich erinnere ich mich. Was ist damit?«

»Verstehen Sie, das Foto erschien bereits gestern in unserer Zeitung, und der Chefredakteur hat verlangt, daß folgender Text unter dem Steckbrief erscheint: ›Einzelheiten über die blutige Tat, in deren Zusammenhang die oben abgebildete Frau gesucht wird, lesen Sie in unserer Montagsausgabe. Unser Korrespondent hat mit Augenzeugen gesprochen.‹ Vom kommerziellen Standpunkt aus gesehen verstehe ich ihn. Diese Ankündigung bringt uns das Dreifache an Einnahmen für Werbefläche in der morgigen Ausgabe ein.«

»Sehr geschickt«, stimmte Nastja zu. »Und wo liegt das Problem?«

»Wenn das Interview morgen erscheinen soll, müssen wir es jetzt machen. Ich weiß, es ist Sonntag, Sie haben sicher anderes vor, aber ...«

»Es wird mir wohl nicht anderes übrig bleiben«, seufzte sie. »Nur kann ich auf keinen Fall aus dem Haus. Ich bekomme gleich Besuch von meiner Mutter, die bis zum Abend bei mir bleiben wird.«

»Aber nein, Anastasija Pawlowna, wir kommen natürlich zu Ihnen. Sagen Sie mir nur eine Uhrzeit.«

»So gegen drei, abgemacht?«

»Wir werden pünktlich sein wie die Maurer«, erwiderte Anton erfreut.

Innerlich fluchend und sich selbst verwünschend, weil sie anderen nie etwas abschlagen konnte, bearbeitete Nastja den Teppich im Zimmer wieder mit dem Staubsauger. Was für ein Pech auch, dachte sie, an einem Tag ihre Mutter und diese Journalisten. Aber leider war das noch nicht alles. Als Nastja endlich mit dem Putzen und Aufräumen fertig war, geduscht und sich in ihrem geliebten alten Morgenmantel in der Küche niedergelassen hatte, um eine Tasse Kaffee zu trinken und einen Happen zu essen, läutete es an der Wohnungstür, und Dascha kam hereingestürmt.

»Dascha, du hast kein Kind im Bauch, sondern einen Luftballon, so kommst du hier hereingeflogen«, scherzte Ljoscha, und küßte sie auf die Wange. Er, der schon sein Leben lang so dürr war, daß, wie seine Freunde behaupteten, bei jeder Bewegung seine Knochen klapperten, konnte sich nicht vorstellen, wie man mit einem so riesigen Bauch leben und sich dabei auch noch schnell bewegen konnte.

»Bist du allein? Wo ist Sascha?« fragte Nastja, während sie Dascha umarmte.

»Er ist unten und schließt das Auto ab.«

»Ach ja?«

Nastja war längst aufgefallen, daß ihr Stiefbruder sich nie lange mit dem Abschließen des Autos aufhielt. Er hatte ihr erklärt, daß die Alarmanlage sich automatisch einschaltete, sobald er den Wagen von der Fahrerseite abschloß. Etwas stimmte hier nicht.

Nastjas Verdacht war nicht unbegründet gewesen. Nach einigen Minuten schob sich ihr Stiefbruder durch die Tür, beladen mit einer riesigen, schweren Kiste.

»Was ist das?« fragte Alexej mit einem entsetzten Blick auf die Kiste, die mindestens vierzig Kilo wiegen mußte.

»Obst und frischer Fisch. Der ist heute nacht noch im Kaspischen Meer geschwommen«, erwiderte Alexander keuchend. »Hat mir ein Freund aus Baku geschickt. Die Sendung sollte schon letzten Samstag ankommen, zu unserer Hochzeit, aber irgendwas ging bei denen dort drunter und drüber, so daß der Flughafen geschlossen war. Erst seit gestern gehen die Maschinen wieder. Mein Freund hat mich angerufen, mit der ersten Maschine geht morgen eine Sendung an dich ab, hat er gesagt, frisches Obst, das wir gerade erst gepflückt haben, und Fisch, den wir gegen Abend erst noch fangen werden. Fahr zum Flughafen, und hol die Sendung ab. Ich habe versucht, es ihm auszureden, aber es nutzte nichts. Es ist meine Entscheidung, sagte er, und basta. Deine Frau braucht frische Kost.«

»Recht hat er«, erwiderte Nastja lachend, »Dascha braucht frische Kost, aber warum schleppst du das zu uns?«

»Wohin soll ich denn damit? Er hat mir fünf solche Kisten geschickt. Eine Kiste haben wir Daschas Eltern gebracht, eine meinen, eine ist für euch, und für die fünfte brauche ich noch einen Abnehmer. Das Obst muß gegessen werden, es ist sehr reif, ganz zu schweigen vom Fisch. Kennst du nicht jemanden, dem ich die fünfte Kiste andrehen kann? Wäre doch schade, wenn die Sachen verderben würden. Der Mann hat sich schließlich Mühe gegeben, dieser ganze Aufwand mit dem Verschikken ...«

Nastja fuhr mit der Hand sanft über das schweißnasse Gesicht ihres Stiefbruders und drückte ihm einen Kuß auf die Nase.

»Sascha, du bist verrückt. Warum hast du eine so schwere Kiste allein heraufgeschleppt? Und für die fünfte Kiste finde ich Abnehmer, keine Bange. Tschistjakow und ich haben auch Eltern.«

»Bestens«, sagte Sascha erfreut. »Dann gib mir jetzt etwas zu trinken, dann fahren wir weiter und bringen die fünfte Kiste weg.«

Nastja brachte ihrem Stiefbruder ein Glas Mineralwasser, und während er mit großen Schlucken trank, sah sie zärtlich auf die Bewegungen seines Adamsapfels hinter der Haut seines dünnen Halses. Plötzlich kam ihr eine Idee.

»Sascha, was hältst du davon, wenn Dascha bei uns bleibt, während du die Kiste wegbringst? Wozu soll sie durch die Gegend fahren und dabei Auspuffgase einatmen? Wir schauen uns inzwischen zusammen den Inhalt der Kiste an, sortieren das Obst, um zu sehen, was sofort gegessen werden muß und was noch liegenbleiben kann, und dabei können wir ein bißchen tratschen. Was meinst du dazu, Dascha?«

Nastja zwinkerte Dascha unmerklich zu, um ihr zu verstehen zu geben, daß es nicht nur um das Obst ging.

»O ja, Sascha wirklich, laß mich hierbleiben, und nachher holst du mich wieder ab. Einverstanden?«

»Wie du meinst«, sagte Kamenskij schulterzuckend, »wenn du willst, dann bleib hier. Ich komme gegen fünf wieder vorbei und hole dich ab.«

Er ging mit Ljoscha nach unten, um die zweite Kiste aus dem Auto zu holen, damit der Inhalt zwischen Ljoschas und Nastjas Eltern aufgeteilt werden konnte.

Kaum war Sascha gegangen, erschien die kostbar und hochelegant gekleidete Nadeshda Rostislawowna. Hinter ihr erblickte Nastja ihren Stiefvater.

»Tochter, ich übergebe dir deine Mutter und verschwinde sofort wieder«, sagte Leonid Petrowitsch, der seiner Stieftochter auf den ersten Blick ansah, wie es ihr ging. Sie fühlte sich dem Ansturm der vielen Besucher in ihrer kleinen Wohnung nicht gewachsen und war deshalb gereizt und nervös.

Nastja küßte ihren Stiefvater dankbar und mit unverhohlener Erleichterung. In zwanzig Minuten würden Schewzow und der Journalist eintreffen. Wenn sie am heutigen Tag nicht den Verstand verlieren würde, konnte ihr in Zukunft kein Psychostreß mehr etwas anhaben.

In den verbleibenden zwanzig Minuten schaffte sie es, Dascha ein paar Anweisungen zu geben, ihre Mutter kurz über die

Situation aufzuklären, sich umzuziehen und sogar etwas zu schminken. Punkt drei erschien Anton Schewzow mit einem Journalisten, der sich als Slawa Wostroknutow vorstellte.

»Ich möchte nicht, daß mein Foto in der Zeitung erscheint«, erklärte Nastja, nachdem sie die Gäste samt Dascha im Zimmer hatte Platz nehmen lassen. »Deshalb schlage ich Ihnen einen ebenbürtigen Ersatz für mich vor. Das Interview wird Ihnen meine Schwägerin geben, die auch am Ort des Geschehens war. Anton, erinnern Sie sich an Dascha?«

»Natürlich«, sagte Schewzow mit einem Lächeln. »Es wäre schwer, sich nicht an Sie zu erinnern, Sie haben ein sehr eindrucksvolles Äußeres.«

»Ich habe kein eindrucksvolles Äußeres, sondern einen auffallenden Bauch«, erwiderte Dascha mit einem klangvollen Lachen. »Auf den Standesämtern sieht man einfach selten so hochschwangere Frauen wie mich. Aber ich schätze Ihren Takt.«

»Also«, fuhr Nastja fort, »das Interview wird Ihnen Dascha Kamenskaja geben, und sie können Sie fotografieren, sooft Sie wollen. Wenn Sie irgendwelche Fragen haben sollten, die nur ich beantworten kann, und wenn Sie diese Fragen unbedingt stellen müssen, dann werde ich Ihnen antworten, aber unter Daschas Namen. Ich möchte nicht, daß mein Name in der Zeitung erscheint. Abgemacht?«

Nastja konnte am Gesichtsausdruck des Journalisten erkennen, daß ihm ihre Idee nicht gefiel, er wollte das Interview mit ihr, der Kripobeamtin, machen, um seine nahen Beziehungen zur Moskauer Kripo unter Beweis zu stellen. Aber ob Slawa Wostroknutow ihre Idee gefiel oder nicht, es blieb ihm nichts anderes übrig, als das zu tun, worauf Nastja bestand, da in der gestrigen Samstagsausgabe des »Kriminalboten« bereits die Ankündigung dieses verfluchten Interviews erschienen war.

Anton schoß schon vorab einige Fotos von Dascha, um sie nachher nicht mehr abzulenken, danach begleitete ihn Nastja in die Küche, übergab ihn der Gesellschaft ihres Mannes und ihrer Mutter und ging wieder nach nebenan.

* * *

Nachdem Nastja Anton Schewzow in der Küche abgeliefert hatte, wurde Ljoscha sofort klar, daß die entstandene Dreierkonstellation nichts Gutes versprach. Nastja hatte ihre Mutter gebeten, sich dem Fotografen zu widmen, solange sie gemeinsam mit Dascha das Interview gab, und in dieser Rollenverteilung konnte Alexej Tschistjakow keine Funktion für sich entdecken. Sollte er dasitzen wie ein Ölgötze und schweigen? Sollte er anfangen, das Essen zuzubereiten? Oder sollte er sich an dem Gespräch mit einem Menschen beteiligen, mit dem ihn nichts anderes verband als die Tatsache, daß sie sich beide zufällig zur gleichen Zeit an einem Ort befunden hatten, an dem ein Mord begangen wurde? Er konnte natürlich auch einen anderen Weg wählen, den Fotografen einfach links liegenlassen und eine gepflegte Konversation mit Nadeshda Rostislawowna beginnen. Sollte der Fotograf es dann halten, wie er wollte, sich an dem Gespräch beteiligen oder nicht.

Kurz, nachdem er alle Möglichkeiten und Varianten durchdacht hatte, kam Tschistjakow zu dem weisen Schluß, sich an dem Stück nicht zu beteiligen. Er erhob sich mit besorgter Miene und begann, etwas im Kühlschrank zu suchen. Schließlich erklärte er verstimmt, daß er einen unverzeihlichen Fehler begangen hätte, daß er für die Zubereitung des Mittagessens unbedingt Mayonnaise benötige, gestern hätte er Nastja versichert, daß noch zwei Gläser im Kühlschrank stünden, und jetzt hätte er festgestellt, daß es sich nicht um Mayonnaise, sondern um Meerrettich handelte. Man solle ihm verzeihen, bat er, aber er müsse unbedingt losgehen und Mayonnaise besorgen, und da heute Sonntag sei und die meisten Geschäfte geschlossen hätten, könne die Sache sich länger hinziehen, da er womöglich ins Zentrum würde fahren müssen, in das Jelissewskij-Geschäft auf der Twerskaja-Straße.

Nachdem er diese feinsinnige Suada von sich gegeben hatte, schlüpfte Professor Tschistjakow in seine Jeansjacke und verließ die kleine Wohnung, in der sich entschieden zu viele Menschen aufhielten.

* * *

»Warum waren Sie an diesem Tag auf dem Standesamt? Was hat Sie dorthin geführt?«

»Ich war als Nastjas Trauzeugin dort …«

»Dascha war Trauzeugin der Stiefschwester ihres Mannes«, berichtigte Nastja. »Aber die Namen brauchen Sie nicht zu nennen, die interessieren den Leser nicht.«

»In welcher Stimmung waren Sie, als Sie auf dem Standesamt ankamen?«

»In der allerbesten. Ich hatte gerade eine Stunde vorher selbst geheiratet, deshalb war die Stimmung entsprechend.«

»Was Sie nicht sagen? Sie haben auch am 13. Mai geheiratet? »

* * *

Nadeshda Rostislawowna bewirtete Anton Schewzow gastfreundlich mit Tee. Jede ihrer Bewegungen war begleitet von ausführlichen Kommentaren und gemeinsamem Gelächter, weil sie schon so lange nicht mehr bei ihrer Tochter zu Hause war und keine Vorstellung davon hatte, wo etwas zu finden war. Am längsten suchte sie nach dem Tee.

»Entschuldigen Sie, Anton, aber ich fürchte, ich werde Ihnen keinen Tee anbieten können«, sagte sie schließlich, nachdem sie alle Schränke und Schubladen in der Küche durchsucht hatte. »Ich kann ihn nicht finden.«

»Haben Sie auch wirklich überall nachgesehen?« fragte Anton, der Nastjas Mutter die ganze Zeit aufmerksam beobachtete und mindestens fünf Stellen sah, an denen sich der Tee befinden konnte und an denen sie noch nicht gesucht hatte.

»Ich glaube, ich habe wirklich überall nachgesehen. Darf ich Ihnen vielleicht einen Kaffee anbieten?«

»Nein, danke, ich trinke keinen Kaffee.«

»Warum denn das?«

»Die Ärzte haben es mir verboten. Das Herz.«

»Was Sie nicht sagen! Sie sind doch noch so jung. Das tut mir aber leid für Sie. Wissen Sie, wenn die Jungen krank sind und die Alten bei bester Gesundheit – das ist irgendwie nicht normal. Ich zum Beispiel bin gesund wie ein neugeborener Säugling, aber meine Nastja ist völlig verkorkst. Ihre Gefäße taugen schon jetzt nichts mehr, und ständig hat sie Rückenschmerzen.«

»Wie kommt es denn, daß man Ihre Nastja bei der Miliz eingestellt hat, wenn sie so krank ist? Beziehungen?«

»Aber nein, Anton, sie arbeitet in ihrem erlernten Beruf, man hat sie nach dem Studium der Miliz zugeteilt. Allerdings hat mein Mann sein Leben lang bei der Kripo gearbeitet ...«

»Da haben wir's ja«, grinste Anton.

»Aber das eine hat doch mit dem anderen überhaupt nichts zu tun. Nastja hat alles in ihrem Leben allein geschafft.«

»Und wie ist sie durch die ärztliche Einstellungsuntersuchung gekommen mit ihrem kranken Rücken?«

»Sie hat niemandem gesagt, daß sie einen Rückenschaden hat, und die Ärzte haben es nicht bemerkt. Sie kennen doch unsere Ärzte.«

»Das heißt also, daß ihre Karriere bei der Miliz mit einer Lüge begonnen hat, ausgerechnet bei der Miliz«, lachte Anton. »Das Leben spielt seltsame Stücke.«

»Sie hat nicht gelogen, sondern nur die Wahrheit verschwiegen«, verbesserte Nadeshda Rostislawowna ihren Gesprächspartner lächelnd. »Das ist nicht ganz dasselbe.«

»Nach meiner Meinung ist es dasselbe. Übrigens, sehen Sie mal in der Dose dort nach, vielleicht finden Sie den Tee dort.«

»In dieser? Ach, tatsächlich, hier ist er. Woher haben Sie das denn gewußt?«

»Intuition.«

* * *

»Warum sind Sie so sicher, daß bereits zehn Minuten nach dem begangenen Mord niemand mehr das Gebäude des Standesamtes verlassen konnte?«

»Weil mein Mann und Alexej ...«

»Der Mann meiner Schwägerin«, verbesserte Nastja.

»Ja, richtig, der Mann meiner Schwägerin. Sie haben die Ausgänge versperrt und niemanden mehr hinausgelassen.«

»Warum haben sie das gemacht? Wer hat sie dazu angewiesen?«

»Nastja.«

»Die Stiefschwester meines Mannes«, verbesserte Nastja erneut.

»Ja, die Stiefschwester meines Mannes.«

»Und wie ist sie auf diese Idee gekommen? War sie in ihrem Leben schon öfter mit solchen Situationen konfrontiert?«

»Sie hat in ihrem Leben viele Krimis gelesen und weiß deshalb, wie man sich in so einer Lage verhalten muß«, antwortete Nastja an Daschas Stelle. »Hören Sie, Slawa, ich verstehe Ihren Wunsch, dem Leser einen Wink mit dem Zaunpfahl zu geben, daß sich im Standesamt zur Tatzeit jemand von der Kripo befunden hat und daß Sie das Glück hatten, diesen Jemand kennenzulernen. Aber geben Sie Ihr Unterfangen auf. Ich werde sowieso nicht zulassen, daß Dascha irgendein überflüssiges Wort sagt.«

* * *

»Danke, Nadeshda Rostislawowna, der Tee schmeckt vorzüglich. Sagen Sie, wollte Ihre Tochter schon von Kindheit an Juristin werden und bei der Miliz arbeiten?«

»Aber nein, Anton, wo denken Sie hin. Als Kind hat sie Sprachen und Mathematik gelernt. Ich war eigentlich sicher, daß sie in meine Fußstapfen treten und Linguistin werden würde. Niemand hat etwas Böses geahnt, sozusagen. Ab der neunten Klasse war sie ständig mit Ljoscha zusammen, und daran, daß er ein bedeutender Mathematiker werden würde, hat schon damals niemand gezweifelt. Mein Mann und ich haben erwartet, daß die beiden an einer Fakultät studieren würden. Aber wie man sieht, haben wir uns getäuscht.«

»Hat Ihre Tochter sich denn nicht mit Ihnen beraten?«

»Natürlich hat sie das. Ich wollte ihr das Jurastudium ausreden, aber mein Mann hat sie unterstützt. Seine Argumente haben sich als die stärkeren erwiesen. Warum fragen Sie danach?«

»Es interessiert mich einfach. Es ist ja kein ausgesprochen weiblicher Beruf, aber ihre Tochter hat ganz offensichtlich Erfolg. Geben Sie zu, daß das ein interessanter Stoff für unsere Zeitung wäre.«

»Mag sein, mag sein«, erwiderte Nadeshda Rostislawowna nachdenklich. »Aber wie ich meine Tochter kenne, wird sie so einer Sache niemals zustimmen.«

»Warum denn nicht?«

»Das ist schwer zu erklären«, sagte sie lachend. »Es ist wohl ihr Charakter.«

»Legt Anastasija denn keinen Wert auf Ruhm?«

»Stellen Sie sich vor, sie legt tatsächlich keinen Wert darauf.«

»Das kann nicht sein. Jeder Mensch strebt nach Ruhm, und die Frauen ganz besonders. Wir werden sie bestimmt überreden können.«

»Versuchen Sie es«, entgegnete Nadeshda Rostislawowna lächelnd. »Aber ich kann Ihnen keinen Erfolg garantieren.«

* * *

Gegen sechs Uhr abends normalisierte sich die Lage endlich wieder. Der Journalist und der Fotograf waren nach getaner Arbeit wieder abgezogen, Sascha holte seine Frau früher ab als vorgehabt, er trank schnell noch eine Tasse Tee und fuhr mit Dascha nach Hause. Tschistjakow, der mit einem Buch in der Hand auf einer Bank in der Nähe des Hauses saß, sah Schewzows gelben Wagen davonfahren und kehrte sofort in die Wohnung zurück. Jetzt waren sie zu dritt, Nastja, ihr Mann und ihre Mutter.

Nastja wurde das Gefühl nicht los, daß ihre Mutter ihr fremd geworden war. Sie lebte schon so lange im Ausland, daß sie allmählich den Bezug zum russischen Alltag zu verlieren schien. Sie verstand nicht, warum es besser und bequemer war, mit der Metro zu fahren als mit dem Auto, und Nastja mußte ihr lang und breit erklären, daß es jetzt in Moskau sehr viel mehr Autos als früher gab, daß man unterwegs eine Stunde im Stau steckenbleiben konnte, und daß sie, Nastja, deshalb auf keinen Fall ein Auto wollte. Die Mutter verstand nicht, warum es so wichtig war, rechtzeitig sein Gehalt ausbezahlt zu bekommen und weshalb so viel Aufhebens darum gemacht wurde.

»Man muß sich sein Geld richtig einteilen«, belehrte sie ihre Tochter. »Es darf nicht sein, daß man am Monatsende keine Kopeke mehr besitzt. Leg dir eine bestimmte Summe zurück, und rühre sie nicht an, damit du für den Fall, daß das Gehalt verspätet ausgezahlt wird, eine Rücklage hast.«

»Mama, es geht nicht darum, daß mir mein Geld nicht reicht und ich am Monatsende nichts mehr habe, es geht darum, daß du heute für das Gehalt, das du ausbezahlt bekommst, zum Beispiel zweihundert Dollar kaufen kannst, und eine Woche später nur noch hundertneunzig. Der Dollarkurs steigt ständig, das ist das Problem.«

»Tatsächlich? Daran kann ich mich einfach nicht gewöhnen ...«

Als Ljoscha für einen Moment aus dem Zimmer gegangen war, nutzte die Mutter die Gelegenheit, um Nastja leise zu fragen:

»Sag mal, dieser Fotograf, Anton ... Kennst du ihn schon lange?«

»Seit einer Woche. Warum?«

»Hast du ihn irgendwie verärgert?«

»Nein. Wie kommst du darauf?«

»Er mag dich nicht.«

»Hör auf, Mama« sagte Nastja stirnrunzelnd. »Warum sollte er mich nicht mögen? Wer bin ich denn für ihn? Wir haben uns zufällig auf dem Standesamt kennengelernt. Ich war zur Trauung dort und er, um zu arbeiten, zu fotografieren.«

»Nein, Töchterchen«, widersprach die Mutter eigensinnig, »er hat etwas gegen dich.«

»Mama, was denkst du dir denn da aus? Warum sollte er etwas gegen mich haben?«

»Weil er mich sofort gefragt hat, ob du deine Stelle bei der Miliz über Beziehungen bekommen hast.«

Nastja lachte laut auf, obwohl ihr eher nach Weinen zumute war.

»Mama, du hast dich zu sehr daran gewöhnt, unter satten, zufriedenen Menschen zu leben, bei denen alles in Ordnung ist und die sich deshalb den Luxus erlauben können, gegen niemanden etwas zu haben und alle zu mögen. Du bist schon zu lange weg aus Rußland, und deshalb weißt du nicht, daß es heute ganz normal geworden ist, über Schiebung und Protektion zu sprechen, niemand schämt sich mehr dafür. Wir sind alle erbittert und hassen uns gegenseitig. Mach die Augen auf, Mama, und schau, wie wir leben!«

Nastja sah, daß sie ihre Mutter verletzt hatte, und es tat ihr leid, daß sie sich nicht zurückgehalten hatte. Sie hätte nicht so hart mit ihr sprechen dürfen. Aber wie wollte sie wieder hier leben, wenn ihr Arbeitsvertrag in Schweden auslief und sie nach Hause zurückkehren mußte? Das Leben in Rußland veränderte sich so schnell ...

Endlich neigte sich dieser lange, schwere Tag seinem Ende zu. Der müde, erschöpfte Leonid Petrowitsch holte seine Frau ab und fuhr mit ihr nach Hause. Nastja spülte das Geschirr ab und stellte sich danach eine Viertelstunde unter die heiße Dusche, um sich zu entspannen. Aber selbst unter dem heißen Wasserstrahl blieb ein unangenehmes Frösteln in ihr.

Sie stieg aus der Wanne, ohne das Wasser abzustellen, wikkelte sich in ein Badetuch und ging in die Küche. Ohne auf Ljoscha zu achten, der am Tisch saß und Patiencen legte, holte sie ein großes Glas und eine Flasche Martini aus dem Schrank, goß sich kräftig ein und leerte das Glas in einem Zug. Sie ignorierte den verwunderten Blick ihres Mannes und stellte das Glas wortlos in die Spüle und die Flasche zurück in den Schrank. Dann ging sie zurück ins Bad und stellte sich erneut unter die Dusche. Nach ein paar Minuten wurde ihr besser, der Krampf in den Muskeln löste sich, ihr wurde warm.

Sie trocknete sich sorgfältig mit dem großen, dicken Badetuch ab, schlüpfte in ihren Morgenmantel und ging hinüber ins Zimmer. Sie stellte den Fernseher an und schaltete ihn nach kurzer Zeit angewidert wieder ab. »Laß uns am Abend fröhlich sterben, laß uns in Dekadenz verderben«, sang auf einem Programm ein Typ mit verlebten, übersättigten Gesichtszügen. Auf dem anderen Programm lief die übliche Seifenoper. Auf dem dritten Fußball. Auf dem vierten etwas völlig Unsägliches mit einem sich verbiegenden, zotteligen Showmaster.

Du lieber Gott, Mama, du hast keine Ahnung, wie wir hier leben, dachte sie, während sie das Sofa aufklappte und das Bettzeug aus dem Bettkasten holte. Du hast keine Ahnung, was hier los ist. Du legst an die Menschen hier Maßstäbe an, die nur für irgendwelche sagenhaften Helden und romantischen Prinzen tauglich sind. Mir gefällt nicht, was im Fernsehen gezeigt wird, aber wenn es dennoch gezeigt wird, und zwar auf allen Kanälen, dann bedeutet das, daß es der Mehrheit der anderen gefällt. Unser Land besteht also in der Mehrheit aus Menschen, denen dieser zottelige Idiot mit seinen albernen Witzen gefällt, diese endlosen Werbespots, nach denen man sich aufhängen möchte. So sind wir jetzt, Mama, böse und stumpfsinnig, und du hörst nicht auf, uns an den christlichen Maßstäben von Gut und Böse zu messen. Wahrscheinlich werden wir einander nie mehr verstehen. Wir haben uns weit voneinander entfernt und sind uns fremd geworden.

Sie zog ihren Morgenmantel aus, löschte das Licht, schlüpfte unter die Decke und begann, bitterlich zu weinen.

NEUNTES KAPITEL

Valerij Turbin brachte Elja bis zur Wohnungstür und sah dem Mädchen fragend in die Augen. Nein, sie machte keine Anstalten, ihn hereinzubitten, das war nach der Begegnung mit Marat zu erwarten gewesen. Nur wegen eines dummen Zwischenfalls war ihre Hochzeit vor einer Woche geplatzt, aber sie behandelte ihn nicht wie ihren zukünftigen Ehemann, nein, ihm wurde wieder die Rolle des Verehrers zugewiesen, der ihr den Hof machte. Warum war das so? Warum?

»Wann sehe ich dich wieder?« fragte er, während Elja bereits die Schlüssel aus der Handtasche holte.

»Wahrscheinlich morgen«, sagte sie leise.

»Ist etwas mit dir?«

»Nein, es ist alles in Ordnung.«

»Ich weiß, du nimmst dir immer noch zu Herzen, was dieser Schurke gestern alles dahergeredet hat. Elja, meine Liebste, ich bin nicht eifersüchtig, ich werde dir nie einen Vorwurf machen, ich schwöre es dir. Vergiß das alles!«

»Also hatte Marat recht«, sagte das Mädchen nachdenklich und verschwand in der Wohnung.

Er schlug wütend mit der Faust gegen die Wand. Warum hatte er so viel Pech? Alles war so glatt gelaufen, so problemlos, und dann dieser blödsinnige Mord, an dem alles gescheitert war. Zuerst wurde die Hochzeit verschoben, und nun auch noch dieser Marat mit seinem Geld und seinen Millionärsallüren.

Also hatte Marat recht ... Natürlich hatte er recht, zum

Teufel, und wie recht er hatte, hundert- und tausendfach recht! Er hatte nur die Wahrheit gesagt, und der konnte man nichts entgegensetzen. Er, Turbin, hatte keine Argumente gegen ihn gehabt, und deshalb hatte er gestern auf der Datscha auch so eine klägliche Figur abgegeben.

Valerij erinnerte sich daran, wie er zum ersten Mal mit einer Frau geschlafen hatte. Er wußte damals noch nichts von diesen Dingen und hatte Angst, er war siebzehn und die Frau zehn Jahre älter. Sie war geduldig und feinfühlig, weil ihr klar war, daß sie es mit einem unerfahrenen Jungen zu tun hatte.

»Warum hast du das gemacht?« hatte er sie gefragt, nachdem es vorbei war. »Was hast du davon, dich mit mir abzugeben?«

»Das verstehst du nicht«, lächelte sie. »Du hast etwas ... Ich weiß nicht, wie ich es ausdrücken soll. Von dir geht etwas aus. Eine Frau sieht dich an und will dich. Weißt du, das gibt es selten, sehr, sehr selten, gewöhnlich muß ein Mann sehr viel dafür tun, damit eine Frau ihn wirklich zu wollen beginnt. Aber du hast das nicht nötig. Von dir geht eine so starke Erotik aus, daß du nichts weiter brauchst als deine Potenz.«

Turbin hatte damals nicht so recht verstanden, was die Frau meinte, aber er hatte sich ihre Worte gemerkt und begonnen, Erfahrungen zu sammeln. Bereits nach einem Jahr war ihm der Sinn jener Worte voll und ganz aufgegangen. Dann hatte er noch ein weiteres halbes Jahr gebraucht, um sich ein eigenes Wertesystem zu erschaffen und es in Übereinstimmung zu bringen mit der Gabe, die er in sich entdeckt hatte.

Valerij war immer ein braver, mustergültiger Junge gewesen, umgeben von guten Büchern und guten Bildern, von einer klugen, gebildeten Mutter, die ihm, ohne einen Blick ins Schulbuch zu werfen, bis hin zur zehnten Klasse in jedem Fach alles erklären konnte, was er nicht verstand. Die umfassende Bildung der Mutter machte sie zu einer unantastbaren intellektuellen Autorität. Valerij wuchs in der Überzeugung auf, daß das wichtigste im Leben Bildung und Intellekt waren. So konnte man jeden Beruf ergreifen und jedes Ziel erreichen. Sein Schulabschluß war gekrönt von der Goldmedaille für besondere Leistungen.

Und plötzlich stellte sich heraus, daß die Natur ihm etwas mitgegeben hatte, das es ihm erlaubte, seine Ziele mit anderen, wesentlich angenehmeren Mitteln zu verfolgen. Bedeutete dies, daß alles Bisherige umsonst gewesen war? All die Opfer, die er im Namen der Bildung gebracht hatte, all die versäumten Partys und Kinoabende, all die verschenkten Rendezvous mit Mädchen? In Wahrheit hätte er sich also herumtreiben und die Nächte durchmachen können, heimlich Wein trinken in der Gartenlaube, beschwipste Mädchen küssen oder noch mehr als das, Karten spielen, ins Kino gehen. Er hätte eine ganz normale Jugend haben können, mit allen Kindereien und Sünden, die man in diesem Alter beging, mit frühen sexuellen Erfahrungen, harmlosen Saufgelagen und Angebereien und wäre trotzdem zum Ziel gekommen. Denn die Sekretärin der Aufnahmekommission an der Uni, eine junge, kaum dreißigjährige Parteiaktivistin, setzte ihn ganz unabhängig von seinen ausgezeichneten Zeugnissen und seiner Goldmedaille auf die Liste derer, die unter allen Umständen einen Studienplatz erhalten sollten. Turbin hatte sie darum nicht bitten, sie nicht überreden müssen, sie hatte es ganz von selbst getan, nach einer knappen Viertelstunde, die sie mit ihm allein verbracht hatte. In dieser Viertelstunde vor der Speichertür auf der Hintertreppe hatte sie alles bekommen, was sie in den sechs Jahren ihrer Ehe vermißt hatte.

Er war ein sehr erfolgreicher Student, schrieb hervorragende Semesterarbeiten, wobei er sich sein Thema stets sehr gezielt aussuchte, sich nur auf Dinge konzentrierte, die ihn wirklich interessierten. Die Professoren, die seine Fähigkeiten sehr hoch einschätzten, rieten ihm zum Studium der Soziologie und noch mehr zu dem der Politologie.

Wir müssen uns in Zukunft auf ein Mehrparteiensystem einstellen, predigte man ihm, die Politik wird sich in unserem Land sehr schnell verändern, und dann werden wir dringend

Leute brauchen, die die Lage analysieren können, Kommentatoren und Berater, die sich in der Materie auskennen.

Ja, er wollte Ruhm, und noch mehr wollte er Geld. Seit seine Mutter in Rente gegangen und er erwachsen geworden war, zogen sie von einer Wohnung in die andere um, jedes Mal in eine kleinere, um die Ablöse für die größere Wohnfläche zu bekommen, weil das Geld nicht zum Leben ausreichte. Das Stipendium war trotz des Höchstsatzes, den Valerij erhielt, lächerlich gering, aber die Mutter wollte nichts davon hören, daß er das Studium aufgab und sich eine Arbeit suchte. Das armselige Leben stand Valerij bis zum Hals, er erinnerte sich noch gut an seine schöne, sorgenfreie Kindheit zwischen den alten Büchern mit den Goldlettern auf den Einbänden und den wertvollen, von den Künstlern signierten Bildern. Alles das hatte die Mutter verkauft, um ihm, Valerij, etwas zu bieten, um ihn nicht mit Chemie zu füttern, sondern mit gesunden, frischen Naturprodukten vom Markt. Er sollte jedes Jahr Ferien am Meer machen, im Baltikum, und für die Dauer von drei Monaten wurde ein ganzes Haus gemietet, nicht etwa irgendeine winzige Kammer mit zwei schäbigen Liegen. Alles das kostete irrsinniges Geld, aber seine Mutter nahm diese Ausgaben auf sich. Sie wollte die dreimonatigen Sommerferien mit ihrem Sohn nicht in beengten, demütigenden Verhältnissen verbringen, nicht an einem jener Orte, wo man nie wußte, wo man hintreten und wo man sich hinsetzen durfte. Es sollten drei Monate vollwertigen Lebens sein, mit Büchern, die in Koffern mitgenommen wurden, mit einer Staffelei zum Malen, mit Fernseher und Plattenspieler, auf dem die Mutter ihre und Valerijs Lieblingsplatten spielte.

Inzwischen war er erwachsen geworden, aber er vergaß nie die Opfer, die die Mutter im Namen seiner Gesundheit und seines Wohlergehens gebracht hatte. Daß er jetzt seine eigene Goldader für sich finden mußte, war ihm völlig klar, aber er wußte noch nicht, wie. Es gab dafür zwei Möglichkeiten.

Er konnte die Soziologie oder die verhaßte Politologie wählen und es in nicht allzu ferner Zeit zu Ansehen, Status und Geld bringen, genügend Geld, um seiner alten Mutter wenigstens noch ein paar gute, sorgenfreie Jahre ohne Demütigungen zu bereiten.

Die zweite Möglichkeit bestand darin, das zu wählen, was er liebte und gut kannte, nämlich die griechische Antike, in der noch so unendlich viel Unerforschtes war. Doch wen interessierten heute noch die alten Griechen? Wahrhaftig, es gab Wissenschaften, die nur den Reichen gehörten. Wenn ein armer Schlucker sich der griechischen Antike verschrieb, konnte er nur Hungers sterben, denn er würde nicht einmal das Geld für einen Anzug verdienen, mit dem er das Podium betreten konnte, um einen Vortrag zu halten. Ein armer Schlucker mußte Chemiker oder Biologe werden, um in der Textil- oder Nahrungsmittelindustrie zu arbeiten, ein armer Schlucker mußte Jura oder Wirtschaftswissenschaften studieren. Die alten Griechen mußte er der Elite überlassen, den Millionären. Und Valerij Turbin stellte sich die Frage, ob er nicht dennoch seine geliebten Griechen wählen und seinen Lebensunterhalt auf andere Weise verdienen sollte, nämlich mit seinen sexuellen Fähigkeiten.

Er wählte die Griechen. Und begann, sich unter den Mädchen und Frauen in seiner Umgebung aufmerksam nach der umzusehen, die zu seiner Goldader werden konnte. Im Idealfall stellte er sich eine junge, geschäftstüchtige Frau von etwa fünfunddreißig Jahren vor, die alles hatte und keinen Mann für die Seele brauchte, nicht für die Hausarbeit und nicht für die Durchsetzung ihrer großartigen Projekte, sondern nur fürs Bett. Er würde ihr von Anfang an klare Bedingungen stellen. Er würde sich nicht in ihre Angelegenheiten einmischen, keine Aufmerksamkeit von ihr verlangen, sie brauchte sich nicht um ihn zu kümmern, ihn nicht zu versorgen und das Frühstück ans Bett zu bringen. Er legte keinen Wert darauf, daß sie ihn in ihre Geheimnisse einweihte und ihre Probleme mit ihm besprach. Er verlangte nur einen gewissen, nicht allzu großen Komfort für sich und Geld für den Lebensunterhalt seiner Mutter. Dafür würde er einwandfrei seinen ehelichen Pflichten nachkommen, zu jeder Zeit und an jedem Ort, in jeder Form und mit jeder gewünschten Intensität.

Aber leider stellte sich heraus, daß die Frauen, die es bereits zu etwas gebracht hatten und mit ihren schlanken, teuer bestrumpften Beinen fest auf dem Boden der Realität standen, keiner männlichen Sexmaschinen bedurften. Sie wünschten sich Nähe, Wärme, Zärtlichkeit, Kinder. Sie wollten sich um jemanden sorgen und selbst umsorgt werden. Für Valerij, den in diesem Leben nur die Philosophie der alten Griechen interessierte, hatten diese Frauen nichts übrig. Diejenigen, die es nach nacktem Sex verlangte, erwiesen sich entweder als zu jung und zu wenig vielversprechend im Sinne der Goldader, oder sie waren solche Xanthippen, daß es Valerij davor graute, mit ihnen ins Bett zu gehen.

Und plötzlich tauchte Katja Golowanowa auf, eine Studentin, die Valerij so ähnlich war, die die Philosophie liebte, sich hervorragend in der Materie auskannte und großes Gespür dafür hatte. Es war für Valerij interessant und aufregend, sich mit ihr zu unterhalten, nach den Vorlesungen mit ihr bis zum späten Abend spazierenzugehen, sie bis zur Haustür zu bringen und sich immer wieder von seiner eigenen Anziehungskraft zu überzeugen. Katja verlor jedes Mal den Kopf, wenn er sie umarmte, und wäre Sommer gewesen, hätten sie sich wahrscheinlich nicht abhalten lassen und sich zwischen zwei Stockwerken im Treppenhaus aufeinander gestürzt. Aber es war Dezember, und die dicken Mäntel und Kleider waren im Weg.

Turbin war bereits drauf und dran, seine geliebten Griechen zum Teufel zu schicken und sich auf die Politologie zu verlegen. Er hatte vor, Katja einen Heiratsantrag zu machen, und dachte nur noch daran, wo und wie er einen Unterschlupf finden konnte, um vor der Hochzeit wenigstens ein einziges Mal mit ihr zu schlafen. Irgendwie war es unzeitgemäß, einem Mädchen einen Antrag zu machen, mit dem man noch kein einziges Mal Sex gehabt hatte.

Aber alles kam anders. Eines Tages brachte Katja ihre Freundin zur Uni mit, die reiche Nichtstuerin Elja, Tochter eines millionenschweren Geschäftsmannes. Und Valerij machte einen Rückzieher. Elja erwies sich als allzu leichte Beute, sie besaß keinerlei Verstand, aber Temperament und ein großes Bedürfnis nach Sex. Und einen reichen Vater, der Valerij zweifellos irgendeinen unaufwendigen, aber einträglichen Posten in seiner Firma verschaffen konnte.

Es kostete nicht die geringste Mühe, der dümmlichen, hübschen Elja den Kopf zu verdrehen. Valerij sah, wie Katja litt. Er verfluchte sich selbst, aber vor die Wahl zwischen ihr und den alten Griechen gestellt, entschied er sich doch für die Griechen. In weiser Voraussicht bestand Valerij darauf, daß Elja ihren Eltern verheimlichte, daß das Aufgebot bereits bestellt war. Es war ihm völlig klar, daß die Bartoschs nicht darauf erpicht waren, ihn als Schwiegersohn in die Arme zu schließen. Er wollte, daß Elja ihn heimlich heiratete und ihre Eltern nach der Trauung vor vollendete Tatsachen stellte, damit ihnen nichts anderes mehr übrigblieb, als sich abzufinden. Aber Elja hielt es natürlich nicht aus und verplapperte sich. Die letzten zwei Wochen vor der Hochzeit wurden zur Hölle. Die zynische Tamila mit ihrer giftigen Zunge ließ ihnen keine Ruhe, unentwegt mußten sie sich anhören, daß es ein Unding war, Hals über Kopf zu heiraten, nur um endlich miteinander ins Bett springen zu können. Sie war klug genug, um die Situation richtig einzuschätzen. Da war ihr zartes, verwöhntes Töchterchen, das daran gewöhnt war, alles zu bekommen, was es wollte, und da war dieser mittellose Aspirant, der daran gewöhnt war, alles mit Hilfe seiner Lenden zu bekommen.

Turbin ertrug mit zusammengebissenen Zähnen Tamilas schmutzige Bemerkungen und Eljas hysterische Anfälle. Tröstlich schien, daß das Familienoberhaupt selbst, der Millionär Istvan Bartosch, dem Bräutigam seiner Tochter durchaus wohlgesonnen zu sein schien, er beteiligte sich jedenfalls nicht an den Attacken seiner Frau, sondern zwinkerte Valerij teilnahmsvoll zu. Turbin hatte den Eindruck, daß er zu der Sache anders stand als seine Frau, jedenfalls sah es so aus, als würde er seinen zukünftigen Schwiegersohn schon nicht verderben lassen.

Um alles das zu ertragen, brauchte Turbin so viel Kraft, daß ihm die zwei Wochen erschienen wie zwei Jahrzehnte. Dazu kam Widerstand von einer Seite, von der er ihn niemals erwartetet hätte, nämlich von seiner eigenen Mutter. Aus irgendeinem Grund hatte sie etwas gegen die Hochzeit. Vielleicht aus Angst davor, als alte Frau allein zu bleiben, vielleicht gefiel ihr die hirnlose, nichtsnutzige Elja nicht, vielleicht war es einfach die übertriebene Sorge einer Mutter, der niemand gut genug war für ihr Kind.

Am Morgen des 13. Mai erwachte Valerij mit dem Gedanken daran, daß er es geschafft hatte. Er hatte es wirklich geschafft. Er hatte nicht die Beherrschung verloren, hatte sich Tamila gegenüber keine Grobheit erlaubt, hatte Elja nicht geohrfeigt, obwohl beide es verdient hätten. Er hatte alles über sich ergehen lassen, ohne sein Gesicht, ohne seine Würde zu verlieren. Und damit hatte er seinem zukünftigen Schwiegervater gleichzeitig sein Durchhaltevermögen und seine Kaltblütigkeit bewiesen. Das konnte ihm durchaus nützlich werden im Hinblick auf einen Job in der Firma.

Im Standesamt angekommen, fühlte Turbin sich bereits als Eljas Ehemann, als plötzlich ... In einem einzigen Moment war alles aus. Schreie, Panik, das Eintreffen der Miliz, die Leiterin des Standesamtes erlitt einen Schwächeanfall, man mußte die erste Hilfe rufen. Und Tamila, diese schwarzäugige Hexe, sah sofort ihre Chance gekommen. Sogleich begann sie zu flöten, daß man unmöglich Hochzeit spielen könne, wenn nebenan eine Leiche liege, daß dies ein Wink des Schicksals sei und so weiter. Und Elja gehorchte natürlich, wenn auch widerwillig. Zwar gab es nichts, das sie mehr wollte als diese Hochzeit, aber sie wagte es nicht, sich ihrer Mutter so offensichtlich zu widersetzen.

Und nun mußte Valerij einen weiteren Monat warten, und er sah voraus, daß die vergangen zwei Wochen ein Kinderspiel gegen diesen Monat waren. Zum Druck von Tamilas Seite war der Widerstand seiner Mutter hinzugekommen, und nun hatte sich auch noch Eljas ehemaliger Galan in das Spiel eingemischt, der ganz offensichtlich ebenfalls hinter Bartoschs Geld her war. Wie sollte er das alles aushalten?

Und noch etwas war beunruhigend: Hatte Latyschew gelogen, als er behauptete, Elja würde nach der Hochzeit kein Geld von ihren Eltern bekommen? Valerij sah diese Dinge genauso wie Elja: Die Eltern sorgten das ganze Leben lang für ihre Kinder, so war das hierzulande üblich. Aber wenn Marat recht hatte, und die Bartoschs sich tatsächlich weigern würden? Wozu nahm er dann das alles auf sich? Wozu hatte er dann Katja verlassen, wozu hatte er sie so schrecklich gekränkt? Wozu hörte er sich Tamilas Tiraden an, und wozu trocknete er ständig Eljas hysterische Tränen?

War womöglich alles umsonst gewesen?

* * *

Sergej Artjuchin, der nach Entkräftung seines Alibis wegen Verdacht auf Vergewaltigung festgenommen worden war, wurde zweiundsiebzig Stunden später dem Untersuchungsführer vorgeführt, der in seiner Anwesenheit den Beschluß über die Anordnung von Untersuchungshaft verlas. Am nächsten Tag erhielt der zuständige Richter eine von Artjuchins Anwalt verfaßte Beschwerde, in der die Maßnahme als überzogen bezeichnet wurde, der Anwalt fand tausend Argumente dafür, daß man Artjuchin zu Unrecht festgenommen hatte, und forderte den Richter auf, ihn gegen eine entsprechende Kaution wieder auf freien Fuß zu setzen. Der Richter war an diesem Tag guter Laune und gab dem Antrag statt, nachdem er eine Kaution festgelegt hatte, die in Rubel zu hinterlegen war und einer Summe von fünfzigtausend Dollar entsprach. Am Samstag morgen wurde Artjuchin aus dem Gewahrsam entlassen, und bis zum Abend war er spurlos verschwunden.

Am Sonntag morgen trafen sich im Sokolniki-Park drei Männer, die Artjuchin das Geld für die Kaution vorgestreckt hatten. Sie mußten den Flüchtigen dringend finden, sonst würden die fünfzigtausend Dollar den Bach hinuntergehen, genauer, der Staatskasse zum Opfer fallen.

»Wie und wo sollen wir ihn denn suchen? Hat jemand einen Vorschlag?« fragte ein kleiner, glatzköpfiger Mann mit Brille und kariertem Sporthemd. Im Kreis seiner Geschäftskollegen war er bekannt für seine perfekte Buchführung und seine unwahrscheinliche Geschicklichkeit in steuerlichen Angelegenheiten.

»Man müßte jemanden anheuern«, meinte ein Dicker, der auch beim Sprechen die Zigarette nicht aus dem Mund nahm. Er haßte es, selbst etwas tun zu müssen. In das Geschäftsleben hatte er sich seinerzeit nur gestürzt, um mit geringstem Aufwand möglichst viel Geld zu verdienen und damit die zu bezahlen, die ihn bedienten.

»Wen denn anheuern? Das kostet schließlich auch Geld, und nicht gerade wenig. Man müßte jemanden finden, der es umsonst macht.«

Diesen Vorschlag machte ein gut aussehender, braungebrannter Mann mit dunklem, stellenweise bereits ergrautem Haar und einer getönten Brille im sorgfältig rasierten Gesicht.

»Dieser Bastard schuldet mir bereits seit dem März zehntausend Dollar, und genau damit hat er mich auch drangekriegt, könnt ihr euch das vorstellen? Er hat mir von einem Geschäft erzählt, das ihm genau die zehntausend einbringen wird, die er mir schuldet, aber da ihm die Miliz auf den Fersen sei, sagte er, solle ich ihn im Fall des Falles auslösen, damit das Geschäft nicht flötengeht. Was bin ich nur für ein Idiot, seufzte der Glatzköpfige in dem karierten Sporthemd, »ich will meine zehntausend retten und setze zusätzlich dreißigtausend in den Sand.«

»Und uns hast du nun auch mit hineingerissen. Laß dir also etwas einfallen, damit wir ihn finden. Übrigens, was ist denn das für eine seltsame Geschichte? Wie konnte er im voraus wissen, daß man ihn einbuchten würde?«

»Es ist ein Witz«, sagte der Glatzköpfige verächtlich. »Verdacht auf Vergewaltigung. Sein Alibi ist geplatzt. Darum wußte er, daß man ihn greifen würde, und hat mich vorgewarnt.«

»Tatsächlich? Nun, Stepaschka, wir verlassen uns auf dich, bis zum Abend wollen wir hören, wie es steht. Fang jedenfalls sofort an, ihn zu suchen. Wenn unsere zwanzigtausend im Rachen des Staates verschwinden, werden wir sie von dir verlangen, denn beim Geld hört die Freundschaft auf«, sagte der Braungebrannte bedächtig. »Und erklär uns doch mal, lieber Freund, warum der Richter eine so hohe Kaution für seine Freilassung verlangt hat.«

»Du weißt doch, daß die Kaution in Abhängigkeit von der materiellen Lage des Verhafteten festgesetzt wird«, entgegnete der Glatzköpfige kleinlaut und wollte noch etwas hinzusetzen, doch der Braungebrannte unterbrach ihn.

»Eben, Stepaschka, eben. Woher kannte der Richter denn die materielle Lage deines Freundes? Wenn mich nicht alles täuscht, hast du uns erzählt, daß er offiziell als Hilfsschlosser arbeitet.«

»Richtig«, bestätigte derjenige, der Stepaschka genannt wurde.

»Woher sollte denn ein Hilfsschlosser fünfzigtausend Dollar haben? Erklär mir das, ich bitte dich darum.«

»Aber was soll das denn, Jungs? Ob Schlosser oder nicht ... das tut doch nichts zur Sache.«

»Das tut sehr wohl etwas zur Sache«, fuhr der braungebrannte Schönling mit drohender, aber nach wie vor leiser Stimme fort. »Wenn ein Hilfsschlosser wegen Vergewaltigung ins Kittchen geht, wird man für seine Freilassung niemals eine solche Kaution verlangen. Aber da man sie verlangt hat, muß man gewußt haben, daß er alles andere als ein Hilfsschlosser ist, daß er ganz andere Einkünfte hat. Und vielleicht hat man ihn wegen Drogenhandels am Arsch gepackt und ganz und gar nicht deshalb, weil er ein Weib aufs Kreuz gelegt hat. Hast du über diese Möglichkeit schon einmal nachgedacht, Stepaschka? Vielleicht hat er dir ja einen Bären aufgebunden mit der Vergewaltigung. Oder du bist es, der uns hier ein X für ein U vormacht?«

»Guter Gott, Shenja, was macht es denn jetzt für einen Unterschied, wofür man ihn gepackt hat? Wir müssen ihn finden, nur darum geht es. Alles andere ...« Der Glatzköpfige machte eine wegwerfende Handbewegung, die bedeuten sollte, daß es in Anbetracht der entschwundenen fünfzigtausend Dollar völlig gleichgültig war, aus welchem Grund man Artjuchin festgenommen hatte.

»Was für einen Unterschied es macht? Der hat uns einfach alle geleimt. Das kann man drehen und wenden, wie man will«, erwiderte der Dicke, während seine wulstigen Lippen die Zigarette von einem Mundwinkel in den anderen schoben. »Wenn dein Freund Artjuchin mit Drogen handelt, dann verletzt er die Regeln. Der Markt in der Stadt ist genau aufgeteilt, und es geht nichts ohne Trofims Segen. Keiner darf es wagen, aus der Reihe zu tanzen. Aber wenn es niemanden gab, der für Artjuchin die Kaution hinterlegen konnte, dann bedeutet das, daß er nicht zur Familie gehört, sondern Extrawürste brät. Trofim hat solche Alleingänge strengstens verboten, und recht hat er damit. Solche Leute ziehen nur die Aufmerksamkeit auf sich und locken die Bullen an. Und wie werden wir dastehen, wenn sich herausstellt, daß wir so einen Störenfried aus dem Knast freigekauft haben? Man hätte ihn gleich in der Zelle abmurksen sollen, damit allen anderen ein für alle Mal die Lust vergeht, Trofim zu betrügen, aber stattdessen haben wir ihn gedeckt und sogar Geld für ihn ausgegeben. Was glaubt ihr, wie lange wir noch leben werden, wenn Trofim das erfährt?«

»Ich denke, etwa anderthalb Stunden«, sagte der Braungebrannte versonnen. »Höchstens zwei.«

»Und ich denke, nicht länger als vierzig Minuten«, widersprach der Dicke. »Also, pack die Sache an, Stepaschka, finde genau heraus, wofür dein Freund ins Loch geflogen ist, und warum diese seltsam hohe Kaution verlangt wurde. Du hast

Zeit bis morgen früh. Morgen genau um dieselbe Zeit, um zehn Uhr, treffen wir uns wieder hier.«

* * *

Die Farbe weiß war für mich das Symbol eines glücklichen, richtig eingerichteten Lebens. Aber es hat sich herausgestellt, daß dieses Leben nicht für mich gemacht ist und daß ich dafür nicht tauglich bin. Ihr habt beschlossen, mich nicht aufzunehmen in das glückliche weiße Leben. Warum habt ihr das beschlossen? Warum ist dieses Leben richtig für euch und falsch für mich? Warum?

Ich werde eure weiße Farbe vernichten, ich werde euch beweisen, daß ihr nicht besser seid als ich. Mehr noch, ich werde euch beweisen, daß ich besser bin als ihr. Und danach werde ich sterben.

* * *

Die mehrstündige Unterhaltung mit dem zweifach vorbestraften Pawel Smitijenko machte Korotkow und Selujanow vieles klar und hinterließ großes Unbehagen. Jetzt war verständlich, warum die unglückliche alte Frau ständig umzog. Und ebenso schien nun verständlich zu sein, warum sie solche Angst vor einer Ehe zwischen ihrem Sohn und der Millionärstochter Bartosch hatte. Ihre Angst war keineswegs unbegründet.

Es geschah im heißen Sommer des Jahres 1967. Veronika Matwejewna war zweiundvierzig Jahre alt, ihre Eltern waren bereits beide gestorben, und sie lebte jetzt allein in der riesigen, prachtvollen Wohnung, in der bereits ihr Großvater das Licht der Welt erblickt hatte. Sie arbeitete als Dozentin an einem medizinischen Institut und befaßte sich ernsthaft mit dem Gedanken an eine Habilitation. Ihr schien, daß ihr Leben in sicheren Bahnen verlief und daß nichts ihr ruhiges, fest umrissenes Dasein verändern könnte.

Der Juni dieses Jahres war schwül und heiß, Veronika Matwejewna hielt die Fenster und die Balkontür ihrer Wohnung ständig geöffnet, um sich Erleichterung beim Atmen zu verschaffen. Wenn sie zu Hause war, verbrachte sie möglichst viel Zeit auf dem Balkon. Sie hatte einen kleinen Tisch und einen alten Korbsessel hinausgestellt und bereitete hier ihre Vorlesungen vor.

Eines Tages, als sie mit einer Tasse Tee in der Hand dasaß und auf die vor ihr ausgebreiteten Unterlagen blickte, erreichte sie plötzlich ein unangenehmer Geruch. Dieser Geruch war der Ärztin mit langjähriger Berufserfahrung gut bekannt und weckte Entsetzen in ihr. Es war der Geruch des Todes. Und er kam ganz offensichtlich vom Nachbarbalkon.

Veronika Matwejewna läutete sofort an der Tür der Nachbarwohnung, aber niemand öffnete. Sie wußte, daß in dieser Wohnung ein älteres Ehepaar wohnte und daß die Frau vor etwa zwei Wochen nach Kasachstan gefahren war, um ihre Tochter zu besuchen. Grigorij Philippowitsch, ihr dreiundsechzigjähriger Mann, war nicht mitgekommen, er wollte die Zeit auf der Datscha verbringen. Seit der Abreise seiner Frau hatte sie ihn nicht mehr gesehen.

Veronika Matwejewna war beunruhigt und rief die Miliz. Es kamen zwei junge Sergeanten, die sich lange weigerten, die Wohnungstür aufzubrechen. Erst nachdem Veronika Matwejewna sie auf ihren Balkon hinausgeführt hatte und auch ihnen der aufdringliche Geruch in die Nase gestoßen war, schritten sie endlich zur Tat.

Grigorij Philippowitsch mußte vor etwa zehn Tagen gestorben sein. Die Leiche befand sich in jenem Stadium der Verwesung, in dem der Körper aufquillt, sich grün-schwarz verfärbt und das weiche Gewebe bereits in Schleim übergegangen ist. Einer der Sergeanten mußte sich übergeben, der andere verließ blitzartig die Wohnung und bestellte von Veronika Matwejewnas Telefon aus den Leichenwagen.

»Sie werden gleich da sein«, murmelte er, während er sich den Schweiß aus dem erbleichten Gesicht wischte. »Wieso hat das denn niemand bemerkt? Hat er keine Verwandten?«

»Seine Frau ist zu ihrer Tochter nach Kasachstan gefahren«, erklärte Veronika Matwejewna, »und ich habe mir keine Sorgen gemacht, weil ich dachte, daß er auf der Datscha ist. Wahrscheinlich ist er nach Moskau gekommen, um Lebensmittel zu besorgen, und dann hat das Herz versagt ... Er war schon lange nicht mehr gesund.«

»Schrecklich«, seufzte der Sergeant. »So möchte man nicht sterben.«

Der Leichenwagen kam nach etwa anderthalb Stunden. Veronika Matwejewna sah durch die geöffnete Wohnungstür, wie die zusammengelaufenen Nachbarn draußen im Treppenhaus einem hochgewachsenen, breitschultrigen Mann Platz machten, der mit einer Klappbahre unter dem Arm die Treppe heraufkam.

»Sind Sie allein?« fragte der Sergeant verwundert, derjenige von beiden, der sich als der mit den stärkeren Nerven erwiesen hatte. Der andere saß halb bewußtlos unten im Auto.

»Warum denn nicht?« wunderte sich seinerseits der Leichenbestatter. »Gibt es hier keine Männer, die zupacken können? Wir kommen immer allein, uns fehlt das Personal.«

»Das hätte mir noch gefehlt«, antwortete der Sergeant bissig. »Sieh dir mal an, was da für ein Matsch liegt. Ich habe meine Arbeit gemacht, jetzt bist du dran. Leg los!«

Der Leichenbestatter zuckte mit den Schultern und betrat die Wohnung in Begleitung von Veronika Matwejewna, der die Grobheit des Sergeanten aus irgendeinem Grund peinlich war.

»Guter Gott«, rief der Leichenbestatter bestürzt aus, als er die Leiche erblickte, »wie ist so etwas möglich? Hat denn niemand etwas bemerkt? Er muß doch schon mindestens zehn Tage hier liegen, noch dazu bei dieser Hitze ... Grauenhaft.«

Wie um sich zu rechtfertigen, berichtete Veronika Matwejewna auch ihm von der verreisten Ehefrau, von der Datscha, von der Herzkrankheit ihres Nachbarn ...

»Allein schaffe ich das hier nicht, das ist unmöglich«,

stellte der Leichenbestatter düster fest. »Sie werden mir helfen müssen.«

»Ich?« Veronika Matwejewna sah den Mann erschrocken an. »Ich kann das nicht, mir wird schon schlecht von dem Geruch. Und wenn ich ihn anfassen würde ...«

Der Leichenbestatter nahm sie höflich am Ellbogen und führte sie zurück in ihre Wohnung. Der störrische Sergeant stand mit düsterem, abweisendem Gesichtsausdruck auf der Treppe und rauchte. Er warf den beiden einen mißtrauischen Blick hinterher, sagte aber nichts, sondern zog nur tiefer an seiner Zigarette.

»Hören Sie«, sagte der Leichenbestatter freundlich, während er Veronika Matwejewna auf einen Stuhl in der Küche setzte, »jemand muß das doch machen. Sie sehen ja selbst, daß die Miliz uns nicht helfen will, und allein schaffe ich es nicht. Bitte lassen Sie es uns gemeinsam machen. Haben Sie Wodka da?«

Veronika Matwejewna nickte stumm. Wodka hatte sie immer im Haus, den brauchte sie, um die Handwerker damit zu bezahlen, wenn das Türschloß repariert werden mußte, der Wasserhahn zu tropfen anfing oder eine Fensterscheibe zu Bruch ging.

»Bestens. Ich werde Ihnen jetzt ein Glas eingießen, Sie werden es austrinken, wir werden eine Viertelstunde warten und dann an die Arbeit gehen. Wie heißen Sie?«

»Veronika Matwejewna«, antwortete sie mit bebender Stimme. Die bevorstehende Aktion erzeugte Entsetzen und Übelkeit in ihr.

»Und ich bin Pawel, Sie können mich auch einfach Pascha nennen«, lächelte der Leichenbestatter. »Also, werden Sie mir helfen?«

Sie nickte wortlos. Irgend jemand mußte es ja in der Tat machen ... Wenn schon die Miliz sich weigerte ... Und sie war schließlich Ärztin.

»Wo haben Sie den Wodka?« fragte Pawel. »Bleiben Sie sitzen, ich hole ihn. Sie müssen Ihre Kräfte schonen.«

»Im Kühlschrank.«

Er holte die Flasche heraus und nahm zwei Gläser von einem Küchenbrett. Das eine füllte er etwa bis zur Hälfte, in das andere goß er nur so viel, daß der Boden bedeckt war.

»Ich leiste Ihnen Gesellschaft«, sagte er, »ich trinke einen mit. Hier, Veronika Matwejewna, kippen Sie es hinunter.«

Sie schüttelte den Kopf. »Das kann ich nicht, es ist zuviel.«

»Es muß sein, mein Täubchen, es muß sein. Wenn Sie weniger trinken, wirkt es nicht.«

Veronika Matwejewna kniff die Augen zusammen und trank das Glas mit einem Zug aus. Sie holte tief Luft und steckte sich ein Stück Brot in den Mund.

»Gut gemacht«, lobte sie der Leichenbestatter. »Jetzt warten wir noch ein wenig, und dann gehen wir. Rauchen Sie?«

»Gelegentlich.«

»Dann rauchen Sie jetzt eine«, schlug er vor. »Es wird helfen.«

Veronika Matwejewna holte aus einer Schublade eine angebrochene Packung Zigaretten hervor, steckte sich eine an und nahm ein paar Züge. Sofort begann sich alles zu drehen, ihr wurde schwindelig.

»Nein, es geht nicht«, sagte sie und drückte die Zigarette wieder aus.

»Kommen sie, Veronika Matwejewna«, sagte der Leichenbestatter mitfühlend, »lassen Sie es uns versuchen.«

Er holte aus seiner Hosentasche ein paar Gummihandschuhe und reichte sie der Frau.

»Ziehen Sie die an.«

»Und Sie?«

»Ich komme auch ohne aus, ich bin es ja gewöhnt.«

»Nein, nein«, widersprach sie entschieden. »Ohne Handschuhe geht es auf keinen Fall. Und wenn Sie nun eine kleine Schnittwunde oder einen Kratzer in der Hand haben? Eine Infektion mit Leichengift ist kein Kinderspiel. Warten Sie, ich werde gleich irgendwas finden.«

Sie wühlte im Küchenschrank und zog ein paar Gummihandschuhe für Haushaltszwecke hervor. Es war nicht ganz das, was man in dieser Situation brauchte, aber immerhin ...

Sie holte tief Luft und folgte Pawel entschieden in die Nachbarwohnung. Pawel blieb nachdenklich vor der halb verwesten Leiche stehen, es schien, als würde er nicht einmal den Gestank bemerken, während Veronika Matwejewna sofort zu würgen begann.

»Tja, eine schöne Bescherung«, sagte er. »Man müßte so etwas wie ein Wachstuch haben, anders ist das nicht zu machen. Wir ziehen das Wachstuch unter ihm hindurch und heben ihn dann hoch.«

Veronika Matwejewna stürzte im Laufschritt in ihre Wohnung. Ein paar Minuten später kam Pawel ihr nach und sah zu seiner Überraschung, daß sie in der Küche saß, den Kopf in den Händen.

»Ich dachte, Sie suchen ein Wachstuch«, sagte er mißmutig. »Ich warte und warte auf Sie, und Sie sitzen hier.«

»Ich kann nicht«, stöhnte sie auf. »Verzeihen Sie mir, Pascha. Ich kann wirklich nicht.«

»Veronika Matwejewna, es muß sein. Nehmen Sie sich zusammen. Es ist Ihnen doch klar, daß das außer uns beiden niemand machen wird. Kommen Sie, meine Liebe, Sie sind doch eine so starke Frau.«

»Nein, ich kann nicht.«

»Dann trinken wir jetzt noch einen Schluck«, sagte der Leichenbestatter entschieden, goß ohne zu fragen noch einmal ein halbes Glas ein und drückte es Veronika Matwejewna mit sanfter Gewalt in die Hand.

Sie kniff die Augen zusammen und trank. Nach ein paar Minuten fühlte sie sich tatsächlich besser. Warum um Himmels willen stellte sie sich nur so an! Sie war doch kein Kind mehr. Was sein mußte, das mußte sein.

»Lassen Sie uns gehen, Pascha«, sagte sie und erhob sich schwerfällig vom Stuhl.

Endlich lagen Grigorij Philippowitschs sterbliche Überreste auf dem großen Wachstuch. Sie ergriffen gemeinsam die vier Enden des Wachstuchs, hoben es an und hievten die Last auf die aufgeklappte Bahre.

»Geschafft«, sagte der Leichenbestatter mit einem tiefen Seufzer, während er die freien Enden des Wachstuchs über der Leiche zusammenzog. »Das Schlimmste haben wir hinter uns. Jetzt müssen wir ihn nur noch hinuntertragen, zum Auto.«

Er warf einen Blick ins Treppenhaus, wo sich außer dem grimmigen Sergeanten nur noch zwei besonders standfeste Männer aufhielten, deren Neugier stärker war als der Ekel vor dem Verwesungsgestank.

»He, Männer«, sprach Pawel sie an, »kann einer von euch mal nach unten gehen und dem Fahrer Bescheid sagen? Er muß raufkommen und tragen helfen.«

Ein paar Minuten später hörte man den Fahrer die Treppe heraufkommen. Plötzlich verstummten die Schritte, der Mann war stehengeblieben, und die Geräusche, die jetzt zu hören waren, besagten, daß er sich eine halbe Treppe tiefer erbrach.

»So so«, bemerkte der Leichenbestatter freudlos, »auch der wird uns also nicht helfen. Dann müssen wir beide es eben machen, Veronika Matwejewna.«

Sie begann leise zu weinen. Inzwischen saß sie wieder in ihrer Küche, und eben noch hatte sie große Erleichterung empfunden, weil sie geglaubt hatte, daß es endlich vorbei war.

»Veronika Matwejewna«, beschwor sie Pawel, »überwinden Sie sich noch ein einziges Mal. Sie sehen doch, was los ist. Die Menschen sind ja nicht aus Eisen. Ich bin es gewöhnt, aber von den anderen kann man so etwas nicht verlangen.«

»Ich bin auch nicht aus Eisen«, schluchzte sie auf. »Ich kann nicht mehr, lassen Sie mich in Ruhe, machen Sie, was Sie wollen, ich komme nicht mehr mit.«

Pawel stand schweigend vor ihr und machte einen völlig verwirrten Eindruck. Veronika Matwejewna bekam plötzlich Mitleid mit ihm. Er konnte schließlich nichts für das Geschehene. Er war so rührend besorgt um sie, und sie ließ ihn im letzten Moment in Stich.

»Gut, ich werde Ihnen helfen.«

Sie trocknete sich die Tränen, goß sich noch ein Glas Wodka ein und trank es aus. Jetzt war sie soweit.

»Sie gehen vorn«, sagte der Leichenbestatter umsichtig, als sie sich der Bahre genähert hatten »damit Sie nicht hinschauen müssen.«

Sie nickte dankbar. Langsam und vorsichtig trugen sie die Bahre vom zweiten Stock auf die Straße hinunter und schoben sie ins Auto. Die Hecktür des Leichenwagens schlug zu.

»So, nun haben wir es geschafft«, sagte Pawel mit einem Seufzer der Erleichterung. »Ich danke Ihnen, Veronika Matwejewna. Sie sind eine außergewöhnliche Frau.«

Sie wandte sich wortlos ab und ging zurück ins Haus. Sie hatte keine Kraft mehr, noch etwas zu sagen.

Auf dem Küchentisch stand noch die Wodkaflasche, sie war fast leer, nur noch ein winziger Rest bedeckte den Boden. Sie begriff, daß sie die ganze Flasche allein ausgetrunken hatte, Pawel hatte sich nur ein einziges Mal einen winzigen Schluck eingegossen. Sie wußte nicht mehr genau, was sie tat, als sie die Flasche in die Hand nahm und auch den Rest hinunterkippte. Ihr schien, daß der Alkohol überhaupt nichts bewirkt hatte, daß sie immer noch völlig nüchtern war.

Sie ging ins Bad, stellte sich unter die Dusche, die sie so heiß wie möglich stellte, und begann, ihren Körper gewaltsam mit einem Bastschwamm zu bearbeiten, den sie immer wieder mit duftendem Badeöl übergoß. Endlich hatte sie das Gefühl, daß sie den widerwärtigen Geruch, der in alle Poren ihres Körpers eingedrungen zu sein schien, los war. Sie trocknete sich mit einem dicken Badetuch ab und legte sich ins Bett. Aber sie konnte nicht einschlafen. Die schrecklichen Bilder dessen, was sie heute durchlebt hatte, ließen sie nicht los.

Sie wälzte sich bis zum Abend von einer Seite auf die andere, dann stand sie wieder auf. Jetzt bemerkte sie doch die Wirkung des Alkohols. Sie wollte sich ein kleines Abendessen zubereiten, aber vom Essensgeruch wurde ihr übel. Sie setzte sich an den Küchentisch und verfiel in eine stumpfe Gefühllosigkeit, aus der sie erst ein Klingeln an der Wohnungstür riß. Vor der Tür stand Pawel.

»Guten Abend«, sagte er mit einem verlegenen Lächeln. »Entschuldigen Sie, daß ich störe. Ich wollte mich nur einmal erkundigen, wie es Ihnen geht. Als ich vorhin wegfuhr, waren Sie so bleich, daß ich mir Sorgen gemacht habe.«

Aus irgendeinem Grund freute sie sich, daß er gekommen war. Nach einem so schrecklichen Tag war das Alleinsein unerträglich. Der Gedanke, ihre Einsamkeit mit einem Leichenbestatter zu teilen, schreckte sie nicht. Er war nett, und er hatte sie mit so viel Aufmerksamkeit behandelt.

»Haben Sie schon etwas gegessen?« fragte er besorgt, nachdem er erneut ihre große, eindrucksvolle Wohnung betreten hatte.

»Ich habe es versucht«, sagte sie, »aber ich kann nicht.«

»Das geht so aber nicht. Sie müssen unbedingt etwas essen. Sie haben doch den ganzen Tag unter Streß gestanden.«

»Ich bekomme nichts hinunter.«

»Achten Sie nicht darauf«, riet Pawel fröhlich. »Schlucken Sie einfach. Und vorher müssen Sie noch ein Gläschen trinken.«

»Wo denken Sie hin! Ich habe heute doch schon eine ganze Flasche leer gemacht.«

»Na und? Wenn es nicht wirkt, dann brauchen Sie eben noch etwas. Lassen Sie uns gemeinsam etwas essen, ich leiste Ihnen Gesellschaft, damit es lustiger für Sie ist. Und vorher stoßen wir miteinander an, zum Gedenken an den Toten.«

Das war ein reichlich legerer Vorschlag, aber Veronika Matwejewna empfand es in diesem Moment nicht so. Schnell bereitete sie ein kleines Abendessen zu, ohne auf die Übelkeit zu achten, die ständig in Wellen hochkam, deckte den Tisch und holte noch eine Flasche Wodka. Sie bemerkte nicht einmal, wie schnell sie die Flasche ausgetrunken hatten. Die Spannung ließ nach, in ihrem Körper breitete sich eine angenehme Wärme aus, die Ereignisse des Tages verblassten. Ihr begannen die Augen zuzufallen, aber Pawel ging und ging nicht, und wenn sie ehrlich war, wollte sie auch nicht, daß er ging. Alles weitere versank im Nebel.

Morgens wurde sie von einer ungewohnten Empfindung geweckt. Sie spürte einen fremden Körper neben sich im Bett. Sie wandte ihren Kopf um und erstarrte vor Entsetzen. Sie hatte die Nacht mit einem Fremden verbracht, einem Leichenbestatter. Sie, die Aristokratin, die Tochter eines hochgebildeten, intelligenten Menschen, eines bekannten Architekten, sie, die Universitätsdozentin, hatte ihre Unschuld an einen betrunkenen jungen Burschen verloren. Wie hatte das geschehen können? Nein, nein, nein!

Sie rüttelte an dem tief schlafenden Mann neben sich. Er bekam die Augen nicht auf und konnte nicht begreifen, warum sie so ärgerlich war und warum sie ihn hinauswerfen wollte.

»Du mußt gehen, Pascha«, sagte sie, ohne ihm in die Augen zu sehen, »du mußt sofort gehen. Ich muß zur Arbeit.«

Er wurde wütend, aber er zeigte es nicht. Die bildete sich ja ganz schön was ein! Diese alte Drossel sollte sich dafür bedanken, daß er ihr gezeigt hatte, was ein Mann war, sonst wäre sie als alte Jungfer gestorben. Bevor er die Wohnung verließ, gelang es ihm, aus einer offenen Schatulle unbemerkt einen teuren Brillantring mitgehen zu lassen.

Er war gegangen und nie wieder bei Veronika Matwejewna aufgetaucht. Etwa ein Jahr später kam er zum ersten Mal ins Gefängnis. Er hatte im Park Frauen aufgelauert, seinen Mantel geöffnet und ihnen sein erigiertes Glied gezeigt. Nachdem er zwei Jahre abgesessen hatte, kehrte er an seinen alten Arbeitsplatz im Leichenhaus zurück. Für so eine Arbeit gab es nicht viele Anwärter, auch einen zehnfach Vorbestraften hätte man hier genommen. Eine Wohnerlaubnis für Moskau bekam er allerdings nicht mehr, er mußte in die Vorstadt ziehen, aber das machte Pawel nichts aus. 1980 kam er erneut ins Kittchen, diesmal dafür, daß er seine sexuellen Bedürfnisse direkt am Arbeitsplatz befriedigt hatte, indem er weibliche Leichen schändete. Das Gericht schonte ihn nicht und brummte ihm die Höchststrafe auf. Er wurde wegen verschärften Rowdytums, das alle Kriterien besonders zynischer Vorgehensweise erfüllte, zu acht Jahren Haft verurteilt.

1985 wurde ihm bedingte Strafaussetzung gewährt, er verließ das Gefängnis völlig heruntergekommen, bis zur letzten Pore durchtränkt von Spiritus und jeder anderen Art von gefängnisüblichem Alkoholersatz. Und eines Tages traf er Veronika Matwejewna Turbina auf der Straße, fast zwanzig Jahre nach jener unheilvollen Nacht. Veronika hatte sich in der langen Zeit kaum verändert, sie schien nur etwas kleiner geworden zu sein und wirkte irgendwie vertrocknet. Allerdings war sie auch damals, vor annähernd zwanzig Jahren, schon sehr schlank und klein gewesen, sie hatte die Figur eines jungen Mädchens mit schmalen Hüften und flachen Brüsten gehabt. Jetzt ging neben ihr ein großgewachsener, gutaussehender junger Mann mit schwarzen Haaren. An irgend jemanden erinnerte Pawel dieser junge Mann, aber es fiel ihm nicht ein, an wen. Er verstellte Veronika Matwejewna mit einem höhnischen Grinsen den Weg.

Sie erkannte ihn sofort und wich zurück, mit einem erschrokkenen Seitenblick auf den jungen Mann neben sich. Und da begriff Pawel Smitijenko. Der Junge war das Ebenbild seiner selbst vor zwanzig Jahren. Die Größe, das dunkle Haar, die Figur, die Augen – alles das war von ihm, von Pawel.

»Wie geht es denn so, Veronika Matwejewna?« erkundigte er sich höflich. »Freut mich, Sie wiederzusehen.«

Sie rang um Fassung. Zu behaupten, daß er sich getäuscht hätte, daß sie ihn nicht kennen würde, wäre dumm gewesen, da er sie mit ihrem Namen angesprochen hatte.

»Danke, bei mir ist alles in Ordnung«, erwiderte sie nervös.

»Ist das Ihr Söhnchen?«

»Ja.«

Smitijenko sah in ihren Augen eine solche Panik, daß sofort ein Plan in ihm reifte.

»Ein hübscher Junge«, sagte er wohlwollend. »Wohnen Sie immer noch unter Ihrer alten Adresse, oder sind Sie inzwischen umgezogen?«

»Nein, wir sind nicht umgezogen, wir wohnen immer noch im selben Haus, in der Nachbarstraße« sagte sie, inzwischen ruhiger geworden. Offenbar war sie zu dem Schluß gekommen, daß Pawel keinen Verdacht geschöpft hatte.

Sie unterhielten sich noch ein paar Minuten über Nebensächlichkeiten, dann verabschiedete sich Veronika Matwejewna mit offensichtlicher Erleichterung. Aber sie hatte sich zu früh gefreut. Pawel war sofort klargeworden, daß sie alles tun würde, um diesem so blendend aussehenden jungen Mann, seinem Sohn, zu verheimlichen, wer sein Vater war. Was für ein Märchen sie ihm wohl erzählt hatte?

Das nächste Mal lauerte er Veronika Matwejewna auf. Und ohne Umschweife stellte er seine Forderungen. Zum Glück sei es heute ja nicht mehr strafbar, keiner Arbeit nachzugehen, erklärte er, und für seinen Unterhalt, dafür, daß er still und friedlich leben und auch auf den Wodka nicht verzichten müsse, würde sie, Veronika Matwejewna, schon sorgen. Andernfalls wisse sie selbst, was passieren würde. Es würde eine Freude für den Jungen sein. Endlich würde er seinen Vater kennenlernen . Zur Vervollständigung des Bildes berichtete Smitijenko nicht nur davon, daß er zweimal im Gefängnis war, sondern verschwieg auch nicht, wofür er verurteilt wurde, und malte es schamlos in allen Farben aus.

So begann alles. Die Turbins zogen von einer Wohnung in die nächste um, und das Geld, das Veronika Matwejewna für jeden Wohnungstausch bekam, floß in den gierigen Schlund von Pawel Smitijenko. Und nun wollte das Söhnchen also heiraten! Pawel lauerte Valerij vor dessen Haus auf, beobachtete ihn mit seiner Braut und war nicht zu faul herauszufinden, wo sie wohnte und wer sie war. Das, was er erfuhr, ließ ihm das Wasser im Mund zusammenlaufen. Jetzt konnte er seinen Sohn anzapfen. Der würde sicher auch nicht wollen, daß seine neuen Schwiegereltern erfuhren, wer sein Vater in Wirklichkeit war. Ein einziges Wort, und er würde sofort zahlen, Pawel brauchte nur die Hand aufzuhalten. Besser hätte es nicht kommen können.

ZEHNTES KAPITEL

Der Glatzköpfige, den seine Freunde Stepaschka nannten, setzte sich auf eine Bank. Gleich würden diese Blutsauger erscheinen und genau wissen wollen, was er herausgefunden hatte. Er hatte Antworten für sie, aber die Frage war, ob sie mit diesen Antworten zufrieden sein würden.

Nach dem gestrigen Treffen im Sokolniki-Park hatte er Larissa Samykina ausfindig gemacht, die Geliebte des verschwundenen Sergej Artjuchin. Larissa schwor, daß sie nicht wußte, wo ihr Freund war, und berichtete von dem schönen runden Alibi für Sergej, das die beiden erfunden hatten. Zu der Zeit, als am anderen Ende der Stadt eine Frau vergewaltigt wurde, war Artjuchin angeblich auf der Suche nach einer Apotheke gewesen und hatte sie, die zufällige Passantin, nach dem Weg gefragt. Alles war sorgfältig durchdacht und so eingefädelt, daß der Untersuchungsführer die zufällige Passantin auch finden und befragen konnte. Artjuchin gab an, daß das Mädchen trotz des kalten Wetters nur in Jeans und T-Shirt auf der Straße gewesen war, woraus man schließen mußte, daß sie direkt in dem Haus wohnte, vor dem Sergej sie angesprochen hatte. Wahrscheinlich hatte sie nur schnell zur nächsten Bäckerei oder zum Kiosk laufen wollen, um Zigaretten zu holen. Natürlich fand man das Mädchen, zumal Artjuchin sie sehr genau beschrieben hatte, und natürlich erinnerte sie sich sogleich an den jungen Mann, der sie nach der nächsten Apotheke gefragt hatte. Sogar die Uhrzeit wußte sie noch ganz genau. Sie hatte sich gerade einen zweiteiligen Film im Fernsehen angesehen, und in der Pause, während die Nachrichten liefen, war sie schnell nach unten gelaufen, zum nächsten Geschäft. Der Untersuchungsführer überprüfte das Fernsehprogramm, an diesem Tag war tatsächlich ein zweiteiliger Film ausgestrahlt worden, und die Unterbrechung durch die Nachrichten hatte genau zu dem Zeitpunkt stattgefunden, als die Geschädigte Petritschez am anderen Ende der Stadt vergewaltigt wurde.

Von da an ließ man Artjuchin in Ruhe. Drei Monate waren seither vergangen, und plötzlich waren sie mit dieser Kamenskaja von der Kripo zusammengestoßen, die in einem Café ihre Unterhaltung belauscht und dieser entnommen hatte, daß sie, Larissa, keinesfalls eine zufällige Passantin war, sondern eine alte Freundin von Artjuchin. Am nächsten Tag hatte man Sergej verhaftet. Und eine Woche später, am Samstag, ließ man ihn gegen Kaution wieder frei. Er erschien bei Larissa, um sich zu verabschieden, weil er, wie er sagte, von der Bildfläche verschwinden mußte. Das war, wie Larissa behauptete, im Grunde alles, was sie wußte.

»Hör zu, Puppe«, begann Stepaschka gewichtig. »An allem, was passiert ist, bist nur du schuld. Man muß nach rechts und links schauen, bevor man seiner Zunge freien Lauf läßt. Du bist schuld daran, daß man Sergej geschnappt hat. Sei also so freundlich, und gib du mir die fünfzigtausend zurück, die ich für deinen Liebsten bezahlt habe. Er ist schließlich dein Freund und nicht meiner.«

»Woher soll ich denn so viel Geld nehmen?« fragte Larissa erschrocken.

»Es ist mir egal, wo du es hernimmst. Oder geh auf die Suche nach ihm, er soll sofort zurückkommen, bevor die Bullen ihn greifen. Weißt du, ob er eine Anklageschrift unterschrieben hat?«

»Ich glaube, ja«, antwortete sie unsicher. »Sergej hat gesagt, daß die Sache ans Gericht gegangen ist.«

»Wunderbar«, sagte Stepaschka erfreut. »Das heißt, daß jetzt ein Verfahren gegen ihn läuft. Aber die Wartezeit bei Gericht ist lang. Wenn er schnellstmöglich zurückkommt, wird das

Gericht nicht einmal erfahren, daß er die Fliege gemacht hat. Und so werde ich auch wieder zu meinem Geld kommen. Also, streng dich an, Puppe. Ich will entweder die fünfzigtausend sehen oder Artjuchin selbst. Tummle dich, ich werde jeden Tag anrufen, um zu hören, welche Neuigkeiten es gibt.«

Während Stepaschka jetzt auf der Parkbank saß, ging er im Geiste sein gestriges Gespräch mit Larissa noch einmal durch. Wie es schien, hatte er sich richtig verhalten. Er hatte ihr ordentlich Angst eingejagt.

Als erster erschien der Dicke zu dem Treffen. Keuchend ließ er sich neben dem kleinen, glatzköpfigen Stepaschka auf die Bank fallen.

»Nun, was hast du herausbekommen? Schieß los. Auf Shenja brauchen wir nicht zu warten, er hat angerufen und gesagt, daß er heute keine Zeit hat.«

Stepaschka berichtete kurz von seinem Gespräch mit Larissa.

»Glaubst du, daß sie ihn finden wird?« schnaubte der Dicke argwöhnisch, gewohnheitsmäßig an seiner Zigarette kauend.

»Sollte sie ihn nicht finden, wird sie das Geld auftreiben. Ich habe ihr ordentlich Angst eingejagt. Jetzt soll sie selber sehen, wie sie mit der Sache klarkommt.«

»Wie heißt das Weib von Kripo noch gleich, das die beiden belauscht hat?«

»Kamenskaja.«

»Kamenskaja ... Diesen Namen habe ich schon einmal gehört. Ich werde Shenja danach fragen. Wie bist du mit Larissa verblieben?«

»Sie sucht Artjuchin, und ich werde sie jeden Tag anrufen. Ich bin sicher, daß sie ihn finden wird. Sie kennt schließlich alle seine Bekannten, mit Sicherheit auch den, der ihm dabei geholfen hat, die Flatter zu machen.«

»Übertreib es nicht«, murmelte der Dicke herablassend. »Er ist schließlich nicht aus dem Butyrka-Gefängnis abgehauen, sondern nur aus der Stadt. Viel Hilfe wird er dazu nicht gebraucht haben. Rein ins Flugzeug und viele Grüße an die Hinterbliebenen.«

»Da bin ich mir nicht so sicher«, widersprach der Glatzköpfige. »Man hat ihm schließlich den Paß abgenommen. Und ohne Paß verkauft ihm niemand ein Flugticket.«

»Dann hat er eben den Zug genommen oder das Auto, auch kein Problem.«

»Auch das ist nicht ganz so einfach. Welches Auto sollte er denn nehmen? Sein eigenes? Das Kennzeichen ist der Polizei bekannt. Also müßte ihm jemand sein Auto geliehen haben. Und wenn er mit dem Zug gefahren ist, dann fragt sich, wohin. Wo sollte er denn wohnen? In einem Hotel? Auch das ist ohne Paß nicht möglich. Und wenn er bei Freunden oder Verwandten untergekommen ist, dann heißt das wiederum, daß ihm jemand hilft. Wie man es auch dreht und wendet, in jedem Fall müssen da irgendwelche Leute sein, die wissen, wo er steckt. Und Larissa wird diese Leute finden. Also kannst du Shenja ausrichten, daß er sich keine Sorgen machen soll, wir werden ihn schon finden. Und er bekommt sein Geld zurück.«

* * *

In der Nacht von Sonntag auf Montag schlief Nastja tief und lange. Ljoscha war schon lange aufgestanden, er hatte bereits gefrühstückt, seine Arbeitsunterlagen auf dem Küchentisch ausgebreitet und sich in die Arbeit vertieft, aber Nastja lag immer noch im Bett und schlief.

Tschistjakow weckte sie gegen elf Uhr.

»Wach auf, Schlafmütze, dich erwartet Weltruhm!«

Er legte ihr die frische Ausgabe des »Kriminalboten« aufs Gesicht, den er gerade am nächsten Kiosk geholt hatte. Auf der zweiten Seite war den Standesamtmorden mit den entsprechenden Fotos eine ganze Spalte gewidmet. Nastja ergriff die Zeitung und überflog den Artikel argwöhnisch, um zu überprüfen, ob alles so war, wie sie es gewollt hatte. Erleichtert stellte sie fest, daß der Journalist sich keine Eigenmächtigkeiten erlaubt hatte. Alles war richtig und wahrheitsgetreu wiedergegeben. Besonders gelungen war die Aufmachung an der Stelle, wo von den Drohbriefen die Rede war. Hier hatte man noch einmal den Steckbrief und das Foto der unbekannten Frau abgedruckt.

Nastja trank gemächlich zwei Tassen Kaffee und dachte zufrieden daran, daß sie heute nichts vorhatte, daß sie den Tag in aller Ruhe zu Hause verbringen konnte, gemeinsam mit Ljoscha, sie konnte endlich mit ihrer Übersetzung beginnen, ihren Urlaub genießen und acht Tage nach ihrer Hochzeit zum ersten Mal die Tatsache auf sich wirken lassen, daß sie nun eine verheiratete Frau war. Es hatte lange gedauert, aber immerhin.

Doch wieder kam alles nicht so, wie sie es sich gedacht hatte. Mit der Übersetzung kam sie nur langsam voran, denn ständig wanderten ihre Gedanken zu den Bartoschs. Jura Korotkow konnte es sich nie verkneifen, ihr alles zu berichten, was sich ereignet und was er herausgefunden hatte, deshalb hatte sie sich seine Erzählung über die Begegnung mit Pawel Smitijenko und die herzzerreißende Geschichte, die Marat Latyschew ihrem Kollegen aufgetischt hatte, schon am Vortag angehört. Und je länger Nastja über die Sache nachdachte, desto mehr verdichtete sich in ihr der Verdacht, daß beide Morde wegen der Eheschließung zwischen Elena Bartosch und Valerij Turbin begangen worden waren.

»Nastja, ich glaube, du quälst dich«, bemerkte Tschistjakow hellsichtig, der bereits mehrmals bemerkt hatte, daß der Blick seiner Frau nicht auf das Blatt Papier in der Schreibmaschine gerichtet war, sondern irgendwo an der Decke hing. »Geht es nicht voran mit der Arbeit?«

»Die Morde gehen mir im Kopf herum«, erwiderte sie zerstreut. »Ich kann mich nicht konzentrieren.«

»Laß uns ein Stück spazierengehen«, schlug er vor. »Du kannst sowieso nicht arbeiten, und im Gehen kann man besser nachdenken. Ich würde mir auch gern ein bißchen die Beine vertreten und meine Gedanken ordnen.«

»Einverstanden«, sagte sie erfreut. »Aber ich möchte langsam gehen.«

Sie wanderten lange durch die Straßen, gelegentlich wechselten sie ein paar belanglose Worte, aber meistens schwiegen sie, jeder in seine eigenen Gedanken vertieft. Endlich erklärte Alexej, daß er seinen gordischen Knoten gelöst hatte und bereit war, wieder nach Hause zu gehen.

»Und ich habe gar nichts gelöst«, gestand Nastja traurig. »Der Körper läßt sich nicht betrügen, er weiß, daß er Urlaub hat, und weigert sich, so zu funktionieren, als sei er im Dienst.«

Sie kehrten nach Hause zurück, und diesmal war es Nastja, die sich daranmachte, das Mittagessen zuzubereiten, beschämt von der Tatsache, daß sie die ganze vergangene Woche die meisten Arbeiten auf ihren Mann abgewälzt hatte. Ljoscha saß in der Küche und beobachtete mit einem Seitenblick Nastjas kulinarische Bemühungen. Der Anblick war reichlich ungewohnt für ihn. Er hatte sich fest vorgenommen, sich nicht einzumischen, aber schließlich ging die Zurückhaltung über seine Kräfte.

»Warum salzt du das Fleisch, es wird doch trocken«, bemerkte er nervös.

»Wie denn? Soll ich es nicht salzen?« fragte sie erstaunt.

»Doch, aber erst später.«

»Wann?«

»Nach dem Anbraten, wenn die Poren sich geschlossen haben. Dann bleibt es saftig.«

»Ist ja hochinteressant«, sagte sie nachdenklich. »Man sieht gleich, daß ich in der Schule schlecht war in Chemie.«

»Du warst nicht schlecht in Chemie, du kannst ganz einfach nicht kochen«, lachte Ljoscha und versenkte sich wieder in sein Buch. Doch als er bemerkte, daß Nastja Butter in der Pfanne erhitzte, um die in rechteckige Stückchen geschnittenen Kartoffeln darin zu braten, platzte ihm endgültig der Kragen.

»Hör auf, Nastja«, unterbrach er sie.

»Was ist los? Mache ich schon wieder etwas falsch?«

»Wenn du knusprige Bratkartoffeln haben willst, mußt du sie in Pflanzenöl braten, zumindest am Anfang. Später kannst du Margarine oder Butter dazugeben. Und nimm die Hände weg vom Salzfaß!«

»Darf man die Kartoffeln auch nicht salzen?«

»Auf keinen Fall, sonst wird Püree daraus. Bratkartoffeln salzt man erst ein paar Minuten vor Schluß.«

»Ach, laß mich in Ruhe!« winkte sie gekränkt ab. »Warum terrorisierst du mich? Ich gebe mir Mühe, will etwas lernen, und du kritisierst mich nur.«

»Ich kritisiere dich nicht, Nastja, ich rette nur mein eigenes Mittagessen. Und wenn du wirklich etwas lernen willst, dann frag erst den weisen Tschistjakow, bevor du etwas tust. Und nimm übrigens den Deckel von der Pfanne.«

»Warum?«

»Darum. Du willst die Kartoffeln ja braten und nicht dünsten. Wenn die Kartoffeln so werden sollen, wie du sie magst, dann mußt du sie ohne Deckel braten.«

»Warum?«

»Nastja, geh mir nicht auf die Nerven! Du warst offenbar nicht nur schlecht in Chemie, sondern auch in Physik. Wie konntest du überhaupt eine naturwissenschaftliche Schule absolvieren, das verstehe ich nicht.«

»Ich habe in der ganzen Schulzeit bei dir abgeschrieben. Hast du das vergessen? Du hast dich extra aus der Parallelklasse in meine versetzen lassen, um mir bis zur Abschlußprüfung beizustehen.«

Sie brachen in einmütiges Gelächter aus. In Wirklichkeit war Nastja eine ausgezeichnete Schülerin gewesen, und Ljoscha hatte sich nur in ihre Klasse versetzen lassen, um in ihrer Nähe zu sein.

Endlich war das Mittagessen mit vereinten Kräftenzubereitet und der Tisch gedeckt. Nach dem langen Spaziergang waren beide ausgehungert, und alles, was in anderthalb Stunden mit soviel Mühe zubereitet worden war, war in zehn Minuten aufgegessen.

»So ist es immer«, stellte Nastja deprimiert fest. »Man gibt sich Mühe, investiert eine Menge Zeit und Energie, und wofür? Zehn Minuten Genuß und ein Berg schmutziges Geschirr. Warum ist alles auf der Welt so ungerecht?«

»Das Gesetz des Lebens«, kommentierte Tschistjakow philosophisch.

Nach dem Mittagessen gelang es Nastja endlich, sich zusammenzureißen und auf die Übersetzung zu konzentrieren. Doch gegen acht Uhr kam ein Anruf, der den Frieden in ihrer kleinen Wohnung erneut störte. Am Telefon war Anton Schewzow.

»Anastasija, es gibt sehr überraschende Neuigkeiten«, sagte er aufgeregt. »Eben hat eine Frau bei uns in der Redaktion angerufen und mitgeteilt, daß sie vor zwei Monaten geheiratet und am Vortag ihrer Trauung ebenfalls einen Drohbrief erhalten hat.«

Nastja ließ vor Überraschung fast den Telefonhörer fallen.

»Bestens. Dann ist ja alles klar.«

Die Sache hatte also mit Elena Bartosch überhaupt nichts zu tun. Vor zwei Monaten wußte noch niemand von ihrer bevorstehenden Hochzeit mit Turbin, nicht einmal ihre beste Freundin Katja Golowanowa.

»Hat die Anruferin ihre Adresse hinterlassen?«

»Ja, natürlich, alles ist notiert. Wollen Sie sie anrufen?«

»Nein, ich werde zu ihr fahren«, sagte Nastja entschieden. »Wie ist ihre Anschrift?«

»Wenn Sie wollen, fahre ich Sie hin«, bot Anton an, »ich bin sowieso mit dem Auto unterwegs.«

»Danke, sehr gern. Was würde ich ohne Sie machen, Anton! Sie sind mein ständiger Helfer in der Not.«

»Unsinn. Wann soll ich Sie abholen?«

Nastja vereinbarte eine Uhrzeit mit ihm und begann, sich anzuziehen.

* * *

Die Frau, die sie antrafen, war etwa dreißig Jahre alt, vielleicht etwas jünger. Nastja blieb es nicht verborgen, daß sie sich in einem Zustand freudiger Erregung befand. Aus irgendeinem Grund machte auch ihr Mann einen sehr fröhlichen Eindruck. Der Grund dafür klärte sich sehr schnell.

»Stellen Sie sich nur vor, mein Mann läßt mir seit damals keine Ruhe«, erklärte die Frau aufgeregt, »er war bis jetzt davon überzeugt, daß ich vor unserer Hochzeit außer ihm noch einen zweiten Freund hatte und daß der hinter dem Drohbrief steckte, weil er die Heirat mit meinem Mann verhindern wollte. Ich habe mit Engelszungen geredet, um ihn davon überzeugen, daß da nichts war, aber er glaubte mir nicht. Jetzt wird er endlich Ruhe geben.«

»Waren Sie denn nicht überrascht, einen solchen Brief zu bekommen, wenn alles so war, wie Sie es schildern?« fragte Nastja argwöhnisch.

Die Frau wurde verlegen und warf einen kurzen Blick auf ihren Mann. Nastja begriff, daß es wahrscheinlich ein Fehler gewesen war, die Unterhaltung mit beiden gleichzeitig zu beginnen. Sie hätte sich die beiden einzeln vorknöpfen müssen, aber nun war es zu spät, nun mußte sie sehen, wie sie klarkam.

»Nun ja, ehrlich gesagt ...« Die Frau war nervös geworden. Aber da half ihr überraschenderweise ihr Mann aus der Klemme.

»Hast du gedacht, daß der Drohbrief von meiner geschiedenen Frau stammte?« fragte er ohne Umschweife.

»Ja«, seufzte die Frau. »Lieber Gott, wie gut, daß sich nun alles aufgeklärt hat.«

»Haben Sie den Drohbrief aufbewahrt?«

»Nein, ich habe ihn weggeworfen.«

»Schade«, sagte Nastja enttäuscht. »Wie hat er denn ausgesehen?«

»Er trug keine Unterschrift und steckte in einem weißen Kuvert. Ich habe ihn im Briefkasten gefunden. Der Text war mit Druckbuchstaben geschrieben: ›Tu das nicht. Du wirst es bereuen.‹«

»Wer hat denn diese Briefe geschrieben?« fragte der Mann.

»Wenn wir das wüßten«, seufzte Nastja. »Aber wir wollen Sie nicht länger stören. Ich danke Ihnen.«

»Nein, ganz im Gegenteil, wir haben Ihnen zu danken«, erwiderte das Ehepaar fast wie aus einem Munde. »Uns ist ein Stein vom Herzen gefallen.«

Anton fuhr Nastja wieder nach Hause. Sie saß auf dem Rücksitz, streckte ihre Beine aus und rauchte.

»Nicht zu fassen. Irgend so ein Schurke hätte diesen Leuten fast das Leben ruiniert«, sagte sie. »Kaum zwei Monate verheiratet, und wegen dieses idiotischen Drohbriefes hat die Ehe bereits einen Riß. Wer weiß, was passiert wäre, wenn der Artikel nicht in der Zeitung erschienen wäre. Dann hätten die beiden nie erfahren, daß der Drohbrief mit ihnen persönlich gar nichts zu tun hat, und sie hätten nicht aufgehört, sich zu streiten.«

»Ohne Feuer kein Rauch, Anastasija«, widersprach Schewzow. »Wenn sie keine anderen Männer gehabt hätte und wenn ihr Ehemann sich im Guten von seiner vorherigen Frau getrennt hätte, dann hätte der Brief nichts anrichten können, dann hätten sie sich nicht gegenseitig verdächtigt. Aber so, die beiden sind selbst schuld ...«

»Wer weiß, vielleicht haben Sie recht«, sagte Nastja zerstreut.

Ihr wurde klar, daß die mysteriösen Morde von langer Hand geplant waren. Wenn sie hinter diesen monströsen Plan käme, wäre schon viel gewonnen.

Schewzow hielt vor Nastjas Haus. Sie wollte gerade die Autotür öffnen, als sie das Mädchen entdeckte, das in dem ihr bekannten schwarz-roten Lackmantel vor ihrer Haustür stand. Es war Larissa Samykina. Was wollte sie hier?

»Bitte bleiben Sie noch einen Moment, Anton«, bat sie. »Ich glaube, dieses Mädchen dort wartet auf mich. Ich möchte nicht ohne Zeugen mit ihr sprechen.«

Anton stellte den Motor ab und verließ zusammen mit Nastja das Auto.

Das Mädchen stürzte auf Nastja zu.

»Anastasija Pawlowna, Sie müssen mir helfen!«

An ihrem geröteten Gesicht und den entzündeten Augen war zu erkennen, daß sie geweint hatte.

»Was ist passiert?« fragte Nastja kühl, während sie auf sie zuging.

»Sergej ist verschwunden. Man hat ihn bis zur Gerichtsverhandlung gegen Kaution freigelassen, und er ist verschwunden. Was soll ich nun tun?«

»Nichts. Was geht Sie das an? Gegen Sie läuft ein Verfahren wegen Falschaussage, aber Sie sind ja nicht verschwunden. Warum regen Sie sich so auf?«

»Sie verlangen Geld von mir.«

»Wer verlangt Geld von Ihnen und wofür?«

»Die Kautionssumme, mit der sie Sergej ausgelöst haben. Nun, da er verschwunden ist, wollen sie das Geld von mir haben. Aber woher soll ich so viel Geld nehmen?«

»Um wieviel handelt es sich denn?«

»Um fünfzigtausend.«

»Fünfzigtausend was? Rubel?«

»Nein, wo denken Sie hin! Dollar natürlich. O mein Gott, Anastasija Pawlowna, helfen Sie mir bitte, Sergej zu finden!«

Larissa schlug die Hände vors Gesicht und begann zu schluchzen.

»Hören Sie auf, Larissa«, sagte Nastja ungehalten. »Beruhigen Sie sich. Ihren Sergej wird ohnehin die Miliz suchen, wenn er tatsächlich verschwunden ist. Ich kann Ihnen leider nicht helfen. Gehen Sie nach Hause.«

»Aber sie müssen mir helfen!« Das Mädchen war so verzweifelt, daß es beinahe schrie.

»Sie müssen mir helfen! Das alles ist doch durch Sie gekommen. Sie sind an allem schuld!«

»Was meinen Sie damit?« Nastja hob erstaunt die Augenbrauen. Die Szene begann ihr lästig zu werden.

»Wenn Sie uns damals nicht belauscht hätten ... dann wäre nichts passiert. Jetzt verlangen sie diese wahnsinnige Geldsumme von mir und drohen damit, daß sie mich umbringen werden, wenn ich sie nicht beschaffe. Das ist alles Ihre Schuld!«

Larissa hatte inzwischen die Hände vom Gesicht genommen und schluchzte jetzt ganz unverhohlen. Die Tränen liefen ihr übers Gesicht, sie hatte eine rote Nase und unschöne Flecken auf den Wangen.

»Das sind Sie! ... Nur Sie! ... Sie sind an allem schuld! Helfen Sie mir bitte, ich flehe Sie an ... Sie werden mich umbringen. Mich und Sergej. Retten Sie uns!«

»Gehen Sie nach Hause, Larissa«, sagte Nastja und trat einen Schritt zur Seite, aber Larissa klammerte sich am Ärmel ihrer Jacke fest.

»Warten Sie, Sie können nicht einfach so gehen ... Haben Sie denn kein Herz?«

Nastja befreite sich demonstrativ von dem Zugriff des Mädchens und ging ins Haus. Anton, der die ganze Zeit über schweigend daneben gestanden hatte, folgte ihr, obwohl sie ihn nicht darum gebeten hatte. Wortlos fuhren sie im Lift nach oben und betraten die Wohnung.

»Hallo«, sagte Tschistjakow fröhlich. »Warum seht ihr so düster aus?«

»Nur so«, erwiderte Nastja unbestimmt. »Legen Sie ab, Anton, lassen Sie uns eine Kleinigkeit essen. Ich lasse Sie für einen Moment allein, ich muß kurz telefonieren.«

Sie ging mit dem Telefon in der Hand ins Zimmer und schloß die Tür hinter sich.

»Konstantin Michajlowitsch, ich bin es. Wissen Sie, daß Artjuchin verschwunden ist?«

»Nein, noch nicht. Ist er wirklich verschwunden?« erkundigte sich Olschanskij gelassen.

»Ich habe eben mit der Samykina gesprochen, sie behauptet es.«

»Und die Samykina selbst ist an Ort und Stelle?«

»Ja, sie ist hier.«

»Dann ist es ja gut. Ich ermittle wegen Falschaussage gegen sie, und Artjuchins Fall habe ich dem Gericht übergeben. Das haben sie nun davon, daß sie ihn gegen Kaution freigelassen haben. Ich war dagegen, aber sie haben nicht auf mich gehört.

Wahrscheinlich hat der Richter ein hübsches Schmiergeld eingesteckt.«

»Heißt das, daß den Fall jetzt niemand weiterverfolgt? Daß Artjuchin einfach so verschwunden bleiben darf?«

»Das kommt darauf an. Weißt du, Nastja, da es Freilassung gegen Kaution bei uns erst seit kurzem gibt, kennt sich damit noch niemand so richtig aus, niemand weiß, wie man so etwas kontrolliert. Vielleicht besinnt sich der Richter plötzlich und will Artjuchin sehen, um sich mit ihm zu unterhalten, vielleicht wird die Miliz aktiv und beginnt zu überprüfen, wie er sich verhält, ob er die Bedingungen der Freilassung gegen Kaution einhält. Bei der Miliz trifft man ja auch ab und zu auf so etwas wie Pflichtbewußtsein. Es kann aber auch sein, daß sich bis zur Gerichtsverhandlung überhaupt nichts tut. Das ist schwer vorherzusehen. Aber ich werde den Richter natürlich in Kenntnis setzen. Worüber hast du denn mit der Samykina gesprochen?«

»Die Leute, die die Kaution für Artjuchin vorgestreckt haben, verlangen jetzt, da er verschwunden ist, das Geld von Larissa. Und die Samykina kommt zu mir gelaufen und drückt nach allen Regeln der Kunst auf die Tränendrüse.«

»Sie ist der Meinung, daß du an allem schuld bist?«

»Ja, natürlich.«

»Macht nichts, achte nicht darauf, das kriegen wir schon hin. Du bist im Urlaub, erhole dich in aller Ruhe. Wie bekommt dir das eheliche Dasein?«

»Ausgezeichnet. Besser, als ich dachte.«

»Dann wollen wir hoffen, daß es auch weiterhin so bleibt.«

Anton machte sich wieder auf den Weg, Nastja warf sich ihre Jacke um und begleitete ihn nach unten.

»Anastasija, tut Ihnen das Mädchen wirklich kein bißchen leid?« fragte er, während er vor seinem grellgelben Auto stehenblieb.

»Nein«, erwiderte sie zurückhaltend.

Eigentlich war sie mit ihm nach unten gegangen, um sich noch einmal über die Sache zu unterhalten, aber jetzt hatte sie plötzlich keine Lust mehr.

»Warum denkt sie denn, daß Sie irgendeine Schuld haben an ihrer Situation?«

»Weil ich bewiesen habe, daß ihr Freund eine Frau vergewaltigt hat.«

»Eine seltsame Logik«, schmunzelte Anton. »Und Sie wissen tatsächlich nicht, wie man ihr helfen könnte?«

»Doch, natürlich weiß ich es. Man müßte sämtliche Moskauer Privatdetektive einschalten und sie dafür bezahlen, daß sie Artjuchin schneller finden als die Miliz. Denn sonst ist das Geld natürlich futsch.«

»Und warum haben Sie Ihr diesen Rat nicht gegeben?«

»Weil ich bei der Miliz arbeite und nicht in einer Privatdetektei.«

»Und könnten Sie selbst ihn finden?«

»Wohl kaum.« Nastja zuckte mit den Schultern. »Ich habe so etwas noch nie gemacht und weiß nicht, wie man da vorgeht. Für so etwas gibt es bei uns Spezialabteilungen und ausgebildete Fachleute.«

»Sie tut mir trotzdem leid«, seufzte Anton. »Sie hat so geweint, man konnte es kaum mit ansehen.«

»Tatsächlich? Und ich habe gesehen, wie das Mädchen geweint hat, das von Artjuchin vergewaltigt wurde. Dieses Mädchen hat mir leid getan.«

Anton schwieg eine Weile, dann lächelte er.

»Entschuldigen Sie bitte, ich glaube, ich habe eine Dummheit gesagt.«

Sie verabschiedeten sich herzlich und freundschaftlich, aber aus irgendeinem Grund fühlte Nastja sich unwohl. Sie ging schnell ins Haus, ohne zu warten, bis Anton weggefahren war.

* * *

Am nächsten Morgen um elf rüttelte Ljoscha Nastja, die noch fest schlief, unsanft wach. Sie war sehr spät ins Bett gegangen, der Gedanke an das Ehepaar, das vor zwei Monaten den Drohbrief erhalten hatte, hatte sie nicht losgelassen.

»Nastja, Schewzow ist am Telefon. Es sind noch mehr Leute aufgetaucht, die Drohbriefe bekommen haben.«

Nastja war sofort hellwach. Sie sprang auf und ergriff den Telefonhörer, den Ljoscha ihr hinhielt.

»Heute morgen haben schon vier Leute angerufen«, berichtete Anton. »Eine der Frauen hat den Drohbrief bereits vor einem halben Jahr erhalten.«

»Verdammt noch mal!« entfuhr es Nastja. »Warum läßt er uns denn nicht in Ruhe!«

»Wer?«

»Der Mörder. Kaum hat sich mein Gehirn auf eine Hypothese eingestellt, passiert etwas, das das Bild wieder von Grund auf verändert.«

»Offenbar ist es ein schlauer Mörder«, lachte Anton, »er schafft es, sogar jemanden wie Sie auszutricksen. Haben Sie irgendwelche Anordnungen für mich?«

»Das hängt davon ab, ob Sie Zeit haben, mich zu fahren.«

»Aber das ist doch gar keine Frage, Anastasija«, ereiferte sich Schewzow, »natürlich habe ich Zeit. Ich werde alles tun, was nötig ist. Das alles geht ja auch mich etwas an.«

»Inwiefern?«

»Man hat mich doch bestohlen, haben Sie das vergessen? Insofern habe auch ich ein blutiges Interesse an der Entlarvung des Mörders. Und außerdem habe ich das ermordete Mädchen gesehen, die Kartaschowa, und ihren Bräutigam. Wissen Sie, so leicht vergißt man so etwas nicht. Für Sie ist es wahrscheinlich einfacher, Sie sind an solche Bilder gewöhnt.«

Zwei Stunden später unterhielten sie sich bereits mit der sympathischen jungen Julia, die allein zu Hause war, weil man ihr an ihrem Arbeitsplatz für das Gespräch mit der Miliz freigegeben hatte.

»Wissen Sie, ich war damals nicht im geringsten erstaunt«, gab sie ehrlich zu. »Ich hatte damals drei Freunde gleichzeitig und habe lange überlegt, welchen von ihnen ich heiraten soll. Deshalb war ich davon überzeugt, daß den Drohbrief einer der beiden anderen geschrieben hatte.«

»Haben Sie den Drohbrief aufbewahrt?«

»Ja, natürlich. Es war immerhin eine Erinnerung an meine einstigen Verehrer«, sagte sie und lachte dabei ungut auf.

Julia brachte das bekannte weiße Kuvert und zog ein in der Mitte gefaltetes Blatt Papier daraus hervor, auf dem derselbe Text stand wie in den anderen Drohbriefen.

»Schade«, sagte sie mit einem aufrichtigen Seufzer. »Er stammt also nicht von einem meiner Verehrer. Und ich hatte gedacht, einer von ihnen wollte mich zurückhaben ...«

Nastja und Anton fuhren zur nächsten Adresse.

»Manchmal ist es schon komisch«, bemerkte Anton. »Das Ehepaar, bei dem wir gestern waren, hat sich gefreut, als sich herausstellte, daß der Drohbrief nicht aus ihrer nächsten Umgebung stammt. Und diese Julia bedauert es. Es ist zum Lachen.«

»Ja«, stimmte Nastja zu, obwohl ihr ganz und gar nicht zum Lachen zumute war. Es gelang ihr beim besten Willen nicht, hinter die Logik und den Plan des Mörders zu kommen, das machte sie nervös und bereitete ihr ständig Kopfzerbrechen.

Die nächste Frau, mit der sie sprachen, sah müde und niedergeschlagen aus. Nastja sah sich in ihrer Wohnung um und entdeckte keine Spuren, die auf die Anwesenheit eines Mannes schließen ließen, obwohl die Frau erst vor vier Monaten geheiratet hatte.

»Wegen dieses Briefes ist alles kaputtgegangen«, sagte die Frau irgendwie abwesend, während sie, an den Gästen vorbei, aus dem Fenster sah. »Jetzt ist es zu spät, noch darüber zu reden, es läßt sich nichts mehr richten. Mein Mann hat mir einfach nicht geglaubt.«

»War es Eifersucht?«

»Nein, eher war es Dummheit. Aber natürlich auch Eifersucht. Jedenfalls kam bei diesem Mann plötzlich alles mögliche zum Vorschein. Ich hatte gar nicht geahnt, daß so viel Bosheit und Gemeinheit in ihm stecken. Vielleicht ist es ganz gut, daß alles so gekommen ist.«

Sie lächelte sparsam.

»Sagen Sie, Anna Igorjewna, haben Sie den Drohbrief aufbewahrt?«

»Wo denken Sie hin. Mein Mann hat ihn sofort zerrissen. Wissen Sie, am Tag unserer Hochzeit hat er noch irgendwie Haltung bewahrt und war sogar liebevoll. Aber ab dem nächsten Tag war ich eine Schlampe für ihn, ein Flittchen, eine Nutte. Ich hatte gar nicht gewußt, wie viele einschlägige Schimpfwörter er kennt.« Sie lachte kurz auf. »Ich habe das genau zehn Tage ausgehalten, dann haben wir uns getrennt. Inzwischen ist die Ehe wieder geschieden.«

»Das tut mir leid für Sie«, sagte Nastja leise. »Vielleicht könnte ja alles wieder ins Lot kommen, jetzt, da sich herausgestellt hat, daß so einen Brief nicht nur Sie bekommen haben.«

»Nein, ich will nicht mehr.« Anna Igorjewna schüttelte den Kopf. »Ich habe genug. Ich bin schon sechsunddreißig, wegen eines Stempels im Paß lasse ich mich nicht noch einmal erniedrigen. Ich wollte schrecklich gern heiraten, das gebe ich zu, aber ich hatte lange Zeit kein Glück. Und jetzt will ich nicht mehr.«

»Warum haben Sie den Drohbrief nicht zur Miliz gebracht?«

»Weil ich wußte, wer ihn geschrieben hatte. Das heißt, bis gestern habe ich geglaubt, es zu wissen.«

Sie fuhren noch zu den zwei anderen Adressen und hörten sich noch zwei Geschichten von Frauen an, die ebenso unterschiedlich wie gleichartig klangen. Keine von ihnen hatte sich an die Miliz gewandt, weil jede »gewußt« hatte, von wem der Drohbrief stammte.

Sie waren kreuz und quer durch die Stadt gefahren, um die Frauen zu finden, die sich gerade an ihrem Arbeitsplatz befanden, zu Hause oder bei Freunden.

»Anastasija, wir sind gerade in der Nähe meines Hauses«, sagte Anton, »vielleicht sollten wir bei mir eine Tasse Tee trinken.«

»Einverstanden«, stimmte Nastja zu. Sie hatten beide den

ganzen Tag noch nichts gegessen, obwohl es bereits sieben Uhr abends war.

Anton Schewzow wohnte in einer kleinen, nicht sehr geräumigen, aber bequemen Zweizimmerwohnung. Man sah sofort, daß er ein ordentlicher Junggeselle war, alles war sauber, gepflegt, ganz offensichtlich erst vor kurzem renoviert. Die hellgrauen, fast weißen Tapeten an den Wänden im Wohnzimmer hatten ein kaum merkliches silbernes Muster, was eine heitere Atmosphäre schuf und den Raum mit einem besonderen Licht zu füllen schien.

»Möchten Sie Tee oder Kaffee?«

»Haben Sie denn auch Kaffee? Sie trinken doch keinen«, sagte Nastja erstaunt.

»Selbst trinke ich keinen, aber für Gäste ist immer welcher da.«

Anton brachte auf dem Tablett Tassen, eine Zuckerdose, Instantkaffee und einen Kessel mit heißem Wasser ins Zimmer.

»Möchten Sie etwas essen? Ich kann Ihnen Brot, Käse und Kekse anbieten.«

»Gern«, sagte Nastja mit einem dankbaren Lächeln. »Ich sterbe vor Hunger. Sie retten mich wieder einmal. Darf man bei Ihnen rauchen?«

»Aber selbstverständlich. Rauchen Sie, wo und so viel Sie wollen«, rief er ihr aus der Küche zu. »Der Aschenbecher steht auf dem Tisch.«

Nastja ging langsam durchs Zimmer und trat hinaus auf den Balkon. Sie bemerkte, daß auch hier vorbildliche Ordnung herrschte. Guter Gott, wann würde sie es endlich einmal schaffen, ihre eigene, völlig zugemüllte Loggia aufzuräumen? Sie setzte sich auf den Stuhl, der auf dem Balkon stand, und steckte sich eine Zigarette an.

Anton kam mit belegten Broten und einer Schale Kekse ins Zimmer.

»Anastasija!« rief er laut. »Es ist angerichtet.«

Sie schnippte ihre angerauchte Zigarette über das Balkongeländer und kehrte ins Zimmer zurück.

»Sie sind so blaß«, bemerkte Anton, während er heißes Wasser in die Tasse mit dem Instantkaffee goß. »Sind Sie müde?«

»Ein wenig.«

»Es ist wahrscheinlich nicht sehr angenehm, seinen Urlaub auf diese Weise zu verbringen. Besonders gleich nach der Hochzeit.«

»Nein, nein, es ist schon in Ordnung.«

Nastja nippte an dem Kaffee und nahm sich ein belegtes Brot. Das Brot war ganz frisch, der Käse von der teuren Sorte.

»Das passiert mir nicht zum ersten Mal«, sagte sie. »Einmal machte ich Urlaub in einem Sanatorium, und ausgerechnet in dieser Zeit wurde dort ein Mord begangen. Anstatt mich kurieren zu lassen, mußte ich mich wieder mit Mord und Totschlag beschäftigen. Wahrscheinlich kann ich einfach nicht Urlaub machen, ich langweile mich. Mein Kopf muß immer etwas zu tun haben, nur dann geht es mir gut.«

»Ich mache sehr gern Urlaub. Abschalten, an nichts denken, nichts tun. Ab und zu muß der Mensch abschalten, sonst hält er den Alltag nicht aus.« Anton lächelte. »Aber ich bin kein Maßstab, ich habe die Psychologie eines Herzkranken. Der Arzt hat mir Ruhe verordnet, und ich halte mich daran. Ich glaube an die Ärzte. Und Sie?«

»Ich nicht. Das heißt, ich glaube natürlich auch an sie, aber ich mache trotzdem, was ich will.«

Nastja kippte den inzwischen schon erkalteten Kaffee hinunter und erhob sich.

»Danke, Anton. Es wird Zeit für mich.«

»Ich fahre Sie nach Hause.« Anton sprang ebenfalls auf.

»Nein, nein, nicht nötig, ich nehme die Metro. Ich mißbrauche ständig Ihre Hilfsbereitschaft und habe sowieso schon Schuldgefühle.«

»Hören Sie auf, Nastja.« Er nannte sie zum ersten Mal nicht Anastasija, sondern einfach Nastja. »Wir sind doch Freunde, und zwischen Freunden wird nicht gerechnet. Ich fühle mich wohl in Ihrer Gesellschaft, und Sie sind viel zu müde, um mit der Metro fahren.«

Nastja war wirklich müde, sie wollte sich nicht wehren und gab nur zu gern nach.

* * *

Stepaschka erfüllte gewissenhaft sein Versprechen. Zuerst rief er Larissa Samykina an und anschließend gleich den Schönling namens Shenja.

»Unsere Kleine ist rührig, sie unternimmt die nötigen Schritte«, berichtete er. »Gestern war sie sogar bei der Kamenskaja und wollte sie dazu bringen, daß sie ihr bei der Suche nach Artjuchin hilft.«

»Bei wem war sie?« Shenja verschluckte sich beinah. »Bei der Kamenskaja von der Kripo?«

»Ja, sicher, genau bei der, die Sergej ans Messer geliefert hat.«

»Diese Idiotin!« heulte Shenja auf. »Hast du denn keine Augen im Kopf? Warum hast du das nicht verhindert?«

»Was ist denn los?« fragte Stepaschka beleidigt. »Warum schreist du so?«

»Begreifst du denn nicht, wer diese Kamenskaja ist? Verdammt noch mal, bist du so blöd, oder tust du nur so?«

»Wer ist sie denn?«

»Erinnerst du dich daran, daß man vor zwei Monaten Trofims heißgeliebten Enkel erschossen hat?«

»Ja, ich erinnere mich. Und was weiter?«

»Die Kamenskaja hat den Mörder gefaßt, und seitdem ist Trofim ihr bester Freund.«

»Nun übertreib es nicht, ihr bester Freund wird er schon nicht gleich sein.«

»Ich übertreibe nicht. Wenn die Kamenskaja sich bei Trofim darüber beschwert, daß wir das Mädchen wegen Artjuchin am Wickel haben, hat unser letztes Stündchen geschlagen. Dann fliegt sofort die ganze Geschichte auf. Wir reißen uns den Hintern auf, damit Trofim nichts davon erfährt, daß wir Artjuchin ausgelöst haben, und du … verdammter Kretin.«

»Aber das konnte ich doch nicht wissen«, begann Stepaschka

sich zu rechtfertigen. »Ich höre von dieser Kamenskaja überhaupt zum ersten Mal.«

Jetzt log er natürlich, denn in Wahrheit hatte er ihren Namen einfach vergessen. Natürlich hatte er von dem Mord an dem Enkel des großen, mächtigen Mafiabosses Trofim gehört, man hatte ihm auch den Namen des Weibsbildes von der Kripo genannt, aber irgendwie war ihm dieser Name wieder entfallen. Zum Teufel, die Sache war dumm gelaufen. Hätte er sich erinnert, dann hätte er Larissa natürlich gleich gesagt, daß sie nicht auf den Gedanken kommen solle, sich an die Kamenskaja zu wenden. Er hätte sich denken können, daß sie das tun würde. Er hatte sie im Grunde selbst zu diesem Schritt provoziert, indem er ihr gesagt hatte, sie sei selbst schuld an allem, jetzt müsse sie auch dafür geradestehen. Das Mädchen hatte nachgedacht, hatte das Köpfchen angestrengt und war dann zu der gelaufen, die in ihren Augen die Schuld hatte. Zur Kamenskaja.

»Kurz, Stepaschka«, sagte Shenja, der sich inzwischen wieder etwas beruhigt hatte, »lauf zu Larissa, und nimm sie in die Mangel. Sie soll sofort die Kamenskaja anrufen, sie soll zu ihr gehen, zu ihr kriechen und sich entschuldigen. Sag ihr, sie soll der Kamenskaja ihr Ehrenwort geben, daß Sergej in ein, zwei Tagen wieder dasein wird, weil er in Wirklichkeit keinesfalls auf der Flucht ist, sondern einfach nur bei irgendeinem Weibsbild steckt. Larissa konnte ihn nicht erreichen und war in Panik geraten. Hast du mich verstanden?«

»Ja, ich habe verstanden. Wird gemacht.«

»Aber beeil dich, jede Minute zählt.«

Stepaschka legte den Hörer auf und zog sich rasch um. Er legte einen teuren Dreireiher an, ging zum Kühlschrank, entnahm ihm eine riesige Schachtel Pralinen und eine Flasche Johnny Walker und lief schnell zu seinem luxuriösen Wagen. Blumen wollte er unterwegs besorgen.

ELFTES KAPITEL

Marat Latyschew wachte spät auf. Er hatte einen schweren Kopf, im Mund den schalen Nachgeschmack der zahllosen Zigaretten, die er am Vortag am Spieltisch geraucht hatte. Wieder hatte er gespielt, aber diesmal mit Glück. Genau diese seltenen Gewinne waren es, die es ihm unmöglich machten, seine unselige Leidenschaft zu besiegen.

Während er Kaffee kochte, rief Tamila an, ihre Stimme klang gereizt und böse.

»Warum sitzt du tatenlos herum?« begann sie ohne Umschweife. »Willst du nicht endlich etwas unternehmen? Die Zeit läuft.«

»Ich war doch am Samstag auf der Datscha, ist das nicht genug?«

Er hatte Tamila von seiner Begegnung mit Elja und Turbin bereits am Samstag abend berichtet. Sie waren beide der Meinung gewesen, daß er die richtige Taktik angewandt hatte, jedenfalls war Elja am Abend verstimmt und bedrückt nach Hause gekommen. Aber bis zum Dienstag war ihre gute Laune wieder zurückgekehrt, sie lachte und plapperte wieder. Die Mißstimmung hatte nicht lange angehalten.

»Erst einmal war es genug«, erwiderte Tamila. »Aber jetzt müssen wir wieder etwas unternehmen. Sie sind zum Sonnen nach Serebrjannyj Bor gefahren.«

»Ich habe verstanden«, seufzte Marat. »Danke, daß du es mir gesagt hast.«

Er hatte nicht die geringste Lust, irgendwohin zu fahren, er fühlte sich völlig zerschlagen, aber er wußte, daß Tamila recht hatte. Er schüttete schnell eine Tasse heißen Kaffee hinunter und machte sich auf den Weg nach Serebrjannyj Bor.

Er entdeckte Elja und Turbin sofort. Trotz des sonnigen, fast sommerlich warmen Wetters waren unter der Woche nur wenige Leute am Strand. Während Marat sich den beiden näherte, betrachtete er wohlwollend Turbins gutgebauten, muskulösen Körper mit den breiten Schultern und den kräftigen langen Beinen. Man konnte es der dummen kleinen Elja bei Gott nicht verdenken, daß sie beim Anblick eines solchen Mannes dahinschmolz. Er sah wirklich verdammt gut aus, dieser nichtsnutzige, erbärmliche Universitätslaffe.

Elja lag mit angewinkelten Beinen auf der Seite, mit dem Kopf auf Turbins Schulter. Marat grinste innerlich und runzelte die Stirn. Sie entsprach ganz und gar nicht seinem Geschmack, klein und mollig wie sie war. Obwohl sie ein bezauberndes Gesichtchen hatte, zweifellos. Aber Marat gehörte zu den Männern, die das Gesicht einer Frau am wenigsten interessierte. Olga Jemeljanzewa war bei weitem nicht so hübsch wie Elja, aber an ihr gefiel ihm alles, mit ihr hätte er von morgens bis abends Liebe machen können, wenn ihm die Zeit und die Energie dafür gereicht hätten. Aber im Bett mit Elja hatte er sich überwinden und Leidenschaft vortäuschen müssen.

»Na, sonnt ihr euch?«, fragte er spöttisch, als er an die beiden herantrat.

Elja zuckte zusammen und richtete sich abrupt auf. Sie hatte Marats Stimme sofort erkannt. Turbin begriff im ersten Moment nicht, wer sie angesprochen hatte, er blinzelte nur schläfrig, aber bereits in der nächsten Sekunde verzerrte sich sein Gesicht vor Zorn.

»Schon wieder Sie? Was wollen Sie diesmal? Wieder Geld zählen?«

Elja legte ihm beruhigend die Hand auf die Schulter, aber unter dem höhnischen Blick ihres einstigen Geliebten zuckte sie sofort wieder zurück, als hätte sie sich verbrannt.

»Marat, warum ...« stammelte sie mit jämmerlicher Stimme, »wie kommst du denn hierher?«

»Ich bin gekommen, um dich zu sehen, Elja, um mich dir in Erinnerung zu rufen, damit du nicht vergißt, wie sehr ich dich liebe«, erwiderte Latyschew heiter und setzte sich ohne zu fragen auf die ausgebreitete Decke. »Wart ihr schon im Wasser?«

»Nein, es ist noch zu kalt«, sagte Elja unsicher. Valerij warf ihr einen vernichtenden Blick zu. Es konnte nichts Gutes bringen, wenn sie sich auf ein Gespräch mit diesem Schurken einließ, der es darauf anlegte, ihre Beziehung zu zerstören, und daraus nicht einmal einen Hehl machte.

Marat öffnete sein Hemd und streckte sich auf der Decke aus. Er fürchtete das kalte Wasser nicht und wäre mit Vergnügen ein wenig geschwommen, um sich zu erfrischen und die Benommenheit loszuwerden, an der auch der Kaffee und die schnelle Autofahrt nichts geändert hatten. Aber er durfte das Paar nicht allein lassen, er mußte verhindern, daß sie eine gemeinsame Verhaltensstrategie gegen ihn entwickelten. Sie hatten ihn hier nicht erwartet und sicherlich keine Absprachen getroffen, wie man sich im Fall seines Erscheinens verhalten sollte. Es war ihm gelungen, Elja sofort wieder zu verwirren, und er mußte die Situation nutzen. Dabei sehnte er sich so nach dem Wasser.

Er nahm die teure Sonnenbrille ab, schloß die Augen und ließ sich die Sonne ins Gesicht brennen. Das Thema Geld wollte er heute nicht anschneiden. Er würde mit irgendeiner Nebensächlichkeit beginnen und dann weitersehen. Schließlich hatte er einen Trumpf in der Hand, und er würde ihn auch ausspielen. Als er begriffen hatte, daß Turbins Mutter etwas dagegen hatte, daß ihr Sohn die Tochter reicher Eltern heiratete, war er sehr erstaunt gewesen. Jede andere Mutter in ihrer Lage wäre glücklich gewesen, wenn ihr Kind die Chance bekommen hätte, der Armut zu entrinnen, aber sie war unzufrieden. Wie war das zu verstehen?

Marat hatte ihr keine Fragen gestellt, aber Informationen hatte er selbstverständlich eingeholt. Er hatte einen Privatdetektiv beauftragt und nach zwei Tagen bereits gewußt, daß Turbins Vater eine verkommene Kreatur war, ein Alkoholiker mit einer schweren Sexualpathologie, neunzehn Jahre jünger als Veronika Matwejewna. Ein ehemaliger Leichenbestatter! Es war nicht zu fassen. Die alte Frau war Medizinerin und hatte natürlich begriffen, daß von so einem Mann keine Prachtexemplare als Nachkommen zu erwarten waren. Sie machte sich Sorgen wegen der Enkelkinder. Und der Erzeuger selbst machte keinen Hehl aus seinem Interesse an seinem Sohn, alle seine Saufkumpane wußten Bescheid, daß dieser drauf und dran war, in eine reiche Familie einzuheiraten, und daß sich eine neue Geldquelle auftat. Kein Wunder, daß die alte Frau das Gefühl hatte, auf einem Pulverfaß zu sitzen. Was konnte sie gegen diesen Trunkenbold tun? Gar nichts. Sie konnte ihn nur umbringen. Anders war er nicht zum Schweigen zu bringen.

»Gefällt es dir hier besser als am Balaton, Elja?« fragte Marat, ohne die Augen zu öffnen. »Jetzt wirst du dich an den verseuchten, schlammigen Moskwa-Fluß mit seinen toten Fischen gewöhnen müssen. Mir ist klargeworden, daß du dich damit bereits abgefunden hast, daß ich dich mit den Schönheiten westlicher Badeorte nicht mehr locken kann. Du bereitest dich auf ein glückliches Familienleben mit Kochtöpfen, Putzlappen und den schmutzigen Socken des geliebten Ehemannes vor.«

»Komm, Elja, wir gehen!« sagte Turbin erbost, stand auf und begann, sich anzuziehen.

Elja erhob sich gehorsam und griff nach ihren Kleidern.

»Wohin wollt ihr denn?« erkundigte sich Marat mit träger Stimme. »Ins Kino?«

»Das geht Sie nichts an«, erwiderte Turbin. »Bitte stehen Sie auf, ich muß die Decke einpacken.«

Aber Marat dachte nicht daran, aufzustehen. Er mußte noch seinen Trumpf ausspielen, aber der richtige Moment war noch nicht gekommen.

»In der Tat, wo wollt ihr denn hingehen?« Er drehte sich vom

Rücken auf den Bauch und sah den beiden dabei zu, wie sie sich anzogen. »Bei Elja ist die Mutter zu Hause, und bei Ihnen sicher auch, Valerij. Ihr habt kein Auto, also könnt ihr nur in den Straßen herumlaufen, aber das ist langweilig, und außerdem ist es dazu viel zu heiß. Bleibt also nur das Kino. Da könnt ihr in der letzten Reihe sitzen, Händchen halten und euch küssen wie die Primaner. Elja, Kindchen, kannst du dir wirklich kein besseres Vergnügen vorstellen? Alle Filme, die zur Zeit in den Kinos laufen, hast du längst auf Video gesehen. Und denk nur nicht, daß es sich um vorübergehende Schwierigkeiten handelt, daß nach eurer Hochzeit alles anders werden wird.«

»Verschwinden Sie, Marat«, sagte Valerij. »Wir müssen gehen. Erlauben Sie mir, die Decke einzupacken, danach können Sie in stolzer Einsamkeit weiter deklamieren.«

»Alles wird weitergehen wie bisher, Elja. Ihr werdet nie wissen, wohin mit euch«, fuhr Latyschew fort, als sei nichts gewesen. »Ihr werdet entweder bei deinen Eltern oder bei Valerijs Mutter wohnen, wobei das zweite wahrscheinlicher ist, da Tamila Schalwowna kaum einen fremden Mann in ihrer Wohnung dulden wird, auch wenn es sich um einen Verwandten handelt. Valerijs Mutter ist eine alte Frau, die das Haus nur noch selten verläßt, so daß ihr tagsüber kaum zu irgendwelchen Liebesangelegenheiten kommen werdet. Dein Mann wird seinen philosophischen Studien nachgehen, und dir bleibt die Küche. Wie gefällt dir so eine Aussicht?«

Endlich biß Turbin doch an.

»Wenn alles so ist, wie Sie es uns in so leuchtenden Farben ausgemalt haben, wie würde Eljas Leben denn aussehen, wenn sie mit Ihnen verheiratet wäre?« fragte er verächtlich.

Marat wurde lebendig. »Erstens wäre sie die Herrin in ihrem eigenen Haus. Sie würde Gäste empfangen und abends elegant gekleidet und teuer geschmückt vor ihnen brillieren. Aber das nur nebenbei, ich wollte heute nicht wieder von Geld reden. Zweitens und vor allem würde sie Mutter sein und schöne, gesunde Kinder großziehen. Die Rolle der Mutter ist das Wichtigste im Leben einer Frau. Und vor allem das würde Eljas Aufgabe in der Ehe mit mir sein.«

»Mit demselben Erfolg wird Elja diese Aufgabe auch als meine Ehefrau erfüllen«, sagte Turbin hochmütig. »Und Sie können sicher sein, daß sie sich nicht langweilen wird.«

»Ganz bestimmt!« Marat brach in herzliches Gelächter aus. Die Unterhaltung entwickelte sich genau nach Plan und näherte sich dem Punkt, an dem er seinen Trumpf ausspielen konnte. »Sie wird ein Monster mit zwei Köpfen zur Welt bringen und Mützchen für seine zwei Köpfe nähen. Es wird ein Heidenspaß werden.«

»Ich habe Sie nicht ganz verstanden«, sagte Turbin betont langsam, »hätten Sie vielleicht die Güte, sich näher zu erklären?«

Seine Augen waren dunkel geworden, eine finstere Drohung stand in seinem Gesicht.

»Spielen sie nicht den Ahnungslosen, junger Mann, Sie wissen ganz genau, welche Nachkommen von Eltern wie den Ihren zu erwarten sind. Sie haben Glück gehabt, die Natur hat Sie übersprungen, aber Ihre Kinder wird sie nicht verschonen, darauf können Sie sich verlassen. Oder weiß Elja nichts von Ihren großartigen Erbanlagen? Haben Sie ihr das verheimlicht?«

Turbin bückte sich abrupt, packte Marat am Hemd und stellte ihn auf die Füße.

»Ich möchte wissen, wovon Sie reden! Was soll ich Elja verheimlicht haben?«

Latyschew löste sich aus Turbins Zugriff und trat einen Schritt zurück. Elja stand daneben und sah die beiden mit weit aufgerissenen Augen an, unfähig, etwas zu sagen. Sie hatte inzwischen ihre Bluse angezogen, jetzt hielt sie verwirrt ihre Seidenhose in der Hand und wußte nicht, was sie damit machen sollte.

»Elja, hat dir dein zukünftiger Mann nicht gesagt, wer seine Eltern sind?«

»Seine Mutter ist pensionierte Medizinerin«, erwiderte sie verständnislos.

»Und der Vater?«

»Valerijs Vater ist vor langer Zeit gestorben. Er war Offizier.«

»Was du nicht sagst!« Marat lächelte freudig. »Ich muß dich leider enttäuschen, Kindchen. Valerijs Vater ist wohlauf und höchst lebendig, er ist ein chronischer Säufer. Mehr noch. Er war zweimal im Gefängnis. Und weißt du, wofür?«

»Was faseln Sie denn da!« brauste Turbin auf. »Was ist das für ein Schwachsinn!«

»Das ist kein Schwachsinn, fragen Sie Ihre Mutter, Sie wird Ihnen erzählen, wie Ihr heißgeliebtes Papachen seine sexuellen Bedürfnisse an Leichen befriedigt hat.«

»Halten Sie den Mund! Elja, hör nicht auf ihn, er lügt, das ist alles gelogen, du siehst doch selbst, daß er es nur darauf anlegt, uns auseinanderzubringen. Laß uns gehen!«

»Leider lüge ich ganz und gar nicht, liebe Elja. Vielleicht wundert es dich ja gar nicht, daß deine zukünftige Schwiegermutter nicht begeistert davon ist, dich in ihre Arme zu schließen, vielleicht hast du bisher einfach nicht darauf geachtet. Aber dein Valerij muß es auf jeden Fall bemerkt haben. Warum kommt ihm das nicht seltsam vor? Weil alles, was ich gesagt habe, die Wahrheit ist. Deine Kinder werden geistig zurückgebliebene Mißgeburten mit sechs Fingern sein, weil der Vater deines Bräutigams ein Alkoholiker mit einer schweren sexuellen Störung ist.«

»Sie lügen!« rief Turbin erneut aus. »Elja, hör nicht auf ihn!«

»Doch, Elja, Kindchen, hör genau zu. Ich lüge nicht«, sagte Marat mit müder Stimme und ließ sich erneut auf die immer noch ausgebreitete Decke nieder. Seine Knie waren weich geworden. Er hatte sich nicht vorgestellt, daß das Ausspielen des Trumpfes ihn so viel Kraft kosten würde. Er hatte sich nie im Leben gescheut, Gemeinheiten zu begehen, aber noch nie war es ihm so schwer gefallen wie heute. Wahrscheinlich deshalb, weil er noch nie jemandem einen so vernichtenden Schlag versetzt hatte wie eben Turbin.

»Komm her, Elja.« Er bedeutete ihr mit der Hand, sich neben ihn auf die Decke zu setzen. »Setz dich hier hin, und denke nach, während dein Valerij jetzt nach Hause fahren und seine Mutter fragen wird, ob das alles wahr oder gelogen ist. Und wir beide werden warten. Wenn er in drei Stunden nicht wieder zurück ist, wird das bedeuten, daß ich die Wahrheit gesagt habe. Siehst du, wie einfach alles ist.«

»Sie sind ein Schwein!« stieß Turbin zwischen den Zähnen hervor. »Sie wollen Elja und mich auseinanderbringen, dazu ist Ihnen jedes Mittel recht. Aber sie wird mit mir kommen, zu meiner Mutter, um mit eigenen Ohren zu hören, daß alles, was Sie gesagt haben, eine schmutzige Lüge ist. Und dann wird sie endlich begreifen, was für ein guter und anständiger Mensch Sie sind. Zieh dich an, Elja.«

»Setz dich, Elja«, wiederholte Latyschew. »Das, was du zu hören bekommen wirst, wird keine Freude für dich sein. Das solltest du dir nicht antun.«

Elja stand völlig erstarrt da, in der Hand immer noch die grellroten Hosen, die im Wind flatterten und in dieser Situation plötzlich so deplaciert wirkten wie rote Luftballons auf einer Beerdigung. Marat nahm sie an der Hand und zog sie zu sich herunter, willenlos ließ sie sich ziehen und setzte sich neben ihn auf die ausgebreitete Decke.

»Elja, komm mit mir, du wirst dich selbst überzeugen ...«

»Nein.«

Endlich hatte sie die Kraft gefunden, etwas zu sagen.

»Nein, ich komme nicht mit. Fahr du allein. Und komm wieder zurück. Ich werde auf dich warten.«

»Gut«, sagte Turbin mit drohender Stimme, »ich komme zurück. Ich komme zurück und werde dieses Schwein umbringen.«

Er drehte sich abrupt um und ging in Richtung Straße.

»Elja«, begann Marat, aber sie unterbrach ihn.

»Sei still. Es ist schrecklich, was du da gesagt hast. Ich glaube dir kein Wort. Laß mich in Ruhe!«

»Wenn du mir nicht glaubst, warum bist dann hier bei mir

geblieben? Warum bist du nicht mit ihm gegangen, zu seiner Mutter?«

»Sie mag mich nicht. Und ich mag sie auch nicht. Darum bin ich nicht mitgegangen. Wie konntest du das tun, Marat«, sagte sie vorwurfsvoll, »wie konntest du nur!«

»Ich liebe dich und will nicht, daß du dich ins Unglück stürzt. Ich möchte, daß du mit mir zusammen bist. Was ist daran so verwerflich?«

Er legte seinen Arm zärtlich um ihre Schultern, aber sie entzog sich ihm.

»Laß mich. Wenn Valerij zurückkommt ...«

»Er wird nicht zurückkommen«, sagte Marat mit sanfter Stimme. »Er wird nicht zurückkommen, weil ich die Wahrheit gesagt habe. Er darf keine Kinder haben, verstehst du?«

»Er wird zurückkommen«, wiederholte Elja beharrlich. »Und ich werde hier auf ihn warten.«

»Ist gut, wir werden gemeinsam auf ihn warten«, seufzte Latyschew. Innerlich frohlockte er. Er wußte, daß er kein einziges unwahres Wort gesagt hatte. Er wußte, daß Turbin nicht zurückkehren würde.

»Wie spät ist es?« fragte sie, ohne sich zu ihm umzuwenden.

»Halb eins. Wollen wir bis vier Uhr warten?« Großzügig verlängerte er die Wartezeit auf dreieinhalb Stunden, obwohl er wußte, daß es von hier bis zu Turbins Wohnung nicht mehr als eine halbe Stunde war.

»Bis fünf«, erwiderte Elja. »Nein, bis sechs.«

»Gut, dann eben bis sechs«, stimmte Marat zu. Es war ihm gleichgültig, wie lange sie warten würden. Turbin würde sowieso nicht zurückkommen.

* * *

Untersuchungsführer Olschanskij unterrichtete nicht nur den Richter, sondern auch die Miliz von Artjuchins Verschwinden. Sofort wurde die Fahndung nach ihm eingeleitet, man überprüfte alle Orte, an denen er sich gewöhnlich aufhielt, und seine sämtlichen Bekannten. An erster Stelle wurde natürlich Larissa Samykina befragt. Sie war blaß, hatte verweinte Augen und schwor, daß sie keine Ahnung hatte, wo Sergej war. Die Aussage des Mädchens wirkte glaubwürdig.

Am selben Abend, es war Dienstag, rief Olschanskij bei ihr an und lud sie zum Verhör vor. Sie sollte am nächsten Tag um zehn Uhr erscheinen. Am Mittwoch wartete Konstantin Michajlowitsch bis zum Mittag auf sie, dann mußte er sich um andere Dinge kümmern. Anschließend rief er bis zum Abend immer wieder bei ihr an, aber sie meldete sich nicht. Daraufhin setzte er sich mit der Miliz in Verbindung und bat, Larissa am nächsten Tag zwangsweise vorzuführen.

Aber am nächsten Tag stellte sich heraus, daß Larissa Samykina spurlos verschwunden war.

* * *

Nadeshda Rostislawowna, Nastjas Mutter, mochte sich mit der Aversion ihrer Tochter gegen große, laute Menschenansammlungen nicht abfinden.

»Wir gehen alle vier«, verkündete sie, ohne auf Nastjas schüchterne Einwände zu achten. »Ich und dein Vater und du mit Ljoscha. Es muß doch möglich sein, daß wir einmal in drei Jahren alle zusammen ausgehen.«

»Aber Mama, du weißt doch, daß ich diese Veranstaltungen nicht mag«, stöhnte Nastja. »Warum willst du mich zwingen? Ich bin viel lieber zu Hause. Ich mag mich nicht anziehen und schminken, ich habe keine Kraft dazu.«

»Töchterchen, du redest Unsinn. Ich bin für ganze zwei Wochen hier, danach werden wir uns wieder ein Jahr lang nicht sehen. Kannst du deiner Mutter nicht ein einziges Mal im Jahr einen Gefallen tun?«

»Ljoscha und ich könnten doch zu euch kommen«, schlug Nastja vor. »Bei euch zu Hause können wir uns wenigstens in Ruhe unterhalten. Bitte, Mama ...«

»Hör auf, Nastja. Zu uns kommt ihr außerdem noch, das versteht sich von selbst. Ich bitte dich, mach dich fertig, um sieben Uhr erwarten Papa und ich euch vor dem Filmzentrum. Heute abend werden viele meiner Bekannten da sein, unter anderem Botschaftsmitarbeiter, verstehst du. Ich habe so viel von meiner ungewöhnlichen Tochter und ihrem ungewöhnlichen Professor Tschistjakow erzählt, daß mir keiner mehr glaubt. Ich möchte, daß meine Bekannten endlich einmal meine Familie zu Gesicht bekommen. Ich bin stolz auf euch, verstehst du das denn nicht?«

Es war, als hätte Nastja ein Stromschlag getroffen. Ihr wurde plötzlich klar, daß ihre Mutter mit ihrem schwedischen Geliebten gebrochen hatte. Und jetzt wollte sie allen, die von diesem Verhältnis gewußt hatten, zeigen, daß in ihrem Leben alles in Ordnung war, daß sie eine wundervolle Familie hatte, die sie nie zu verlassen vorgehabt hatte. Mein Gott, wie typisch weiblich, dachte Nastja mit einem inneren Lachen.

»Gut, Mama«, stimmte sie zu. »Wir werden kommen. Um sieben vor dem Filmzentrum.«

Im Mittelpunkt der Veranstaltung im Filmzentrum stand die Ausstellung der Fotografin Alla Mospanowa. Die hagere, braungebrannte Künstlerin hatte ihr Haar mit einem Tuch fest an den Kopf gebunden und trug zahlreiche Armreife an ihren schönen nackten Armen. Sie war umringt von Freunden und Bewunderern. Sie war außerordentlich begabt und hatte bereits Ausstellungen in aller Welt gehabt.

»Kennst du sie etwa?« fragte Nastja, als sie sah, daß ihre Mutter zielstrebig auf die Mospanowa zusteuerte.

»Natürlich«, erwiderte Nadeshda Rostislawowna beiläufig. »Sie hatte schon zwei Ausstellungen in Schweden, und wir hatten engen Kontakt miteinander. Wir haben dort wenig Russen, weißt du, deshalb drängt sich alles um die Botschaft.«

Sie hatte tatsächlich »wir« gesagt, »Wir haben dort wenig Russen«, und aus irgendeinem Grund hatte das Nastja einen schmerzhaften Stich versetzt.

Ihre Mutter und die Künstlerin begrüßten sich mit überschwenglichen Küssen.

»Darf ich vorstellen, Allotschka, das ist meine Familie. Mein Mann Leonid.«

Leonid Petrowitsch neigte sich höflich über die Hand der Mospanowa.

»Und das ist meine Tochter Anastasija, von der ich dir schon so viel erzählt habe. Und Ihr Mann Alexej.«

»Sehr erfreut.«

Alla lächelte liebenswürdig und streckte einem nach dem anderen ihre Hand mit den klirrenden Armreifen hin.

»Sie sind also die berühmte Nastja, die fünf Fremdsprachen spricht und bei der Miliz arbeitet?« fragte sie und betrachtete Nastja neugierig von Kopf bis Fuß.

»Es scheint so«, sagte Nastja, »sofern man mich in der Abwesenheit meiner Mutter nicht ausgetauscht hat.«

»Sprechen Sie wirklich fünf Fremdsprachen?«

»Und ich arbeite bei der Miliz.«

Nastja wurde übel. Sie kam sich vor wie ein weißer Elefant, der an einer Leine vorgeführt wurde. Was taten hier die fünf Fremdsprachen zur Sache? Sollte sie etwa ihren Beruf wechseln und einen lukrativen Job als Übersetzerin bei einer Firma annehmen, weil man für die Aufklärung von Verbrechen keine Intelligenz brauchte?

Die Fotografin erwies sich als feinfühlig genug, um die Veränderung in Nastjas Gesichtsausdruck zu bemerken. Die Umstehenden, die die Unterhaltung mitgehört hatten, starrten Nastja an wie ein exotisches Tier.

»Warum denn, Nastja?« fragte Alla, während sie sich bei Nastja einhakte und sie ein wenig zur Seite zog.

»Was meinen Sie?«

»Warum sind Ihnen solche Gespräche unangenehm? Haben Sie es satt, sich zu rechtfertigen?«

Nastja begann erleichtert zu lachen.

»Genau. Sie haben es erraten. Niemanden wundert es, daß ich bei der Miliz arbeite, aber wenn jemand von den fünf

Fremdsprachen erfährt, geht es los ... Alle denken wahrscheinlich, daß die Arbeit der Kripo nur aus Verbrecherjagd besteht, für die man nichts weiter braucht als eine Pistole und Handschellen. Wozu sollten in so einem Beruf Fremdsprachen gut sein?«

»Und sind sie zu etwas gut?«

»Ehrlich gesagt, kaum«, gestand Nastja. »Die Fremdsprachen brauche ich nicht für die Arbeit, sondern vor allem für meine persönliche Weiterentwicklung. Gelegentlich kann ich sie aber auch in meiner Arbeit anwenden. Besonders jetzt, da so viele Ausländer bei uns im Land sind.«

»Lieben sie Ihre Arbeit?«

Alla trat einen halben Schritt zurück und sah Nastja aufmerksam an, mit zur Seite geneigtem Kopf, als würde sie nach dem günstigsten Winkel für eine Aufnahme suchen.

»Ja«, sagte Nastja schlicht. »Sie ist schmutzig, sie ist schwer, aber sie ist auch interessant, und ich liebe sie.«

»Und ist sie auch gefährlich?«

»Ein wenig. Manchmal ist sie sogar sehr gefährlich, aber wenn man keine ausgesprochenen Dummheiten begeht, dann hält sich die Gefahr in Grenzen.«

»Und hält sich auch der Schmutz in Grenzen?«

»Nein. Der Schmutz hat keine Grenzen.«

»Man muß seine Arbeit wahrscheinlich wirklich sehr lieben, um das in Kauf zu nehmen.«

»Natürlich«, stimmte Nastja zu. »Oder man muß zumindest in der Lage sein, sich nicht jede Gemeinheit und Abscheulichkeit zu Herzen zu nehmen. Oder man muß Gefallen finden an Gewalt, Betrug und am Gefühl der eigenen Macht. Je nachdem.«

»Wissen Sie«, sagte die Mospanowa, »mein Sohn wollte ursprünglich auch zur Miliz. Wie gut, daß er es nicht gemacht hat, denke ich jetzt, während ich Ihnen zuhöre.«

»Warum?«

»Er hätte es nicht gekonnt. Er gehört zu keiner der von Ihnen genannten Kategorien. Und dabei war es eine regelrechte Tragödie für ihn, als man ihn damals nicht genommen hat. Er hat so darunter gelitten, daß ich anfing, mir um seine Gesundheit Sorgen zu machen. Schade, daß die Menschen so wenig über Ihre Arbeit wissen. Sie haben irgendeine schiefe Vorstellung von der Miliz.«

»Falsche Romantik?«

»Ja, wahrscheinlich ...«

»Alla Iwanowna, ich möchte Sie beglückwünschen!« Im Hintergrund ertönte eine mächtige, donnernde Männerstimme.

Ein bekannter Filmregisseur kam auf sie zu, mit einem riesigen, hoch in die Luft erhobenen Rosenstrauß in der Hand, am zweiten Arm seine zauberhafte Frau, eine nicht weniger bekannte Schauspielerin.

»Kostik!« Die Mospanowa stürzte erfreut auf ihn zu, und Nastja nutzte die Gelegenheit, um sich leise zu entfernen und auf die Suche nach Ljoscha und ihren Eltern zu gehen.

Sie gingen lange durch die Ausstellung und betrachteten die Arbeiten der Mospanowa. Nadeshda Rostislawowna blieb ständig stehen, um sich mit Bekannten zu unterhalten.

»Meine Tochter Anastasija ...«

»Mein Mann Leonid ...«

»Meine Tochter und ihr Mann ...«

Nastja drückte Hände, lächelte höflich und wünschte sich nur eines: so bald wie möglich von hier zu verschwinden. Endlich nach Hause zurückzukehren, in ihren bequemen Morgenmantel zu schlüpfen und mit Ljoscha gemütlich in der Küche zu sitzen, ihm beim Patiencenlegen zuzusehen, schweigend zu rauchen und nachzudenken. Über die ermordeten Bräute, über die Drohbriefe, über den Einbruch in das Fotolabor und die gestohlenen Negative.

Irgendwann gelang es ihr, sich hinter einem höflichen Dauerlächeln zu verschanzen, keine Notiz mehr von der lärmenden Menge zu nehmen und sich in ihre eigenen Gedanken zu versenken. Wie es aussah, gab es drei Varianten.

Erstens: Jemand macht irgendwelche Possen und schreibt

Drohbriefe, um irgendwelchen Bräuten einen bösen Streich zu spielen. Und irgendein anderer begeht aus völlig anderen Gründen zwei Morde. Ganz zufällig werden die Morde in genau den Standesämtern begangen, in denen die Frauen heiraten, die am Vortag einen Drohbrief erhalten haben. Das ist wenig wahrscheinlich, aber es gibt alles im Leben. Deshalb darf diese Möglichkeit nicht gänzlich außer acht gelassen werden.

Zweitens: Der Drohbriefschreiber macht sich ein Vergnügen daraus, junge Frauen in Angst und Schrecken zu versetzen, er befriedigt seine sadistischen Instinkte; der Mörder erfährt davon und nutzt die Gelegenheit für seine Ziele, um die Miliz zu verwirren.

Und schließlich drittens: Die Morde sind von langer Hand geplant, aber erst jetzt fand der Mörder Gelegenheit, sie zu begehen. Doch welchen Sinn haben dann diese Morde? Welchen Zweck erfüllen sie? Nimmt man die ersten beiden Varianten, kann die Zielscheibe durchaus Elena Bartosch gewesen sein, denn es gibt allzu viele Leute, die gegen diese Heirat sind. Und Latyschew hat sich zur Tatzeit aus irgendeinem Grund in der Nähe des Standesamtes herumgetrieben. Nimmt man die dritte Variante, bleibt alles völlig unverständlich. Ist der Mörder ein Psychopath? Handelt es sich um irgendwelche wahnwitzigen Racheakte?

»Mama, weißt du, von wo man hier telefonieren kann?« fragte Nastja und ergriff ihre Mutter ungeniert am Ärmel, obwohl diese gerade in ein Gespräch mit einem grauhaarigen Mann von komisch zwergenhaftem Wuchs vertieft war.

»Unten am Eingang ist ein Telefon«, sagte der Mann und deutete mit der Hand in Richtung Treppe.

Nastja achtete nicht auf die erstaunten Blicke ihrer Eltern und ihres Mannes und begann, sich in Richtung Treppe durch die Menge zu zwängen.

»Jura«, sagte sie hastig, als Korotkow den Hörer abgenommen hatte, »setz dich mit den Standesämtern in Verbindung, und laß dir die Paare nennen, die in den letzten drei Jahren das Aufgebot bestellt haben, aber nicht zur Eheschließung erschienen sind.«

»Moment mal«, sagte Korotkow, verblüfft von ihrem Überfall, »von wo rufst du an? Du wolltest doch zu irgendeiner großartigen Galaveranstaltung.«

»Von dieser Veranstaltung rufe ich an. Machst du es?«

»Willst du mir vielleicht erst erklären, wozu das gut sein soll?«

»Nicht jetzt. Ruf mich nach elf zu Hause an, dann sage ich es dir.«

Sie ging wieder nach oben und fand mit einiger Mühe ihre Sippe wieder, die inzwischen den Raum gewechselt hatte.

»Mama, ist es noch nicht bald zu Ende?« fragte sie schüchtern.

Nadeshda Rostislawowna warf ihr einen strengen Blick zu, der keinerlei Widerspruch duldete.

»Nein, es wird noch ein Stehempfang stattfinden, und anschließend werden die besten Arbeiten der Mospanowa versteigert.«

»Wird das noch lange dauern?«

»Mindestens noch zwei Stunden, wenn nicht drei.«

»Mama ...« begehrte Nastja auf.

»Na gut«, sagte die Mutter plötzlich nachsichtig. »Geh nach Hause. Du leidest hier nur. Man kann es ja nicht mit ansehen.«

Nastja ergriff Tschistjakow erfreut am Arm und zog ihn zum Ausgang

»Du bist eine Sadistin«, sagte er, während er ins Auto stieg und den Motor anließ. »Ich bin nicht einmal dazu gekommen, mir umsonst den Magen vollzuschlagen. Dafür mußt du jetzt kochen, wenn wir zu Hause sind.«

»Ich werde kochen«, sagte sie, »du kannst mich jetzt um alle zehn Finger wickeln, ich bin zu allem bereit.«

»Genau danach siehst du aus«, lachte er bitter auf. »Als hättest du dich jemals auch nur um einen Finger wickeln lassen.«

»Was ist, Ljoscha?« fragte sie argwöhnisch. »Ist etwas nicht in Ordnung? Wärst du gern noch geblieben?«

»Natürlich wäre ich gern noch geblieben. Ich habe mir den Katalog angesehen und eine grandiose Landschaftsaufnahme darin entdeckt. Ich wollte das Foto ersteigern und dir schenken. Und du ... Nie klappt etwas mit dir.«

»Verzeih mir, Liebster.«

Sie fühlte sich schuldig. Zärtlich strich sie ihrem Mann durchs Haar und rieb ihre Nase an seiner Schulter. Ljoscha steuerte das Auto schweigend durch die Straßen, er sah enttäuscht aus.

»Bitte, Ljoschenka, verzeih mir. Ich bin eben zu nichts zu gebrauchen. Was kann man da machen?«

»Nichts kann man da machen«, sagte Tschistjakow düster. »Oder soll ich mich jetzt etwa von dir scheiden lassen?«

* * *

Am nächsten Morgen stellte sich heraus, daß die Redaktion des »Kriminalboten« noch weitere vierzehn Anrufe von Frauen erhalten hatte. Nastja schlug die Hände über dem Kopf zusammen.

»Kannst du dir vorstellen, wie viele von diesen Drohbriefen im Umlauf sind?« sagte sie zu Ljoscha, der seinen Ärger vom Vortag wieder vergessen hatte. »Es haben ja nur die angerufen, die den ›Kriminalboten‹ lesen. Oder Bekannte, die von den Drohbriefen wissen, haben den Artikel gelesen. Aber wie viele Briefe sind es in Wirklichkeit? Unvorstellbar, was diese Kreatur anrichtet.«

Korotkow und Selujanow waren von diesen Neuigkeiten wie gelähmt.

»Willst du vielleicht wieder zum Dienst kommen?« fragte Jura verzagt. »Du arbeitest doch sowieso, anstatt Urlaub zu machen. Willst du deine Ferien nicht unterbrechen?«

»Aber wenn ich sowieso arbeite, anstatt Urlaub zu machen, was für einen Unterschied macht es dann?«

»Einen sehr großen sogar. Wenn du offiziell arbeitest, kann ich ohne Schuldgefühle zu dir kommen und im Befehlston von dir verlangen, daß du mir Ratschläge erteilst. Aber so komme ich mir vor wie ein armer Verwandter, der mit ausgestreckter Hand vor deiner Tür steht und um Brot bettelt. Das ist mir peinlich.«

»Hör auf!« sagte sie ärgerlich. »Du redest Unsinn. Du weißt auch ohne meine Ratschläge sehr gut, was du zu tun hast. Hast du die Standesämter angerufen?«

»Habe ich gemacht. Weißt du, was die mir gezeigt haben?«

»Ja, ich ahne es, den Vogel. Und was schlagen sie statt dessen vor?«

»Sie sind bereit, uns die Listen derer zu geben, die in den letzten drei Jahren geheiratet haben, und derer, die das Aufgebot bestellt haben. Diese Listen haben sie im Computer. Vergleichen müssen wir selbst.«

»Bestens«, sagte Nastja erfreut, »so ist es sogar einfacher.«

»Was soll daran einfacher sein?« fragte Korotkow grimmig. »Kannst du dir vorstellen, wie lang diese Listen sind?«

»Das spielt keine Rolle, und wenn sie noch tausendmal länger wären. Wir brauchen nur zusätzlich zu den gedruckten Listen die entsprechenden Disketten. Den Rest mache ich zu Hause auf meinem Computer. Ich schreibe ein Programm, das dauert höchstens eine halbe Stunde, und dann wirft der Computer von selbst die Namen aus, die in der einen Liste vorhanden sind und in der anderen fehlen.«

»Nastja, du bist ein As!« erwiderte Korotkow erfreut. »Und du sagst, daß ich ohne dich auskomme. Davon kann keine Rede sein. Du wolltest mir übrigens sagen, wozu du diese Listen brauchst. Was hast du denn ausgeheckt?«

»Ich weiß nicht, Jura, vielleicht ist das alles Schwachsinn, aber mir kam die Idee, daß wir es vielleicht mit einem psychisch kranken Täter zu tun haben und daß dieser Täter vielleicht eine Frau ist. Vielleicht ist ihre Hochzeit im letzten Moment geplatzt, und sie ist verrückt geworden. Sie hat angefangen, Bräute zu hassen und ihnen Drohbriefe zu schreiben. Inzwischen ist die Krankheit so weit fortgeschritten, daß sie zur Mörderin geworden ist.«

Nastja traf sich erneut mit Anton und fuhr mit ihm alle Adressen ab, unter denen die neu aufgetauchten Opfer des Unbekannten zu finden waren, der sich so unermüdlich im epistolarischen Genre erging. Ein Teil der Frauen hatte den Drohbrief aufbewahrt, und alle glichen sie aufs Haar denen, die sie bereits gesehen hatten.

»Wissen Sie, ich war davon überzeugt, daß den Brief mein Sohn geschrieben hat«, sagte eine der Frauen. »Ich wußte, daß er gegen meine Heirat war.«

»Warum? Mochte er Ihren zukünftigen Mann nicht?«

»Nein, darum ging es nicht. Er hat nur eine sehr starke Bindung an seinen Vater und hat immer gehofft, daß wir wieder zusammenkommen.«

»Haben Sie Ihren Sohn gefragt, ob er den Brief geschrieben hat?«

»Nein. Ich hatte Angst davor, mit ihm über diese Dinge zu sprechen. Ich habe so getan, als sei nichts geschehen. Und inzwischen denke ich, daß es vielleicht besser gewesen wäre, wenn ich nicht wieder geheiratet hätte. Mein Sohn hat sich völlig in sich verschlossen, er spricht kaum noch mit mir, und in Anwesenheit meines Mannes schweigt er grundsätzlich. Er mag ihn nicht. Und ich bin strenger mit ihm geworden, weil ich sicher war, daß er den Brief geschrieben hatte ... Jedenfalls, ich habe einen Ehemann gewonnen und, wie es scheint, meinen Sohn verloren.«

Sie begann, leise zu weinen.

»Mein Sohn ist fünfzehn, ein schwieriges Alter, Sie wissen selbst. Ich hätte das nicht tun dürfen ...«

»Jetzt hat sich ja alles aufgeklärt«, sagte Nastja. »Jetzt wissen Sie, daß er den Brief nicht geschrieben hat. Vielleicht läßt sich jetzt wieder alles einrenken, wenn Sie sich darum bemühen.«

»Nein.« Die Frau trocknete sich die Tränen. »Jetzt läßt sich nichts mehr einrenken. Er hat sich weit von mir entfernt, ist mir ganz fremd geworden. Und alles wegen dieses verfluchten Briefs.«

Nach diesem Gespräch konnte Nastja sich lange nicht beruhigen. Am späten Abend, auf dem Heimweg, erinnerte sie sich noch einmal an die unglückliche Frau und ihre zerstörte Beziehung zu ihrem fünfzehnjährigen Sohn.

»Was für eine schmutzige Moral muß doch ein Mensch haben, der so etwas tut«, sagte sie zu Anton. »Er macht den Leuten reihenweise das Leben kaputt. Hat er denn kein Mitleid mit ihnen?«

»Haben Sie nicht bemerkt, daß jeder von ihnen eine Leiche im Keller hat?« fragte Anton, ohne den Blick von der Straße zu wenden. »Nicht eine der neunzehn Frauen hat sich an die Miliz gewandt, nicht eine hat sich über den Drohbrief gewundert. Bei jeder von ihnen gibt es etwas in Vergangenheit oder Gegenwart, das sie annehmen läßt, den Drohbriefschreiber zu kennen. Eine wunderbare soziologische Studie, nicht wahr? Neunzehn Versuche, neunzehn Treffer.«

»Aber wie können Sie so etwas sagen, Anton?« entrüstete sich Nastja. »Und diese Frau mit ihrem Sohn? Worin besteht denn ihre Schuld?«

»Ihre Schuld besteht darin, daß sie ihren Sohn ihrer neuen Ehe geopfert hat. Sie hat doch gewußt, daß er gegen die Heirat war, daß er ihren zukünftigen Mann nicht mochte. Und sogar nachdem sie den Brief erhalten hatte und der Überzeugung war, daß er von dem Jungen stammte, ließ sie sich nicht von ihrem Vorhaben abbringen. Und jetzt rauft sie sich die Haare, weil sie ihr Kind verloren hat. Sie hätte vorher darüber nachdenken müssen, wer ihr wichtiger ist, ihr Sohn oder ein Ehemann.«

»Ich weiß nicht, Anton«, sagte Nastja nachdenklich. »Mir tun sie alle schrecklich leid, besonders diese Frau.«

»Hören Sie doch auf mit Ihrem Mitleid, Nastja! Sie sind alle wohlauf und am Leben, niemandem ist ein Ziegel auf den Kopf gefallen, niemandem ist das Haus abgebrannt. Und daran, daß ihre Beziehungen kaputtgegangen sind, sind sie selbst schuld. Hätten sie nicht gelogen und betrogen, hätten sie ihre Kinder und Eltern geliebt und geschätzt, wären sie mit dem Drohbrief zur Miliz gegangen, und die Sache hätte sich erledigt.«

»Glauben Sie?« fragte sie zweifelnd.

»Ich bin überzeugt davon. Wissen Sie, warum die Menschen in Schwierigkeiten geraten? Weil sie Geheimnisse haben. Und sie haben Geheimnisse, weil sie genau wissen, daß sie falsch gehandelt, daß sie sich schuldig gemacht haben.«

»Das klingt logisch«, sagte Nastja. »Und wie steht es mit Ihnen? Haben Sie keine Geheimnisse?«

»Nicht eins, in mir können Sie lesen wie in einem offenen Buch. Und Sie?«

Nastja begann zu lachen.

»Wissen Sie, mir wird erst in diesem Moment klar, daß ich die einzige bin, die den Drohbrief an den Untersuchungsführer weitergegeben hat. Wenn auch aus anderen Gründen, aber immerhin ... Also können wir davon ausgehen, daß ich keine Geheimnisse habe.«

* * *

Larissa streckte ihr angeschwollenes Bein aus und stöhnte leise auf vor Schmerz. Sie versuchte, sich so still wie möglich zu verhalten, um ihren Peiniger nicht auf sich aufmerksam zu machen, aber das Stöhnen hatte sie nicht zurückhalten können. Der Mann, der vor dem Fernseher saß, wandte sich zu ihr um.

»Nun, hast du es dir überlegt, du kleine Dreckschlampe?« fragte er hämisch.

»Laß mich gehen, bitte, laß mich gehen«, flehte Larissa. »Ich weiß wirklich nicht, wo Sergej ist.«

»Solange dein Sergej hier nicht aufgetaucht ist, bleibst du da, wo du bist.«

»Bitte ...«

Der Mann wandte sich wieder der Übertragung eines Basketballspiels im Fernsehen zu.

Larissa versuchte, die Finger der Hand zu bewegen, die in der Handschelle steckte, mit der sie an den Heizkörper gefesselt war. Die Finger waren taub geworden und gehorchten ihr nicht. Ihr zweiter Arm war mit einem Strick fest an ihren Körper gebunden. Sie lag fast völlig nackt auf dem Fußboden, nur mit einem kleinen, durchsichtigen Slip bekleidet, den ihr Peiniger an ihrem Körper gelassen hatte.

»Hör doch«, begann sie erneut, »was hast du davon, daß ich hier liege? So kommt Sergej doch auch nicht zurück. Überlege doch selbst.«

»Ich brauche nicht zu überlegen. Du mußt überlegen. Denk nach, wer wissen könnte, wo Artjuchin ist, und dann ruf an!«

»Und was soll ich sagen?«

»Du sagst, wie es ist. Wenn er nicht bald hier auftaucht, bringe ich dich um.«

»O mein Gott, warum denn? Was habe ich dir getan?« Larissa begann zu weinen. Sie fror, ihr ganzer Körper schmerzte. Warum mußte das ausgerechnet ihr passieren?

»Wenn du heulst, kriegst du Schläge«, sagte ihr Peiniger ungerührt, während er nach wie vor auf den Bildschirm starrte.

Sie begann zu schluchzen, laut und verzweifelt. Der Mann erhob sich schweigend, trat an sie heran, stopfte ihr mit einer geschickten Bewegung einen Stoffetzen in den Mund und klebte schnell einen breiten Streifen Leukoplast darüber. Dann ging er einen Schritt zurück und betrachtete zufrieden sein Werk. Plötzlich trat er Larissa mit aller Wucht in die Seite. Er überlegte einen Moment, dann trat er sie noch zweimal, diesmal in die Brust.

»Ist es jetzt genug?« fragte er besorgt. »Läßt du mich jetzt endlich das Spiel zu Ende ansehen?«

Sie lag bewegungslos und mit zurückgeworfenem Kopf auf dem Fußboden. Die Tränen rannen über ihre Schläfen und liefen in die Ohren.

Sie mußte darüber nachdenken, wie sie Sergej finden konnte. Sonst würde dieser Wahnsinnige sie umbringen. Fieberhaft ging sie in Gedanken alle seine Bekannten durch und versuchte, sich an ihre Namen und Telefonnummern zu erinnern. Sie mußte sich etwas einfallen lassen. Sie mußte ihn finden.

ZWÖLFTES KAPITEL

»Wir können Ihre Mutter natürlich ins Krankenhaus einweisen, wenn Sie darauf bestehen, aber sie wird auf dem Korridor liegen müssen, und es wird niemanden geben, der sich um sie kümmern kann.«

Die Ärztin trocknete sich die Hände ab, die sie nach der Untersuchung Veronika Matwejewnas sorgfältig gewaschen hatte. Eine Siebzigjährige, die einen Schlaganfall erlitten hatte, ins Krankenhaus aufnehmen? Dafür würde sie der Chefarzt fristlos entlassen. Das Krankenhaus war ohnehin hoffnungslos überfüllt, dazu die marode Apparatur, viel zu wenig Ärzte, in den Zimmern doppelt so viele Kranke wie nach der Norm zulässig. Niemand wollte hier eine gelähmte Patientin haben, die keine Chance hatte, wieder gesund zu werden, und noch sehr lange leben konnte.

»Und was soll ich jetzt machen?« fragte Turbin verwirrt, während er der Ärztin in den Mantel half.

»Nehmen Sie sich eine Krankenpflegerin, wenn Sie sich nicht selbst um Ihre Mutter kümmern können«, sagte die Ärztin gleichgültig.

»Aber ich habe doch keine Ahnung, wie man einen gelähmten Menschen pflegt!« sagte Turbin verzweifelt.

Die Ärztin bekam Mitleid mit ihm. Ein so hübscher junger Mann, und von einem Augenblick auf den andern war er nun an seine bettlägerige Mutter gefesselt. Aber sie konnte ihm nicht helfen.

»Wissen Sie, ich habe viele solche Patienten in meinem Bezirk. Wenn Sie wollen, gebe ich Ihnen die Adressen und die Telefonnummern, dann können Sie sich mit den Verwandten in Verbindung setzen und nach allem fragen, was sie wissen wollen. Jeden Tag wird eine Krankenschwester kommen und Ihrer Mutter eine Spritze geben. Und auch ich komme in zwei Tagen wieder vorbei. Denken Sie daran, zweimal täglich den Blutdruck zu messen. Lassen Sie den Kopf nicht hängen. Es sieht nur am Anfang so aussichtslos aus, aber nach und nach wird sich die Situation normalisieren. Sie werden sich daran gewöhnen und lernen, mit Ihrer Mutter umzugehen. Nach und nach wird es leichter werden für Sie, das verspreche ich Ihnen. Ich habe im Lauf von zehn Jahren viele solche Fälle erlebt.«

Er schloß die Tür hinter der Ärztin und kehrte ins Zimmer zurück. Die Mutter lag bewegungslos auf dem Bett, sie sah aus wie aus Wachs. Er setzte sich in den Sessel vor dem Fenster und schien zu versteinern.

Als er nach der Begegnung mit Marat in Serebrjannyj Bor endlich zu Hause angekommen war, kochte die Mutter gerade Mittagessen.

»Mama, darf ich dich einen Moment stören? Ich muß dir kurz ein paar Fragen stellen«, hatte er gesagt.

Er war tatsächlich davon überzeugt gewesen, daß die Sache in ein paar Minuten erledigt sein würde. Er würde fragen, und die Mutter würde antworten, ihm vielleicht ein paar Papiere zeigen, nach denen er noch nie gefragt hatte, weil es ihm nie in den Sinn gekommen war. In seiner Geburtsurkunde war unter »Vater« ein Viktor Fjodorowitsch Nikolajew eingetragen, die Mutter hatte ihm einst erklärt, daß Turbin ein bekannter Name war und daß sie Valerij deshalb unter diesem Namen hatte eintragen lassen. Er sollte denselben Namen tragen wie sein adeliger Urgroßvater und sein Großvater, der bekannte Architekt. Diese Erklärung hatte Valerij nie irritiert oder gewundert. Turbin war tatsächlich besser als Nikolajew, denn Nikolajews gab es wie Sand am Meer, in jeder Schulklasse mindestens zwei.

»Was willst du mich denn fragen, Söhnchen?« sagte Veronika Matwejewna lächelnd, wischte sich die mehligen Hände an der Schürze ab und ließ sich auf dem Küchenhocker nieder.

»Sag mir noch einmal, wer mein Vater war.«

Veronika Matwejewna wurde grau im Gesicht, und das blieb ihrem Sohn nicht verborgen.

»Wieso fragst du mich jetzt plötzlich danach? Ist etwas passiert?«

»Ja, es ist etwas passiert.«

Er schwieg und rang um Fassung.

»Man hat mir heute gesagt, mein Vater sei wegen Leichenschändung im Gefängnis gewesen. Sag mir, daß das nicht wahr ist, und ich werde dich nie wieder danach fragen.«

»Wer hat dir das gesagt? Wer konnte es wagen? »

»Das spielt keine Rolle, Mama. Wichtig ist nur, ob es wahr ist oder nicht.«

»Hat er dich gefunden? Hat er mit dir gesprochen?«

»Wer? Wer soll mich gefunden und mit mir gesprochen haben? Antworte mir endlich.«

»Dein Vater. Dieser Abschaum. Hat er es dir gesagt?«

»Also ist es wahr«, sagte Valerij mit tonloser Stimme. Er lehnte sich gegen die Wand und schloß die Augen.

Daraufhin hatte die Mutter ihm alles erzählt. Wie sie die verweste Leiche des Nachbarn entdeckt hatte, wie Pawel, der junge Leichenbestatter, sie zum Trinken verleitet hatte, damit sie es schaffte, ihm zu helfen, weil sich kein anderer dafür fand. Wie Pawel am Abend zurückgekommen war und wie sie erneut Wodka getrunken hatten, wie er über Nacht geblieben war und wie sie ihn am nächsten Morgen hinausgeworfen hatte. Als sie entdeckt hatte, daß er ihr einen alten, sehr teuren Ring gestohlen hatte, hatte sie nichts unternommen, war nicht zur Miliz gegangen, obwohl sie sehr gut wußte, wo Pawel zu finden war. Sie hatte sich geschämt. Sie war angewidert gewesen und hatte sich selbst gehaßt.

Und nach zwei Monaten hatte sie die ersten Anzeichen von Schwangerschaft an sich bemerkt. Zuerst hatte sie noch versucht, sich das Ausbleiben der Menstruation durch einen vorzeitigen Beginn der Wechseljahre zu erklären. Da sie nie ein Kind geboren hatte und nie mit einem Mann zusammen gewesen war, war ihr Zyklus ohnehin immer sehr unregelmäßig gewesen. Nur die ständigen Kopfschmerzen und eine ihr bis dahin unbekannte Mattigkeit hatten sie schließlich gezwungen, einen Arzt aufzusuchen. Dieser hatte bestätigt, daß sie schwanger war und ihr eine Frist von sechs bis acht Wochen genannt. Sie wußte sehr gut, welche Frist gemeint war.

Genau zu diesem Zeitpunkt hatte man sie damals ins Rektorat bestellt und ihr feierlich mitgeteilt, daß man sie als Parteimitglied, das regen Anteil am gesellschaftlichen Leben des Instituts nahm, für eine Reise in die Tschechoslowakei vorgeschlagen hatte, zu einem zweimonatigen Erfahrungsaustausch. Veronika Matwejewna war aufgewühlt. Sie konnte diese Chance nicht ausschlagen. Und sie mußte die Reise bereits in zwei Wochen antreten. Sofort machte sie sich auf die Suche nach einer alten Bekannten, einer Gynäkologin, der sie blind vertraute und die ihr dabei helfen sollte, die Abtreibung innerhalb von zwei Wochen hinter sich zu bringen. Doch sie hatte kein Glück. Ihre Bekannte war gerade im Urlaub. Sie lief zur Frauenberatungsstelle in ihrem Stadtteil und bat um eine Indikation. Man zwang sie, verschiedene Untersuchungen zu machen, und stellte die Indikation erst danach aus. Sie stürzte sofort zum Krankenhaus und erfuhr dort, daß es für Abtreibungen eine Warteliste gab, der frühste Termin, den sie bekommen konnte, war in zwölf Tagen. Und bis zur Abreise blieben ganze sieben Tage. Sie bat, sie flehte, sie weinte, erklärte, daß sie ins Ausland reisen mußte und nicht mehr viel Zeit hatte ... Die Abteilungsleiterin gab ihr verächtlich die Indikation zurück. Wir braten keine Extrawürste für Leute, die im Ausland herumreisen, meinte sie, die andern, die nicht reisen dürfen, müssen auch warten. Natürlich hätte Veronika Matwejewna sich an einen ihrer Institutskollegen wenden und um Vermittlung bitten können, alles wäre ihr recht gewesen, auch das schäbigste Krankenhaus, aber ... Sie war zweiundvierzig Jahre alt und unverheiratet. Parteimitglied mit einwandfreiem Ruf. Sie schämte sich.

Sie fuhr schwanger in die Tschechoslowakei, und als sie nach zwei Monaten zurückkam, war es zu spät. Im fünften Monat war eine Abtreibung nicht mehr möglich.

Sie fand sich ab und begann sich sogar auf das Kind zu freuen. Aber die Erinnerung an den schrecklichen Tag der Zeugung ließ sie nicht los. Wieviel hatte sie damals getrunken? Eine ganze Flasche Wodka am Nachmittag, und abends, als Pawel zurückgekommen war, hatte sie noch eine zweite Flasche zusammen mit ihm geleert. Und wieviel hatte er getrunken? Sie erinnerte sich dunkel, daß er anschließend noch eine Flasche aufgemacht und ohne sie weitergetrunken hatte. Und womöglich war er ja bereits nicht mehr nüchtern gewesen, als er zu ihr gekommen war.

Sie machte sich in der Fachliteratur über die Folgeschäden bei Kindern kundig, die im Suff gezeugt wurden, schließlich wandte sie sich an die entsprechenden Fachärzte. Über ihr eigenes Problem ließ sie natürlich kein einziges Wort verlauten, sie täuschte rein professionelles Interesse als Ärztin vor. Man erklärte ihr alles ganz genau und detailliert, zeigte ihr die möglichen Mißbildungen an Modellen und Präparaten. Ihr standen die Haare zu Berge, nachts verfolgten sie Alpträume. Und währenddessen wuchs das Kind in ihrem Bauch und begann bereits, sich zu bewegen.

Als der Junge geboren war, betrachtete sie ihn immer wieder voller Sorge und Angst, suchte nach Anzeichen von geistiger oder körperlicher Behinderung. Aber Valerij war ein gesundes und erstaunlich gut geratenes Kind mit dichtem schwarzem Haar und dunkelblauen Augen. Vom ersten Moment an war ihr klar, daß er Pawel verblüffend ähnlich sah. Und sie begann zu beten, daß die Ähnlichkeit eine rein äußerliche bleiben möge.

Sie schleppte das Kind unentwegt zu Ärzten, beunruhigt durch das geringste Anzeichen von Krankheit. Sie hatte schreckliche Angst, daß er unentdeckte genetische Schäden in sich trug, und tat alles, um sein Leben so gesund wie möglich zu gestalten und so dem Ausbruch einer möglichen Erbkrankheit vorzubeugen. Sie fühlte sich schuldig vor ihrem Sohn. Denn sie hatte ihn in betrunkenem Zustand mit einem betrunkenen Mann gezeugt. Einem Mann, den sie nur ein einziges Mal in ihrem Leben gesehen hatte und von dem sie nur wußte, wie er hieß und wo er arbeitete. Und daß er ein Dieb war. Sie kannte seine Eltern nicht und konnte nicht ausschließen, daß er an irgendeiner Erbkrankheit litt. Manchmal wurden ihre inneren Qualen unerträglich. Hin und wieder kam sie sogar auf die Idee, Pawel zu suchen und ihn nach seiner Gesundheit zu fragen. Aber sie hielt sich zurück. Sie hätte seinen Anblick nicht ertragen können. Und erst recht konnte sie nicht zulassen, daß er von dem Kind erfuhr.

Es gab eine Zeit, da ihr etwas leichter war. Valerij war bereits sechzehn, er war ein ausgezeichneter Schüler, und sie konnte keinerlei Anzeichen eines ernsthaften Erbschadens an ihm bemerken. Alles scheint gutgegangen zu sein, dachte Veronika Matwejewna erleichtert, wenn sie die stattliche Figur und das schöne Gesicht ihre Sohnes betrachtete und jede Woche voller Stolz ihre Unterschrift in sein Hausaufgabenheft setzte, das immer strotzte vor Einsern. Aber die Freude währte nicht länger als ein Jahr. Eines Tages traf sie Pawel auf der Straße. Nachdem sie sich einige Minuten mit ihm unterhalten hatte, begriff sie, daß alles noch viel schlimmer war, als sie befürchtet hatte. Wenn Pawel nicht log, war er ein Psychopath mit ausgeprägten exhibitionistischen und nekrophilen Neigungen. Dieser Mann war der Vater ihres Kindes, und ihr war klar, daß er die Wahrheit sagte.

Pawel begann, Geld von ihr zu verlangen. Und es begannen die Umzüge von Wohnung zu Wohnung. Und die ständige Angst davor, daß Pawel sich ihrem Sohn zu erkennen geben könnte.

Pawel verhöhnte sie, zog ihr das Geld aus der Tasche, beleidigte und quälte sie. Aber sie ertrug es. Und jetzt, da Valerij erwachsen geworden war, kam eine neue Angst hinzu. Jetzt fürchtete sie, daß ihre Enkel mit Erbschäden zur Welt kommen könnten. Es war schließlich bekannt, daß zahlreiche Erbkrankheiten über eine Generation hinweg weitergegeben wurden, daß die Kinder gesund zur Welt kamen, aber die Enkel für die Sünden ihrer Großeltern bezahlen mußten.

Als Valerij Elena Bartosch kennenlernte, dachte Veronika mit Entsetzen daran, daß Pawel, sollte er von der bevorstehenden Heirat seines Sohnes mit einem Mädchen aus einer wohlhabenden Familie erfahren, sich nicht mehr mit den schäbigen Almosen begnügen würde, die er von ihr bekam. Aber sie konnte nichts tun. Schließlich konnte sie nicht bei Pawel einziehen, um ihn wie ein Kind an der Hand herumzuführen und jeden seiner Schritte zu kontrollieren. Eines Tages erschien bei ihr ein netter junger Mann, ein Marat Latyschew, der sehr unglücklich war, weil Elja ihn verlassen hatte. Sie war glücklich, daß sie einen Verbündeten gefunden hatte. Sie hatte sehr gehofft, daß es ihr und Marat mit vereinten Kräften gelingen würde, die Hochzeit zu verhindern. Aber diese Hoffnung erfüllte sich nicht. Am Tag der Hochzeit bat sie Marat, sie zum Standesamt zu bringen, weil sie fürchtete, daß Pawel dort auftauchen könnte. Er hatte kein Gewissen und war zu allem fähig.

Nachdem Valerij sich die Erzählung seiner Mutter angehört hatte, wurde ihm klar, daß er Elja für immer vergessen konnte. In der Nacht darauf ging es Veronika Matwejewna plötzlich sehr schlecht. Valerij rief die Erste Hilfe an, aber als der Arzt eingetroffen war, hatte der Schlaganfall die alte Frau bereits ereilt. Jetzt war Valerij allein zurückgeblieben, ohne seine Braut, mit einer gelähmten Mutter und in gänzlicher Ungewißheit über seine Zukunft. Gestern morgen noch hatte er neben Elena am Strand in Serebrjannyj Bor gelegen, und seine Aussichten waren ihm nicht gerade großartig, aber durchaus annehmbar erschienen. Jetzt kam ihm das alles unwirklich vor. Jetzt befand er sich in einer anderen Welt, nur noch Krankheit, Medizin, Spritzen, Bettpfannen. In einem einzigen Augenblick war alles eingestürzt wie ein Kartenhaus.

* * *

Die Auswertung der Listen mit den Namen der Brautpaare nahm mehr Zeit in Anspruch, als Nastja angenommen hatte. Sie war etwas aus der Übung im Schreiben von Computerprogrammen, lehnte aber heldenhaft die Hilfe ab, die Alexej ihr anbot, und schaffte es schließlich doch allein.

Anton Schewzow bot sich ihr als Gehilfe an, wie er sich selbst ausdrückte, und sie nahm sein Angebot dankbar an. Die Listen waren auf Endlospapier gedruckt, sie rollten sich ständig zusammen und glitten aus den Fingern. Sie schnitten die Rollen in Bahnen, deren Länge vom Fenster bis zur Tür in Nastjas Zimmer reichte, breiteten sie auf dem Fußboden aus und beschwerten die Enden mit je einem Band der großen Enzyklopädie.

»Wir suchen eine Frau über vierzig, die das Aufgebot bestellt hat, aber nicht zur Eheschließung erschienen ist«, erklärte Nastja. »Der Computer wird mir den Namen auswerfen, und Sie suchen in den Listen nach den Daten dieser Person. Ist die Aufgabe klar gestellt?«

Anton nickte, ließ sich auf die Knie nieder und nahm eine Haltung ein, in der er die Papierstreifen auf dem Fußboden am besten überblicken konnte.

»Es geht los. Didenko und Mazkowa.«

Nach einigen Minuten fand Anton die Namen in den Listen.

»Mazkowa, geboren 1973.«

»Zu jung. Ugrechelidse und Serobaba.«

»Serobaba, Galina Michajlowna, geboren 1953.«

»Ausgezeichnet! Und jetzt sehen Sie nach, ob sie nicht doch noch geheiratet hat.«

Diesmal dauerte es lange, bis Anton das Gesuchte gefunden hatte.

»Ja, sie hat vor einem Jahr irgendeinen Dawydow geheiratet.«

»Der Georgier ist also von der Angel gegangen«, stellte Nastja fest. »Weiter. Aristow und Lukitschewa ...«

Tschistjakow war nach Shukowskij gefahren, er hatte eine Verabredung mit seinem Aspiranten, der sich auf die Verteidigung seiner Doktorarbeit vorbereitete, deshalb fiel Nastja das Mittagessen erst ein, als sie das Nagen des Hungers an ihren Magenwänden verspürte. Bis zu dieser Zeit war es ihnen gelungen, drei Frauen über vierzig zu finden, deren Hochzeit aus irgendeinem unbekannten Grund nicht stattgefunden hatte.

»Jetzt bieten wir unserem Magen etwas zu essen an, und dann fahren wir zu diesen Damen«, beschloß sie. »Danach machen wir weiter mit den Listen.«

Diesmal hatten sie kein Glück, von den drei Frauen trafen sie nur eine an, die anderen beiden waren nicht in der Stadt. Eine machte gerade Urlaub irgendwo im Ausland, die andere war auf einer Dienstreise. Die Frau, die ihnen die Tür öffnete, erzählte mit freimütigem Lächeln, daß man sie gebeten hatte, einem guten Menschen zu helfen und eine Scheinhe mit ihm einzugehen, weil die Behörde, bei der er arbeitete, ihm dann eine Zweizimmerwohnung zur Verfügung stellen würde. Natürlich hätte sich der Mann in diesem Fall erkenntlich gezeigt. Aber kurz nach der Bestellung des Aufgebots fand in der Behörde eine personelle Umstrukturierung statt, der Mann bekam einen sehr viel höheren Posten und in der Folge auch eine Zweizimmerwohnung.

Gegen sieben Uhr abends brachte Anton Nastja wieder nach Hause.

»Machen wir weiter?« fragte er, als sie vor dem Haus angekommen waren.

»Wenn Sie nicht müde sind. Aber es ist mir peinlich, Sie so auszubeuten ...«

»Nastja, wir haben doch eine Vereinbarung getroffen«, sagte er vorwurfsvoll, während er das Auto abschloß.

Zu Hause setzte Nastja sich wieder an den Computer, während Schewzow sich wie gehabt zwischen den Listen auf dem Fußboden einrichtete.

»Shdanow und Kochomskaja.«

»1968.«

»Malachow und Nikitina.«

»1955.«

»Und? Liegt eine Eheschließung mit einem anderen vor?«

»Ja, hier. Sie hat einen Grjadowoj geheiratet.«

Als es zehn geworden war, verschwammen ihnen die Buchstaben und Zahlen vor den Augen.

»Genug, Anton, fahren Sie nach Hause. Sie müssen ja völlig erschöpft sein.«

»Wollen wir uns vielleicht duzen?« schlug Anton vor, während er seine Beine im Schneidersitz kreuzte. »Schwerarbeit schweißt zusammen.«

»Einverstanden. Aber das ändert nichts an der Tatsache, daß du erschöpft sein mußt.«

»Wirst du schlafen gehen, wenn ich jetzt nach Hause fahre?«

»Nein, natürlich nicht. Ich mache weiter.«

»Dann bleibe ich.«

»Aber es ist doch schon spät.«

»Nastja, ich gehe erst dann, wenn dir die Luft ausgeht.«

»Dann wirst du für immer hier einziehen müssen«, lachte Nastja. »Mir geht die Luft erst dann aus, wenn ich sterbe. Und wahrscheinlich nicht einmal dann. Stachejew und Poljanskaja.«

»1963.«

* * *

Larissa hatte das Gefühl, daß ihre Blase im nächsten Moment mit einem lauten Knall platzen würde. »Ich muß zur Toilette«, sagte sie mit kläglicher Stimme.

Der Mann verließ das Zimmer und kam mit einer Bettpfanne in der Hand zurück.

»Ich kann nicht in deiner Anwesenheit ... Bring mich zur Toilette.«

Tränen traten ihr in die Augen. Sollte ihr auch diese Demütigung nicht erspart bleiben?

»So oder gar nicht«, sagte ihr Peiniger, während er ihr die Bettpfanne unterschob. »Nur keine falsche Scham.«

»Ich muß den Slip ausziehen ... Ich kann doch nicht so ...«

Er bückte sich und riß ihr den kleinen, durchsichtigen Slip herunter.

»Los. Ich drehe mich um.«

Larissa schloß die Augen. Sie wäre am liebsten gestorben. Der Mann trug ohne jedes Anzeichen von Abscheu die Bettpfanne hinaus.

Guter Gott, in was war sie da hineingeraten! Ihr waren die Namen und Telefonnummern zweier Freunde von Sergej eingefallen, sie wußten mit Sicherheit, wo er war, und hatten Kontakt mit ihm. Sie war bereits drauf und dran gewesen, es ihrem Peiniger zu sagen, aber im letzten Moment bremste sie der Gedanke daran, daß dann auch Sergej in die Gewalt dieses Psychopathen geraten würde. Er war wahnsinnig, das war offensichtlich. Er würde Sergej umbringen, und vorher würde er ihn genauso peinigen wie sie. Nein, sie mußte alles versuchen, um das zu verhindern. Sie würde es aushalten, solange sie konnte, sie würde alles tun, um Sergej vor diesem Ungeheuer zu retten.

»Na, ist dir jemand eingefallen?«

»Nein, noch nicht.«

Nach der Prozedur mit der Bettpfanne war es ihm nicht in den Sinn gekommen, ihr den Slip wieder anzuziehen. Sie lag jetzt völlig nackt da und bemerkte, daß der Blick ihres Peinigers sie immer wieder streifte. Konnte sie ihn vielleicht auf diese Weise milder stimmen? Sie war bereit, sich ihm hinzugeben, um so vielleicht das Schlimmste von sich abzuwenden. Aber vor allem wollte sie Sergej retten.

Obwohl ihr ganzer Körper schmerzte, versuchte sie, ihre Beine ein wenig zu öffnen, um möglichst verführerisch auszusehen. Seine Blicke streiften sie jetzt immer öfter und verweilten länger auf ihrem Körper. Larissa bewegte sich erneut und konnte ein Stöhnen nicht unterdrücken.

»Was zappelst du herum?« fragte er unwirsch. »Ist dir etwas eingefallen?«

»Nein, bis jetzt nicht.«

»Und warum spreizt du dich so? Willst du gebumst werden?«

Sie versuchte ein einnehmendes Lächeln. »Du bist ein so ungewöhnlicher Mann, so stark, so geheimnisvoll. Jede Frau würde sich glücklich schätzen ...«

»Tatsächlich?«

Er betrachtete sie neugierig.

»Du meinst das ernst?«

»Ich schwöre.«

»Dann werden wir es ausprobieren.«

Mit einem höhnischen Lächeln öffnete er seine Hose.

»Wie ist es, immer noch bereit? Jede Frau würde sich glücklich schätzen ... Wir werden ja sehen.«

Er streifte seine Hose und seinen Slip ab, öffnete ruckartig ihre Beine und kniete sich vor sie hin.

»Ich frage dich zum letzten Mal. Behaupte nachher nicht, ich hätte dich vergewaltigt.«

Larissa fühlte eine Wallung von Entsetzen, aber sie verzog die Lippen zu einem tapferen Lächeln.

»Nein, bestimmt nicht, ich habe es dir doch selbst angeboten.«

»Gut, wenn es so ist.«

Er beugte sich über sie und hielt ihr mit der Hand den Mund zu.

»Damit du nicht auf die Idee kommst, zu schreien«, fauchte er, während er ihr in die Augen sah und sich gemächlich in eine möglichst bequeme Lage brachte.

Alles geschah wie in Zeitlupentempo. Der Mann bewegte sich langsam, gleichmäßig und mechanisch, ohne den Blick von ihrem Gesicht abzuwenden. Larissa konnte in seinen Augen nichts erkennen. Weder Wollust noch animalische Gier, kein einziges Anzeichen von Genuß. Sie sah in das Gesicht eines Experimentators, der, durch das Okular eines Mikroskops blickend, gespannt das Leben und die Vermehrung von Mikroorganismen beobachtete. Selbst im entscheidenden Moment blieb sein Gesicht ungerührt, er zuckte nicht einmal, sondern gab nur etwas von sich, das halb einem Seufzer, halb einem Zischen glich.

Er erhob sich, zog sich an und setzte sich in den Sessel, nachdem er ihn so umgedreht hatte, daß er sein Opfer jetzt direkt vor Augen hatte.

»Es ist absolut nichts Besonderes an dir«, sagte er, so, als würde er laut denken. »Du bist genauso gebaut wie alle Frauen. Und genau wie alle anderen denkst auch du, daß du eine unschätzbare Kostbarkeit zwischen den Beinen hast, mit der man sich alles kaufen kann. Alle Weiber denken so. Wer hat euch nur so einen Blödsinn beigebracht?«

Larissa war der Verzweiflung nah. Ihre Rechnung war nicht aufgegangen, jetzt war alles noch schlimmer als vorher. Er hatte sie nicht einmal vergewaltigt, sondern nur benutzt wie einen toten Gegenstand.

»Dein Sergej sagt dir wahrscheinlich, daß es im Bett nichts Besseres gibt als dich, und du glaubst ihm.«

»Nein, so etwas hat er nie gesagt.«

Mit dem Sex hat es nicht geklappt, dachte Larissa, gut, versuchen wir es anders. Vielleicht konnte sie ihn zum Sprechen bringen. Alles war besser als die Schläge. Am Vortag hatte sie vor Schmerz und Entsetzen den Kopf verloren, aber jetzt konnte sie wieder einigermaßen klar denken. So war es immer bei ihr. Wenn etwas Unerwartetes geschah, verlor sie sofort die Orientierung und konnte nicht mehr reagieren. Aber nach einiger Zeit gelang es ihr meistens, sich zu beruhigen und ihre Gedanken wieder zu ordnen, obwohl es dann in der Regel schon zu spät war und sie allen möglichen Unsinn angerichtet hatte.

»Und was sagt er dir dann?« wollte der Mann wissen.

»Er sagt, daß er sich mir sehr verbunden fühlt, daß ich ihm Wärme und Ruhe gebe. Wir kennen uns schon sehr lange.«

»Erzähl!« verlangte er.

Larissa war erstaunt, daß ihn das interessierte. Sie begann, ihm ihre lange und nicht sehr lustige Geschichte mit Sergej Artjuchin zu erzählen. Auf das Mitleid dieses Wahnsinnigen konnte sie nicht hoffen, aber vielleicht konnte sie ihn wenigstens ablenken.

Als Kinder lebten sie in einem Haus und gingen in dieselbe Schule, nur war Sergej fünf Jahre älter als sie. Mit dreizehn Jahren wurde sie von acht Jungen vergewaltigt, mit denen sie in irgendeinen Keller gegangen war, um »Musik zu hören«. An diesem Abend fand Sergej sie in einer kleinen Grünanlage in der Nähe ihres Hauses, schluchzend, in einem zerrissenen Kleid. Sie erzählte ihm alles.

»Laß uns zur Miliz gehen«, sagte Sergej entschieden, nachdem er Larissas Erzählung angehört hatte. »Man wird die Kerle finden.«

»Um nichts in der Welt. Ich bin selbst schuld. Ich schäme mich. Ich hätte nicht mitgehen dürfen. O Sergej, wie soll ich jetzt nur weiterleben!«

Sie begann wieder zu schluchzen, mit dem Kopf an Sergejs breiter Brust.

»Du wirst ganz normal weiterleben, beruhige dich! In einer Woche wirst du das Ganze vergessen haben. Außer uns beiden weiß es niemand, und keiner außer mir wird es je erfahren.«

Sergej nahm sie mit zu sich nach Hause, gab ihr Nadel und Faden, damit sie die schlimmsten Risse in ihrem Kleid flicken konnte. Allzu große Mühe brauchte sie sich nicht zu geben. Ihre Eltern waren zur Kur gefahren, sie war allein zu Hause mit ihrer Urgroßmutter, die schon sehr alt war und nicht mehr viel sah.

Nach diesem Abend wurde Larissa klar, daß sie sich in den achtzehnjährigen Sergej Artjuchin verliebt hatte. Nach jenem Zwischenfall trafen sie sich gelegentlich auf der Straße oder im Hof, Larissa lächelte ihm schüchtern und zärtlich zu, und er antwortete mit einem verschwörerischen Augenzwinkern. Ein paarmal sah Larissa ihn in Begleitung von Mädchen auf der Straße und spürte den giftigen Stachel der Eifersucht in ihrem jungen Herz.

Der Sommer ging zu Ende, und im Herbst wurde Sergej zum Militär eingezogen. Nach zwei Jahren kam er wieder zurück, und Larissa wurde bewußt, daß sie ihn jetzt noch mehr liebte.

Zwei Jahre lang hatte sie von ihm geträumt, davon, wie er zurückkam und sie sah, ein schon fast erwachsen gewordenes, schönes junges Mädchen, in das er sich sofort verlieben würde. Als sie ihn schließlich wirklich wiedersah, wurde sie fast ohnmächtig vor Aufregung. Ihr war, als müsse sie sterben vor Liebe zu ihm. Nur einem Blinden hätte das entgehen können, und Sergej Artjuchin war nicht blind.

Nach einem Monat trafen sie sich in derselben Grünanlage wie vor zwei Jahren, sie saß auf derselben Bank wie damals. Als hätte sie die ganzen zwei Jahre hier gesessen und auf ihn gewartet.

»Wie geht's?« fragte Sergej fröhlich, als er sich neben ihr auf der Bank niederließ. Larissa konnte nicht mehr an sich halten.

»Ich liebe dich«, stürzte es aus ihr heraus, und ihre riesigen, erschrockenen Augen sahen ihn mit einem bodenlosen Blick an.

Er holte ruhig eine Packung Zigaretten aus seiner Hosentasche und steckte sich eine an.

»Wie alt bist du denn? Sechzehn?«

»Nein, erst fünfzehn.«

»Kann man denn schon lieben in deinem Alter?«

»Ja, ich liebe dich schon seit zwei Jahren.«

Sie hatte sich in den zwei Jahren so nach ihm verzehrt, daß sie jetzt nicht einmal mehr Scham empfand. Ihr war alles egal.

Sergej schmunzelte und betrachtete begehrlich Larissas wohlgeformte, durchaus weibliche Figur. Sie war tatsächlich schon fast erwachsen.

»Nun, wenn es so ist, dann laß uns gehen.«

Von diesem Tag an verwandelte sich Larissa Samykina in Sergej Artjuchins Eigentum. Sie war ihm hündisch ergeben. Er nahm die fünfzehnjährige Schülerin überhaupt nicht ernst, flirtete vor ihren Augen mit anderen Mädchen, nahm sie zu sich nach Hause mit, fuhr mit ihnen nach Petersburg zu den Weißen Nächten oder sonstwohin, um sich mit ihnen zu amüsieren. Larissa litt, sie konnte nicht mehr essen, nicht mehr schlafen und sich nicht mehr auf die Schule konzentrieren.

Sergej brauchte nur mit dem Finger zu schnippen, dann rannte sie zu ihm, glücklich und mit leuchtenden Augen. Sie gehörte ihm vollständig und ohne alle Bedingungen.

Seltsamerweise verging das auch mit zunehmendem Alter nicht. Sergej hatte nach wie vor Affären mit anderen Frauen, aber jetzt machte er es nicht mehr so offensichtlich. Larissa war erwachsen geworden, er schämte sich zwar nicht vor ihr, aber er schonte sie. Hätte er sich geschämt, hätte er ihr kaum gestanden, daß er eine Frau vergewaltigt hatte. Aber er hatte es ihr nicht nur gestanden, sondern sie auch noch um ein Alibi gebeten ...

Der Mann hörte Larissa aufmerksam zu, unterbrach sie kein einziges Mal, nur ab und zu stellte er eine Zwischenfrage, und für einen Augenblick hatte Larissa sogar den Eindruck gehabt, daß sie ihm leid tat. Vielleicht konnte sie sein Herz erweichen, etwas Menschliches in ihm anrühren, wenn sie mit ihm sprach, vielleicht würde er dann aufhören, sie zu schlagen.

»Wie kannst du denn so ein Schwein lieben?«

So eine Frage hatte Larissa nicht erwartet. Hatte sie denn auch nur ein einziges schlechtes Wort über Sergej gesagt? Hatte sie sich etwa beschwert?

»Er ist kein Schwein«, widersprach sie, »er ist ein sehr guter Mensch.«

»Aber es ist doch Notzucht, was er mit dir getrieben hat, wie kann er ein guter Mensch sein? Du warst fünfzehn, das, was er gemacht hat, ist kriminell, begreifst du das nicht?«

»Aber ich habe ihn geliebt«, protestierte Larissa. »Es war keine Notzucht, ich habe es selbst so gewollt. Du hast kein Recht, so von ihm zu sprechen.«

»Du hast ihn geliebt«, sagte er mit einem verächtlichen Grinsen. »Wie kannst du einen Mann lieben, dem du nicht das Schwarze unter dem Fingernagel wert bist? Er hat einfach eine junge Stute vor sich gesehen, frisch und feucht zwischen den Beinen, er hat gesehen, daß du zu allem bereit bist, warum hätte er da nicht zugreifen sollen? Deine Liebe, deine Gefühle sind ihm scheißegal. Und du selbst bist auch nicht besser als er. Er hat eine Frau vergewaltigt, hat sie halb totgeschlagen, und du deckst ihn, belügst den Untersuchungsführer. Du bist doch auch eine Frau, genau wie sie. Hat sie dir denn nicht leid getan? Was glaubst du, wie du dich an ihrer Stelle gefühlt hättest?«

»Ich war an ihrer Stelle«, sagte Larissa leise. »Ich habe es dir erzählt.«

»O nein, das war etwas völlig anderes. Bei dir war es deine eigene Dummheit, du bist selbst schuld. Gehst einfach mit völlig Fremden in einen Keller, um Musik zu hören. Von wegen! Aber diese andere Frau, woran war sie schuld? Daran, daß es deinem Sergej plötzlich eng wurde in der Hose? Du hast nicht das Recht, dich mit ihr zu vergleichen, du kleines Flittchen. Du bist genauso ein Abschaum wie dein Freund. Er macht eine Idiotin aus dir, und du läßt es dir gefallen. Also bist du auch nicht besser als er. Du hast genau das bekommen, was du verdient hast.«

»Ich liebe ihn«, sagte Larissa kaum hörbar. »Ich kann nichts dagegen tun. Ich habe versucht, ihn zu verlassen, aber ich kann es nicht. Es ist, als hätte er mich verhext.«

Sie hoffte immer noch darauf, daß es ihr gelingen könnte, ihn mit ihrer Ehrlichkeit und Aufrichtigkeit zu rühren. Aber ihr Peiniger wurde von Sekunde zu Sekunde wütender, in seinen Augen war ein ungutes Blinken, seine Lippen waren bleich geworden. Larissa begriff, daß sie sich erneut verrechnet hatte.

»Wie kannst du so ein Stück Scheiße lieben!« schrie er sie an. »Man liebt mit dem Kopf, aber du liebst mit einem ganz anderen Körperteil. Und für diesen Körperteil willst du ihn retten, deinen Sergej. Hör auf, mir zu erzählen, daß du nicht weißt, wen du anrufen sollst, um ihn zu finden. Du bist eine Lügnerin, eine kleine dreckige Schlampe!«

Er sprang auf, stopfte ihr erneut den Stoffetzen in den Mund und verklebte ihn mit Leukoplast. Larissa schloß die Augen.

Sein erster Tritt traf sie in den Bauch.

»Sie hat gedacht, sie könnte mich mit ihrer Möse kaufen. Sie hat gedacht, ich würde dahinschmelzen. Aber sie hat Pech gehabt, die kleine Schlampe, sie hat sich getäuscht«, sprach er vor sich hin, während er ihr systematisch nicht allzu heftige, aber sehr schmerzhafte Fußtritte versetze.

Aus ihrer Kehle drangen dumpfe, gurgelnde Laute, über ihre Wangen liefen erneut Tränen. Sie lag gefesselt, nackt, völlig hilflos auf dem Boden und wünschte sich zu sterben.

* * *

Nastja und Anton hatten bereits mehr als die Hälfte der Namen derer überprüft, die laut Liste das Aufgebot bestellt und schließlich doch nicht geheiratet hatten. Größtenteils handelte es sich um junge Frauen im Alter zwischen dreiundzwanzig und fünfundzwanzig Jahren. Die anderen, älteren Frauen suchten sie gemeinsam auf, sie fuhren zu ihren Wohnungen und Arbeitsstellen und fragten, warum die geplanten Hochzeiten nicht stattgefunden hatten. Die Gründe waren sehr unterschiedlich. Einmal war es ein Autounfall, nach dem der Bräutigam lange im Krankenhaus liegen mußte, ein anderes Mal war es Treuebruch, Streit, Einmischung der Eltern. Aber erstens glich keine der Befragten auch nur annähernd der Frau auf dem Foto, und zweitens machte keine von ihnen den Eindruck einer psychisch Kranken.

Anton und Nastja kehrten in die Wohnung zurück und nahmen sich erneut die Listen vor.

»Jazelenko und Dubinina.«

»Die Dubinina ist 1974 geboren.«

»Liwanzew und Alleko.«

»Alleko?«

Anton sah von den auf dem Fußboden ausgebreiteten Listen auf.

»Nastja, ich glaube, du hast einen Virus in deine Maschine eingeschleust.«

»Wie kommst du darauf? Ist etwas nicht Ordnung?«

»Ich erinnere mich genau, daß ich diese beiden Namen schon gesehen habe. Und zwar unter den verheirateten Paaren in der

Liste. Alleko ist ein seltener Name, ich bin ein paarmal darüber gestolpert.«

»Vielleicht hat sie einen anderen geheiratet, sieh doch bitte mal nach.«

»Ich erinnere mich genau, daß ich Alleko in Verbindung mit Liwanzew gesehen habe. Wo sind sie denn? Ach ja, hier ... Genau, Liwanzew und Alleko. Die Ehe wurde im April 1993 geschlossen.«

»Verdammt, sollte es wirklich ein Virus sein?«

Nastja wurde ernsthaft bange. Sollte sich tatsächlich herausstellen, daß die Software defekt war und der Computer falsche Daten auswarf, mußten sie wieder von vorn beginnen. Und dann würde ihnen nichts anderes übrigbleiben, als die Listen selbst zu vergleichen, mit dem Finger auf dem Papier, Name für Name. Das war Arbeit für ein ganzes Jahr ...

Aber plötzlich dämmerte es ihr. Laut Programm hätte der Computer die Namen der Paare anzeigen müssen, die sich nicht wiederholten, das heißt in einer der beiden Listen fehlten. Denn sie war ja davon ausgegangen, daß solche Namen nur in dem Fall auftauchen konnten, wenn dem Aufgebot keine Eheschließung gefolgt war. Aber es konnte schließlich auch anders sein. Es konnte auch ein Paar geben, das geheiratet hatte, ohne ein Aufgebot bestellt zu haben. Das war natürlich nicht üblich, aber gegen Schmiergeld ging bekanntlich alles. Das mußte unbedingt sofort überprüft werden. Vielleicht handelte es sich ja doch nicht um einen Virus, und sie konnten in aller Ruhe weitermachen.

»Anton, sieh mal schnell nach, ob dieses Paar unter denen zu finden ist, die ein Aufgebot bestellt haben. Wenn sie dort nicht zu finden sind, dann ist alles in Ordnung, dann ist es kein Virus.«

Schewzow kroch an den Papierbahnen auf dem Fußboden entlang.

»Doch, da sind sie«, sagte er und hob erstaunt den Kopf. »Liwanzew und Alleko haben das Aufgebot im Oktober 1992 bestellt.«

»Also ist es doch ein Virus«, sagte Nastja mit einem schweren Seufzer. Die ganze Arbeit war für die Katz. Aber es war nichts daran zu ändern. Sie beschloß, mit Anton in die Küche zu gehen, eine Pause zu machen und wieder von vorn anzufangen. Diesmal ohne Computer.

Sie brühte frischen Tee für Anton auf, sich selbst machte sie eine Tasse Instantkaffee. Ihre Stimmung war auf dem Nullpunkt, am liebsten hätte sie geweint.

»Übrigens«, sagte Schewzow nachdenklich, während er ein großes Stück von dem belegten Brot abbiß, das Nastja ihm gemacht hatte, »warum haben die beiden einen so späten Termin bekommen?«

»Was für einen Termin meinst du?« Nastja verstand nicht, wovon Anton sprach.

»Sie haben das Aufgebot im Oktober bestellt und erst im April geheiratet. So lange Wartezeiten gibt es sonst nicht, höchstens drei Monate.«

»Du hast sicher etwas verwechselt«, sagte Nastja mit einer müden Handbewegung. »Mit der Zeit werden die Augen müde, die Aufmerksamkeit läßt nach, du hast dich einfach in der Zeile geirrt.«

»Aber nein«, ereiferte sich Anton, »ich bin überhaupt nicht müde, ich kann mich nicht geirrt haben.«

»Doch, doch, du kannst. Willst du noch Tee?«

»Nein, bestimmt nicht. Warum glaubst du mir nicht?«

»Sag mal, warum regst du dich so auf?« fragte Nastja erstaunt. »Es geht doch nicht um die Termine, sondern nur um die Namen.«

»Aber ich habe mich trotzdem nicht geirrt. Wenn du davon ausgehst, daß ich unaufmerksam bin, dann hätte ich ja auch Namen verwechseln können. Und in diesem Fall wirst du anfangen, noch einmal alles zu überprüfen. Das will ich nicht. Laß uns hinübergehen und nachsehen.«

»Bleib doch sitzen, wir können später noch nachsehen.«

»Nein, jetzt gleich.« Anton ließ nicht locker. »Ich will mich selbst davon überzeugen, daß ich mich nicht geirrt habe.«

Nastja erhob sich mit einem Seufzer und folgte ihm. Sie war amüsiert von seinem kindlichem Wunsch, sich in ihren Augen zu rehabilitieren und zu beweisen, daß er genauso unermüdlich bei der Arbeit war wie sie selbst.

»Hier, da sind sie, Liwanzew und Alleko, Aufgebot im Oktober 1992, Eheschließung im April 1993. Du siehst, ich habe mich nicht geirrt. Ein halbes Jahr zwischen Aufgebot und Heirat. So etwas gibt es doch gar nicht.«

»Es gibt alles«, erwiderte Nastja zerstreut. Sie dachte im Moment nur noch daran, wie ihr Computer zu reparieren war und was Ljoscha sagen würde, wenn er morgen aus Shukowskij zurückkommen und es erfahren würde ... Vielleicht hatte das Paar gebeten, den Termin zu verschieben, es konnte viele Gründe dafür geben. Einer von beiden war krank geworden, ein Verwandter war gestorben, einer von beiden mußte eine längere Dienstreise antreten. Jedenfalls hatten sie schließlich doch noch geheiratet.

»Nastja«, sagte Anton plötzlich mit seltsamer Stimme. »Nastja, das hier ist eine andere Alleko.«

»Was heißt das, eine andere?«

Er kniete nach wie vor auf dem Fußboden und beugte sich über die Listen.

»Das verstehe ich nicht«, murmelte er. »Konstantin Liwanzew und Swetlana Petrowna Alleko haben im Oktober 1992 das Aufgebot bestellt, und im April 1993 hat derselbe Liwanzew eine Irina Vitaljewna Alleko geheiratet. Das verstehe, wer will.«

Nastja sprang auf und kniete sich neben Anton auf den Fußboden.

»Alles klar. Aus irgendeinem Grund hat er Swetlana Petrowna nicht geheiratet. Haben er und Irina Vitaljewna ein Aufgebot bestellt?«

Sie hatten sich beide der Länge nach auf dem Fußboden ausgestreckt, suchten die Listen ab und fanden ziemlich bald den gesuchten Eintrag. Liwanzew und Irina Vitaljewna hatten im Januar 1993 das Aufgebot bestellt.

Nastja richtete sich auf und rieb sich den schmerzenden Rücken.

»Eine interessante Geschichte«, murmelte sie. »Ein gewisser vierunddreißigjähriger Liwanzew will eine Swetlana Petrowna Alleko heiraten, die zu dieser Zeit bereits achtundvierzig Jahre alt ist. Die Hochzeit müßte im Dezember oder Januar stattfinden, aber aus irgendeinem Grund kommt es nicht dazu. Statt dessen bestellt der schneidige Liwanzew im Januar ein neues Aufgebot und heiratet im April die fünfundzwanzigjährige Irina Vitaljewna Alleko. Ob sie vielleicht die Tochter der verlassenen Swetlana Petrowna ist? Und wenn es so sein sollte, dann ...«

Sie stürzte zum Telefon und wählte Korotkows Nummer. Er war nicht zu erreichen, aber es gelang ihr, Selujanow zu finden.

»Kolja, du mußt dringend zwei Adressen für mich feststellen. Swetlana Petrowna Alleko und Irina Vitaljewna Alleko-Liwanzewa.«

»Wozu?«

»Kolja, ich erkläre dir alles später. Erkundige dich nach den Adressen, ich ziehe mich einstweilen an.«

»Bist du etwa ausgezogen?« scherzte Selujanow in seiner gewohnten Art. »Stehst du nackt da und drückst den Telefonhörer an deinen wunderschönen Busen?«

»Ich bringe dich um«, drohte Nastja und warf den Hörer auf die Gabel.

DREIZEHNTES KAPITEL

Swetlana Petrowna Alleko trafen sie nicht zu Hause an. Sie lebte allein, und niemand öffnete ihnen die Tür. Auch die Nachbarn wußten nicht zu sagen, wo sie war und wann sie wieder nach Hause kommen würde. Swetlana Petrowna wohnte erst seit zwei Jahren in dem Haus, sie lebte äußerst zurückgezogen und hatte keinen Kontakt zu den Nachbarn. Man wußte nicht einmal, was sie von Beruf war und wo sie arbeitete.

Irina Vitaljewna und Konstantin Liwanzew, ihren Mann, hingegen trafen sie mitten in einem Streit an. Das Ehepaar machte keinen Hehl daraus, daß es nicht begeistert davon war, Besuch von der Miliz zu bekommen, und als die beiden den Grund erfuhren, wurden sie noch mürrischer.

»Ich verstehe nicht, was das soll«, sagte Irina, eine launische, selbstgewisse Schönheit. »Warum in dieser alten Geschichte herumrühren? Es war schließlich kein Verbrechen.«

»Eine reine Familienangelegenheit«, bestätigte ihr Mann. »Sie haben kein Recht, sich einzumischen. Sagen Sie uns erst, worum es geht, dann können wir uns unterhalten.«

»Es geht darum, daß wir eine Frau suchen, die womöglich Zeugin eines schweren Verbrechens war. Wir besitzen ein Foto dieser Frau und haben eine Fahndung nach ihr eingeleitet, aber niemand hat sich gemeldet. Wir haben Grund zu der Annahme, daß diese Unbekannte eine Ehe eingehen wollte, es aber schließlich doch nicht getan hat. Da wir Swetlana Petrowna, Ihre Mutter, nicht zu Hause angetroffen haben, sind wir zu Ihnen gekommen, um herauszufinden, ob Ihre Mutter wirklich heiraten wollte und warum die Hochzeit nicht stattgefunden hat.«

»Und wieso sind Sie der Meinung, daß diese Unbekannte ausgerechnet meine Mutter ist?«

»Ich bin nicht dieser Meinung. Wir sind auf der Suche nach der Unbekannten auf dem Foto und befragen deshalb alle Frauen mit einer entsprechenden Biographie.«

»Zeigen Sie uns das Foto«, verlangte Irina.

»Ja, das ist sie«, sagte die junge Frau verwirrt, als sie Nastja das Foto wieder zurückgab. »Was ist das für eine Aufnahme?«

»Sie wurde im Standesamt gemacht, an dem Tag, an dem dort ein Mord begangen wurde«, erklärte Nastja. »Und ich wüßte sehr gern, warum Ihre Mutter an diesem Tag dort war. Haben vielleicht Bekannte von ihr geheiratet?«

Nastja wußte, daß es nicht so war. Alle Paare waren befragt worden, und niemand von ihnen hatte diese Frau gekannt.

»Vielleicht«, sagte Irina mit einem Schulterzucken.

»Wissen Sie denn über die Angelegenheiten Ihrer Mutter nicht Bescheid?«

»Nein, wir haben keinen Kontakt ...«

Die Geschichte, die Nastja dem wortkargen Paar schließlich aus der Nase zog, war überraschend einfach, zynisch und brutal.

Swetlana Petrowna hatte viele Jahre eine sehr gute Ehe geführt, ihr Mann war ein in jeder Hinsicht anständiger, respektabler Mensch, ein wunderbarer Ehemann und ein liebender Vater für Irina, aber schon seit langer Zeit schwerkrank. Bereits seit ihrem dreißigsten Lebensjahr kannte Swetlana Petrowna keine eheliche Liebe mehr. Und eines Tages trat plötzlich der um vierzehn Jahre jüngere Konstantin in ihr Leben, sie begann, sich wieder als Frau zu fühlen, sie wurde geliebt und begehrt. Irina war zu dieser Zeit bereits erwachsen, Swetlana Petrowna hätte sich durchaus scheiden lassen können, aber ihr Mann war schließlich krank, er liebte sie aufrichtig und war ihr treu ergeben.

Es begann eine sehr qualvolle Zeit für sie. Sie wollte mit Konstantin zusammenleben, aber sie wagte es nicht, ihren

Mann zu verlassen. Irina machte keinen Hehl aus ihrer Verachtung für die Mutter, die sich mit einem so jungen Mann eingelassen hatte.

»In seinem Alter müßte er nicht dir nachsteigen, sondern mir«, stieß sie böse zwischen den Zähnen hervor. »Schäm dich, Mutter!«

Damit Wort und Tat sich auch deckten, begann sie, dem Liebhaber ihrer Mutter schöne Augen zu machen, und registrierte mit Genugtuung, daß er ihr vielsagend zulächelte und mit bedeutungsvollen Blicken antwortete.

Es war Swetlana Petrownas Mann, der nicht länger zusehen konnte und den Qualen ein Ende setzte. Eines Tages packte er seine Sachen zusammen und zog zu seinem Bruder, der seit kurzem verwitwet war.

Die Ehe wurde sehr bald geschieden, und Swetlana Petrowna bereitete sich auf die Heirat mit Liwanzew vor.

»Mach dich nicht lächerlich, Mama«, sagte Irina gehässig, als Swetlana Petrowna sich ein weißes Kleid für die Hochzeit kaufte. »Was willst du in deinem Alter mit einem weißen Kleid?«

»Warum bist du so herzlos!« sagte Swetlana Petrowna weinend. »Von wem hast du das bloß?«

»Ich bin nicht herzlos«, entgegnete Irina kalt. »Ich bin nur realistisch, im Gegensatz zu dir. Dieser Hurenbock hat dir völlig das Gehirn vernebelt.«

»Ich verbiete dir, ihn so zu nennen«, herrschte Swetlana Petrowna ihre Tochter an.

»Hast du noch nicht bemerkt, wie ihm das Wasser im Mund zusammenläuft, wenn er mich anschaut?« bemerkte Irina ungerührt. »Natürlich ist er ein Hurenbock.«

Am Tag der Hochzeit verkündete Irina, daß sie ihre Mutter und ihren angehenden Ehemann zum Standesamt begleiten wolle. Swetlana Petrowna war erfreut, sie erblickte darin ein erstes Anzeichen der Versöhnung. Aber eine Viertelstunde vor Verlassen des Hauses erschien Irina in einem prachtvollen weißen Kleid.

»Irotschka, bitte«, begehrte die Mutter auf, »zieh dir etwas anderes an. Solche Kleider tragen nur Bräute.«

»Du bist es, die etwas anderes anziehen sollte«, erwiderte Irina. »Schau dich mal an, du bist achtundvierzig und trägst ein weißes Hochzeitskleid, als wärst du eine Jungfrau. Es ist lächerlich. Ich ziehe mich nur dann um, wenn du dich auch umziehst.«

»Aber Ira ...«. Swetlana Petrowna war völlig verwirrt.

»Entweder wir ziehen uns beide um, oder wir gehen beide in Weiß.«

»Mein Gott, wie kommt es nur, daß du so ein Ungeheuer bist?« begann die Mutter zu weinen.

»Weil ich die Tochter einer alten Hure bin«, erwiderte Irina höhnisch.

Sie fuhren beide in Weiß zum Standesamt, und, man konnte es nicht leugnen, Irina sah aus wie die eigentliche Braut. Als sie die Halle des Standesamtes betraten, warf Irina einen Blick in die große Spiegelwand. Neben dem attraktiven Liwanzew machte sie sich sehr gut in ihrem weißen Kleid. Und ihre alte, unglückliche Mutter trottete hinter ihnen her. Ihre Augen trafen sich im Spiegel, und Irina lächelte der Mutter hochmütig zu.

Ein paar Minuten später ging Swetlana Petrowna zur Toilette, um ihre Frisur und ihr Make-up in Ordnung zu bringen. In der Raucherecke vor den Toiletten befand sich niemand außer einem jungen Paar, das sich leidenschaftlich küßte. Im ersten Moment begriff sie gar nicht, wen sie vor sich sah. Und nachdem sie es begriffen hatte, erstarrte sie zur Salzsäule. Dann drehte sie sich um und verließ das Standesamt.

Am nächsten Tag ging sie zu einem Makler und beauftragte ihn, Klienten zu finden, die eine große Dreizimmerwohnung gegen zwei kleinere Wohnungen tauschen wollten. Die zwei Wohnungen sollten so weit wie möglich voneinander entfernt liegen, am liebsten an zwei entgegengesetzten Enden der Stadt. Bis zum Umzug wohnte sie bei einer Freundin, mit ihrer Tochter sprach sie nicht mehr und interessierte sich nicht mehr für sie. Natürlich erfuhr sie von der Heirat zwischen Liwanzew und Irina. Sie hörte sich die Nachricht schweigend an, sagte kein einziges Wort und legte den Telefonhörer wieder auf. Ihre Tochter hatte sie in der ganzen Zeit kein einziges Mal angerufen.

»Sagen Sie, Irina, kann es sein, daß Swetlana Petrowna nicht ganz gesund ist?« fragte Nastja vorsichtig.

»Nicht ganz gesund? Die ist robust wie ein Ackergaul«, erwiderte Irina abschätzig.

»Ich meine psychisch ...«

»Ach das ... Wenn man einen Mann wie meinen Vater verläßt, um Konstantin zu heiraten, muß man wirklich verrückt sein. Eine psychisch normale Frau würde so etwas nicht tun. Und wenn man bedenkt, daß sie seither nicht mehr mit mir spricht ... Sie muß von dieser Sache immer noch wie besessen sein.«

»Was denken Sie, wo könnte Swetlana Petrowna jetzt sein? Wir waren bei ihr, bevor wir zu Ihnen gekommen sind, aber sie war nicht zu Hause.«

»Sie geht wahrscheinlich spazieren, wo sollte sie sonst sein. Es ist ja schon fast zehn Uhr abends. Sie hat immer schon lange Spaziergänge geliebt, besonders abends, in der Dämmerung. Ich weiß nicht, wieviel zusätzliche graue Haare meinem Vater wegen dieser Spaziergänge gewachsen sind. Sie ging weg, ohne Bescheid zu sagen, und kam oft erst nachts um eins nach Hause. Wir haben stundenlang aus dem Fenster geschaut, haben sie draußen gesucht, auf jeden Schritt im Treppenhaus gelauscht. Und sie geht spazieren, einfach so. Sie ist wirklich verrückt.«

Als sie bereits im Treppenhaus standen, drehte Nastja sich noch einmal zu Irina um.

»Sagen Sie, Irina Vitaljewna, schämen Sie sich eigentlich nicht?«

Die Frau sah Nastja verächtlich an und schlug die Tür zu.

* * *

Sie fuhren erneut durch die ganze Stadt, zur Wohnung von Swetlana Petrowna Alleko. Sie war immer noch nicht zu Hause, und sie beschlossen, auf sie zu warten.

Sie saßen im Auto, ohne Licht zu machen, um die heimkehrende Frau, deren Foto vor ihnen auf dem Armaturenbrett lag, nicht zu verpassen, und unterhielten sich halblaut.

»Eine schreckliche Geschichte, nicht wahr? Wo kommen solche Menschen wie diese Irina nur her?« seufzte Nastja.

»Du hast dir bereits selbst die Antwort gegeben. Solche Menschen fallen nicht vom Himmel, sie werden zu dem gemacht, was sie sind. Swetlana Petrowna erntet nur, was sie selbst gesät hat. Wahrscheinlich hat sie das Mädchen in der Kindheit verzogen, hat alles durchgehen lassen, alle Launen, Frechheiten und Ungezogenheiten. Das hat sie jetzt davon.«

»Ich habe schrecklichen Hunger. Und Durst.«

»Warte einen Moment, ich gehe schnell um die Ecke. Ich habe dort ein Restaurant gesehen. Ich gehe etwas holen.«

Anton kam mit zwei heißen Hamburgern und einer großen Flasche Sprite zurück. Die Hamburger waren verpfeffert, aber Nastja bemerkte es nicht. Ihre Gedanken waren bei Swetlana Petrowna Alleko, die von ihrem Liebhaber und ihrer eigenen Tochter so betrogen und erniedrigt worden war.

»Was meinst du, kann sie den Verstand verloren und angefangen haben, alle Bräute zu hassen?« fragte Anton.

»Sehr gut möglich. Zuerst hat sie ihnen Drohbriefe geschrieben, und dann hat sie angefangen, sie umzubringen. Und zwar an genau dem Ort, an dem sie ihre Tochter mit ihrem eigenen Bräutigam entdeckt hat. Ich glaube, ich habe dir noch gar nicht erzählt, daß man sie auch auf dem anderen Standesamt gesehen hat, dort, wo der zweite Mord begangen wurde.«

»Woher kann sie denn eine Waffe haben?«

»Das ist das geringste Problem. Heute kannst du an jeder Ecke nicht nur einen Revolver kaufen, sondern sogar einen Granatwerfer. Hauptsache, du hast das Geld dafür.«

»Hör mal, haben wir sie vielleicht verpaßt? Es ist schon fast ein Uhr.«

»Du hast doch gehört, was Irina gesagt hat. Sie geht bis in die späte Nacht spazieren.«

»Laß uns trotzdem mal nachschauen gehen, womöglich ist sie doch schon zu Hause.«

»Aber wir sitzen doch die ganze Zeit hier, sie kann nicht unbemerkt an uns vorbeigegangen sein.«

»Und wenn sie nur ein Stockwerk tiefer gegangen ist, um Nachbarn zu besuchen? Das Innere des Hauses können wir von hier aus schließlich nicht sehen.«

»Da hast du auch wieder recht«, stimmte Nastja zu. »Laß uns nachsehen gehen.«

Sie nahmen den Lift und fuhren erneut in den vierten Stock, wo die Alleko wohnte. Aber niemand reagierte auf ihr beharrliches Läuten an der Tür. Nastja und Anton gingen eine halbe Treppe tiefer, setzten sich auf die Fensterbank und steckten sich eine Zigarette an.

»Vielleicht ist es sogar besser, daß sie nicht zu Hause ist«, sagte Nastja nachdenklich. »Nach dreiundzwanzig Uhr dürfen wir ohne ausdrückliche Erlaubnis des Wohnungsinhabers eine Wohnung sowieso nicht mehr betreten. Und ich bin mir keineswegs sicher, daß die Alleko uns mit offenen Armen empfangen hätte. Auf der Straße oder im Treppenhaus ist es etwas anderes. Wir können sie ohne weiteres ansprechen, uns vorstellen und ihr ein paar Fragen stellen. Oder uns nicht vorstellen und irgendwas erfinden. Damit würden wir jedenfalls nichts Illegales tun.«

»Hast du keine Angst? Sie besitzt doch einen Revolver! Und außerdem muß man davon ausgehen, daß sie geistesgestört ist.«

»Natürlich habe ich Angst. Aber würde ich nie etwas tun, wovor ich Angst habe, könnte ich kein einziges Verbrechen aufklären. Wir werden uns bemühen, korrekt und vorsichtig zu sein, nichts Überflüssiges zu sagen und sie nicht zu provozieren. Wir suchen sie bis jetzt ja nur als Zeugin, nicht mehr als das. Und denk an den Diebstahl in eurem Fotolabor! Es ist nicht anzunehmen, daß sie das gewesen ist. Vermutlich hat sie einen Komplizen. Und vermutlich bewahrt der auch den Revolver auf, so daß Swetlana Petrowna uns nicht allzu gefährlich werden kann, wenn wir uns richtig verhalten.«

In einer der oberen Etagen fiel eine Tür ins Schloß, man hörte Schritte und ein leises, kratzendes Geräusch auf der Treppe. Jemand ging mit seinem Hund nach unten. Kurz darauf erschien ein Mann mittleren Alters mit einem großen schwarzen Terrier auf der Treppe.

Der Hund blieb plötzlich stehen, er setzte sich vor die Wohnungstür der Alleko und begann zu heulen.

»Komm schon, Fred, laß den Unsinn.« Der Mann bückte sich und ergriff den Hund am Halsband. »Du hast hier heute morgen schon genug geheult.«

Nastja sprang wie von der Tarantel gestochen von der Fensterbank und lief treppauf, dem Mann entgegen.

»Haben Sie eben gesagt, daß Ihr Hund schon heute morgen vor dieser Tür geheult hat?«

»Ja. Ich konnte ihn kaum wegbekommen von dieser Stelle. Zuerst heulte er, dann stellte sich ihm sogar das Fell auf. Jetzt wiederholt sich die Geschichte, sehen Sie sich das an. Komm, Fred, komm, es ist schon spät.«

Der Hund war schrecklich anzusehen. Das Fell sträubte sich ihm, er fletschte die Zähne und bebte am ganzen Körper.

»Als würde er eine Leiche anheulen, bei Gott«, sagte der Mann, während er erfolglos versuchte, den großen, massigen Hund endlich zum Aufstehen zu bewegen.

»Ich fürchte, es ist eine Leiche«, murmelte Nastja.

Sie holte ihren Dienstausweis aus der Handtasche und zeigte ihn dem Mann.

»Könnten wir vielleicht Ihr Telefon kurz benutzen? Wir müssen die Miliz anrufen. Es sieht so aus, als sei Swetlana Petrowna etwas zugestoßen.«

* * *

Larissa hörte das Geräusch des Schlüssels in der Wohnungstür und zuckte zusammen. Ihr Peiniger war zurückgekommen. Wie gut, daß er morgens wenigstens zur Arbeit ging und sie nur abends, nachts und morgens quälte. Sie hatte es sogar gelernt, ein wenig einzuschlummern, wenn er nicht da war. Vom langen Liegen in einer Haltung war ihr Körper gefühllos geworden, sie spürte nur noch die Stellen, die von den Schlägen schmerzten. Wie lange war sie schon an diesem Ort? Zwei Tage? Drei Tage? Ihr schien, es waren drei ...

Er betrat das Zimmer, bleich, wie immer, mit einem bösen Funkeln in den Augen.

»Nun, hast du es dir überlegt? Meine Geduld mit dir geht zu Ende. Bis jetzt habe ich dich nur geschlagen, aber es geht auch anders. Damit du Bescheid weißt.«

Ihr Peiniger nahm ihr das Pflaster ab, das er sicherheitshalber über den Knebel in ihrem Mund geklebt hatte.

»Wie sieht es aus? Willst du anrufen?«

»Ich weiß nicht, wen ich anrufen soll, Ehrenwort. Warum glaubst du mir nicht?«

»Alles klar.«

Er betrachtete sie nachdenklich von Kopf bis Fuß, so, als würde er sie zum ersten Mal anschauen. Dann holte er ein Feuerzeug aus der Hosentasche und führte die Flamme dicht an eine ihrer Brustwarzen heran. Larissas Augen weiteten sich vor Entsetzen. Ihr war klar, daß er es jetzt noch nicht tun würde, weil er wußte, daß sie laut aufschreien würde vor Schmerz. Bis jetzt wollte er ihr nur Angst machen.

»Ich weiß wirklich nicht, wen ich anrufen soll, ich schwöre es«, sagte sie so überzeugend wie möglich. »Ich kann mir doch nicht etwas ausdenken, das gar nicht existiert.«

»Doch, du kannst«, grinste er. »Du kannst alles. Gleich werde ich es dir beweisen.«

Er stopfte ihr den Knebel wieder in den Mund und hielt die Flamme an ihre Brust. Der Schmerz war unerträglich. Alle erlittenen Schläge kamen ihr in diesem Moment wie eine harmlose Liebkosung vor. Sie hatte geglaubt, nichts könne schlimmer sein als die Schläge, sie hatte geglaubt, es aushalten zu können. Aber jetzt wußte sie, daß die Schläge nur der Anfang gewesen waren. Dem, was jetzt geschah, konnte sie nicht standhalten.

Er nahm das Feuerzeug wieder weg und sah Larissa fragend an. Sie nickte.

»Braves Mädchen«, sagte er heiter. »Ich wußte doch, daß du es kannst. Wir werden jetzt sofort anrufen.«

Er nahm ihr den Knebel aus dem Mund und brachte ihr ein Glas Wasser. Sie trank aus dem Glas, das er in der Hand hielt, sie trank gierig, sich ständig verschluckend, und sie fühlte sich dabei wie ein Hund, der von seinem Herrn großmütig gefüttert wird.

»Ich weiß nicht, was ich sagen soll«, preßte sie schließlich hervor.

»Ich werde es dir erklären. Du wirst sagen, daß es um fünfzigtausend Dollar geht und daß Artjuchin hierherkommen muß. Nur dann, wenn ich mit ihm zusammen zur Miliz gehe, bleibt uns das Geld erhalten. Hast du verstanden? Wenn er allein hingeht und sich herausstellt, daß er auf der Flucht war, ist das Geld sofort futsch. Und dann werdet ihr beiden die Zeche bezahlen müssen.«

»Was ändert es, wenn du ihn zur Miliz bringst? Warum ist das Geld dann nicht futsch?«

»Weil nur ich weiß, wie man das machen muß. Sag mir die Nummer, ich wähle selbst.«

Larissa diktierte ihm die Telefonnummer der Person, mit deren Auto Sergej Moskau verlassen hatte.

* * *

Swetlana Petrowna Alleko war bereits seit zwei Tagen tot. Der Schuß in den Mund hatte ihren Schädel zertrümmert, neben der Leiche lag ein Revolver der Marke TT, Kaliber 7,62 mm. Auf dem Tisch fanden die Beamten einen Zettel: »Ich kann nicht mehr. Bitte verzeiht mir.« Nastja erkannte, daß der kurze Text mit denselben Druckbuchstaben geschrieben war wie die an die Bräute gerichteten Drohbriefe.

»Ein typischer Selbstmord«, sagte der Sachverständige Oleg Subow freudlos, während er gemeinsam mit dem diensthabenden Untersuchungsführer den Ereignisort besichtigte.

Seit Eintreffen der Kripo waren mindestens drei Stunden vergangen. Es war tiefe Nacht, die Zeit vor der Dämmerung, die schwerste Stunde für die, die nicht schlafen konnten.

Nastja saß still in einer Ecke und beobachtete die Vorgänge. Die Alleko lag in einem schwarzen Seidenkleid auf dem Sofa. Nach ihrer Lage zu urteilen, hatte sie, während sie den Schuß auf sich selbst abgegeben hatte, auf dem Sofa gesessen, den Kopf nach hinten auf die Lehne geworfen. Der helle Bezug des Sofas war überschwemmt von Blut, wahrscheinlich war auch das Kleid voller Blut, aber auf dem dunklen Stoff sah man es nicht. Jetzt wurde die Leiche begutachtet, und Nastja fiel auf, daß die fünfzigjährige Frau unter dem Kleid teure, exklusive Unterwäsche trug. Man konnte sehen, daß ihr Haar frisch gewaschen und kurz vor dem Tod sorgfältig frisiert worden war. Der Lack an den Fingernägeln mußte ebenfalls ganz frisch sein. Bevor die Frau aus dem Leben ging, hatte sie alles getan, um sich auch im Tod als Frau zu fühlen.

Nastja sah sich im Zimmer um. Alles war sehr sauber und ordentlich, vermutlich hätten die Möbelflächen geblitzt, hätte sich in den zwei Tagen seit dem Selbstmord nicht eine feine Staubschicht darauf gebildet. Der Untersuchungsführer öffnete die auf dem Tisch liegende Schreibmappe, zum Vorschein kamen die Nastja bekannten weißen Kuverts. Es waren genau die, in denen die Drohbriefe verschickt worden waren.

Selujanow untersuchte Zentimeter für Zentimeter den Inhalt der Schrankwand, überprüfte mit flinken, geschickten Fingern die Kleidung, die Wäsche, das Geschirr.

»Sascha«, rief er plötzlich, »komm mal her, ich habe etwas gefunden.«

Sascha, der Untersuchungsführer, und Subow traten an den Schrank heran und holten unter einem Stapel Handtücher einen in Stoff eingewickelten Schalldämpfer und eine Schachtel Patronen hervor.

Im Zimmer erschien Korotkow. Sein Gesicht wirkte eingefallen, er hatte entzündete Augen.

»Nastja, komm mal her, und hilf mir bitte.«

Vorsichtig, auf Zehenspitzen, ging Nastja um die auf dem Fußboden liegenden Geräte, Instrumente und Reagenzien herum und folgte Korotkow in die Küche.

»Hast du etwas gefunden?«

»Nein, nichts. Wir müssen im Mülleimer nachsehen.«

Sie zogen unter der Spüle einen bis zur Hälfte gefüllten roten Plastikeimer hervor, breiteten eine Folie auf dem Fußboden aus und leerten den Eimer darauf aus.

»Ihr benehmt euch wie blutige Laien«, vernahm Nastja Subows brummige Stimme hinter sich. »Nehmt gefälligst eine Pinzette!«

Nastja und Korotkow dachten nicht daran, sich über Subows Unfreundlichkeit zu ärgern. Olegs Charakter war allen seit langem bekannt, sie hatten sich an seine Ruppigkeit gewöhnt und achteten nicht mehr darauf.

»Gute Idee«, sagte Korotkow, in der Hocke vor dem Häufchen Müll sitzend. »Mit der Pinzette schaffen wir es vielleicht bis sechs Uhr morgens. Und dann geht die erste Metro wieder. Auf dem Weg hierher bin ich mein ganzes Bares losgeworden, an den Fahrer des Privatwagens, der mich mitgenommen hat. Wo ist hier die nächste Metrostation?«

»Ich weiß es nicht«, sagt Nastja.

»Wie das? Wie bist du denn hierhergekommen?«

»Schewzow hat mich gefahren.«

»Ja? Und wo ist er jetzt? Ich habe ihn hier nicht gesehen.«

»Er ist vor eurem Eintreffen nach Hause gefahren, um nicht im Weg herumzustehen. Hier ist es ohnehin so eng, daß man sich gegenseitig ständig auf die Füße tritt. Und außerdem weiß ich, daß Sascha keine Fremden am Tatort duldet.«

»Und wie willst du jetzt wieder nach Hause kommen? Es ist ein sehr weiter Weg. Und es regnet.«

»Das macht nichts. Ich bin ja nicht aus Zucker.«

Sie zog aus dem Müll zwei Preisschilder hervor und betrachtete sie.

»Ich habe es gewußt, die Unterwäsche, die sie trägt, ist ganz neu, sie hat sie gerade gekauft. Und sie hat eine Menge Geld gekostet. Es ist nicht zu glauben, wie tief sie die Geschichte mit ihrem Liebhaber und ihrer Tochter verletzt hat. Die teure Unterwäsche, die Frisur, die Maniküre. Und alles dafür, damit man nach ihrem Tod sagen kann: Was für eine Frau!«

Sie durchsuchten aufmerksam den Müll, fanden aber nichts, was für sie von Bedeutung hätte sein können. Keine zerrissenen Briefe, keine Adressen oder Telefonnummern, keine Zigarettenkippen, die von Besuchern hätten stammen können.

Draußen wurde es bereits hell, und Nastja verspürte eine bleierne Müdigkeit. Ihr war, als hätte sie zentnerschwere Gewichte an Armen und Beinen, die sie nun bis zum Ende ihrer Tage mit sich herumschleppen würde.

Der Gedanke an den potentiellen Komplizen der Alleko ließ ihr keine Ruhe. Sicher, die Waffe, mit der die beiden Frauen erschossen worden waren, hatte man bei ihr gefunden, aber es wäre ihr kaum gelungen, in ein Fotolabor einzubrechen. Nastja wußte nicht, warum sie davon so überzeugt war, aber es schien ihr absolut sicher. Und außerdem mußte sie von irgendwoher die Adressen der angehenden Ehefrauen bekommen haben.

»Jura, wir werden alle Mitarbeiter der beiden Standesämter überprüfen müssen«, sagte sie müde. »Wir müssen eine sportliche junge Frau mit schwierigem Charakter und unausgefülltem Privatleben suchen. Swetlana Petrowna muß eine Komplizin gehabt haben. Allein hätte sie das alles nicht bewerkstelligen können.«

»Und warum muß die Frau sportlich sein?« erkundigte sich Korotkow erstaunt. »Eine Standesamtsangestellte mit schwierigem Charakter und wenig Glück in der Liebe – das verstehe ich. Aber was tut der Sport zur Sache?«

»Sie muß einen entsprechenden Charakter haben. Die Fähigkeit, klar zu denken, sich zu konzentrieren, jeden Schritt genau zu planen, in einer Streßsituation schnell und adäquat zu reagieren. Wie eine Läuferin. Man muß über ein ganz bestimmtes Nervenkostüm verfügen, um eine fremde Tür aufzubrechen, genau den Moment abzupassen, in dem man nicht gesehen wird, in einem unbekannten Raum so schnell wie möglich das Gesuchte zu finden und unbemerkt wieder zu verschwinden. Eine Aufgabe, die genau zu einer ehemaligen Sportlerin paßt.«

»Nun ja, dann müssen wir eben suchen«, sagte Korotkow, den Nastjas Gedankengänge durchaus überzeugten.

»Oleg, hast du die Spuren auf dem Kühlschrank schon gesichert?«

»Hätte ich dich vorher fragen sollen?« zischte Subow.

»Darf ich den Kühlschrank öffnen?«

»Nur zu. Aber wenn du etwas findest, faß es nicht an, sag vorher Bescheid.«

Jura öffnete den Kühlschrank und betrachtete seinen Inhalt.

»Was suchst du?« fragte Nastja, die nicht einmal daran denken konnte, sich zu erheben und in Bewegung zu setzen. Sie saß wie angewachsen auf dem Küchenhocker und lehnte sich an den Tisch.

»Ich weiß es nicht«, erwiderte Korotkow. »Ich schaue einfach.«

»Was siehst du denn?«

»Abgepackte Würstchen, ungeöffnet. Abgepackter Käse in Scheiben, ungeöffnet. Ein Glas deutsche Mayonnaise, angebrochen. Eine Flasche Ketchup, ebenfalls angebrochen. Ein halbes Päckchen neuseeländische Butter. Hier sind noch Eier. Eins, zwei, drei, vier ... zehn Stück. Drei Tomaten. Vier kleine Gurken. Eine kleine Schüssel mit Salat, sieht nach Dorschleber aus ... Was ist los?«

Nastja war aufgesprungen, der Küchenhocker fiel polternd zu Boden.

»Wo ist der Salat? Zeig her!«

»Da ist er.«

Jura hielt ihr die kleine Kristallschüssel hin. Ihr Inhalt war säuberlich glattgestrichen und mit einer Tomatenscheibe und Petersilie verziert.

»Was ist bei euch los?« erkundigte sich der Untersuchungsführer. »Warum schmeißt ihr Möbel um?«

»Entschuldige, Sascha, ich bin ungeschickt aufgestanden«, sagte Nastja verwirrt.

Der Untersuchungsführer schüttelte mißbilligend den Kopf und ging wieder nach nebenan. Nastja ging zum blank geputzten weißen Küchenherd, auf dem nichts stand außer einem roten Wasserkessel mit Flöte, und öffnete das Backrohr. Auf einem Backblech lagen vier vertrocknete Scheiben Fleisch, überbacken mit Käse und Mayonnaise. Nastja richtete sich langsam auf.

»Jura, sie hat sich nicht erschossen.«

»Was sagst du?« Korotkow drehte sich abrupt zu ihr um.

»Sie hat sich nicht erschossen. Man hat sie ermordet.«

* * *

Das Läuten des Telefons empfing sie bereits auf der Schwelle ihrer Wohnungstür. Am Apparat war der zu Tode erschrockene Tschistjakow.

»Um Gottes willen, Nastja, ich dachte schon, du bist verlorengegangen. Wo warst du die ganze Nacht?«

»Entschuldige, Ljoscha, ich bin nicht dazu gekommen, dir Bescheid zu sagen. Wir haben die Frau aus dem Standesamt gefunden, die auf dem Foto. Erinnerst du dich?«

»Ja, ich erinnere mich. Was ist mit ihr?«

»Sie ist tot. Wir waren die ganze Nacht in ihrer Wohnung.«

»Du Ärmste«, sagte Ljoscha mitfühlend. »Geh schlafen, ich komme bald.«

Sie nahm eine Dusche, legte sich ins Bett und schlief auf der Stelle ein. Es war bereits Nachmittag, als sie erwachte. Die Geräusche aus der Küche besagten, daß ihr Mann gekommen war. Nachdem sie Kaffee getrunken hatte, begann sie, die Papierbahnen aufzusammeln, die bereits seit einigen Tagen den Fußboden im Zimmer bedeckten. Sie brauchte die Listen nicht mehr. Es war ihr schließlich doch gelungen, diese Frau zu finden. Nur leider zu spät …

Ljoscha vertiefte sich in seine Arbeit, Nastja setzte sich in den Sessel neben dem Fenster und nahm die im Standesamt gemachte Aufnahme von Swetlana Petrowna Alleko zur Hand. Sie betrachtete aufmerksam ihr Gesicht, die erloschenen, abwesenden Augen, die strenge schwarze Bluse. Etwas beunruhigte sie, etwas erschien ihr verkehrt auf diesem Foto …

Ein Anruf von Selujanow erreichte sie. Er war am Morgen in dem Büro gewesen, in dem die verstorbene Alleko gearbeitet hatte, um Erkundigungen einzuholen. Es hatte sich herausgestellt, daß Swetlana Petrowna gleichzeitig mit dem Wohnungswechsel auch ihre Arbeitsstelle gewechselt hatte. Offenbar hatte man auf dem alten Arbeitsplatz zuviel von ihrem Verhältnis zu Liwanzew gewußt. Die neuen Kollegen beschrieben sie als sehr zurückhaltende Frau, die mit niemandem in engeren Kontakt trat, sie machte ihre Arbeit schweigend und gewissenhaft, kam immer pünktlich um neun und ging um sechs, fehlte nie und verspätete sich nicht. Sie war immer schwarz gekleidet, elegant und unnahbar. Niemand wußte etwas über sie. Und niemand hatte sie vermißt, da sie sich gerade im Urlaub befand.

Gegen Abend rief Anton an und teilte Nastja mit, daß er ihr Feuerzeug im Auto gefunden hatte.

»Wahrscheinlich suchst du es bereits«, sagte er.

»Wie gut, daß du es gefunden hast«, sagte sie erfreut. »Es ist ein Geschenk meines Mannes.«

»Ich bringe es dir in etwa einer Stunde vorbei, ich muß sowieso in eure Gegend …«

Nastja bekam Kopfschmerzen, sie schluckte zwei Tabletten, aber sie halfen nicht.

»Du mußt an die Luft«, sagte Tschistjakow bestimmt, während er mitfühlend in Nastjas bleiches Gesicht mit den dunklen Augenrändern blickte. »Komm, laß uns spazierengehen.«

»Laß dich nicht von der Arbeit abhalten, Ljoscha, ich gehe allein. Ich setze mich ein bißchen auf die Bank unten und warte auf Anton. Er will mir mein Feuerzeug vorbeibringen, das ich gestern in seinem Auto vergessen habe.«

Nastja ging nach unten und setzte sich auf eine Bank. An der frischen Luft wurde ihr tatsächlich sofort etwas besser, die Kopfschmerzen ließen nach, und sofort bekam sie Lust auf eine Zigarette. Ich werde warten, sagte sich Nastja, ich halte es zehn Minuten ohne aus, dann werden wir weitersehen. Um sich abzulenken, begann sie, über Veronika Matwejewna Turbina nachzudenken. Ob ihre Ängste in bezug auf ihren Sohn gerechtfertigt waren? Schade, daß Nastja sich in der Genetik so schlecht auskannte. Es wäre gut, sich zu informieren, dachte sie, ein paar Fachbücher zu lesen, sich einige Kenntnisse auf diesem Gebiet anzueignen. Das könnte durchaus von Nutzen sein für meine Arbeit. Und überhaupt wäre es nicht schlecht, sich einmal mit der Biologie zu befassen. In der Schule war sie in diesem Fach nicht besonders gut gewesen und inzwischen erinnerte sie sich an fast gar nichts mehr … Warum kam sie jetzt eigentlich auf die Biologie? Ein irgendwie unangenehmer Gedanke.

Zehn Minuten waren vergangen, und sie beschloß, weitere zehn Minuten zu warten. Wahrscheinlich kamen die Kopfschmerzen vom Rauchen. Sie mußte ihrem Körper eine Pause gönnen. Woran hatte sie zuletzt gedacht? Ach ja, an die Biologie. Was wußte sie noch von der Genetik? Chromosomen … Das war der einzige Begriff, an den sie sich noch erinnerte. Es war eine Schande. Und die Botanik? Blumenkrone, Stempel, Staubfaden, Fruchtstiel. Das war auch nicht gerade viel. Warum war es nur so unangenehm, an diese Dinge zu denken? Kränkte es etwa ihre Selbstliebe?

Sie nahm sich vor, noch weitere fünf Minuten zu warten. Die Kopfschmerzen hatten inzwischen deutlich nachgelassen, sie wollte sie nicht erneut provozieren mit einer Zigarette.

Es gelang ihr, bis zu dem Moment zu warten, als neben ihr Antons gelber Wagen hielt.

»Erwartest du mich schon?«

»Ich schöpfe frische Luft«, entgegnete Nastja.

»Woran denkst du?« fragte er, während er ihr das teure Feuerzeug reichte, das Tschistjakow Nastja im letzten Jahr zum Geburtstag geschenkt hatte.

»An die Genetik.«

»An die Genetik? Du wirst doch nicht etwa krank sein?«

»Aber nein«, lachte sie. »Ich denke über die Vererbung nach, darüber, wie ähnlich Kinder ihren Eltern sind. Du hast doch meinen Halbbruder gesehen, oder?«

»Alexander? Ja, ich habe ihn gesehen. Er war auch auf dem Standesamt.«

»Wir haben einen gemeinsamen Vater und verschiedene Mütter, aber wir gleichen einander wie ein Ei dem andern und kommen beide nach dem Vater. Aber was den Beruf betrifft, sind wir beide nicht in die Fußstapfen unserer Eltern getreten. Ist das nicht eigenartig?«

»Bei mir ist alles genau umgekehrt. Ich sehe weder meinem Vater noch meiner Mutter ähnlich, aber meinen Beruf habe ich ererbt.«

»Ist dein Vater etwa auch Bildberichterstatter?« fragte Nastja erstaunt.

»Nein, nicht mein Vater, sondern meine Mutter. Aber sie ist keine Bildberichterstatterin, sondern Fotografin, eine bekannte Künstlerin. Vor ein paar Tagen hatte sie eine Präsentation im Filmzentrum.«

»Moment mal, ist deine Mutter etwa Alla Mospanowa?«

Vor Überraschung vergaß Nastja sogar ihren Vorsatz, sich des Rauchens zu enthalten, und griff nach ihren Zigaretten in der Jackentasche.

»Nun ist das Familiengeheimnis gelüftet«, lachte Anton. »Meine Mutter sieht hervorragend aus, niemand käme auf den Gedanken, daß sie so einen Lümmel von Sohn hat wie mich.«

»Und dein Nachname? Ist es der deines Vaters?«

»Ja, natürlich. Meine Mutter hat als Journalistin begonnen, und als sie heiratete, war ihr Name bereits bekannt, deshalb hat sie ihn behalten. Von ihr habe ich die Liebe zur Fotografie, ich habe von Kindheit an diesen geraden, bereits ausgetretenen Weg verfolgt, ohne jemals abzuweichen.«

Nastja warf einen Blick auf ihre Armbanduhr. Seit sie die Wohnung verlassen hatte, war bereits eine Dreiviertelstunde vergangen.

»Ich danke dir, Anton. Ich muß gehen, ich habe versprochen, in einer Stunde wieder zu Hause zu sein. Alexej wartet bestimmt schon auf mich.«

»Mach es gut!«

Er winkte ihr fröhlich zu und stieg in sein Auto.

* * *

»Von ihr habe ich die Liebe zur Fotografie ... ich habe von Kindheit an diesen geraden, bereits ausgetretenen Weg verfolgt, ohne jemals abzuweichen ...«

»Mein Sohn wollte ursprünglich auch zur Miliz ... Es war eine regelrechte Tragödie für ihn, als man ihn damals nicht genommen hat. Er hat so darunter gelitten ...«

»... ohne jemals abzuweichen.«

»Es war eine regelrechte Tragödie für ihn ...«

Einer von beiden sagte die Unwahrheit. Entweder Alla Mospanowa oder ihr Sohn. Wer von beiden und warum?

Was für überraschende Wendungen es im Leben doch gab, zu welch unvorhersehbaren Folgen ein völlig harmloses Gespräch führen konnte. Zum Beispiel ein Gespräch über Genetik. Zu dem es nur gekommen war, weil sie auf der Bank gesessen und daran gedacht hatte, daß sie in der Schule schlecht in Botanik war ... Stopp!

Nastja nahm erneut das Foto von Swetlana Alleko zur Hand. Jetzt wußte sie genau, was auf diesem Foto nicht stimmte. Swetlana Petrowna war vor dem Hintergrund eines Fensters aufgenommen, durch das man das gegenüberliegende Haus sah. Auf einem der Balkone blühten Blumen. Und genau diese Blumen waren es, die Nastja ganz entschieden nicht gefielen.

Sie nahm einen Band der Enzyklopädie aus dem Regal und fand sofort den gesuchten Begriff mit der dazugehörigen Farbillustration.

... Pflanzengattung aus der Familie der Nachtschattengewächse. Der Stiel wird 40–150 cm lang. Großflächige, ellipsenförmige Blätter. Trichterblüten mit weißer, monopetaler Krone, langem Rohr und großem, trichter- oder sternförmigem Blütenkreis. Stark duftend, öffnet sich abends und bei trübem Wetter. Wertvolle Balkonpflanze für nördliche und nordwestliche Lagen. Gedeiht am besten im Halbschatten. Für Balkonbepflanzung werden niedrig wachsende Sorten empfohlen.

Die Blüten öffneten sich also abends oder bei trübem Wetter. Sehr interessant. Der Mord am 13. Mai wurde um zwölf Uhr mittags begangen, das Wetter war an diesem Tag warm und sonnig. Aber die Blumen, die man so deutlich auf dem Foto sehen konnte, waren vollständig geöffnet. Was hatte das zu bedeuten? Ein Irrtum der Natur? Oder ein absichtlicher Irrtum des Fotografen? Hatte er dem Stapel mit den Aufnahmen, die er unmittelbar nach dem Mord gemacht hatte, ein Foto hinzugefügt, das zu einer ganz anderen Zeit entstanden war? Nein, das konnte nicht sein. Wozu hätte Anton das tun sollen? Irgendein Unsinn.

Aber plötzlich erinnerte sich Nastja an verschiedene Bemerkungen von Anton, sie erinnerte sich an seine hartnäckige Hilfsbereitschaft. Und er war es gewesen, der ihre Aufmerksamkeit auf den Namen Alleko gelenkt hatte. Als sie den großen zeitlichen Abstand zwischen Aufgebot und Heirat mit irgendwelchen familiären Zwischenfällen abtun wollte, hatte Anton hartnäckig darauf bestanden, die Sache noch einmal zu überprüfen. Und dann hatte er entdeckt, daß in der Liste zwei Allekos waren. Es war ihm sehr wichtig gewesen, daß Nastja das bemerkte. Er hatte alles getan, um den Prozeß der Suche nach der Frau auf dem Foto unter seine Kontrolle zu bekommen.

Und er hatte die Möglichkeit gehabt, seine eigenen Negative aus dem Fotolabor zu entfernen und so einen Diebstahl vorzutäuschen. Und das hatte er getan, weil er verhindern wollte, daß diese Negative in die Hände der Miliz gerieten. Weil auf den im Standesamt verknipsten Filmen gar keine Aufnahme von Swetlana Alleko existierte.

Blieb nur noch zu klären, ob er die Möglichkeit gehabt hatte, die Adressen der angehenden Ehefrauen in Erfahrung zu bringen.

Und noch eines, das Wichtigste: Warum? Warum hatte er das alles getan?

VIERZEHNTES KAPITEL

»Anton Schewzow? Natürlich kennen wir ihn, er verdient sich hier bei uns immer etwas dazu.«

»Schewzow? Ja, den kenne ich. Er kommt fast jeden Samstag ...«

Nikolaj Selujanow klapperte sämtliche Standesämter in der Stadt ab, um in Erfahrung zu bringen, ob Anton Schewzow dort Bekannte hatte. Es stellte sich heraus, daß es diese Bekannten reichlich gab. Und es gelang auch herauszufinden, wie Anton an die Adressen der Frauen kam.

»Anton bat mich in regelmäßigen Abständen um die Adressen und Telefonnummern der Brautpaare. Natürlich habe ich sie ihm gegeben, es ist ja nichts geheim daran, sie stehen auf den Anmeldungen zur Eheschließung.«

»Und wofür brauchte Anton diese Adressen, hat er Ihnen das gesagt?«

»Ja, er setzte sich mit den Paaren immer in Verbindung, um ihnen für den Tag der Hochzeit seine Dienste anzubieten, die Anzahl der Aufnahmen mit ihnen abzusprechen, das Format, die Filmqualität, den Preis.«

Dieselbe Antwort erhielt Selujanow auch auf den anderen Standesämtern. Allmählich klärte sich das Bild. Wie sich herausstellte, war Anton nach dem Eintreffen der Miliz am Tatort nicht durchsucht worden. In Anbetracht einer Menschenmenge von fünfzig Personen, von denen jede der Mörder sein konnte, war es niemandem in den Sinn gekommen, einen Mann zu verdächtigen, der sie bei der Suche nach dem Täter unterstützte, zudem auf Geheiß der Kamenskaja. Und dabei hatte Schewzow nicht nur eine, sondern mehrere Kamerataschen bei sich gehabt ...

* * *

Während Selujanow Erkundigungen in den Standesämtern einholte, saß Jura Korotkow im Büro des polizeiärztlichen Dienstes. Der Chefgutachter war noch relativ neu auf seinem Posten, er hatte bis vor kurzem die Militärärztekommission geleitet. Auf Korotkows Anfrage hin hatte er sich das medizinische Abschlußgutachten über Anton Schewzow bringen lassen.

»Ja, man hat seine Bewerbung abgelehnt«, sagte er, während er in der Akte blätterte. »Er leidet an einer Herzerkrankung und an den Folgen eines Schädel-Hirn-Traumas.«

»Können solche Lappalien tatsächlich der Grund dafür sein, daß man nicht in den Polizeidienst aufgenommen wird?« fragte Korotkow erstaunt. »Soviel ich weiß, hat er sogar den üblichen Militärdienst abgeleistet.«

»Sie verwechseln Äpfel mit Birnen«, sagte der Arzt mit einem nachsichtigen Lächeln. »Bei der Armee nimmt man jeden. Die müssen ihren militärischen Schutzwall bauen, aber bei uns gelten ganz andere Kriterien, wir wählen unsere Mitarbeiter nicht für zwei, sondern für zwanzig Jahre aus. Bei der Armee wird dem Gesundheitszustand des Kandidaten keine allzu große Beachtung geschenkt, wenn der Junge keine Klagen hat, dann gilt er als gesund, die Ärzte denken nicht daran, ihm irgendwelche Krankheiten anzudichten.«

»Aber was ist mit Schewzow genau los? Worin bestehen bei ihm die Folgeschäden des Schädel-Hirn-Traumas?«

»Bei ihm ist in der Folge eine schizophrenieähnliche Symptomatik aufgetreten. Während der Untersuchungen verhielt er sich wohl durchaus adäquat, aber die Prognose war äußerst ungünstig.«

»Hat man ihm das gesagt?«

»Nein, natürlich nicht. Solche Dinge werden niemals ausgesprochen. Wäre er zu einem Psychiater gegangen und hätte um Hilfe gebeten, hätte der Arzt ihm zu erklären versucht, worin sein Problem besteht. Aber wir nennen dem Bewerber den Grund der Ablehnung nur in dem Fall, wenn die Krankheit behandelt und nach der Genesung eine erneute Einstellungsuntersuchung ins Auge gefaßt werden kann. Wenn es sich aber um psychische Krankheitszustände handelt – da ist nichts zu machen. Warum fragen Sie eigentlich nach diesem Schewzow? Hat er etwas angestellt?«

»Ja, er hat etwas angestellt. Die Prognose hat sich offenbar als richtig erwiesen.«

»Schade«, seufzte der Arzt.

»Warum? Das bedeutet doch, daß Ihr Kollege recht hatte.«

»Aber sehen Sie nur mal, was für einen hochentwickelten Intellekt dieser Mann hat.«

Der Arzt blätterte in den Unterlagen und schlug die entsprechende Seite auf.

»Er hat hervorragende Anlagen, es ist ein Jammer, daß die Krankheit also tatsächlich ausgebrochen ist ...«

* * *

Die Frage, ob Schewzow eine Waffe hatte, war noch offen, deshalb wurde seine Festnahme im Hinblick auf seine kranke Psyche und die Unvorhersehbarkeit seines Verhaltens sehr sorgfältig geplant. Fünf Beamte fuhren zum Haus des Fotografen. Sie begutachteten sehr genau die Örtlichkeit und die möglichen Fluchtwege, die Schewzow benutzen konnte. Außerdem mußten Möglichkeiten erkundet werden, wie man unbemerkt in seine Wohnung gelangen konnte. Plötzlich erblickte einer der Beamten, Leutnant Kortschagin, in nächster Nähe ein ihm bekanntes Gesicht. Es handelte sich um Sergej Artjuchin, den er vor zwei Wochen persönlich festgenommen und nach dem man die Fahndung eingeleitet hatte, als er kurz nach seiner Freilassung gegen Kaution untergetaucht war.

Kortschagin dachte nicht lange nach. Erstens war es für ihn

Ehrensache, diesen Artjuchin, der sich bei der Festnahme wie ein Wahnsinniger gebärdet hatte, am Schlafittchen zu packen. Zweitens war der Leutnant sehr ehrgeizig und wollte sich vorzeitig seinen dritten Stern verdienen. Er vergaß völlig, daß er in diesem Moment in Gestalt eines herumlungernden Studenten eine geheime Ortserkundung durchzuführen hatte, zückte seinen Revolver und war in der nächsten Sekunde neben Artjuchin.

»Hände auf den Rücken«, befahl er, während er Artjuchin den Lauf des Revolvers in den Rücken preßte und die Handschellen hervorholte.

Artjuchin war so überrascht, daß er widerstandslos gehorchte. Im nächsten Moment verzerrte sich sein Gesicht vor Wut.

»Diese verdammte kleine Schlampe«, preßte er zwischen den Zähnen hervor, »sie hat mich in die Falle gelockt.« Kortschagin verstand den Sinn dieser Worte nicht, aber das störte ihn auch nicht sonderlich.

* * *

Man sah Nastjas Chef an, daß er unzufrieden war. Er ging nicht in seinem Büro auf und ab, wie es seine Gewohnheit war, wenn er über etwas nachdachte und eine Entscheidung treffen mußte, sondern saß bewegungslos in seinem Sessel hinter dem Schreibtisch. Er hatte sich die Brille auf die Nase geschoben und starrte auf irgendwelche Papiere, die vor ihm auf dem Schreibtisch lagen. Nastja konnte nur einen Teil seines Gesichts und die riesige glänzende Glatze vor sich sehen.

»Du hättest keine fremde Person in deine Arbeit einbeziehen dürfen, ohne dich vorher mit mir zu beraten«, hatte Viktor Alexejewitsch sie beim Betreten seines Büros sofort in ärgerlichem Tonfall zurechtgewiesen. »Weißt du überhaupt, was du riskiert hast, indem du ganze Tage in der Gesellschaft eines Mörders zugebracht hast? Was hast du dir dabei gedacht? Wo ist deine berühmte Vorsicht geblieben?«

»Aber ich habe es doch nicht gewußt, Viktor Alexejewitsch«, rechtfertigte sich Nastja. »Ich habe ihn keine Minute lang verdächtigt. Erst jetzt ist mir klargeworden, was los ist, und seitdem habe ich ihn nicht mehr gesehen.«

»Jetzt ist es ihr endlich klargeworden«, brummte der Oberst. »Ich glaube dir nie und nimmer, daß du im Lauf von zwei Wochen kein einziges Mal den Kriminellen in ihm gewittert hast. Erzähl wenigstens mir keine Märchen. In der ganzen Zeit hast du absolut nichts gespürt? Kein einziges Warnlämpchen ist angegangen?«

»Nein, wirklich nicht, Ehrenwort.«

»Dann hast du eben kein Gespür. Offenbar habe ich dich überschätzt und zu früh über den grünen Klee gelobt.«

Nastja biß sich auf die Lippen und schwieg, sie kämpfte mit den Tränen, die ihr in die Augen schossen.

»Jetzt noch etwas anderes«, fuhr Viktor Alexejewitsch fort. »Ich wollte dich damit verschonen, weil du im Urlaub warst, aber da du jetzt schon hier bist ... Welcher Teufel hat dich geritten, daß du dich im Café in das Gespräch zwischen Artjuchin und der Samykina eingemischt hast? Leidest du an einer sprachlichen Inkontinenz? Warum konntest du den Mund nicht halten?«

Nastja hatte nichts zu sagen. Sie wußte selbst, daß sie dumm und unprofessionell gehandelt hatte. Sie hatte sich in diesem Moment einfach gehenlassen, weil sie bereits in Urlaubsstimmung war und am nächsten Tag ihre Hochzeit bevorstand. Und alle Vorwürfe, die sie von ihrem Chef zu hören bekam, hatte sie sich bereits selbst gemacht. Er hatte vollkommen recht.

»Deine einzige Entschuldigung ist, daß aufgrund deines Fehlers nichts passiert ist. Artjuchin ist damals nicht untergetaucht und hat nichts Schlimmes angestellt. Aber es hätte passieren können. Wegen dir!« Er deutete mit seinem dicken, festen Finger auf Nastja. »Und das nächste Mal wird es mit Sicherheit passieren. Nur die Dummen haben bekanntlich Glück, und du gehörst nicht zu den Dummen.«

Der Oberst hatte fürs erste alles gesagt und verstummte. Er verlor kein einziges Wort mehr, sondern saß einfach da und nahm nur den Telefonhörer ab, wenn es klingelte. Das Ermittlerteam war losgefahren, um Schewzow zu verhaften, und Nastja war klar, daß weder Viktor Alexejewitsch Gordejew noch sie selbst diesen Raum verlassen würden, solange nicht alles vorüber war.

Die Tür ging auf, und auf der Schwelle erschien der verwirrte Korotkow. Sowohl ihm als auch Selujanow war die Beteiligung an den Verhaftungsaktivitäten untersagt, da Anton beide kannte und sie durch das Fenster hätte bemerken können.

»Viktor Alexejewitsch, sie haben Artjuchin festgenommen«, sagte Korotkow.

»Gott sei Dank«, erwiderte der Oberst, von den Papieren auf seinem Schreibtisch aufblickend. »Warum freust du dich denn nicht?«

»Man hat ihn neben Schewzows Haus festgenommen.«

»Wie bitte?«

Viktor Alexejewitsch sprang auf, während Nastja buchstäblich festwuchs in ihrem Sessel.

»Diese Idioten«, brüllte der Oberst. »Dort sieht man doch alles durch die Fenster. Wenn Schewzow das bemerkt hat, dann weiß er jetzt, daß die Leute vor seinem Haus Milizionäre sind. Was für ein Trottel hat das denn gemacht?«

»Mischa Kortschagin. Man bringt Artjuchin bereits hierher.«

»Diesem Kortschagin reiße ich den Kopf ab«, drohte der Oberst. Sein Gesicht lief rot an, und er machte mit seinem Gebaren seinem Spitznamen »Knüppelchen« alle Ehre.

»Viktor Alexejewitsch«, sagte Nastja leise. »Bitte beruhigen Sie sich. Wir müssen sofort alles ändern. Ich habe verstanden.«

»Was hast du verstanden?«

»Larissa Samykina ist bei Schewzow in der Wohnung.«

* * *

Anton Schewzow trat mit langsamen Schritten vom Fenster zurück und legte sich aufs Sofa. Eben hatte man vor seinen Augen Sergej Artjuchin gefaßt und in den Polizeiwagen gestoßen. Als er die seltsame Szene auf der Straße beobachtet hatte, wollte er nicht glauben, was er sah.

»Wie sieht denn dein Schwachkopf von Artjuchin aus?« hatte er deshalb Larissa gefragt.

Das immer noch auf dem Fußboden liegende, gefesselte Mädchen bot einen schrecklichen Anblick. Larissa konnte sich kaum noch bewegen, ihr ganzer Körper war entzündet von den Schlägen, ihre Lippen waren verklebt von Blut, die Augen fast völlig zugeschwollen. Sie sprach nur noch mit Mühe.

»Sergej ... Er ist nicht besonders groß, kleiner als du ... Brünett, schulterlange Haare, Schnurrbart ...«

Die Beschreibung paßte genau auf den Mann, den man eben vor dem Haus verhaftet hatte. Schewzow spürte, wie ihn eine kaum noch beherrschbare Wut packte. Artjuchin war nur noch einige Meter von seinem Haus entfernt gewesen, fünf Minuten später hätte er seine Wohnung betreten. Und dann hätte Anton ihn selbst festgenommen und zur Miliz gebracht. Er wäre mit ihm zur Petrowka gefahren, hätte nach der Kamenskaja verlangt und ihr Artjuchin höchstpersönlich übergeben. Denn alle, unter anderem auch die Kamenskaja, sollten wissen, daß er, Anton Schewzow, das konnte, wozu die gesamte Kripo nicht imstande war. Sie sollten begreifen, wie unrecht sie ihm getan hatten, als sie ihn damals ablehnten, weil er angeblich krank war. Jetzt hätte er ihnen den Gegenbeweis erbracht.

Aber nun hatte sich alles in letzter Minute zerschlagen. Artjuchin wurde jetzt zur Miliz gebracht, und alle würden glauben, es sei das Verdienst der Kripo, daß man ihn aufgespürt und gefaßt hatte. Und wenn die Kamenskaja sich ein bißchen in den Vordergrund spielen würde, dann würden sämtliche Lorbeeren ihr zufallen. Sie war ein schlaues, gerissenes Frauenzimmer, der würde sofort etwas einfallen, damit es so aussah, als hätte sie den Fall gelöst.

Er erhob sich vom Sofa und ging auf die am Boden liegende Larissa zu. Die Wut kochte in ihm, sie vernebelte sein Gehirn, hinderte ihn am Denken und Planen. Er schien zu ersticken an seiner Wut.

»An allem bist nur du schuld«, sagte er langsam, bemüht, nicht zu schreien. »Alles ist nur wegen dir so gekommen. Hättest du gleich angerufen, wäre dein Artjuchin längst hiergewesen. Und alles hätte ein Ende gehabt. Aber du hast es soweit gebracht, daß ihn jetzt die Miliz geschnappt hat, du verdammtes Dreckstück. Und dafür wirst du jetzt sterben ...«

* * *

»Wie ist sie denn an Artjuchin geraten? Welche Verbindung besteht zwischen den beiden?« Gordejew ging in seinem Büro auf und ab. Er hatte bereits vergessen, daß er Nastja soeben noch mit Vorwürfen überhäuft und ihr unprofessionelles Verhalten vorgehalten hatte. Jetzt war sie wieder seine Hoffnung und seine Stütze.

»Sie hat vor meinem Haus auf mich gewartet, und an diesem Abend hatte mich Schewzow in seinem Wagen nach Hause gebracht. Er hat unsere Unterhaltung mitangehört und begriffen, worum es ging. Er kam mit herauf zu mir, und nach etwa einer Viertelstunde ging er wieder. Wahrscheinlich stand Larissa immer noch unten in der Nähe des Hauses, und so ist er ihr wieder begegnet. Viktor Alexejewitsch, glauben Sie nicht, daß wir uns mit Schewzows Mutter in Verbindung setzen müssen?«

»Glaubst du etwa im Ernst, daß für einen sechsundzwanzigjährigen Mann die Mutter, mit der er längst nicht mehr zusammenlebt und die sich ausschließlich um sich selbst kümmert, eine Autorität darstellen kann? Kindchen, du entwickelst dich zur Idealistin«, gab Gordejew ärgerlich zurück.

Nastja war nicht gekränkt. Sie arbeitete schon seit vielen Jahren für Gordejew, sie liebte und verehrte ihn, und deshalb verzieh sie ihm alles, sogar das, was sie keinem anderen je verziehen hätte, zum Beispiel kleinliche Boshaftigkeiten und Beleidigungen. Allerdings mußte zu Viktor Alexejewitschs Ehrenrettung gesagt werden, daß er sich gegenüber Nastja derartige Ausfälle bisher nur zwei- oder dreimal geleistet hatte.

Und in allen Fällen war sein Zorn gerechtfertigt gewesen, so wie an diesem Tag.

»Nein, aber ich gehe davon aus, daß Alla Iwanowna uns sagen kann, warum ihr Sohn psychisch krank geworden ist, sie weiß, wie er aufgewachsen ist, welche Interessen er hatte und wie sein Verhalten war. Ohne diese Informationen über Schewzow können wir nichts unternehmen. Verstehen Sie doch, Viktor Alexejewitsch, er ist verrückt. Er ist ein kranker Mensch, und seine innere Logik ist uns unzugänglich. In seiner Wohnung befindet sich ein Mädchen, das er auf eine uns unbekannte Weise gezwungen hat, sich mit Artjuchin in Verbindung zu setzen. Wenn dieses Mädchen, Artjuchins Geliebte, dazu bereit war, ihrem Freund ein falsches Alibi auszustellen, obwohl sie wußte, daß er eine Frau vergewaltigt hatte, dann kann man sich denken, wie ergeben dieses Mädchen Artjuchin ist. Ich bin davon überzeugt, daß sie die Verbindung zu ihm nicht freiwillig aufgenommen hat. Und außerdem: Warum ist sie zu mir gekommen, wenn sie selbst gewußt hat, wie er zu finden ist? Warum hat sie die Sache nicht selbst in die Hand genommen?«

»Und warum? Weißt du es?«

»Ich kann es nur ahnen. Artjuchin ist natürlich ein Bandit, aber kein Vollidiot. Als er untertauchte, wußte er genau, daß eine hohe Geldsumme auf dem Spiel stand und daß er diese Summe seinen Schuldnern würde zurückzahlen müssen, wenn sie in die Staatskasse fließen sollte. Larissa hätte ihn niemals dazu bewegen können, sein Versteck zu verlassen. Er ist nicht wegen des Geldes zurückgekommen. Er ist zurückgekommen, weil er weiß, daß Larissa in Gefahr ist. Davon hat man ihn in Kenntnis gesetzt. Das ist das eine.«

»Und was ist das andere?«

»Das andere ist, daß Larissa sich nicht gleich mit ihm in Verbindung gesetzt hat. Sie ist ihm wirklich sehr ergeben, deshalb hat sie so lange ausgeharrt wie nur möglich. Aber da sie es nun doch getan hat, kann das nur bedeuten, daß sie wirklich in großer Gefahr ist. Ich befürchte, daß Schewzow sie quält und mißhandelt. Was ein weiterer Beweis dafür ist, daß seine Krankheit sich zugespitzt hat. Wir dürfen nichts riskieren, Viktor Alexejewitsch, wir müssen uns wenigstens ein vages Bild davon machen, was in seinem Kopf vorgeht, bevor wir darangehen, ihn festzunehmen und die Samykina zu befreien.«

»Korotkow, sieh zu, daß du die Mospanowa findest«, befahl Gordejew.

Jura Korotkow verließ eilig das Büro.

* * *

Er bekam Herzschmerzen. Die Anspannung der letzten Tage machte sich bemerkbar, er hatte sehr wenig geschlafen und viel Zeit mit der Kamenskaja verbracht, die vor seinen Augen die von ihm begangenen Verbrechen aufzuklären versuchte. Er bewunderte sie für ihren scharfen Verstand, für ihr Gedächtnis und ihre Logik, und je mehr er sie bewunderte, desto stolzer war er auf sich selbst. Er war sicher, daß die Mordfälle niemals wirklich aufgeklärt werden würden. Mit Genugtuung hatte er beobachtet, wie die Kamenskaja sich Schritt für Schritt der Alleko genähert hatte. Und weiter würde sie nicht mehr kommen. Alles deutete darauf hin, daß Swetlana die Drohbriefe geschrieben, daß sie die Morde in den Standesämtern begangen und danach sich selbst erschossen hatte. Sowohl die Drohbriefe als auch der Zettel, den sie hinterließ, bevor sie sich umbrachte, stammten von ihrer Hand. Gott allein wußte, wieviel List und Raffinesse nötig gewesen waren, um Swetlana dazu zu bringen, sie zu schreiben. Aber es war ihm gelungen, er hatte sie geschickt zu manipulieren und ihren Wahn für seine Zwecke zu nutzen gewußt. Weder auf dem Zettel noch auf den Drohbriefen war ein einziger Fingerabdruck von ihm zu finden, nur Swetlanas Finger hatten dieses Papier berührt. Es war ihm allerdings nicht gelungen, sich eine Geschichte auszudenken, die Swetlana einen Grund lieferte, auch die Adressen auf die Kuverts zu schreiben, deshalb hatte er die Briefe in den unbeschrifteten weißen Umschlägen selbst zu den Adressen der Frauen gebracht und in die Briefkästen eingeworfen.

Er war überzeugt davon, daß die Kamenskaja an den Selbstmord der Alleko glaubte. Alles lief so, wie er es geplant hatte. Anton triumphierte, weil es ihm gelungen war, eine Koryphäe wie die Kamenskaja auszutricksen, sich in ihr Vertrauen einzuschleichen und jeden Verdacht von sich abzulenken. Er hatte sich selbst bewiesen, daß er besser und schlauer war als die Miliz, besser und schlauer als die, die ihn abgelehnt hatten.

Wie sehr hatte er darauf gewartet, Artjuchin zur Petrowka zu bringen! Ihn eigenhändig dort abzuliefern, in die Augen dieser selbstgewissen Kamenskaja zu blicken und zu sagen: »Hier ist er. Erinnerst du dich, du hast mir gesagt, daß du nicht weißt, wo und wie du ihn suchen sollst. Du hast ihn nicht gefunden, die ganze ruhmreiche Miliz hat ihn nicht gefunden. Aber ich habe es geschafft. Ich habe ihn gefunden.« Und dann hätte die Kamenskaja sich geschämt. Sie alle hätten sich geschämt, weil sie ihn nicht in ihre Reihen aufgenommen hatten, weil sie ihn abgelehnt, ihn nicht für würdig befunden hatten, einer von ihnen zu sein.

Und nun hatte man ihm Artjuchin direkt vor der Nase weggeschnappt. Man würde Artjuchin zum Untersuchungsführer bringen, und der würde ihn fragen, was er am Ort seiner Festnahme zu suchen gehabt hatte. Was würde Artjuchin antworten? Würde er sagen, daß man ihn in Larissas Namen gebeten hatte, nach Moskau zurückzukehren und unter einer bestimmten Adresse zu erscheinen? Oder würde er behaupten, daß er die Stadt gar nicht verlassen hatte? Daß alles das einfach nur ein Mißverständnis war? In diesem Fall wäre alles umsonst gewesen. In diesem Fall verlor Schewzows ganzer Plan seinen Sinn.

Aber vielleicht würde Artjuchin ja doch die Wahrheit sagen. Dann würde die Kripo jeden Moment hiersein, und dann würde er, Anton Schewzow, ihnen endlich die Augen öffnen, sie würden erfahren, wem sie zu verdanken hatten, daß ein flüchtiger Krimineller in die Stadt zurückgekehrt war. Sie würden nicht darum herumkommen, seine Verdienste anzuerkennen, und er würde ihnen diese schmutzige kleine Schlampe vor die Füße werfen, die nichts Besseres verdient hatte, weil sie ihre acht Vergewaltiger einst nicht der Gerichtsbarkeit zugeführt und sogar versucht hatte, einen neunten Vergewaltiger in Gestalt ihres Geliebten zu decken. Und sie, die Beamten der Miliz, würden ihm zustimmen, sie würden ihn gutheißen, denn das Böse in der Welt mußte bestraft werden. Vorläufig würde er Larissa wohl noch nicht umbringen ...

* * *

Nach kurzer Zeit erschien Korotkow erneut im Büro von Oberst Gordejew.

»Schewzows Eltern sind im Moment nicht in der Stadt«, erklärte er. »Sie sind zu Verwandten aufs Land gefahren und kommen erst in einer Woche zurück.«

»Was für ein Pech!« Knüppelchen wiegte enttäuscht seinen großen kahlen Kopf. »Nun werden wir allein zurechtkommen müssen.«

»Vielleicht sollten wir versuchen, uns mit dem Arzt in Verbindung zu setzen, der damals das medizinische Gutachten erstellt hat«, schlug Nastja vor. »Über Antons Kindheit weiß er natürlich nichts, aber zumindest muß er im Bilde sein über die allgemeine Symptomatik.«

Gordejew warf einen Blick auf seine Armbanduhr.

»Halb acht. Jetzt ist er natürlich nicht mehr im Büro. Wir können nur versuchen, ihn zu Hause zu erreichen.«

Korotkow kehrte wieder in sein Büro zurück. Aber das Pech blieb ihnen an diesem Tag treu. Nach zehn Minuten stellte sich heraus, daß der Arzt nicht zu Hause war, niemand meldete sich unter seiner Nummer. Wahrscheinlich war er angesichts des ungewöhnlich warmen Wetters auf die Datscha gefahren. Es gelang Korotkow, die Adresse der Datscha herauszufinden, Gordejew schickte einen Wagen dorthin, aber alle drei waren davon überzeugt, daß auch das umsonst war. Jeder Kripobeamte besaß einen siebten Sinn für solche Dinge und wußte, daß es Tage gab, an denen man hartnäckig verfolgt blieb vom Pech. An solchen Tagen konnte man tun, was man wollte, alles ging schief.

In der Zwischenzeit befand sich der festgenommene Artjuchin bereits auf dem Revier, und die schlimmsten Befürchtungen bestätigten sich. Von dem Mann, der ihn auf Larissas Bitte hin ausfindig gemacht hatte, wußte Artjuchin, daß Larissa mit bebender, kaum noch hörbarer Stimme gesprochen hatte. »Helfen Sie mir«, hatte sie am Telefon gesagt. »Wenn Sergej nicht nach Moskau zurückkommt, wird man mich umbringen.«

* * *

Larissa verlor immer wieder das Bewußtsein. Schewzow betrachtete gleichgültig ihren Körper, der von blauen Flecken und Brandmalen übersät war. Sie tat ihm nicht leid. Mit welchem Genuß hätte er sie umgebracht, sie, die die Schuld daran trug, daß Artjuchin ihm durch die Lappen gegangen war. Aber noch brauchte er sie lebend. Obwohl ...

Seit Artjuchins Festnahme war eine Stunde vergangen. Warum war die Kripo noch nicht da? Sollte Artjuchin ihnen tatsächlich nichts von Larissa gesagt haben? Sollte er einfach behauptet haben, daß er die Stadt nie verlassen hatte? Dann war das Spiel verloren. Dann gab es keine Hoffnung mehr. Und in diesem Fall brauchte er auch Larissa nicht mehr.

Er kam mit einem großen Krug kalten Wassers ins Zimmer und goß es dem Mädchen über den Kopf. Ihre Lider zuckten und hoben sich ein wenig, aber aus dem mit einem Knebel verschlossenen Mund drang kein einziger Laut. In ihrem Blick stand nichts mehr außer Müdigkeit und Gleichgültigkeit.

»Hör zu, du Schlampe. Es sieht ganz danach aus, daß dein schwachsinniger Freund der Miliz nichts von dir gesagt hat. Er will offenbar nur sein Geld retten. Und tut so, als hätte er die Stadt nie verlassen. Er denkt gar nicht daran, dich zu retten, du bist ihm völlig egal. Und wenn es so ist, dann brauche auch ich dich nicht mehr, mit dir hat man nur Ärger. Wenn innerhalb der nächsten Viertelstunde nichts passiert, werde ich dich umbringen.«

* * *

Der Plan für die Festnahme war im Prinzip erarbeitet, nur der zeitliche Ablauf stand noch nicht fest. Klar war nur, daß die Operation innerhalb der nächsten vierundzwanzig Stunden stattfinden mußte. Schewzows Wohnung war äußerst ungünstig gelegen, sie ging über Eck und hatte Fenster nach zwei Seiten. Bei Tageslicht war es praktisch unmöglich, sich unbemerkt dem Haus zu nähern, der Blick aus den Fenstern war durch nichts verdeckt, weder durch Bäume noch durch ein Nachbarhaus. Daran erinnerte sich Nastja sehr gut, denn sie war auf den Balkon hinausgetreten, als sie bei Schewzow in der Wohnung gewesen war. Bis zum Einbruch der Dunkelheit waren es noch mindestens zwei Stunden.

* * *

Die Viertelstunde war vorüber, länger wollte er nicht mehr warten. Alles war klar: Sie hatten ihm seinen Triumph gestohlen. Diese Lumpen mit den schmutzigen Händen und den schwarzen Seelen, die sich in weiße Westen kleideten, hatten sich als ganz gewöhnliche Diebe erwiesen. Sie hatten sich das genommen, was Anton Schewzow sich mit so viel Mühe verdient hatte, sie hatten es sich ganz nebenbei genommen, seelenruhig, mit einem Lächeln, als könnte es gar nicht anders sein. Dabei war dieser Sieg für ihn so wichtig gewesen!Die Mordfälle in den Standesämtern würden sie natürlich niemals aufklären, hier war alles bis ins letzte Detail durchdacht und mit höchster Präzision ausgeführt. Sie hatten keine Chance. Aber von diesem Sieg wußte nur er selbst. Deshalb hätten sie wenigstens erfahren müssen, daß es ihm, ihm und keinem anderen gelungen war, Artjuchin zu finden. Dann hätten sie endlich begriffen, daß er, Anton, der bessere Milizionär war als sie selbst. Und dann hätten sie ihn gebeten, einer der ihren zu werden. Aber er hätte abgelehnt, kalt, stolz und höhnisch. Das wäre er gewesen, der Augenblick, auf den Anton schon so lange wartete, der Augenblick der Vergeltung und der Gerechtigkeit. Aber nun war klar, daß dieser Augenblick niemals kommen würde, weil man ihm seinen Triumph, seinen Sieg gestohlen hatte.

Mit einem scharfen Skalpell in der Hand stand er vor Larissa und betrachtete sachlich ihren zerschundenen Körper, dann holte er ein Wachstuch und ein großes Stück Schaumstoff. So war es gut. Das Blut würde von dem Schaumstoff aufgesaugt werden, und von Zeit zu Zeit würde er ins Bad gehen und den Schaumstoff kräftig auswinden. Wieviel Blut war in dem Frauenkörper? Etwa sieben Liter wahrscheinlich. Der Schaumstoff konnte vermutlich zwei Liter Flüssigkeit in sich aufnehmen. Also mußte er ihn drei, höchstens vier Mal auswinden. Eine saubere, geräuschlose Sache. Er hätte Larissa natürlich gleich in die Wanne legen können, aber in der Wanne konnte er sie nirgends festbinden. Das war zu riskant. Man sagte, die Frauen seien zäh wie Katzen, nichts könne sie umbringen. Womöglich hätte sie doch noch angefangen, um sich zu schlagen. Aber hier im Zimmer konnte nichts passieren, hier war sie an den Heizkörper gefesselt.

Er legte sorgfältig das Wachstuch unter, stopfte den Schaumstoff unter Larissas Körper und brachte ihr einen Schnitt bei. Als er das Blut aus ihrem Körper herausschießen sah, wurde ihm schwarz vor Augen, und sofort brandete wieder die Wut in ihm auf. Schon von Kindheit an konnte er kein Blut sehen, ihm wurde sofort schlecht, und jetzt würde er diesen Anblick ertragen müssen. Er würde den blutgetränkten Schaumstoff ins Bad tragen und ihn auswinden müssen. Schreckliche Qualen erwarteten ihn! Und wer war an all dem schuld? Die Kamenskaja. Sie war es, die die weinende Larissa weggestoßen hatte, die sich geweigert hatte, Artjuchin zu suchen, weil sie nicht wußte, wie und wo sie ihn suchen sollte. Sie hatte es selbst gesagt. Sie war an allem schuld …

Er stürzte zum Telefon und wählte hastig ihre Nummer. Es meldete sich ihr Mann, Schewzow hörte seine Stimme wie durch Watte, er war einer Ohnmacht nahe, aber er bemühte sich, mit normaler Stimme zu sprechen. Anastasijas Mann teilte ihm mit, daß seine Frau im Dienst war. Anton fragte nach ihrer Telefonnummer und bekam sie auch.

Sie war also im Dienst, diese blonde Kanaille. Wahrscheinlich war sie gerade dabei, Artjuchin zu vernehmen. Solange es darum ging, nach ihm zu suchen, war sie im Urlaub, aber jetzt, da es um den Ruhm ging, war sie im Dienst. Er würde es ihr schon noch zeigen …

* * *

Sie saßen immer noch in Gordejews Büro und sprachen immer wieder den Plan der Festnahme durch, überprüften ihn auf Schwachstellen, auf unvorhersehbare Zwischenfälle und Komplikationen. Auf der langen Arbeitsplatte neben Gordejews Schreibtisch lag eine große Karte des Stadtbezirks, in dem Schewzow wohnte, außerdem ein nach Stockwerken gegliederter Plan des Hauses und eine Skizze der Wohnung, die man nach Nastjas Angaben angefertigt hatte, einschließlich der Möbel, die darin standen. Leider hatte Nastja nur den Flur, ein Zimmer und den Balkon mit eigenen Augen gesehen. Den Rest der Wohnung, das zweite Zimmer, die Küche und das Bad, hatte sie nicht betreten.

Mischa Dozenko betrat das Büro, er brachte ein paar Sandwiches aus der Kantine.

»Anastasija Pawlowna, in Ihrem Büro läutet das Telefon Sturm«, sagte er, während er seine Einkäufe auf dem Tischrand ablegte.

Dozenko war der einzige Mitarbeiter der Abteilung zur Bekämpfung schwerer Gewaltverbrechen, der Nastja mit Namen und Vatersnamen ansprach, obwohl er sie schon seit vielen Jahren kannte.

»Geh mal nachsehen«, sagte Gordejew und deutete mit dem Kopf zur Tür. »Man kann nie wissen.«

Nastja gehorchte nur zu gern. Im Büro des Chefs durfte man nicht rauchen, und sie sehnte sich schon lange nach einer Tasse Kaffee und einer Zigarette.

Sie trat auf den Korridor hinaus und hörte sofort das Klingeln des Telefons hinter der abgeschlossenen Tür ihres Büros. Sie schloß schnell die Tür auf und nahm den Hörer ab.

»Na, zufrieden?« In der Leitung ertönte eine etwas dumpfe Stimme, die Nastja irgendwie bekannt vorkam.

»Wie bitte?« fragte Sie höflich, während sie mit einer Hand den Hörer festhielt und mit der anderen den Wasserkocher und eine Tasse aus dem Schreibtisch zu fischen versuchte.

»Erkennst du mich denn nicht? Soll das heißen, daß du mich nicht mehr brauchst? Um dich herumzukutschieren, war ich dir gut genug. Mehr traust du mir nicht zu, was?«

Sie ließ fast den Wasserkocher aus der Hand fallen. Im ersten Moment hatte sie Antons Stimme tatsächlich nicht erkannt.

»Was ist los mit dir, Anton?« fragte sie in einem möglichst freundschaftlichen Tonfall. »Warum bist du so wütend?«

»Jetzt hast du Artjuchin und freust dich, was?« fuhr er fort. »Du siehst schon den neuen Stern auf deiner Schulterklappe, habe ich recht? Dabei hast du mir selbst gesagt, daß du nicht weißt, wie du Artjuchin suchen sollst. Hast du es vergessen?«

»Nein, ich habe es nicht vergessen. Artjuchin habe nicht ich festgenommen, sondern ein ganz anderer Beamter. Was ist denn in dich gefahren, Anton?«

Sie fühlte, wie ihre Beine zitterten, und setzte sich auf den Stuhl. Daß es ausgerechnet so kommen mußte! Sie war vollkommen allein, alle anderen saßen bei Knüppelchen im Büro. Sie hätte ihren Chef über das interne Telefon anrufen können, aber wenn man es mit einem Geisteskranken zu tun hatte, durfte man so etwas nicht riskieren. Man konnte nie wissen, was ihn aus dem Gleichgewicht bringen und was das für Folgen haben konnte …

»Warum beschäftigt dich die Sache mit Artjuchin so? Kennst du ihn etwa?«

»Ich war es, der ihn gefunden hat, ich war es, der erreicht

hat, daß er nach Moskau zurückgekommen ist. Hörst du, du Schlange, ich! Und du hast ihn mir weggenommen.«

So ist das also, dachte sie, jetzt sehe ich klarer. Wenn nur jemand von den anderen hereinkäme …

»Und wo ist Larissa? Ist sie bei dir?«

»Was tut Larissa zur Sache? Machst du dir etwa Sorgen um sie? Warum hast du dich denn nicht um sie gekümmert, als sie dich um Hilfe angefleht hat? Sie hat dir nicht leid getan, du hast sie einfach ihrem Schicksal überlassen. Warum fragst du jetzt nach ihr? Weil ihr jetzt Artjuchin habt?«

»Das hat mit Artjuchin nichts zu tun. Gegen Larissa wird ermittelt, sie wurde zum Untersuchungsführer bestellt und ist nicht zur Vernehmung erschienen. Sie wird im Moment ebenfalls gesucht, darum frage ich. Vielleicht weißt du ja, wo sie ist.«

Nastja legte die Hand vorsichtig auf die Sprechmuschel, nahm den Hörer des internen Telefons ab und wählte Gordejews Nummer.

»Und wenn ich es tatsächlich wüßte, was wäre dann? Denkst du, ich würde es dir verraten, damit du anschließend zu deinen Oberen laufen und damit prahlen kannst, daß du auch Larissa gefunden hast? Reicht dir Artjuchin noch nicht? Willst du ein zweites Mal auf einem fremden Pferd ins Paradies reiten?«

In der zweiten Leitung ertönte Gordejews Stimme.

»Ich höre.«

Nastja hielt immer noch die Sprechmuschel mit der Hand zu und flehte zu Gott, daß Anton wenigstens noch ein paar Sekunden weitersprechen möge, ohne eine Antwort zu erwarten. Sonst hätte sie die Hand von der Sprechmuschel nehmen müssen, und womöglich hätte Knüppelchen ausgerechnet in diesem Moment sein obligatorisches »Ich höre« wiederholt. Und dann hätte Anton es wahrscheinlich gehört.

»Du möchtest dir noch einen zweiten Lorbeerkranz verdienen, ja? Nein, ich werde dir bestimmt nicht sagen, wo Larissa ist. Suche sie selbst.«

»Wozu sollte ich sie suchen?« sagte Nastja mit ruhiger Stimme. »Ich weiß doch, daß sie bei dir ist. Ich verstehe nur nicht, was du von mir willst. Hast du sie als Geisel genommen? Dann stelle deine Forderungen, und wir beginnen mit den Verhandlungen.«

»Forderungen? Verhandlungen?« Anton brach in Gelächter aus. »Ich will doch gar nichts von dir. Ihr könnt mir alle gestohlen bleiben, du und deine ganze beschissene Bagage.«

»Dann sag mir, worum es geht, Anton. Ich verstehe beim besten Willen nicht, was du von mir willst.«

Gordejew und Jura Korotkow kamen ins Büro gestürzt. Viktor Alexejwitsch schob Nastja zur Seite, öffnete die oberste Schreibtischschublade und entnahm ihr ein leeres Blatt Papier.

Wer ist es? schrieb er mit großer, deutlicher Schrift auf das Blatt und reichte Nastja den Stift.

ER.

»Du hast es tatsächlich erraten, Larissa ist bei mir. Nur wirst du sie nie bekommen. Sie gehört jetzt mir. Für immer.«

Samykina? schrieb Knüppelchen auf das Blatt.

Ist bei ihm.

»Wie das, Anton? Hast du sie überredet, Artjuchin zu verlassen? Ist sie jetzt deine Freundin?«

»Die hätte mir gerade noch gefehlt, diese kleine Schlampe! Sie wird sterben. Schon sehr bald. Und ich zusammen mit ihr. Wir werden die Welt, sozusagen, Hand in Hand verlassen. Gefällt dir das etwa nicht? Kommt es unerwartet für dich?«

Er ist völlig verrückt, schrieb Nastja hastig auf das Blatt.

»Ich möchte nur wissen, warum du das tun willst«, sagte sie unbeirrt. »Du bist ein erwachsener Mensch, du entscheidest selbst, und ich habe kein Recht, dir etwas ausreden zu wollen. Ich möchte nur verstehen, was in dir vorgeht.«

»Warum willst du das verstehen? Willst du auch noch Seelenexpertin werden? Um deinen Ruhm noch zu vergrößern?«

»Ich will keine Seelenexpertin werden. Mich interessierst nur du. Du, Anton Schewzow, mit dem ich einige Tage meines Lebens verbracht habe, der mir bei einer schweren Arbeit geholfen hat, den ich mochte und der behauptet hat, daß wir Freunde sind. Ich möchte nur dich verstehen. Und ich gebe dir mein Wort, daß ich nicht versuchen werde, dir etwas auszureden, daß ich dich um nichts bitten werde. Ich bitte dich nur um eins: Erklär mir, warum du sterben willst.«

Mord an Larissa und Suizid, schrieb Nastja jetzt auf das Blatt. Gordejew nickte und schob Korotkow in Richtung Tür. Nastja begriff, daß er auf die Suche nach zusätzlichen Funkgeräten gehen sollte. Man mußte jetzt ständige Verbindung mit den Beamten vor Ort halten. Es gab nur zwei Möglichkeiten: entweder mußte Nastja versuchen, Schewzow bis zum Einbruch der Dunkelheit am Telefon festzuhalten, oder die Beamten mußten gleich eingreifen, da Antons Zustand von Minute zu Minute kritischer zu werden schien und weiteres Zögern fatale Folgen haben konnte.

»Du zweifelst also nicht daran, daß ich gehen und dieses Flittchen mitnehmen werde?« fragte Schewzow mißtrauisch nach.

»Wenn du es so beschlossen hast, dann wirst du es sicher auch tun. Du bist ja ein Mann und wirst deine Entscheidung nicht zurücknehmen. Erzähl mir alles, Anton. Das ist wichtig für mich. Bitte.«

»Ich weiß nicht, ich weiß nicht.« In der Leitung ertönte ein bösartiges Kichern. »Vielleicht überlege ich es mir noch. Es ist ja meine Entscheidung, und ich mache damit, was ich will. Ich kann sie genausogut wieder zurücknehmen.«

Nastja mußte sich dringend für eine Gesprächstaktik entscheiden. Testete er sie? Machte er sich über sie lustig? Oder sagte er ganz offen, was er dachte? Sollte sie sich auch weiterhin so verhalten wie bisher, oder sollte sie nach dem angebotenen Strohhalm greifen und versuchen, ihn von seinem schrecklichen Vorhaben abzubringen? Wie war es richtig? Wie? Wenn sie nur etwas mehr über ihn gewußt hätte! Der einzige Weg war, weiter mit ihm zu sprechen und gleichzeitig zu versuchen, sich an alles zu erinnern, was er ihr je gesagt hatte. Vielleicht würde sie auf diese Weise wenigstens eine vage Vorstellung von seiner Persönlichkeit bekommen.

»Das mußt du wissen«, sagte sie zurückhaltend. »Obwohl mir persönlich zuverlässige, entschlossene Männer besser gefallen. Gesagt, getan. Aber das ist Geschmackssache.«

»Sag mal, bist du eigentlich allein?« fragte Anton plötzlich.

»Ja, ich bin allein.«

»Warum sollte ich dir glauben?«

»Du mußt mir nicht glauben. Du mußt überhaupt nichts. Es liegt bei dir, ob du mir glaubst oder nicht. Ich jedenfalls glaube dir.«

»Was glaubst du denn? Daß ich das Mädchen umbringen und mich selbst erschießen werde? Ist es das, was du glaubst?«

Erschießen, hatte er gesagt. Nicht aufhängen, nicht vergiften, sondern ganz explizit erschießen.

Er hat eine Waffe, kritzelte sie auf das Blatt.

»Ja, auch das glaube ich dir.«

»Und was glaubst du mir noch?«

»Alles. Du hast mir immer die Wahrheit gesagt. Nur ein einziges Mal hast du gelogen. Aber nur ein einziges Mal in zwei Wochen. Das ist nicht viel. Das ist verzeihlich.«

»Und wann habe ich gelogen? Sag schon, sag schon!«

Ihr ging plötzlich ein Licht auf. In den Anmeldungen zur Eheschließung, denen er die Adressen der heiratswilligen Frauen entnommen hatte, waren auch die Berufe und die Arbeitgeber der Frauen angegeben. Also hatte er von Anfang an gewußt, daß die Antragstellerin namens Kamenskaja bei der Kripo arbeitete. Er hatte es gewußt und sie trotzdem ausgesucht. Warum? War es jugendlicher Leichtsinn? Die Lust am Risiko? Oder war es ihm ganz ausdrücklich darum gegangen, seine Kräfte mit denen der Kripo zu messen? Sein ständiges Gefasel vom Ruhm, davon, daß er Artjuchin gefunden hatte und daß sie, Nastja, ihm nun die Lorbeeren stahl …

»Als du gesagt hast, daß du schon als Kind in die Fußstapfen deiner Mutter getreten und nie von diesem Weg abgewichen bist. Das war doch gelogen, oder?«

»Woher weißt du das?«

Seine Stimme hatte sich verändert, der dreiste, flegelhafte Tonfall war argwöhnisch geworden.

»Es war nicht schwierig, das zu erfahren. Du wolltest zur Miliz, und es war ein schwerer Schlag für dich, als man dich aus gesundheitlichen Gründen ablehnte. Warum wolltest du mir das verheimlichen, Anton? Es gibt doch keinen Grund, sich dafür zu schämen. Warum hast du gelogen?«

Anton schwieg, in der Leitung war nur sein keuchender Atem zu hören. Nastja begriff, daß er wieder unter Atemnot litt. Ihr blieben jetzt nur noch wenige Sekunden, um zu entscheiden, ob sie ihn auch weiterhin in dem Glauben lassen sollte, daß es ihm gelungen war, sie auszutricksen. Sollte sie die Alleko erwähnen oder nicht? Sie hatte ihm eine völlig sinnlose Frage gestellt, deren Beantwortung für sie keinerlei Bedeutung hatte. Anton zerbrach sich jetzt am anderen Ende der Leitung den Kopf darüber, was er sagen sollte. Auch er sah keinen Sinn in dieser Frage und suchte nach dem Fallstrick. Auf diese Weise hatte sie kostbare Sekunden gewonnen.

Sie ist selbst schuld. Hätte sie nicht gelogen und betrogen …

Sie ist selbst schuld. …

Hören Sie doch auf mit Ihrem Mitleid. Sie sind selbst schuld …

Die Suche nach der Schuld war sein ständiges Motiv. Er wollte immer die Verantwortung und die Schuld des einzelnen feststellen. Für ihn gab es keine Grautöne, keine Entschuldigungen, keine mildernden Umstände. Nur schwarz und weiß. Nur Gut oder Böse.

Er wollte auf der Seite des Guten stehen. Deshalb hatte er sich bei der Miliz beworben. Er ahnte nicht, daß die Arbeit der Miliz nur aus Lügen, Kompromissen und Schmutz bestand. Er hatte geglaubt, er würde gegen das Böse kämpfen und dabei jungfräulich rein bleiben. Niemand hatte sich die Mühe gemacht, ihn über seinen fatalen Irrtum aufzuklären.

Er hatte sich beworben, und man hatte ihn abgelehnt. *Für ihn war das eine regelrechte Tragödie, er hat damals so gelitten …* Beim Militär hatte man ihn genommen, dafür war er gut genug gewesen. Aber für die Miliz nicht. Und so denkt er sich schließlich das ideale Verbrechen aus, das die Miliz nicht aufklären kann. Es ist keine Rache, nein, er beweist sich selbst, daß er besser, klüger ist als die Miliz, schlauer, gerissener. Die Miliz soll nie erfahren, daß das perfekte Verbrechen Anton Schewzow begangen hat. Nur Anton selbst weiß es. Und er ist stolz. Nun weiß er, daß er auch nicht schlechter ist als die Kripo, nun weiß er, daß er sogar besser ist.

Wie mußte Nastja sich jetzt verhalten? Sollte sie in die Offensive gehen und ihm zu verstehen geben, daß sein Plan gescheitert war, daß bei der Miliz Leute arbeiteten, die auch nicht dümmer waren als er, oder sollte sie ihn in dem Glauben lassen, daß er gesiegt hatte? Wie war es richtig? Wie?

»Warum sagst du nichts, Anton? Hörst du mich?«

* * *

In seinen Schläfen pochte es, manchmal konnte er die Stimme der Kamenskaja kaum noch hören. Warum hatte sie ihm diese seltsame Frage gestellt? Und wie hatte sie es erfahren?

Er drehte sich schwerfällig auf dem Sofa um und warf einen Blick auf Larissa. Sie lag mit geschlossenen Augen da, wie eine Tote. Wahrscheinlich war sie bewußtlos. Sie hatte schon viel Blut verloren, es war an der Zeit, dieses sinnlose Gespräch zu beenden und den Schaumstoff auswinden zu gehen. Aber etwas hinderte ihn daran, den Hörer aufzulegen.

»Warte einen Moment, ich muß kurz unterbrechen«, sagte er, erleichtert, daß er eine Möglichkeit gefunden hatte, der Frage auszuweichen.

»Ich warte.«

Er erhob sich mit Mühe vom Sofa und beugte sich über Larissa. Sofort wurde ihm wieder schwarz vor Augen, aber es gelang ihm, sich wieder zu fassen. Er zog den Schaumstoff sorgfältig unter Larissas leblosem Körper hervor, trug ihn ins Bad und spülte ihn unter einem kräftigen Wasserstrahl aus, ankämpfend gegen die Übelkeit und bemüht, nicht auf das abfließende Blut zu schauen. Dann schleppte er sich zum Telefon zurück.

»Nun?« keuchte er, nachdem er sich hingesetzt und den Hörer wieder in die Hand genommen hatte. »Was willst du mir noch sagen?«

* * *

Er ist vom Telefon weggegangen, kritzelte Nastja auf den Zettel. Gordejew nickte verständnisvoll. Sprechen durfte er trotzdem nicht. Vielleicht testete Schewzow nur, ob es stimmte, daß die Kamenskaja allein in ihrem Büro war, wie sie behauptet hatte. Vielleicht hielt er nach wie vor den Hörer in der Hand und wartete darauf, daß sie mit jemandem zu sprechen beginnen würde.

Nastja strich sich mit der Hand über die Stirn und bemerkte erst jetzt, daß sie völlig durchgeschwitzt war. Die Bluse klebte ihr am Körper, über den Rücken und die Brust liefen Schweißperlen. Sie hätte sich am liebsten ausgezogen, um sich etwas Luft und Erleichterung zu verschaffen, aber das war unmöglich. Statt dessen steckte sie sich eine Zigarette an, die vierte seit dem Beginn ihres Gesprächs mit Anton.

Er glaubte, daß er sie ausgetrickst hatte, daß ihm das ideale Verbrechen gelungen war. Und gleichzeitig kündigte er seinen Selbstmord an. Wie war das eine mit dem anderen zu vereinbaren? Nach seiner Ansicht drohte ihm nichts, er konnte nicht ins Gefängnis kommen. Warum wollte er dann sterben? Weil sein Leben nun keinen Sinn mehr hatte? Weil er seine Mission erfüllt hatte, weil er sich nun alles bewiesen hatte, was er sich hatte beweisen wollen? Wie hatte seine Mutter gesagt? »Wie gut, daß er nicht zur Miliz gegangen ist. Er hätte es nicht gekonnt.« Was hätte er nicht gekonnt? Mit der Lüge leben, mit dem Schmutz, mit dem Kompromiß? Von Kindheit an daran gewöhnt, die Welt nur in der Eindeutigkeit von Gut und Böse zu sehen, konnte er nicht in der Wirklichkeit leben. Das reale Leben war für ihn unerträglich. Deshalb wollte er sterben.

Und wenn sie ihm nun sagen würde, daß er versagt hatte?

Wie würde er reagieren? Es gab zwei Möglichkeiten. Entweder würde er sich trotzdem umbringen vor Verzweiflung, oder er würde einen neuen Versuch unternehmen, um seine Überlegenheit zu beweisen. Die Chancen standen fünfzig zu fünfzig. Also mußte sie es versuchen. Wenn sie ihm die Wahrheit sagte, bestand vielleicht eine Chance, ihm das Leben zu retten. Und außerdem war da noch Larissa.

In der Leitung wurde ein schweres Atmen hörbar.

»Nun? Was willst du mir noch sagen?«

»Du hast nicht an die Blumen gedacht.«

»Was für Blumen? Was redest du da?«

»Die Blumen, die auf dem Balkon gegenüber vom Standesamt wachsen.«

»Was meinst du? Welche Blumen?«

»Sie waren auf dem Foto, das du von Swetlana Petrowna Alleko gemacht hast. Diese Blumen öffnen sich nur nach Sonnenuntergang oder bei trübem Wetter. An dem Tag, an dem ich geheiratet habe, war es warm und sonnig, aber die Blumen auf dem Foto sind geöffnet. Hast du diese Aufnahme am Abend gemacht? Oder war an diesem Tag schlechtes Wetter?«

* * *

Seit Beginn des Gesprächs war eine Stunde vergangen. Gordejew hatte aus dem Fernschreibbüro ein junges Mädchen kommen lassen und verließ für kurze Zeit Nastjas Büro. Das Mädchen war mit einem feuchten Handtuch erschienen, es öffnete wortlos Nastjas Bluse, rieb ihren schweißnassen Oberkörper ab und knöpfte die Bluse wieder zu. Nastja drückte dankbar ihre Hand und machte ein Zeichen, daß sie wieder gehen sollte. Knüppelchen kam ins Büro zurück, stellte völlig lautlos eine große Tasse mit starkem, heißem Kaffee vor Nastja auf den Schreibtisch und schrieb wieder einen Zettel.

Wo ist bei ihm das Telefon?

An der Wand. Über dem Sofa.

Schnurlos?

Nein.

Gordejew verließ auf Zehenspitzen das Büro, kehrte gleich darauf wieder zurück und erstarrte erneut in bewegungsloser Haltung neben dem Schreibtisch, ohne den Blick von Nastja abzuwenden. Sie sprach jetzt fast gar nicht mehr, sondern hörte nur zu. Hin und wieder, wenn sie etwas nicht verstand, stellte sie eine Zwischenfrage.

* * *

Er würde sowieso sterben, er war ein Mann und nahm getroffene Entscheidungen nicht zurück. Deshalb erzählte er ihr alles. Erst jetzt wurde ihm klar, wie stark sein Bedürfnis war, es jemandem zu erzählen. Das Geheimnis würgte ihn, fraß an ihm, vergiftete ihn.

Er berichtete, wie er eines Tages auf dem Standesamt einer seltsamen, schwarz gekleideten Frau mit abwesendem Gesichtsausdruck und erloschenen Augen begegnet war. Beim ersten Mal hatte er keine besondere Notiz von ihr genommen. Aber eine Woche später traf er sie erneut, diesmal auf einem anderen Standesamt. Er schloß Bekanntschaft mit ihr, schlich sich in ihr Vertrauen ein, erfuhr von ihrer Geschichte. Sie ging jede Woche zum Standesamt, sah sich die jungen Bräute an und nährte ihr Unglück und ihren Haß. Zu mehr war sie nicht mehr fähig.

Anton und die Alleko kamen sich näher, und er begann seinen Plan zu schmieden, in dem alles auf ihrer Geschichte basierte. Mit List und Tücke brachte er sie dazu, dreißig Briefe mit gleichem Wortlaut zu schreiben, er bewahrte die Briefe bei sich auf und warf sie nach und nach in die Briefkästen der ausgesuchten Frauen ein. Immer am Tag darauf fuhr er zu den entsprechenden Standesämtern und suchte nach seinem Opfer. Lange Zeit hatte er kein Glück. Ganze sechs Monate mußte er auf seinen Tag warten. Aber dann war ihm das Schicksal hold, es belohnte ihn für seine Geduld und Ausdauer, es schenkte ihm die Möglichkeit, zwei Morde an einem Tag zu begehen.

Er zähmte Swetlana Petrowna, wie man ein wildes Tier

zähmt. Er sah sie mit warmen Blicken an, streichelte zärtlich ihre Hand und sagte ihr all die Dinge, nach denen eine Frau sich verzehrt. Als es soweit war, gab er ihr zu verstehen, daß er sie nicht einfach so in ihrer Wohnung besuchen würde. Er gestand ihr seine Liebe. Es war ihm gelungen, sie ihr Alter vergessen zu lassen und die Tatsache, daß er so viel jünger war.

Sie glaubte ihm. Das wurde ihm sofort klar, als er die Schwelle ihrer Wohnung überschritt. Sie empfing ihn geschminkt, sorgfältig frisiert, in einem neuen Kleid, das zwar schwarz war, weil sie nichts anderes trug, aber sehr elegant. Er setzte sich neben sie auf das Sofa und brachte sie dazu, die Augen zu schließen. Als sie anstelle der Lippen ihres jungen Liebhabers den metallischen Geschmack eines Revolverlaufs auf ihrer Zunge verspürte, kam sie nicht einmal mehr dazu, sich zu wundern, denn er drückte sofort auf den Abzugshahn. Danach legte er die weißen Kuverts in eine Schreibmappe und schob den in ein Stück Stoff eingewickelten Schalldämpfer unter einen Stapel Wäsche.

Seine weitere Vorgehensweise hatte er sich genau überlegt. Vor seiner Bewerbung bei der Miliz hatte er sich eine Vielzahl von Büchern über Kriminalistik zugelegt und sie gründlich studiert. Er war sich ganz sicher, daß er bei der Beseitigung von Spuren nichts übersehen hatte.

»Welche Fehler sind mir unterlaufen?« fragte er die Kamenskaja. »Gibt es noch etwas außer diesen unseligen Blumen?«

In diesem Moment begann man in der Wohnung über ihm Möbel zu rücken. Er hörte laute Männerstimmen.

»Wohin? Hier? Oder weiter?«

»Etwas weiter rechts, weiter rechts habe ich gesagt! Schau mal, wie wenig Platz hier ist, hier kommt kein Mensch mehr durch. Chef, komm mal her, he, Chef! Sollen wir die Befestigung hier anbringen? Ist es hier richtig?«

Über Antons Kopf begann man zu hämmern. Wegen des Lärms hatte er nicht verstanden, was die Kamenskaja ihm geantwortet hatte.

»Sag es bitte noch einmal. Ich höre dich schlecht.«

»Ich habe gesagt, daß du die Frauen schlecht kennst. Das ist dein größter Fehler.«

»Warum?«

»Weil eine Frau, die beschlossen hat, sich das Leben zu nehmen, nicht kurz vorher ein Abendessen für zwei Personen zubereiten wird. Du warst nicht in der Küche, nicht wahr?«

»Nein. Was hatte ich dort zu suchen? Ich habe die Spuren nur da beseitigt, wo ich selbst gewesen bin.«

»Siehst du ...«

Oben, über Antons Kopf, begann ein Elektrobohrer zu dröhnen, und die Stimme der Kamenskaja ging erneut im Lärm unter.

»Wenn du in die Küche gegangen wärst, hättest du das gesehen, was ich gesehen habe. Ein Abendessen, das für zwei Personen zubereitet war. Von diesem Moment an habe ich gewußt, daß Swetlana Petrowna Besuch erwartet hatte. Die Menge des Zubereiteten ließ darauf schließen, daß es sich um einen einzigen Gast handelte, und alles deutete darauf hin, daß dieser Gast ein Mann war. Ein ganz gewöhnliches kleines Abendessen mit leichten alkoholischen Getränken, keinerlei Kuchen oder Torten, wie man sie gewöhnlich besorgt, wenn man eine Freundin zum Essen erwartet. Und noch eins ...«

»Was noch?«

Der Bohrer heulte erneut auf, Anton war, als würde er ihn im Genick treffen und seinen Kopf in der Mitte spalten. Die Herzschmerzen wurden immer stärker, es fiel ihm schwer, sich auf das Gespräch zu konzentrieren, seine Aufmerksamkeit ließ immer mehr nach.

»Warte einen Moment, ich schließe das Fenster. Jemand renoviert über mir die Wohnung, es ist so laut, daß ich dich nicht verstehen kann.«

»Natürlich, ich warte«, antwortete Nastja.

* * *

Der Beamte, der aus dem Nachbarhaus Schewzows Fenster beobachtete, führte das Sprechfunkgerät zum Mund.

»Es ist soweit. Er hat das Fenster geschlossen.«

Der Einsatzleiter gab das Kommando.

»Wir können. Los, Jungs!«

* * *

Anton hatte beide Flügel des Doppelfensters geschlossen, und ihm schien, daß es in der Wohnung sofort wesentlich ruhiger geworden war. Er betrachtete die in ihrem Blut liegende Larissa. Es war an der Zeit, den Schaumstoff wieder auszuwinden, er war vollgesaugt mit Blut, aber Anton überkam eine unwahrscheinliche Schwäche. Er hielt sich nur noch mit Mühe auf den Beinen. Das Herz klopfte ihm so stark im Hals, daß ihm schien, es würde jeden Moment aus ihm herausspringen. Nein, er war nicht imstande, sich mit dem blutigen Schaumstoff zu beschäftigen. Aber jetzt war das auch nicht mehr wichtig. Er wollte noch ein wenig mit der Kamenskaja sprechen.

Er holte den Revolver aus dem Holster und überprüfte mit zitternden Fingern das Magazin. Es kostete ihn unsägliche Mühe, die Patrone in die Öffnung zu schieben, er war schweißüberströmt. Er spannte den Hahn und legte sich wieder aufs Sofa. In einer Hand hielt er den Hörer, in der anderen den schußbereiten Revolver.

»Wovon hast du gesprochen?«

»Swetlana Petrowna machte den Eindruck einer Frau, die freiwillig aus dem Leben scheiden, aber auch als Tote so gut wie möglich aussehen wollte. Verstehst du, es war ihr ganz und gar nicht gleichgültig, wie sie aussehen würde, wenn man sie fand. Und eine Frau, der das nicht gleichgültig ist, wird sich niemals in den Mund schießen.«

Erneut setzte das Geräusch des Bohrers ein. Vor Antons Augen begann es rot zu flimmern. Hätte er die Kraft dazu gehabt, hätte er geschrien.

* * *

Die Fensterscheibe in der Küche ließ sich leicht und geräuschlos eindrücken. Die Beamten hatten sich aus der oberen Etage nach unten abgeseilt und waren jetzt in Schewzows Küche. Nachdem er das Fenster geschlossen hatte, hatte man nicht mehr befürchten müssen, daß er hören könnte, wie sie von oben herunterkamen und sich an der Fensterscheibe zu schaffen machten.

Einer der Beamten sprang von der Fensterbank ins Innere der Küche und lauschte. In der oberen Wohnung dröhnte immer noch der Bohrer. Im Zimmer, in dem sich der bewaffnete Täter befand, schien es still zu sein. Auf Zehenspitzen näherten sich die Beamten dem Zimmer, die Maschinenpistolen im Anschlag.

* * *

»Anton, geht es dir nicht gut? Was ist los mit dir? Antworte mir, Anton«, rief Nastja in den Hörer.

Vor ihr auf dem Schreibtisch tauchte ein Zettel auf.

Sie sind bereits dort.

Anton antwortete nicht, sie hörte nicht einmal mehr seinen Atem. Nur das aufsässige, nervenaufreibende Geräusch des Elektrobohrers erreichte sie durch die Leitung.

Sollte er etwas bemerkt und sich vom Telefon entfernt haben? Vielleicht stand er an der Tür und wartete, um dann auf die Beamten zu schießen, die in seine Wohnung eingedrungen waren. Er war allein, sie waren zu zweit, aber er befand sich in einer viel günstigeren Ausgangsposition.

»Anton! Anton, antworte mir. Was ist mit dir, Anton?«, rief Nastja erneut und stellte sich dabei das Zimmer mit der Tür zum Flur vor.

Ihr war, als könnte sie sehen, wie Anton hinter dieser Tür stand und sich von der anderen Seite die Beamten näherten, und alles hing nur davon ab, wer zuerst schießen würde und mit welcher Treffsicherheit.

»Anton! Anton!«

»Hallo!« antworte eine fremde Stimme. »Ist dort die Kamenskaja?«

»Ja.«

»Hauptmann Strygin.«

»Vitja? Was passiert bei euch?«

»Aus.«

»Was ist aus?«

»Er ist tot.«

»O mein Gott! Bist du sicher? Vielleicht hat er nur das Bewußtsein verloren.«

»Kein Puls, die Pupille reagiert nicht. Selbst wenn er nur klinisch tot sein sollte, würde er den Transport bis zum nächsten Krankenhaus nicht überleben.«

»Und Larisssa?«

»Es scheint, daß sie noch lebt. Ein richtiges Blutbad ist das hier ...«

»Vitja ...«

»Ja?«

»Hat er ... hat er sich erschossen?«

»Nein. Aber er hatte es vor. Er hat einen Revolver in der Hand. Wahrscheinlich hat das Herz versagt. Sag doch bitte mal Bescheid, damit die da oben endlich den Bohrer abstellen. Hier wird man verrückt, selbst ein Mensch mit gesunden Nerven hält das nicht aus.«

Nastja legte den Hörer langsam auf die Gabel. Sie hatte ihn fast zwei Stunden in der Hand gehalten, ein Wunder, daß der Kunststoff nicht mit ihrer Hand verschmolzen war.

»Das war es also«, sagte sie mit einem leisen Seufzer, während sie sich auf dem Stuhl ausstreckte, den Kopf an die Wand lehnte und die Augen schloß. »Das war es.«

Der neben ihr stehende Gordejew nahm einen Stuhl und setzte sich rittlings darauf.

»Ich kenne dich, Nastja, darum sage ich es dir gleich. Komme nicht auf die Idee, dir Vorwürfe zu machen. Du hast alles getan, was du tun konntest, und noch mehr. Niemand außer dir hätte ihn so lange am Telefon festhalten können. Immerhin hat er sich ja nicht erschossen, und wenn sein Herz nicht versagt hätte, hätten die Jungs ihn festgenommen. Du bist ein kluges Mädchen, du hast alles richtig gemacht. Wir haben eben Pech gehabt.«

»Ja, Pech gehabt«, wiederholte Nastja mechanisch.

Sie fuhr nach Hause und verkroch sich sofort ins Bett. Ljoscha versuchte, etwas von ihr zu erfahren, aber sie hatte weder Lust noch Kraft zum Sprechen.

»Morgen, Ljoscha, morgen«, murmelte sie, während sie sich zur Wand drehte und zu einem Knäuel zusammenrollte. »Ich kann jetzt nicht sprechen.«

Am nächsten Tag rief sie sofort nach dem Aufstehen in der Petrowka an und erkundigte sich nach Larissa. Leider hatte man das Mädchen nicht mehr retten können, es hatte zuviel Blut verloren.

EPILOG

Für den Juli hatten die Meteorologen vierzig Grad Hitze vorhergesagt, und es sah ganz so aus, als würde sich diese Vorhersage bestätigen.

Seit jenen Ereignissen, die Valerij Turbins Leben einschneidend verändert hatten, waren anderthalb Monate vergangen. Die Ärztin hatte recht gehabt, er begann tatsächlich, sich an die neue Situation zu gewöhnen. Er leerte mehrmals am Tag die Bettpfanne, lief auf der Suche nach Medikamenten von Apotheke zu Apotheke, wusch Bettlaken und kochte der Mutter passierte Suppen, die sie leichter schlucken konnte als feste Nahrung. An seiner Dissertation schrieb er nachts, weil das Stöhnen seiner Mutter in der nächtlichen Stille besonders laut zu hören war und ihn nicht schlafen ließ. Meistens schlief er in der zweiten Tageshälfte, ab vier Uhr nachmittags, wenn das Stöhnen der Mutter fast ganz unterging in der gewohnten Geräuschkulisse aus Straßenlärm und dem Brodeln in den Nachbarwohnungen.

Gelegentlich rief er Katja Golowanowa an. In der letzten Woche hatte sie ihm erzählt, daß Elja kurz vor ihrer Hochzeit mit Marat stand und daß die ganze Familie zwei Monate danach in die USA ausreisen würde. Turbin wunderte sich darüber, daß ihm das nicht im geringsten weh tat. Von alledem war er inzwischen so weit entfernt ...

Er war gerade dabei, die gewaschenen Bettlaken aufzuhängen, als es an der Wohnungstür läutete. Draußen stand ein verkommener, fast zahnloser, betrunkener Mann.

»Zu wem wollen Sie?« fragte Turbin.

»Guten Tag, Söhnchen«, sagte der Mann, während er Turbin in eine Dunstwolke aus Alkohol und fauligem Mundgeruch eintauchte.

»Was wollen Sie?«

»Zwanzigtausend wären mir schon genug, Söhnchen. Du wirst es mir, deinem leiblichen Vater, doch nicht abschlagen ...«

»Verschwinde von hier!« sagte Valerij kalt und schlug die Tür zu.

Es begann wieder zu läuten, aber er dachte nicht daran, zu öffnen. Seit er von seiner Mutter die Wahrheit erfahren hatte, war er immer darauf gefaßt gewesen, daß eines Tages genau das passieren würde, was jetzt passiert war. Und Valerij war sicher, daß es bei weitem nicht das letzte Mal war.